WARREN MURPHY
TRACE UND DIE TOTEN PATIENTEN

Thriller

Mit einem Nachwort von
Martin Compart

BASTEI LÜBBE

BASTEI-LÜBBE-TASCHENBUCH

Bastei-Lübbe-Thriller

Band 19059

Erste Auflage: Mai 1988

Deutsche Lizenzausgabe 1988
Bastei-Verlag Gustav H. Lübbe GmbH & Co., Bergisch Gladbach
Originaltitel: Trace
Ins Deutsche übertragen von Jürgen Bürger
Lektorat: Martin Compart
Titelfoto: Three Lions
Umschlaggestaltung: Quadro Grafik, Bensberg
Druck und Verarbeitung:
Brodard & Taupin, La Flèche, Frankreich
Printed in France
ISBN 3-404-19059-9

Der Preis dieses Bandes versteht sich einschließlich der gesetzlichen Mehrwertsteuer.

In Liebe für P.S.,

und immer nur Happy Ends

Frederick Plesser, 67, wohnhaft 4254 1/2 Sellers St., Harmon Hills, verstarb gestern im Meadow Vista Sanatorium nach langer schwerer Krankheit. Als Todesursache wurde Herzversagen angegeben.

Mr. Plesser, langjähriger Arbeiter am Montageband eines Kraftfahrzeugherstellers, hinterläßt eine Frau, Gertrude (geborene Koople), und eine Tochter, Jasmine.

Die Beisetzung findet heute statt.

1

Walter Marks, Vize-Präsident der Leistungsabteilung der Garrison Fidelity Insurance Company trug einen schwarzgrauen Nadelstreifenanzug und einen Fedora. Sein Jackett und seine Hose waren dermaßen ordentlich gebügelt, daß man den Eindruck hatte, die Bügelfalten wären eingenäht worden. Auch sein vornehmer Hut, dessen Spitze irgendwie an den Bug eines Ozeanriesen erinnerte, war makellos glatt.

Falls Marks den Hut in der Hoffnung trug, daß er dadurch größer wirkte, dann lag er damit ziemlich daneben, denn alles, was er damit erreichte, war wie ein einsfünfzig kleiner Mann mit einem Hut auszusehen, der viel zu groß für ihn war. In der Tür zur Cocktail Lounge blieb er überwältigt von dem unglaublichen Lärm stehen, der seine Ohren bombardierte. Während er sich umschaute, war der Widerwille auf seinem mißmutigen Gesicht nur zu offensichtlich. Dann kämpfte er sich bis zur dicht belagerten Bar vor und wartete darauf, daß der Barkeeper zu ihm kam. Er wartete drei Minuten, ehe er verärgert winkte, um den jungen Mann auf sich aufmerksam zu machen.

Als der Barkeeper dann kam, fragte Marks ihn irgendwas, doch weil er sich zurücklehnte, fort von dem Barkeeper, während er mit ihm sprach, verstand ihn der junge Man nicht richtig und fragte: »Wer?«

Marks wiederholte den Namen. »Devlin Tracy.«

»Ach so. Trace. Da hinten.« Der Barkeeper zeigte auf eine Gruppe kleiner Tische im hinteren Teil des Raumes und widmete sich dann wieder seinen Gästen.

Marks bahnte sich grob einen Weg durch das Gedränge der Gäste an der Theke und ging zu dem Tisch, an dem er Trace entdeckt hatte: Ein sehr großer, blonder Mann, der an seinem Tisch saß und irgend etwas mit einem roten Flair-Kuli auf eine Papierserviette kritzelte.

Marks legte seinen Hut auf einen freien Stuhl, strich sich über sein pomadisiertes Haar und nahm dann Trace gegenüber Platz.

»Pssst«, machte Trace ohne aufzublicken.

Marks verdrehte seinen Kopf, konnte allerdings nichts besonders Beeindruckendes auf der Serviette erkennen. Nur ein paar Buchstaben. Er wartete einen Augenblick, dann räusperte er sich.

»Pssssst«, machte Trace wieder. Er hatte immer noch nicht aufgeschaut.

»Ich dachte schon, Sie wären tot«, meinte Marks. »Ich habe nichts mehr von Ihnen gehört, ich habe auch keinerlei obszöne Post mehr bekommen, und niemand hat meine Sekretärinnen als Perverse beschimpft. Ich bin auch nicht mehr von irgendwelchen Schwulen auf meiner Privatleitung belästigt worden, die mir ekelhafte, schmutzige Anträge machten. Keine Strip-O-Gram-Bauchtänzerinnen in meinem Büro. Mein Leben war, kurz gesagt, ruhig und friedlich. Da mußte ich ja einfach denken, daß Sie tot wären. Warum sollte ich auch nicht glauben, Sie wären tot? Das war doch nur logisch, stimmt's nicht? Jesus, ich wünschte, Sie wären tot.«

Trace, der gelegentlich als Detektiv für die Leistungsabteilung der Garrison Fidelity arbeitete, sah immer noch nicht auf, als er jetzt antwortete. »Ja, tot«, sagte er. »Stimmt. Wünschte, ich wäre tot. Wenn ich reich und berühmt bin, werden Sie das nicht mehr wünschen. Dann werden Sie nämlich allen Leuten erzählen, daß Sie mich gekannt haben. Sie werden sagen: ›Oh, ja sicher, Devlin Tracy. Mann, klar doch, das ist ein guter Freund von mir. Sicher, jetzt wo er reich und berühmt ist, ruft er mich nicht mehr ganz so oft an. Hat zu viel zu tun, nehme ich an. Aber trotzdem könnten wir einander nicht näher stehen.‹« Er hatte bis jetzt noch nicht ein Mal aufgeblickt.

»Was zum Teufel kritzeln Sie da eigentlich die ganze Zeit?« fragte Marks.

Tracy schob die Papierserviette über den Tisch. Auf der Serviette stand in ordentlichen, großen Druckbuchstaben:

OTUA

Marks sah sich die Buchstaben an, dann den großen blonden Mann, auf dessen Gesicht deutlich seine unerschütterliche Selbstzufriedenheit stand.

»Okay, Trace, ich gebe auf. Bitte verraten Sie's mir, ja? Was verdammt noch mal ist O-T-U-A?«

»Hahh!« sagte Trace triumphierend. Wissen Sie, Groucho, daran erkennt man Kleingeister, daß sie selbst dann, wenn ihnen das Licht bedeutender Entdeckungen direkt ins Gesicht fällt, dennoch nichts sehen können.«

»Ich seh's doch, ich seh's doch. Ich sehe glasklar O-T-U-A. Aber zum Teufel noch mal, was soll das sein?«

»Das ist erst der Anfang, ein erster vorsichtiger Schritt gewissermaßen«, sagte Trace. »Von hier aus erobern wir Indien. Wie bei einem mächtigen Ozean, der über die Welt spült, wird ein Land nach dem anderen vor unserer Gewalt auf die Knie fallen. Töten. Töten. Töten. Töten. Um Kalis willen, töten.«

»Trace, Sie schreien ja!« Marks schaute sich nervös um, doch niemand schien etwas bemerkt zu haben. An der Theke redeten immer noch Männer mit Frauen, und Frauen redeten mit anderen Frauen.

»Tut mir leid. So bin ich immer, wenn ich *Gunga Din* im Fernsehen gesehen habe. Ist mein Lieblingsfilm. Deswegen bleibe ich auch immer lange auf. Kommt immer erst um vier Uhr morgens. Ich sag' Ihnen was, Groucho. Ich verkaufe Ihnen die Hälfte von dem, was da auf der Serviette steht. Für, sagen wir mal, na . . . zwanzigtausend Dollar können Sie gleich zu Anfang in dieses Bombengeschäft einsteigen. Solange sich das Unternehmen quasi noch im Erdgeschoß befindet, um es mal bildlich auszudrücken. Was für Sie übrigens auch das beste wäre, weil Sie ja ziemlich klein sind.

Denn wenn die Sache erst die erste Etage erreicht hat, könnte es vielleicht ziemlich schwierig für Sie werden.«

»Lassen Sie die Klugscheißerei und nennen Sie mich nicht dauernd Groucho. Was bedeutet O-T-U-A?«

»Sind Sie schon jemals in einem Auto die Straße runtergefahren, haben an nichts Böses gedacht und dann ist plötzlich ein Krankenwagen hinter Ihnen aufgetaucht?« fragte Trace.

»Ich nehm's an, ja«, sagte Marks mißtrauisch.

»Und Sie kennen auch die Beschriftung, die sie vorne auf ihren Autos stehen haben? Krankenwagen?«

»Ja, sicher! Wovon zum Teufel reden Sie eigentlich?«

»Nun, der einzige Grund, warum Sie diese Beschriftung auf dem Krankenwagen überhaupt lesen können ist, daß sie nämlich in Spiegelschrift ist. Und wenn Sie dann in Ihren Rückspiegel sehen, dann lesen Sie sie ganz normal.«

»Nein, nein, nein! Ich kann's einfach nicht glauben«, sagte Marks. »Ich fliege dreitausend Meilen, um Sie hier in diesem Loch zu finden, und wir sprechen über die Beschriftung auf Krankenwagen.«

»Na ja, und wer auch immer hinterm Steuer sitzt, liest ganz deutlich ›Krankenwagen‹ und macht dann Platz«, fuhr Trace ungerührt fort.

Walter Marks zuckte die Achseln.

»Also, ich finde, jeder sollte so ein Schild haben. Das hier ist das Erste. Ein Prototyp sozusagen. Stellen Sie sich das doch nur mal vor, Groucho. Sie sind bei dem Entwurf des Prototyps dabei. Sie sind einer der Auserwählten, die praktisch hinter die Kulissen gucken können. Millionen werden Sie verdienen. Das ist der Renner von Morgen.«

»Wie soll ich Millionen verdienen?«

»Gut. Paßen Sie auf, Sie glauben, daß auf dieser Serviette da, die Sie in ihrer Hand halten O-T-U-A steht, richtig? Aber das stimmt nicht. Es heißt Auto. Nur rückwärts geschrieben. Wenn Sie das vorne an Ihrem Auto anmontieren und Sie sich von hinten an irgendein anderes Auto heranschieben, und er Sie dann in seinem Rückspiegel sieht, also, Sie haben dieses große ›Auto‹-Schild an Ihrem Wagen, dann fährt er doch direkt rechts ran und läßt Sie vorbei. Wir können die Dinger für jeden herstellen. Ich hab's zuerst noch mit N-E-G-A-W für Wagen probiert, aber das ist nicht gut, weil sich die Buchstaben ohne besondere Schreibweise nicht gut in einem Spiegel lesen lassen. Also: O-T-U-A ist haargenau das Richtige. Wenn Sie mir ein bißchen Geld für die Weiterentwicklung der Idee geben, können wir die Sache klarmachen. Dann denken wir uns noch mehr aus, alle möglichen Arten von Schildern. Pizza für Pizza-Lieferwagen. Betrunkener Fahrer. Also, mir gefällt ein Schild, auf dem ›Betrunkener Fahrer‹ rückwärts steht, ganz besonders gut. Sie wissen ja selbst, wie Sie irgendwie zusehen, daß Sie verschwinden, wenn Sie eins von diesen Autos mit dem großen Schild ›Fahrschule‹ oder ›Anfänger‹ sehen. Oder wenn Sie so ein Arzt-Zeichen entdecken, weil Ärzte ja sowieso alle wie die Verrückten fahren. Stellen Sie sich doch nur mal vor, wie die Leute alle Platz machen werden, wenn Sie angedonnert kommen und Sie ›Betrunkener Fahrer‹ verkehrt rum auf Ihrem Kühlergrill stehen haben! Ich sag Ihnen was, Groucho, mit der Sache können wir gemachte Leute werden. Es gibt unendlich viele Möglichkeiten. Wir können magnetische Schilder verwenden, die man einfach vorne an seinen Wagen heften kann. Je nach Stimmung und Laune wechselt man die Schilder einfach aus. Betrunkener Fahrer. Auto-außer-Kontrolle. Geh-mir-aus-dem-Weg-Verpiß-dich. Das wär' wirklich ein verdammt gutes Schild. Ich-kann-nicht-fahren. Das würde garantiert auch funktionieren. Die Leute werden am Straßenrand stehen, ihre Motoren im Leerlauf, sie verschwenden ihr Benzin, während Sie mit siebzig Meilen die Stunde an ihnen vorbeidüsen. Jeder wird doch Angst vor Ihnen haben, klarer Fall. Warum sollen immer nur die Krankenwagenfahrer den ganzen Spaß alleine haben? Vielleicht könnten wir für Sie eins machen, auf dem steht: Klein-aber-oho. Na, wie würde Ihnen das gefallen? Oder wie wär's mit Versicherungs-Mann? Oder mit V-I-P? Ach, das ist wirklich eine wunderbare, großartige Idee . . . und jetzt brauche ich nur noch zwanzigtausend Dollar von Ihnen.«

»Damit ich Auto rückwärts auf meinen Wagen schreiben kann? Ich glaube, ich lasse lieber die Finger davon«, sagte Marks.

Trace schien ziemlich fassungslos über diese Ablehnung zu sein. »Sind Sie sich auch ganz sicher?«

»Absolut sicher.«

»Na schön, aber Sie verpassen was«, sagte Trace. »Ich will nur hoffen, daß Sie genügend Anstand besitzen, um eines Tages zu mir zu kommen und zugeben, daß Sie einen schweren Fehler gemacht haben.«

»Irgendwie habe ich das Gefühl, daß das in den nächsten paar Jahren keines meiner brennendsten Probleme sein wird«, meinte Marks. »Und wo wir gerade von brennenden Problemen sprechen . . .«

»Sie wollen jetzt über Geschäfte reden, stimmt's?« fragte Trace. »Ich habe gerade die intensivsten kreativsten fünf Minuten meines ganzen Lebens, und da wollen Sie mit mir über irgendeine beknackte Versicherungspolice reden? Groucho, Sie sind und bleiben ein Banause! Ich bitte Sie nur um eines.«

»Und das wäre?«

»Sagen Sie auch nicht ein Sterbenswörtchen über all das zu irgend jemandem, hören Sie? Nicht, bevor ich das zum Patent angemeldet und den Copyrightschutz in der Tasche habe. Dort draußen in der Welt wimmelt es nur so von Haien, wissen Sie?«

»Darauf haben Sie mein Wort«, sagte Marks. »Ich werde niemals auch nur einem Menschen ein Sterbenswörtchen davon erzählen. Und jetzt reden wir über unsere Geschäfte.«

Marks schob die Serviette über den Tisch zu Trace, der sie ordentlich zusammenfaltete, tief seufzte, und sie dann in die Brusttasche seines braunen Kaschmir-Jacketts steckte. Er gab dem Kellner ein Zeichen und machte mit seinem Finger eine kreisende Bewegung, womit er eine weitere Runde meinte.

»Also schön«, sagte er. »Sie haben meine ungeteilte Aufmerksamkeit.«

»Lesen Sie das hier.« Marks gab ihm einen kurzen Zeitungsausschnitt und Trace überflog die Zeilen schnell.

»Ich kannte diesen Frederick Plesser nicht«, sagte er. »Wie hat seine Familie das aufgenommen?«

»Trace, verdammt noch mal, ich weiß nicht, wie seine Familie es aufgenommen hat, und ich weiß auch, daß Sie ihn nicht kannten, und es ist mir im übrigen auch scheißegal. Können Sie mir jetzt nicht einfach mal zuhören?«

»Schießen Sie los, Groucho.«

»Also, dieser Plesser war bei uns versichert. Mit einer Police über hunderttausend Dollar. Als dann der Augenblick der Auszahlung gekommen war, mußten wir feststellen, daß er kurz vor seinem Tod den Begünstigten seiner Versicherung geändert hatte. Ursprünglich war es seine Frau. Stattdessen setzte er einen neuen Begünstigten ein, einen . . . einen . . .« Marks zog ein Blatt Papier aus einer Innentasche seines Jacketts. »Er hat sein Geld einem Dr. George Matteson hinterlassen. Er ist Direktor des Meadow Vista Sanatoriums. Na ja, ganz klar, daß Plessers Familie anschließend durchgedreht ist. Aber wir müssen das Geld ja an den Begünstigten auszahlen, richtig?«

»Ist doch gut für Sie. Tun Sie Ihre Pflicht. Was ist das da für ein Papier?« fragte Trace.

»Das ist der Brief, den er uns geschickt hat, in dem er den Begünstigten seiner Lebensversicherung ändert.«

Trace nahm Marks das Blatt ab und las. In einer strengen, sehr eng geschriebenen Handschrift stand dort: »Ich bin Frederick Plesser und ich habe bei Ihrer Gesellschaft eine Lebensversicherung über hunderttausend Dollar angeschlossen. Ich will den Begünstigten meines Vertrages von meiner Frau Gertrude auf Dr. George Matteson, Direktor des Meadow Vista Sanatoriums, ändern. Bitte veranlassen Sie, daß dies ab sofort wirksam wird.«

Der Brief war von Plesser unterschrieben und zwei Zeilen unter seinem Namen standen die Namen von zwei Zeugen: Barbara Darling, M.D., und Thelma Simons, Krankenschwester.

Trace schaute von dem Blatt auf, und Marks sagte: »So, und an dieser Stelle kommen Sie ins Spiel. Mr. Swenson hat einen Freund namens Mitchell Carey, der in Harmon Hills lebt. Dort hat auch dieser Plesser gewohnt.«

»Auszeit!« rief Trace scharf. »Hier kommt der Kellner. Ich will nicht, daß er zufällig was von diesem wahnsinnig wichtigen Zeug mitbekommt. Und erwähnen Sie bloß nichts von meiner Idee mit den Schildern!«

Der Kellner stellte ein Glas Wodka vor Trace auf den Tisch. Dann sah er Marks fragend an, doch der kleine Mann winkte nur ab.

Nachdem der Kellner wieder gegangen war, sagte Marks: »Mr. Swenson hat also einen Freund, diesen Mitchell Carey. Jedenfalls, Carey hatte einen Herzinfarkt und liegt jetzt im Meadow Vista.«

Trace bekreuzigte sich, als er den Namen von Robert Swenson, dem Präsidenten der Garrison Fidelity Insurance Company, hörte. Marks ignorierte es.

»Jedenfalls, die Carey-Familie hat Wind von dieser Plesser-Geschichte bekommen, also davon, daß er sein Geld dem Sanatorium hinterlassen hat, und jetzt sind sie in Sorge, daß dieser Dr. Matteson Carey vielleicht irgendwie dazu bringen könnte, ebenfalls all sein Geld dem Sanatorium zu vermachen.«

»Hat dieser Carey denn Geld?« wollte Trace wissen.

»Ja. Er ist sehr reich.«

»Glauben Sie, er würde mir vielleicht zwanzigtausend für diese Auto-Schilder geben?« fragte Trace.

»Fragen Sie ihn doch einfach. Mr. Swenson möchte, daß Sie der Sache mal auf den Grund gehen.«

»Welcher Sache soll ich auf den Grund gehen?«

»Na, dieser ganzen Geschichte eben. Warum Plesser dem Sanatorium sein Geld vermacht hat. Sie wissen selbst ganz genau, daß wir wegen dieser Sache am Ende noch einen Prozeß am Hals haben werden. Und sorgen Sie dafür, daß keiner diesen Mr. Carey einer Gehirnwäsche unterzieht, um an sein Geld zu kommen. So in der Richtung etwa.«

»Und Sie sagen, dieser Carey ist ein Freund von Bob Swenson?«

»Ja. So hab ich das wenigstens verstanden.«

»Dann ist das hier also mehr eine persönliche als eine geschäftliche Sache.«

»Ich nehme an, ja.«

»Warum hat Bob mich dann nicht persönlich angerufen?« fragte Trace.

»Ich wußte, daß Sie das fragen würden«, sagte Marks. »Er hat es versucht. Er hat drei Tage lang versucht, Sie zu erreichen. Alles, was er dabei an die Strippe bekommen hat, war Ihr Anrufbeantworter. Sie sind mir schon ein Wahnsinns-Detektiv. Gehen Sie eigentlich nie ans Telefon oder rufen zurück?«

»Ich wäre schon noch dazu gekommen. Außerdem bin ich genaugenommen ja auch kein Privatdetektiv. Ich bin eher so was wie ein Schöngeist, der majestätisch über der tristen Alltagswelt schwebt.«

»Sie sind meistens in der Tat betrunken genug, um zu schweben«, meinte Marks bissig. »Na ja, Mr. Swenson mußte jedenfalls zu einem Kongreß nach Europa, daher hat er mich beauftragt, Sie zu engagieren. Deswegen bin ich hergekommen. Den ganzen weiten Weg. Nur um jetzt in dieser degenerierten Bar sitzen zu müssen und Ihnen beim Strichmännchenmalen zuzusehen.«

Trace schüttelte seinen Kopf. »Ich will aber nicht nach New Jersey.«

»Wieso nicht?«

»Meine Ex-Frau lebt in New Jersey. In diesem Staat werde

ich steckbrieflich gesucht. Falls sie dahinterkommt, daß ich dort bin . . . oder noch schlimmer, falls Wie-heißt-er-noch-gleich und das Mädchen herausfinden, daß ich da bin, dann ist mein Leben keinen Pfifferling mehr wert.«

»Mr. Swenson hat gesagt, daß diese Angelegenheit sehr wichtig für ihn wäre«, meinte Marks süffisant. »Soll ich ihm sagen, daß Sie nur wegen Ihrer Ex-Frau und Ihren Kindern abgelehnt haben?«

»Warum schicken Sie nicht einfach einen Ihrer anderen Leute? Sie haben doch soviele Leute, die für Sie arbeiten. Ein paar von denen werden doch ganz bestimmt nicht in New Jersey gesucht. Sie könnten reibungslos rein und ebenso reibungslos wieder rauskommen, genauso als wäre das ein Teil der Vereinigten Staaten, und keinem Menschen würde das was ausmachen. Also, warum schicken Sie nicht einfach einen von denen?«

»Genau das habe ich Mr. Swenson auch vorgeschlagen, doch er scheint diese arg übertriebene hohe Meinung von Ihren Fähigkeiten zu haben. Er wollte, daß Sie gehen.«

»Ganz schön hart, wenn man Bob Swensons Freund ist«, sagte Trace und seufzte.

»Für mich ist es noch viel härter«, meinte Marks.

»Ich könnte nach Israel gehen, wissen Sie«, sagte Trace fröhlich. »Meine Mutter ist Jüdin. Ich darf nach Israel.«

»Gehen Sie nach New Jersey«, sagte Marks.

Die Luxus-Eigentumswohnung am Las Vegas Strip war leer, als Trace dorthin zurückkehrte, und er stellte sich vor, wie nett es sein würde, einmal einen ruhigen Abend allein zu Hause zu verbringen.

Er ließ sich sehr viel Zeit dabei, seine Schallplattensammlung durchzugehen, um die geeigneten Platten für den Abend herauszusuchen. Er reduzierte die Auswahl auf ein halbes Dutzend und legte sie alle auf den Plattenwechsler. Dann dämpfte er das Licht und schenkte sich ein Wasserglas finnischen Wodka aus der Flasche ein, die er im Gefrierfach seines Kühlschrankes aufbewahrte.

Er schleuderte seine Halbschuhe von den Füßen und wollte schon gerade den Plattenspieler einschalten, als ihm auffiel, daß er fast keine Zigaretten mehr hatte. Er rief den Portier an, der ihm drei Packungen hochbringen sollte. Trace gab ihm sechs Dollar, was sowohl er als auch der Portier für ein gutes Geschäft hielten, da ihm immerzu die Zigaretten ausgingen und der Portier sie stangenweise kaufte, und sie unter seinem Schreibtisch in der Eingangshalle aufbewahrte. Der Portier machte einen kleinen Gewinn bei diesem Geschäft, und dadurch, daß er nicht gezwungen war, selbst aus dem Haus zu gehen – was wahrscheinlich zur Folge haben würde, daß er nur wieder eine sehr teure Nacht in irgendeiner Bar verbringen würde – war Trace ebenfalls der Meinung, daß er Geld gespart hatte. Die Welt war schon in Ordnung, entschied er, solange eine Hand die andere wäscht und beide Hände dabei sauber werden.

Trace stellte die Stereoanlage an, machte es sich auf der Couch bequem, schlürfte seinen Drink und paffte eine Zigarette. Er kam sich sehr kultiviert vor.

Pavarotti sang das ›Ingemisco tamquam reus‹ aus Verdis *Requiem*.

Ja, wirklich sehr kultiviert. Dann sang Pavarotti ›Mes Amis‹ aus Donizettis *Regimentstochter*. Er traf neun hohe C's, was wirklich wunderbar war, versicherte sich Trace, da die meisten Menschen, er selbst eingeschlossen, nicht einmal eines treffen konnten, ohne daß einem zuvor die edleren Körperteile in einer Kommodenschublade eingequetscht wurden.

Sehr, sehr angenehm. Ein schöner, kultivierter Abend zu Hause.

Dann fielen zwei Schallplatten gleichzeitig auf den Plattenteller, eine unter die Abtastnadel und die andere auf den Tonarm, und der Plattenspieler begann fürchterlich zu kreischen.

Trace stürzte sofort zur Stereoanlage hinüber und drückte auf die Stop-Taste, doch die funktionierte nicht, und er erinnerte sich wieder daran, daß er das schon lange hatte reparieren lassen wollen. Als er endlich die obere Platte wieder auf den Wechsler hochgeschoben hatte, war die untere schon bis zur Unhörbarkeit zerkratzt.

Wo er schon mal gerade stand, beschloß er, seinen Drink aufzufüllen. Was er auch tat. Anschließend setzte er sich wieder auf die Couch, doch dann war plötzlich sein Feuerzeug leer. Er konnte in der ganzen Wohnung kein einziges Streichholz finden, daher steckte er sich seine Zigarette an einer Flamme des Gasherdes an.

Es machte ihm nichts mehr aus, sich auf diese Weise Feuer zu geben, seit er die Technik vervollkommnet hatte, sich auf einer Höhe mit der Flamme und mit zur Seite gedrehtem Kopf dem Ofen zu nähern. Das bewahrte Haare und Augenbrauen vor unnötigem Schaden. Das einzige Problem mit dem Ofen war nur, daß er ihn nicht mit ins Schlafzimmer nehmen konnte. Was würde er also später machen, wenn er im Bett noch rauchen wollte? Er konnte ja wohl kaum jedesmal aufstehen und in die Küche zum Gasherd gehen, um sich eine Zigarette anzustecken.

In einem Schrank in der Küche fand er schließlich eine der *Jahrzeit*-Kerzen, die seine Mutter bei ihren Besuchen in Las Vegas immer wieder in seiner Wohnung versteckte. In der vergeblichen Mühe, bei ihm so etwas wie religiösen Eifer wiederzuentfachen, ließ sie immer irgendwelche religiösen Artefakte zurück, und zwar so viele, daß er sich manchmal schon vorkam als lebe er in einer archäologischen Ausgrabungsstätte. Bei ihrem letzten Besuch hatte sie ein mit Perlen besetztes *Yarmulke* in seiner Kommode versteckt. Er glaubte, daß er alles Nötige besaß, um eine stilechte Totenfeier zu veranstalten, außer der Leiche eben. Sein Vater hatte gekontert, indem er ein Kruzifix in der Brotschublade versteckte.

Trace steckte die kleine Kerze an und stellte sie auf den

Couchtisch im Wohnzimmer. Dann, die Zigarette brannte, ein volles Glas Wodka in der Hand, die Füße auf dem Tisch, die Weavers trällerten aus der Stereoanlage ihre größten Hits, lehnte er sich bequem zurück und genoß einen kultivierten Abend zu Hause.

Zwei Minuten später, bei ›My Darling Clementine‹, drückte er seine Zigarette aus. Bei ›Fili-me-oo-ree-ay‹ stellte er sein leeres Glas auf den Tisch. Eine weitere Minute später war er fest eingeschlafen.

Er schlief bis um zwei Uhr morgens, dann stand er auf, zog sich aus und ging ins Bett.

Zwei Stunden später wurder er wieder wach, als Chico ins Zimmer kam. Im schwachen Licht der Badezimmerbeleuchtung konnte Trace sehen, daß sie ein taubenblaues Abendkleid trug. Als Silhouette rahmte ihr langes, glänzend schwarzes Haar ihr Gesicht wie der Kopfschmuck einer ägyptischen Königin ein.

Trace zischte: »Komm, steig hier ins Bett. Das Miststück ist heute ausgegangen.«

»Oh, du bist ja wach?«

»Natürlich bin ich wach. Ich habe die ganze Nacht kein Auge zugetan, sondern mir unentwegt Sorgen um dich gemacht. Ich dachte schon, du wärest vielleicht tot, wärst in irgendeinem Wasserbett ertrunken, daß unter der Belastung geplatzt wäre.«

»Ich hatte Geschäfte«, sagte die junge Asiatin. Sie stand immer noch in der Türe.

»Du hattest jeden Abend und jede Nacht in dieser Woche geschäftlich zu tun«, sagte Trace.

»Es ist jetzt Saison«, sagte sie konziliant.

»Ja. Jagdsaison.«

»Schlaf weiter! Ich möchte mich noch abschminken.«

»Aber du trägst doch gar kein Make-up«, sagte er.

»Dieser Bursche mochte Make-up, also habe ich Make-up aufgelegt.« Sie ging ins Bad und machte die Türe hinter sich zu. Er rauchte eine Zigarette, als sie zehn Minuten später wieder aus dem Bad kam, nackt, und auf der anderen Seite des Bettes unter die Laken glitt.

»Weißt du, ich hab' doch mit dir geschlafen«, sagte sie.

»Ja, und mit jedem anderen«, antwortete Trace bissig.

Sie rollte sich auf den Bauch und stützte sich auf die Ellbogen. Mit beiden Händen packte sie seinen rechten Unterarm und drückte zu.

»Jetzt hör mir mal genau zu«, fuhr sie ihn scharf an. »Ich bin eine Teilzeit-Nutte. Was erwartest du von mir? Willst du mich heiraten? Na los, mach schon. Mach mir einen Heiratsantrag. Trace, was zum Teufel *willst* du von mir?«

»Ich will, daß du zu Hause bist, wenn die Stereoanlage kaputt geht und ich nicht weiß, wie man das Scheißding repariert«, sagte er.

Sie seufzte, ließ seinen Arm los und rollte sich auf ihre Bettseite zurück.

»Schlaf jetzt«, sagte sie.

2

Als Trace aufwachte, hörte er Chico in der Küche Frühstück machen. Er wartete noch ein paar Minuten im Bad und versuchte sich zu entscheiden, ob er sich jetzt übergeben sollte oder nicht.

Er tat es nicht, und als er in die Küche kam, hatte Chico gerade den Tisch gedeckt und verteilte das Essen. Auf Trace's Teller kam ein Würstchen und ein Pfannkuchen. Direkt neben seinem Teller stand eine riesige Tasse mit schwarzem Kaffee.

Auf Chicos Teller landeten sieben Pfannkuchen und der Rest von einem Pfund Würstchen. Außerdem hatte sie noch ein 0,31 -Glas frischgepressten Orangensaft. Und Toast. Und Kaffee.

Trace setzte sich und sagte: »Ich kann das hier nicht alles essen.«

»Versuch's bitte wenigstens. Du mußt all das, was du jeden morgen auskotzt, doch wieder ersetzen.«

»Ich muß nach New Jersey«, sagte er. Er steckte sich eine Zigarette an.

»Wozu?«

»Ich weiß auch nicht. Irgend so eine Irrenanstalt läßt sich von alten Spinnern deren Vermögen vermachen. Irgendwas in der Richtung. Marks war gestern abend in der Stadt.«

Chico hatte den Mund voll, und sie nickte und nuschelte kaum verständlich: »Ummmm-hummmmm.«

»Irgendwie hab ich Angst, nach New Jersey zu fahren«, sagte er. »Wenn meine Ex-Frau dahinterkommt, daß ich da bin, dann bin ich ein toter Mann.«

Chico sagte: »Ummmm-hummmm. Mmphie llng dooorts naaa Mmmmmphz?«

»Ihr asiatischen Sizilianer seid wirklich ekelhaft, Mangini. Bitte mach erst mal deinen Mund leer, ehe du was sagst. Hast du auf dem College denn rein gar nichts gelernt?«

Chico schluckte. Sie brauchte drei Anläufe, bis sie schließlich ihren Mund leer hatte.

»Okay. Also, wann fährst du nach New Jersey?«

»Ich weiß nicht. Heute abend, morgen. Ich weiß wirklich nicht«, antwortete Trace.

»Weißt du, wie lange man nach Memphis braucht?« wollte sie wissen.

»Memphis in Ägypten oder Memphis, Tennessee?«

»Memphis, Tennessee, du Arschloch. Wer zum Teufel will schon nach Memphis in Ägypten?«

»Das gleiche könnte ich dich in bezug auf Memphis, Tennessee fragen«, sagte Trace. »Was willst du wissen.«

»Wie lange dauert es bis nach Memphis?«

»Von New York aus?«

»Ja. Versuchs mal damit. Von New York aus.«

»Zwei Stunden und achtundzwanzig Minuten ab Kennedy Airport«, sagte Trace.

»Ich glaub einfach nicht, daß du mir das geantwortet hast«, sagte Chico.

»Und warum nicht?«

»Weil man normalerweise auf eine Frage nicht so antwortet«, sagte sie. »Man fragt irgendwen, wie lange man nach Memphis braucht, und man erhält dann nicht zur Antwort: Zwei Stunden und achtungzwanzig Minuten. Nein, man bekommt viel mehr zur Antwort, na ja, zum Beispiel, oh, drei Stunden ungefähr, oder irgendwas in der Richtung. Kein Mensch antwortet auf so eine Frage mit zwei Stunden und achtundzwanzig Minuten.« Sie zögerte. »Das hast du doch frei erfunden, stimmt's? Du weißt gar nicht, wie lange man nach Memphis braucht.«

»Ich weiß es«, sagte Trace hartnäckig. »Es dauert exakt zwei Stunden und achtundzwanzig Minuten. Es gibt einen Delta-Flug um neun Uhr morgens ab JFK, der um zehn Uhr achtundzwanzig in Memphis landet. Die Zeitdifferenz zwischen New York und Memphis beträgt eine Stunde. Also, Memphis, Tennessee, meine ich. Die Zeitdifferenz zu Memphis in Ägypten beträgt glaube ich zwei Wochen.«

»Ich weiß, daß mir das noch leid tun wird«, sagte sie, »aber ich muß jetzt wirklich wissen, woher du weißt, daß es zwei Stunden und achtundzwanzig Minuten nach Memphis dauert.«

Die Zigarette hatte Traces Magen inzwischen beruhigt, und er glaubte, daß er es jetzt wagen konnte, ein bißchen zu frühstücken. Also trank er seinen Kaffee und war zufrieden, als er unten blieb.

Als er wieder aufschaute, starrte Chico ihn an. Selbst ohne Make-up hatte sie lange Wimpern und dunkle Konturen um die Augen. Genau über ihren hohen Wangenknochen hatte sie eine gesunde Farbe, und ihre langen Haare schimmerten beinahe bläulich im Licht der Sonne, das durch das Fenster in den Raum fiel. Sie war eine sehr kleine Frau mit zierlichem

Knochenbau, doch sie hatte den durchtrainierten Körper einer Tänzerin, und Trace dachte, daß er noch nie zuvor eine so schöne Frau gesehen hatte.

»Ach, da war mal diese Frau«, sagte er, »und ich war wirklich unheimlich in sie verknallt. Das war vor deiner Zeit.«

»In mich bist du nie verknallt gewesen«, sagte Chico. »Wir sind Zimmergenossen, weil du nicht gerne allein schläfst. Entweder ich oder ein Nachtlicht.«

»Ich streite nicht gerne beim Frühstück«, sagte er, »also lasse ich das mal so durchgehen. Jedenfalls war es nach meiner Scheidung. Ehe ich dich kennengelernt habe, war da diese Frau und ich habe sie wirklich sehr geliebt.«

»Wie war sie?« wollte Chico wissen.

»Sie war fett wie ein Nilpferd und sie hatte dicke behaarte Beine und schwarzen Dreck unter ihren Fingernägeln. Was meinst du damit: ›Wie war sie?‹ Sie war schön, natürlich. Sie hatte rote Haare und war sehr schön und lustig und intelligent und sexy und gutherzig, und sie wußte auch nicht, wie weit es bis nach Memphis war. Wir hatten mal darüber gesprochen, ein paar Tage Urlaub in Memphis zu machen, und da habe ich gesagt, ich fahre, und sie sagte, nein, es ist viel zu weit, um dorthin zu fahren, und ich sagte, nein, das ist es nicht, und sie sagte, doch, muß es aber sein, denn der Flug dauert ja schon vier Stunden, und ich sagte, kann ja gar keine vier Stunden dauern, weil man erheblich schneller in Miami ist, und nach Memphis war es nicht so weit wie nach Miami.«

»Klingt bis jetzt alles sehr logisch und plausibel«, meinte Chico.

»Stimmt«, sagte Trace. Er beschloß, daß es wahrscheinlich immer noch etwas früh für das Frühstück war, also stellte er seine Tasse wieder ab. »Also sagte sie, ich wäre blöd, weil Memphis ja in einer ganz anderen Richtung als Miami liegt, und daraufhin hat sie dann zwei verschiedene Fluggesellschaften angerufen, und die Idioten haben ihr dann gesagt, daß der Flug nach Memphis vier Stunden dauert, und sie sagte: ›Siehst du?‹ Also habe ich auch eine Airline angerufen, und das war die Delta, und die haben mir dann gesagt, daß es zwei Stunden und achtundzwanzig Minuten dauert, und sie haben mir auch noch die genauen Abflugs- und Ankunftszeiten gegeben, und ich habe ihr das dann alles erzählt, und dann habe *ich* gesagt: ›Siehst du?‹ Na ja, jedenfalls stellte sich dann heraus, daß die beiden Airlines, die sie angerufen hatte, ihr die Zeiten mit einem Zwischenaufenthalt in Atlanta gegeben haben, und ich sagte, wenn sie wollte, daß der Flug wirklich richtig lange dauerte, dann könnte ich es so arrangieren, daß sie einen Zwischenaufenthalt in San Diego haben würde, und das fand sie dann gar nicht komisch, und sie nannte mich einen rechthaberischen Schwachkopf und hat mich einfach verlassen. Sie sagte, ich hätte die falsche Einstellung.«

»Das ist wirklich eine traurige Geschichte«, meinte Chico.

»Ich weiß. Ich habe sie wirklich geliebt.«

»Hast du sie je wiedergesehen?« wollte Chico wissen.

»Nein. Ich sehe sie immer vor mir, wie sie endlos fliegt, wie sie einen Anschlußflug nach dem anderen Anschlußflug nimmt und niemals ein Flugzeug erwischt, daß in Memphis, Tennessee landet.«

»Ich muß jedenfalls nach Memphis«, sagte Chico. »Ich dachte mir, daß ich vielleicht zusammen mit dir in den Osten fliegen und dann in eine Maschine nach Memphis umsteigen könnte.«

»Das dauert dann zwei Stunden und achtundzwanzig Minuten«, sagte Trace. »Wieso willst du eigentlich überhaupt nach Memphis, Tennessee?«

»Meine Schwester ist da unten bei Verwandten zu Besuch. Ich dachte mir, daß ich vielleicht eine Weile bei ihr wohnen könnte. Mir stehen ein paar Tage Urlaub zu.«

»Aha«, machte Trace. »Ich wußte ja gar nicht, daß du Verwandte unten in Memphis, Tennessee hast.«

»Könntest du vielleicht bitte aufhören, dauernd Memphis, Tennessee zu sagen, als gäbe es noch ein anderes

Memphis nicht in Tennessee?« fuhr Chico ihn an. »Wir haben überall Verwandte. Das ist eine japanische Verschwörung, um Amerika von innen heraus zu besiegen.«

»Okay«, räumte Trace ein. »Warum besorgst du uns dann nicht zwei Plätze in einer Maschine nach New York?«

Chico nickte und widmete sich wieder ihrem Frühstück. Trace rauchte eine weitere Zigarette, nippte wieder an seinem Kaffee, stand auf und sagte: »Danke für's Frühstück.« Dann ging er ins Bad und übergab sich.

Als er wieder aus dem Badezimmer herauskam, telefonierte sie gerade mit irgendeiner Airline, und Trace brüllte: »Und vergiß nicht, daß du noch zwei Stunden und achtundzwanzig Minuten brauchst, um nach Memphis, Tennessee zu kommen.«

Es war kurz vor Mitternacht. Trace stand in der Nähe des Einganges des Araby Casino und beobachtete Chico bei der Arbeit. Genau wie alle anderen weiblichen Blackjack-Kartengeber trug sie ein Harem-Kostüm bestehend aus weiten, bauschigen durchscheinenden Pantalons und einem sehr tief ausgeschnittenen, mit Pailletten besetzten Oberteil. Sie arbeitete an einem Fünfundzwanzig-Dollar-Tisch, und um die Überanstrengung ihres Rückens durch das dauernde über den Tisch lehnen zu lindern, stand sie auf einem gut fünfzehn Zentimeter hohen Podest.

Drei Männer spielten an ihrem Tisch, und Trace wußte sofort, daß sie verloren, weil Chico an einem Streifen plapperte, sehr strahlend lächelte und die Karten sehr schnell austeilte. Die Vorschriften für Kartengeber waren von Casino zu Casino ziemlich gleich: Wenn die Spieler verlieren, teile schnell aus und rede viel; wenn sie gewinnen, verzögere das Spiel und sorg dafür, daß sie sich betrinken.

Ein fetter kleiner Aufseher, der in seinem schlechtsitzenden Smoking wie ein verkaterter Pinguin aussah, stand neben Chico, während sie austeilte. Trace sah, wie er irgendetwas zu den Spielern am Tisch sagte und Chico wurde rot. Sie hörte auf zu reden, während der Aufseher mit den Spielern scherzte, und einen Augenblick später, als ihre Ablösung eintraf, klatschte sie einmal kurz in die Hände, so daß die Kamera über dem Tisch sehen konnte, daß sie keine Chips gestohlen hatte. Dann verließ sie schnell den Spieltisch.

Sie hatte Trace nicht gesehen, doch er folgte ihr eine Rolltreppe hinunter und ging dann durch eine Türe mit der Aufschrift Zutritt Verboten in den Aufenthaltsraum für Casino-Angestellte, wo Chico vor einem Fenster, das auf den Parkplatz hinausführte, stand und eine Zigarette rauchte.

Sie drehte sich um, als sie hörte, wie die Tür geöffnet wurde, sah ihn, versuchte ein Lächeln, und sagte: »Hi, Trace.«

»Was ist los?«

»Dieser verdammte Scheißkerl.«

»Hier mußt du dich schon ein bißchen genauer ausdrükken«, sagte Trace. »Was für ein Scheißkerl?«

»Dieser fette Irre von einem Aufseher. Ernie.«

»Was hat er gemacht?« fragte Trace.

»Ich habe dir schon von ihm erzählt. Er spielt jetzt schon die ganze Woche Arsch-Grabschen mit mir. Seit er diesen Job gekriegt hat.«

»Meine Güte, das bist du doch von diesen Kerlen gewohnt.«

»Damit werde ich fertig, Trace. Ich habe ihm nett, aber nachdrücklich gesagt, nein danke, doch er läßt mich einfach nicht mehr in Ruhe. So, und vorhin gebe ich diesen drei Knallköpfen die Karten, und er kommt rüber und erzählt ihnen, daß er mich versteigern würde, daß ich mit dem Meistbietenden ins Bett gehen würde. So eine Scheiße hat mir gerade noch gefehlt.«

»Und was hast du gesagt?« fragte Trace weiter.

Sie zuckte die Achseln. »Nichts. Meine Ablösung ist gekommen und ich hab' gesehn, daß ich da rauskomme. Das würde er alles nicht machen, wenn ich mit ihm ins Bett ging.

Ich glaube, ich werde wieder an den Tisch gehen und ihm sagen, daß er sich seinen Job nehmen und in den Arsch schieben kann.«

Trace sagte: »Das ist deine letzte Schicht. Du wirst einfach zurück an den Tisch gehen und weiter Karten ausgeben als wäre nichts passiert.«

»Du bist mir schon eine große Hilfe, Kumpel«, sagte sie angewidert. Sie drehte sich um und drückte ihre Zigarette aus, und als sie sich dann wieder umschaute, war Trace fort.

Oben nahm Trace fünftausend Dollar in bar aus dem Schließfach, daß er beim Kassierer des Casinos hatte. Er stopfte sich das Geld in seine Hosentaschen und ging dann zu dem Zigarettengeschäft im Hotelfoyer, wo er sich eine Sonnenbrille mit tränenförmigen Gläsern kaufte. Er setzte die Brille auf, und auf der Toilette feuchtete er sich seine Haare an, kämmte sie gerade nach hinten zurück und teilte sie schließlich in der Mitte. Als er zu Chicos Tisch kam, spielte dort niemand mehr, und die junge Frau stand dahinter, die vier Kartenspiele ausgebreitet vor ihr, damit jeder potentielle Spieler sehen konnte, daß sie vollständig waren.

Er setzte sich auf den Stuhl ganz rechts von ihr, und als sie ihn sah, sagte sie: »Wozu zum Teufel hast du dich so verkleidet? Du siehst aus wie Alfalfa.«

»Halt den Mund«, sagte er leise. »Du kennst mich nicht. Teil aus!«

Sie mischte die Karten, und Trace holte sein dickes Bündel Hunderter heraus und legte es vor sich auf den Tisch.

»Chips, Mister?« fragte sie.

»Nein«, brüllte Trace. »Wir spielen um Bares.« Er legte einen Hundert-Dollar-Schein vor sich.

»Bargeldeinsatz, ein Hunderter«, sagte Chico gerade laut genug, daß Ernie, der Aufseher, es hören konnte, der dann herüberkam und sich neben sie stellte, als sie das erste Blatt austeilte. Trace hatte einen Blackjack und sie zahlte ihm 150 Dollar in Chips als Gewinn aus.

»Juhuu«, sagte er mit belegter Stimme. »Jetzt hab' ich euch

Trottel. Ab geht's.« Er warf dem schwammigen Aufseher einen verstohlenen Seitenblick zu. »Fünftausend hab' ich euch Leuten heute schon abgeknöpft. Ich werde das verdammte Casino einfach kaufen.«

»Wie lange spielen Sie schon?« wollte Ernie wissen.

»Den ganzen Abend. Und ich hab' hier gewonnen und im Trop und im Caesar's, und jetzt bin ich wieder hier, und ich werde euch Leute ordentlich bestrafen. Verdammt, das werde ich!« Er zog seine tränenförmige Brille ab und zwinkerte Ernie zu. »Sofern nichts anderes dazwischenkommt.«

Chico gab Trace zwei Zehnen, und er teilte sie in zwei Hände, verdoppelte gleichzeitig seinen 250-Dollar-Einsatz. Er zog zwei weitere Zehnen, blieb dabei und gewann mit beiden Blättern. Chico zählte weitere fünfhundert Dollar in Chips aus und schob sie vor ihn.

»Und weiter geht's, Herzchen«, sagte Trace. Er schob seine tausend Dollar in bar und Chips in den Einsatz-Kreis, und Chico gab ihm einen weiteren Blackjack.

»Juhuu. Süße, ich geb' dir einen Dollar, wenn du mich weiter gewinnen läßt.«

»Sorry«, sagte Chico. »Das Casino gibt mir zwei, wenn ich Sie verlieren lasse.«

»Und ich geb' dir drei, wenn du mit mir nach Hause kommst«, sagte Trace.

»Hat die ganze Kompanie gesammelt, damit sie Sie in die große Stadt schicken können?« fragte sie.

»Nein, das ist alles meins. Ich bin Milliardär!«

Ernie beobachtete alles aufmerksam, und Trace wußte ganz genau, wie er in diesem Augenblick schnell überschlug, daß dieser Hinterwäldler mit Sonnenbrille gerade eben 2.500 Dollar des Casinos gewonnen hatte. Ein großer Gewinner in Ernies Schicht würde nicht besonders gut für den neuen Aufseher aussehen.

Trace griff unter sein Jackett, hinter seinen Rücken und drückte auf einen Knopf, als Ernie sich zu ihm herunterbeugte.

»Hören Sie«, sagte Ernie. »Die Lady hier ist zu haben.«

Trace hob eine Augenbraue und klatschte sein feuchtes Haar wieder an den Kopf. Er beugte sich dicht zu Ernie.

»Sie meinen, um die schmutzige Nummer abzuziehen?«

»Sie wird jede schmutzige Nummer abziehen, die Sie haben wollen«, versicherte Ernie ihm. »Das machst du doch, oder?«

Chico starrte mit steinerner Miene stur geradeaus.

»Das könnten Sie für mich arrangieren?« fragte Trace und sprach dabei betont schleifend, um angetrunken zu klingen.

»Grundsatz unseres Casinos. Für einen so guten Spieler wie Sie wäre mir das ein Vergnügen.« Ernie lächelte. Seine Zähne waren gelb.

»Darf ich Sie dafür entschädigen?« fragte Trace. »Erlaubt das Casino so etwas?«

»Nun, was Sie nicht wissen, kann ihnen auch nichts ausmachen«, erwiderte Ernie.

Trace stand auf. Er stopfte sein Geld und seine Chips wieder in seine Taschen, und sagte zu Ernie: »Kommen Sie mal mit hier herüber. Wir müssen kurz miteinander plaudern.«

Er ging zu einer Gruppe unbesetzter Tische hinüber und setzte sich. Als Ernie ebenfalls kam, griff Trace unter sein Hemd und holte einen kleinen Cassettenrecorder hervor, den er sich mit Klebeband auf seiner Taille befestigt hatte.

Ernie blickte den Recorder überrascht an, als Trace die alberne Sonnenbrille von der Nase nahm und sie in die Brusttasche seines Jacketts steckte.

»Was ist das?« fragte Ernie.

»Etwas, dem du sehr genau zuhören solltest, Arschloch.«

Trace drückte auf einen Knopf, und Ernie zuckte zusammen, als er seine eigene Stimme hörte. »Die Lady ist zu haben. Sie wird jede schmutzige Nummer abziehen, die Sie haben wollen . . . Das machst du doch, oder?«

Ernie griff nach dem Recorder, doch Trace legte schnell seine große Hand über die Wurstfinger des fetten Mannes.

»Weiß das Casino, daß du hier den Zuhälter markierst?« fragte Trace.

»Sie sind gar nicht betrunken, stimmt's?«

»Nein«, antwortete Trace. »Ich denke, du solltest jetzt mal deinen Chef rufen.«

»Ich werde den Sicherheitsdienst rufen, das werde ich tun«, sagte Ernie. »Ich lasse deinen Arsch achtkantig hier rausbefördern!«

»Du kannst sie ja gerne rufen, aber wenn du das nächste Mal hier vom Casino aus irgendwen anrufen willst, wird dich das einen Dime kosten. Los, hol jetzt den Chef!« sagte Trace betont kühl.

Ernie drehte sich um und blickte zu der Insel mitten in dem Ring aus Tischen hinüber, doch ehe er auch nur noch ein Wort sagen konnte, stand ein großer schlanker Mann mit einer tiefbraunen Haut auf, kam zu ihnen herüber, ging einfach an Ernie vorbei und umarmte Trace.

»Wie geht's altes Haus?« fragte er. »He, was zum Teufel hast du mit deinen Haaren gemacht?«

»Ich bin inkognito hier. Ich werde diese Spielhölle hier sprengen«, sagte Trace. »Und das, während du noch Dienst hast. Vielleicht sorge ich sogar dafür, daß du fliegst.«

»Wenn du gewinnst, beschwert sich kein Mensch«, sagte der Saalmanager. »Du hast Ernie schon kennengelernt?«

»Gerade eben. Wir haben uns ganz nett unterhalten«, sagte Trace.

»Unser neuer Mann«, sagte der Manager. Er klopfte Ernie auf die Schulter. »Paß auf, Ernie. Das hier ist Trace. Gleichgültig was er haben will, er bekommt es. Verstanden?«

Ernie schluckte und nickte. »Ich dachte, er wäre ein Falschspieler, der die Karten mitzählt«, sagte er. »Ich wollte ihn rausschmeißen.«

»Falschspieler?« wiederholte der Manager. »Er kann nicht mal das Kleingeld in seiner Tasche zählen.«

»Er hat ein Zehner-Pärchen geteilt«, meinte Ernie.

»Ach, das ist doch gar nichts. Ich habe einmal selbst erlebt, wie er einen Blackjack für eine Elf gehalten hat und seinen Einsatz dann darauf verdoppelt hat. Er ist mit Abstand der schlechteste Blackjack-Spieler der Welt.«

»Er gewinnt«, sagte Ernie.

»Er gewinnt immer. Laß ihn in Ruhe. Vergangenes Jahr haben zwei ausgefuchste Burschen uns um eine halbe Million erleichtert, bis Trace dahintergekommen ist, auf welche Weise wir geschröpft worden sind. Und davor . . . Ach, vergiß das alles. Er ist ein persönlicher Freund des Besitzers. Laß ihn einfach in Ruhe.«

Ernie nickte und der Saalmanager drehte sich wieder zu Trace um. Dann hörte er, wie irgendwer ihn quer durch den Raum rief. »Muß jetzt weg, Kid. Wir sehen uns noch.«

»Zei gezunt«, sagte Trace.

»Danke. Laß den anderen Spielern auch noch etwas Geld übrig.« Mit diesen Worten ging der Saalmanager, und Trace widmete sich wieder voll und ganz Ernie.

»So, Ernie, jetzt wollen wir mal ein paar Dinge klarstellen«, sagte er.

»Ich wußte ja nicht . . .«

Trace fiel ihm ins Wort. »Ich werde dieses Band hier sehr gut aufbewahren, und wann immer ich Verwendung dafür habe, werde ich damit in das Büro des Inhabers latschen und es ihm vorspielen. Das solltest du dir sehr gut merken. Und merk dir noch eines, du kleiner Kretin. In Zukunft wirst du Chico in Ruhe lassen. Wenn du sie noch einmal dumm anquatschst oder wenn du sie noch einmal, gleichgültig vor wem, in Verlegenheit bringst, werde ich dieses Band hier einfach abspielen. Ich werde es abspielen und anschließend werde ich es dir in deinen gottverdammten großen Hals stopfen. Mach sie nicht sauer, denn das macht mich sauer.«

»Es . . . es tut mir leid«, sagte Ernie.

»Ja.« Trace stand auf, schob den Recorder in seine Tasche und ließ Ernie einfach stehen.

Er ging zu Chicos immer noch leerem Tisch zurück. »Ich warte an der Bar auf dich«, sagte er.

»Ist alles in Ordnung?« fragte sie.

»Alles bestens. Wie schlecht kann ein Abend denn schon sein, an dem ich zweitausend Dollar gewonnen habe?«

»Und du hast mir kein Trinkgeld gegeben, du knausriger Mistkerl«, sagte sie.

»Um dich kümmere ich mich später«, sagte Trace.

Später läutete das Telefon im Schlafzimmer, und Chico schlängelte einen Arm zu dem Beistelltischchen neben dem Bett und hob den Hörer ab.

»Hallo«, sagte sie und hörte dann ein paar Augenblicke zu.

»Also«, sagte sie, »das habe ich bereits hinter mir.« Dann legte sie auf.

Trace schaute zu ihr hoch. »Wer war's denn?«

»Ein obszöner Anruf. Mach weiter. Du hast noch gut achthundert Dollar abzuarbeiten.

3

»Ich hatte ganz vergessen, wie sehr ich es hasse, mit dir zusammen zu fliegen«, sagte Chico, während sie auf dem New Yorker Kennedy Airport auf ihr Gepäck warteten.

»Ich war doch ein Muster an Sitte und Anstand«, sagte Trace. »Ich weiß gar nicht, wovon du überhaupt sprichst.«

»Warum hast du dieser Stewardess gesagt, daß du dich streng an mohammedanische Speisevorschriften hältst?«

»Weil man andernfalls Kabeljau oder Hühnchen bekommt. Ich wollte aber Lamm«, antwortete Trace.

»Und du mußtest sie damit überzeugen, indem du eine Decke auf dem Gang ausgebreitet und dich dreimal nach Mekka verbeugt hast?«

»Ich dachte, das könnte meinem Anliegen förderlich sein. Ich hätte es ja erst gar nicht versucht, wenn ich nicht ganz sicher gewesen wäre, daß wir Richtung Osten flogen. Ich mußte einfach nur zur Nase des Flugzeugs beten. Ehrlich gesagt habe ich übrigens darum gebetet, daß der Pilot nüchtern war. Piloten saufen wie die Fische.«

»Und warum hast du ununterbrochen nach irgendwelchen Illustrierten gefragt und sie dann immer wieder zurückgehen lassen?«

»Weil alle diese gottverdammten Karten drinhatten«, antwortete Trace. »Ich habe ein neues Prinzip, nach dem ich mich streng richte. Ich lese keine Illustrierten mehr, in denen sich irgendwelche Reklame-Postkarten befinden. Die Scheißdinger fallen einem doch jedesmal nur in die Kaffeetasse. Außerdem, was steht schon auf diesen Karten? Ich seh mir den Mist nicht mal an. Wenn Inserenten für so eine Scheiße ihr Geld ausgeben, sind sie's selber schuld.«

»Ich hasse es, mit dir zu fliegen«, sagte Chico.

»Na ja, mit dir ist es aber auch nicht viel besser. Du bist auch nicht das reinste Vergnügen in dreizehntausend Metern.«

»Was denn? Weil ich keine Lust habe, mit dir unter einer Decke zu bumsen?«

»Du wolltest ja noch nicht einmal mit mir auf die Toilette gehen«, sagte Trace und machte einen Satz nach vorn, als ihr Gepäck auf dem Band an ihnen vorbeigedonnert kam. Chicos drei Taschen erwischte er, doch seine eigene ging ihm durch die Lappen, und er mußte warten, bis sie das nächste Mal an ihm vorbeikam.

Chico rief einen Gepäckträger, gab ihm ihr Ticket und schon schob er mit ihren Taschen ab.

»Ich muß jetzt los«, sagte sie zu Trace. »Paß auf dich auf.« Sie stellte sich auf die Zehenspitzen, um ihm einen Kuß auf den Mund zu geben. Einen kurzen Augenblick lang dachte er daran, sie einfach in die Arme zu nehmen und sie an sich zu drücken, doch stattdessen gab er ihr nur einen flüchtigen Kuß.

»Wo kann ich dich erreichen?« fragte er, als sie sich abwendete.

»Ich rufe dich an«, sagte sie. Und dann war sie fort.

Trace schaute ihr nach, wie sie fortging; sie war adrett, gepflegt, und ausgesprochen schön. Jedesmal, wenn sie fortging, hatte er so ein flaues Gefühl im Magen, daß zwischen ihnen alles anders sein würde, wenn sie sich wiedersehen würden. Seine Augen folgten ihr, während sie sich ihren Weg durch das Terminal bahnte, ohne etwas von den anerkennenden Blicken der Männer zu bemerken, die an ihr vorbeigingen. Und er dachte an die drei Jahre, die sie zusammengewesen waren. Er hatte Chico – eigentlich hieß sie Michiko Mangini – ihren ersten Job als Blackjack-Geberin besorgt, als sie nach Las Vegas gekommen war. Ihren zusätzlichen Job, dem Casino dabei auszuhelfen, große Nummern, die die Stadt besuchten und denen die dicke Brieftasche lokker saß, zu »unterhalten«, hatte sie sich selbst besorgt.

Es war ihre eigene Entscheidung und er hatte es eigentlich noch nie wirklich verstehen können, aber zumindest hatte dieser Nebenjob ihre Beziehung einfach und unkompliziert gehalten.

Sie war eine Hure und er war ein Säufer, ein halb Verrückter noch dazu, aber zumindest machten sie sich deswegen voreinander nichts vor.

Bis heute. Bis zu diesem plötzlichen Interesse, irgendwelche Verwandten in Memphis, Tennessee zu besuchen.

Trace drehte sich um und verpaßte seine Tasche wieder, als sie an ihm vorbeikam.

4

New Jersey hatte einen schlechten Ruf in der Welt, dachte Trace, als er New York und die George Washington Bridge hinter sich ließ und in seinem Mietwagen in das Landesinnere von New Jersey fuhr.

Die meisten Menschen, die durch den Staat fuhren, taten genau das: Sie passierten ihn auf der Durchreise, für gewöhnlich über die New Jersey Turnpike, die mitten durch einige der durch und durch häßlichsten Industriegebiete führt, die jemals von Menschen erdacht worden sind, und daher gelangt jeder nahezu zwangsläufig zu der Ansicht, daß der ganze Staat so aussehen müßte.

Nachdem seine Scheidung durch war, war Trace von New Jersey nach New York umgezogen und hatte dort die tristesten drei Monate seines Lebens verbracht. Es kostete ihn $ 31.75, seinen Wagen fünf Stunden auf einem Parkplatz an der East Forty-eighth Street abzustellen. Nach zwei Tagen Autofahren in der Stadt wurde ihm klar, daß es nur eine effektive Möglichkeit gab, von der West Side zur East Side zu gelangen: Per Luftbrücke der Nationalgarde. New Yorker machten sich nichts daraus, weil New Yorker, auch das erkannte er, keine Autos besaßen. Wenn sie Autos besäßen, würden die Straßen der Stadt ihnen das Getriebe rausreißen, und sie würden eine eigene Ölquelle besitzen müssen, um sich das Parken überhaupt leisten zu können. Die Restaurants waren überteuert, die Kellner waren mürrisch und die Taxifahrer waren gemeingefährlich. Er mußte $1.79 für eine Büchse Thunfisch zahlen. Sein Telefon funktionierte drei Wochen lang nicht, und als ihm schließlich irgendwer bei der Telefongesellschaft sagte, daß er doch, wenn ihm das nicht paßte, seine eigene Telefongesellschaft gründen sollte, zog er nach Las Vegas um. Er hatte es niemals bereut.

Wie er so in seinem Wagen auf die sanften Berge am Horizont vor ihm zufuhr, dachte Trace, daß es nur vier Dinge gab, die an New Jersey nicht in Ordnung waren: Seine Ex-Frau, seine zwei Kinder und Richard Nixon.

Mit ein bißchen Glück würde er auf seiner Reise nicht lange genug in der Gegend sein, um auch nur einen von ihnen zu treffen. Aber wenn er sich einen aussuchen könnte, dann würde er sich für Nixon entscheiden.

Harmon Hills lag fünfzig Meilen von New York entfernt und das in einer so reizvollen Landschaft, daß es durchaus in England hätte sein können.

Als er durch die hohen Ziegelsäulen fuhr, die die Einfahrt zum Sylvan Glade Country Club markierten, sah er sich plötzlich vier Straßen gegenüber, die sich in vier verschiedenen Richtungen zwischen den Bäumen verloren. Es gab kein Hinweisschild, das ihm den Weg zum Clubhaus wies, daher entschied Trace sich aufs Geradewohl für eine Straße und fuhr zehn Minuten lang planlos zwischen Fairways, an Tees und Putting Greens vorbei, bis er schließlich das Clubhaus vor sich sah, nachdem er über einen kleinen Hügel kam. Das Clubhaus lag in einer Lichtung, die in einer so tiefen Bodensenke lag, daß Trace das Gefühl hatte, sollte jemand nachts auf die Veranda des Clubhauses hinaustreten und fest mit einem Bein aufstampfen, sämtliche Golfbälle, die während des Tages irgendwo auf dem Gelände verlorengegangen waren, zum Profi-Shop hinunterrollen würden.

Trace parkte vor dem Clubhaus und marschierte durch die große doppelte Eingangstüre. Er hatte erwartet, daß ein Golfplatz-Hotel irgendeinen Schotten in Turtleneck-Pullover und vierfarbiger, karierter Hose als Empfangschef haben müßte. Doch hinter der Rezeption stand ein Mann mit geölten, an den Kopf geklatschten Haaren, die sich dermaßen dicht an seinen Schädel pressten, daß man den Eindruck bekam, nur durch sie würde sein Kopf auf seinen Schultern festgehalten. Er hatte einen bleistiftdünnen Schnurrbart und trug einen dreiteiligen Anzug, und beides sah wie aufgemalt aus: Bart und Anzug.

»Haben Sie noch ein Einzelzimmer frei?«

»Ja, das haben wir.« Trace bemerkte, daß der Mann mit unverhohlener Neugier auf seine heruntergekommene, arg ramponierte Leinenreisetasche starrte.

»Stimmt irgendwas nicht?«

»Äh, nein. Haben Sie Golfschläger, Sir?«

»Müßten eigentlich jeden Tag hier eintreffen«, antwortete Trace. »Genaugenommen habe ich die Oberfläche der Stiele meiner Eisen Nummer 5, 3 und 9 zerkratzt. Sie sind jetzt beim Juwelier und werden neu versilbert.«

Der Mann nickte einfach nur, als wäre das die normalste Sache auf der Welt, und gab Trace ein Anmeldeformular und einen vergoldeten Kugelschreiber. Es war das einzige Anmeldeformular eines Hotels, das ihm jemals untergekommen war, wo nach dem Beruf des Gastes und nach Referenzen des Arbeitgebers gefragt wurde.

Gehorsam trug Trace ein: »Vorausmann.«

Als Trace fertig war, nahm der Empfangschef das Anmeldeformular zurück und las es sorgfältig durch, ehe er irgendetwas anderes unternahm.

»Devlin Tracy. Ein irischer Name, nicht wahr?«

»Nur väterlicherseits«, antwortete Trace. »Meine Mutter ist Jüdin. Sitzt nur neben dem Ofen und klagt den ganzen Tag.«

Der Mann verzog sein Gesicht und beugte sich tiefer über das Formular.

»Für wen reisen Sie denn voraus?« wollte er wissen.

»Es ist mir leider nicht gestattet, das zu sagen, äh, wie heißen Sie noch gleich?«

»Dexter, Sir.«

»Also schön, Dexter, ich kann wirklich nicht darüber sprechen, aber lassen Sie mich mal soviel sagen, daß ich einen hohen Würdenträger des Vatikans repräsentiere, der sehr viel reist und möglicherweise schon in der nächsten Zukunft in Ihren wunderbaren Staat kommen könnte. Ich bin hier, um gewisse Vorbereitungen zu treffen. Mehr kann ich aber wirklich nicht sagen.«

»Ohhh. Der Vatikan«, wiederholte Dexter benommen.

»Nehmen Sie es mir bitte nicht übel. Es ist ein Job. Ich war früher mal Vorausmann für eine Punk-Band. Farmer Brown and the Cowflops. Schon mal von denen gehört?«

»Nein.«

»Na ja, vielleicht haben sie sie geschnappt, ehe sie bis hierhin kommen konnten. Sie waren schrecklich. Haben immer das Mobiliar aufgefressen. Und vor denen habe ich die Electrical Disturbance gemanaged. Schon mal von denen was gehört?«

»Ich fürchte nein, Mr. Tracy.«

»Vielleicht haben Sie damit auch nichts verpaßt. Die sitzen heute alle im Knast, weil sie ein Budget Six-Motel außerhalb von Tallahassee in Brand gesteckt haben. Das alles ist mir ziemlich an die Nieren gegangen, also habe ich schließlich den Job für den Vatikan angenommen. Seitdem hatte ich keinen Hotelbrand oder einen Fall von Kannibalismus mehr. Der Mann, für den ich arbeite, ist auf eine gewisse Weise richtig langweilig.« Trace zwinkerte dem Hotelangestellten zu. »Meistens sitzt er einfach nur herum und betet.«

»Oh.«

»Aber er betet nicht laut. Er . . . nun ja, er nuschelt irgendwie. Murmelt leise vor sich hin. Auf Latein. Sie verstehen, ja?«

»Wird er . . . die Person, für die sie arbeiten . . . wird er hierher kommen?«

»Das ist noch sehr geheim«, sagte Trace. »Er ist Golfer.«

»Ach, ist er das?«

»Bei langen Distanzen ist er nicht so besonders«, gestand Trace. »Doch er ist wirklich ein Wunder am Green.«

Der Empfangschef, der inzwischen vollkommen verwirrt aus der Wäsche guckte, schob einen Zimmerschlüssel über die Rezeptionstheke. »Zimmer Elf, die Treppe hinauf und dann am Ende des Ganges.«

Vielen Dank. Haben Sie hier im Haus auch ein Restaurant?«

»Tut mir wirklich sehr leid, Mr. Tracy, aber es ist heute abend geschlossen. Allerdings werden Sie vielleicht ein Sandwich in der Cocktail Lounge bekommen können.«

»Wie lange hat die Lounge denn geöffnet?« fragte Trace, während er seine Reisetasche aufhob und auf die Treppe zusteuerte.

»Ganz unterschiedlich. Manchmal bis ein Uhr nachts«, sagte der Angestellte.

»Servieren sie auch Mess-Wein?«

Trace packte seine Reisetasche aus und verstaute seine Kleider in dem massiven begehbaren Wandschrank des großen Zimmers. Er nahm ein kleines Lederetui aus der Tasche, drehte die Tasche anschließend einfach um und kippte den restlichen Inhalt in eine Kommodenschublade. Als sein Rasierapparat, die Zahnbürste und das Deo auftauchten, griff er flink danach und legte alles oben auf die Kommode.

Er setzte sich auf das Bett und öffnete vorsichtig das taschenbuchgroße schwarze Leder-Etui. Daraus wiederum nahm er ein kleines tragbares Tonbandgerät und eine Tüte mit zwei Dutzend Cassetten. Aus einer weiteren kleinen Tüte zog er ein langes, dünnes Kabel und ein zweieinhalb Zentimeter dickes Medaillon, das einen goldenen Frosch mit geöffnetem Maul darstellte.

Er schob eine Cassette in den Recorder und steckte das lange Kabel in einen Anschluß auf der Seite des kleinen Gerätes. Das andere Kabelende paßte genau in einen Schlitz am hinteren Ende des Frosches.

Er drückte auf den Aufnahme-Knopf des Recorders und sprach in das Drahtgitter, das das geöffnete Maul des Frosches bedeckte.

»CX-Vier an Tower. CX-Vier an Tower. Hier spricht Hop Harrigan, setze zur Landung an.«

Er spulte das Band zurück und drückte auf den Play-Knopf. Seine Stimme hallte durch den hohen Raum.

»CX-Vier an Tower. CX-Vier an Tower. Hier spricht Hop Harrigan, setze zur Landung an.«

Trace nickte zufrieden und grub in dem Lederetui, bis er eine Rolle mit Heftpflaster fand. Er riß zwei dreißig Zentimeter lange Streifen ab und klebte sie an das Kopfteil des Bettes. Dann zog er sein T-Shirt aus der Hose, legte den Recorder auf seinen Rücken und fixierte ihn dort mit den beiden Klebestreifen. Dann verdrehte und bewegte er sich ein paar Mal heftig, um sich zu vergewissern, daß der Recorder sicher an seinem Körper befestigt war. Schließlich zufrieden stopfte er sich seine Hemden wieder in die Hose zurück.

Er knöpfte sein Hemd auf und zog den Draht und den goldenen Frosch direkt unterhalb seines Brustbeines durch die Öffnung, dann knöpfte er das Hemd wieder zu.

Er zog das Kabel aus dem goldenen Frosch, plazierte den Frosch auf seiner Krawatte und stieß dann das scharfe Ende des Kabels durch die Krawatte wieder gerade und warf einen Blick in den Spiegel. Zufrieden, daß er alles ordentlich gemacht und von dem Draht nichts zu sehen war, griff er mit seiner rechten Hand hinter seinen Rücken und drückte auf den Aufnahme-Knopf des kleinen Tonbandgerätes.

»Hier ist Devlin Tracy, Leute, mit einer Live-Übertragung aus dem Land der tausend Schrecken, live aus New Jersey.«

Er ließ das Band zurückspulen und drückte den Wiedergabe-Knopf. Als die Nachricht laut und deutlich wiederholt wurde, nickte er bestätigend, stellte den Recorder aus, zog sein Jackett an und ging nach unten, um die Bar zu suchen.

Drei Männer saßen nebeneinander an der Theke in der Nähe der Türe, und als Trace hereinkam, warfen sie nicht einmal einen kurzen Blick auf ihn. Er ging an ihnen vorbei zum anderen Ende der Theke, wo er sich auf einen Barhokker setzte. Er konnte nirgends einen Barkeeper entdecken, also blickte er im Spiegel hinter der Theke auf die drei Männer.

Er vermutete, daß sie zusammengenommen mindestens zwei Jahrhunderte alt waren. Gekleidet waren sie wie zünftige Golfer und nippten an Gläsern mit irgendeiner dunklen, bernsteinfarbenen Flüssigkeit, bei der er auf Cream Sherry tippte.

Sie stritten sich über eine Golf-Runde und ihren unartikulierten Worten nach zu urteilen, tranken sie jetzt schon, seit diese Runde zu Ende gegangen war, und das hätte sehr gut die letzte Runde des neunzehnten Jahrhunderts gewesen sein können.

»Ed, du hast zu kurz geschlagen, weil du das Ding wie ein Baby behandelt hast. Du hast gar nicht richtig zugeschlagen.«

»Nicht richtig zugeschlagen, meine Fresse. Und ob ich richtig zugeschlagen habe, Art. Ich habe zugeschlagen, aber es ging den Berg rauf und ich habe nicht fest genug geschlagen.«

»Es lag nicht daran, daß es bergauf ging«, sagte der dritte Mann. »Es lag daran, daß du gegen die Wachsrichtung des Grases geputtet hast. Du hast einfach vergessen, daß Gras immer auf das Wasser zu wächst. Und das Wasser war in deinem Rücken, und deshalb hast du gegen die Vorderseite der Grashalme geputtet. Deshalb hat der Ball auch nicht das Loch erreicht.«

»Du bist ein Arschloch, Frank«, sagte der, den sie Ed nannten. »Du und dein bescheuertes Wasser im Rücken. Das einzige Wasser in meinem Rücken war der gottverdammte Springbrunnen am siebten Tee. Und ich habe so geputtet; weil das Gras von den Bergen fortwächst. Ich hatte den Berg im Rücken, also habe ich mit der Wachsrichtung geschlagen, und ich mußte dazu ganz vorsichtig putten, denn andernfalls wäre der Ball von mir fort gerollt.«

»Quatsch, du hast nicht richtig geschlagen, du hast das

Loch verfehlt. Bist nicht rauf gekommen, bist nicht ins Loch gekommen«, sagte der Mann namens Art.

»Hast ganz klar das Loch verfehlt. Da brauchen wir gar nicht lange drumherum zu reden«, sagte Frank.

»Ihr zwei habt keine Ahnung, Scheiße auch. Ihr puttet vom Wasser weg, und das nächste Wasser hier ist der Atlantik. Was ist denn mit dem beschissenen Pazifik? Das ist auch Wasser. Und ihr, ihr habt so einen Schiß vor den Bergen, daß euch die Rockies schon eine Heidenangst einjagen.«

»Ach, ja? Nun, wenigstens haben wir das Loch nicht verfehlt«, sagte Art.

»Ja«, meinte Frank.

»He, Sie da«, brüllte der mit Namen Ed zu Trace hinüber »Spielen Sie Golf?«

»Nein«, sagte Trace.

Frank drehte sich zu ihm um. »Was halten Sie von einem Kerl, der einen Zwölf-Fuß drei Fuß zu kurz schlägt und uns damit ein Match kostet?«

Trace seufzte tief und sagte: »Ich persönlich glaube, es waren die Sonnenflecken. Jeder weiß doch, daß wir uns derzeit in einer der Perioden mit der höchsten Sonnenaktivität seit Anbeginn des Universums befinden. Wenn die Sonnenflekken und -eruptionen ein solches Ausmaß angenommen haben, hat das Auswirkungen auf sämtliche Objekte unseres Planetensystemes, auf alle Planeten, auf alle möglichen Sphären und Bereiche. Genau aus diesem Grund fliegen die Bälle beim Baseball in diesem Sommer nicht sehr weit. Und wenn es Auswirkungen auf den Jupiter hat, meinen Sie da nicht auch, daß es Konsequenzen auf Ihr Putten haben könnte? Und ehe man sich versieht, wird es auch noch das Wetter verändern. Winter im Juli. Sie werden es erleben. Es ist genauso schlimm wie all diese russischen Raumschiffe.«

Frank wandte sich wieder seinen beiden Kameraden zu und sagte: »Er meint, es könnte vielleicht an den Sonnenflecken liegen.«

»Vielleicht war es das. Ich weiß jedenfalls, daß ich fest genug geschlagen habe.«

»Und du hast nicht fest genug geschlagen. War nicht mehr als ein müdes Tätscheln.«

Frank sagte: »Er sagt, vielleicht kriegen wir schon im Juli Winter.«

»Gut. Dann spielen wir eben das ganze Jahr nach den Winter-Regeln.«

»Die Winter-Regeln werden dir auch nicht dabei helfen, einen Ball zu putten, den du nicht richtig geschlagen hast.«

»Ach, laßt mich doch endlich in Ruhe«, sagte Ed.

Sie stritten sich immer noch, als der Barkeeper schließlich aus einem kleinen Lagerraum hinter der Theke auftauchte. Er war ein kleiner, zwergenhafter Mann, den Trace auf etwa Anfang fünfzig schätzte. Er hatte das Gesicht voller Sommersprossen und sein langsam lichter werdendes Haar war rotblond. Er hatte den O-beinigen, schlingernden Gang eines Seemannes, und Trace fand, daß er eine ziemliche Ähnlichkeit mit Popeye hatte. Über der Brusttasche seines Hemdes war der Name »Hughie« aufgestickt worden.

»So, Mr. Sonnenflecken, womit kann ich dienen?« fragte der Barkeeper.

»Finlandia on the rocks. Sie haben alles mitgehört?«

»Ich habe die letzten fünf Stunden nichts anderes gehört, als von diesem mißglückten Einlochen. Die können einen ganz verrückt machen.« Während er den Drink einschenkte, sagte er: »Und wie gefällt's Ihnen hier?«

»Bis jetzt ganz gut. Ich glaube, Whozis mag mich nicht.«

»Whozis?«

»Der Kerl hinter der Rezeption. Der mit der Fiberglas-Unterwäsche.«

»Ach, der . . . Das ist Dexter. Er mag Sie schon. Er glaubt, daß Sie das Kaff hier berühmt machen, indem Sie den Papst herholen. Haben Sie ihm das gesagt?«

»Und ich habe ihm außerdem gesagt, daß er keiner Menschenseele auch nur ein Sterbenswörtchen davon erzählen soll. Ich habe ihm das gesagt, weil er sich darüber aufzuregen schien, daß ich eine irischen Namen habe.«

»Wenigstens sind Sie kein Jude. Das würde ihn umbringen. Wir befinden uns mitten in Wasp-Land.«

»Ich bin Halb-Jude«, sagte Trace.

»Sagen Sie ihm das bloß nicht.«

»Hab ich schon gemacht. Trinken Sie einen mit?«

»Tja, warum nicht? Alles ist besser, als diesem verpatzten Putten zuhören zu müssen. Den größten Teil der letzten fünf Stunden habe ich mich dahinten im Lagerraum versteckt. Sie gehen einfach nicht nach Hause. Sind Sie auch Golfer?«

»Nein.«

»Wie kommt's daß Sie dann hier sind?« fragte Hughie. Er schenkte sich selbst einen guten Schuß Scotch ein. Trace griff unter seine Jacke und drückte den Aufnahmeknopf seines Cassettenrecorders.

»Schon mal was von einem Meadow Vista Sanatorium gehört?«

»Klar. Herzinfarkt-Village. Ich versuche schon dauernd, die drei da auch einweisen zu lassen, aber sie wollen einfach nicht. Was ist mit Meadow Vista?«

»Ein Freund von mir ist dort. Bin hier abgestiegen, weil ich ihn besuchen will. War gerade in der Gegend. Kennen Sie ihn vielleicht? Mitch Carey?«

»Klar. Ich weiß, wer das ist. Wir verkehren zwar nicht in den gleichen gesellschaftlichen Kreisen, aber ich weiß schon, wer er ist. Ich hab' ihn hier schon ein paar Mal beim Spielen gesehen. Die beiden Male, die er hier war, hat er mir jedesmal fünf Dollar Trinkgeld gegeben. Er ist schon in Ordnung. Hat eine Computer-Firma oder so was, stimmt's nicht?«

Trace hatte keine Ahnung, ob Carey eine Computer-Firma oder einen Haushaltswarenladen hatte, jedenfalls sagte er: »Klar, das ist Mitch. Er hatte einen Infarkt und jetzt ist er in

Meadow Vista. Ich heiße übrigens Tracy. Meine Freunde nennen mich Trace.«

»Hughie«, sagte der Barkeeper. Er schüttelte Trace mit einer kräftigen, sehnigen Pranke die Hand.

»Tja, und da bin ich eben hergekommen, um ihn zu besuchen. Was für ein Laden ist dieses Meadow Vista eigentlich?«

»Ich will Ihre Gefühle ja nicht verletzen. Wegen Ihrem Freund, wissen Sie?«

»Ach, so leicht kann man meine Gefühle nicht verletzen. Nur zu.«

»Okay, Meadow Vista ist so was wie ein Leichenschauhaus«, sagte Hughie. »Die Leute verfrachten ihre lieben Alten zum Sterben da oben hin. Das habe ich mir wenigstens sagen lassen.«

»So was in der Richtung habe ich auch gehört. Dabei hab' ich mir fast schon gedacht, daß da irgendwas faul sein könnte.«

»Wie? Was faul sein könnte?«

»Ach, ich weiß auch nicht«, sagte Trace. »Wissen Sie, Menschen sterben dauernd, und manchmal fragt man sich eben, ob da nicht irgendwas dahintersteckt.«

»Neee. Ich glaube, die Leute da oben, die würden so oder so sterben, ganz gleich wo sie sind. Sie sterben nur ganz einfach da oben, damit sie zu Hause die Bettlaken nicht verhunzen.«

Er wurde durch lautes Grölen am anderen Ende der Bar unterbrochen.

»Hughie, du alte Ratte. Noch mal drei.«

»Eine Sekunde, Trace.« Er brüllte zurück: »Komme schon.«

Trace schaltete den Recorder aus, bis der Barkeeper zurückkehrte. Dann schaltete er ihn wieder ein.

»Sie hatten gerade irgendwas darüber gesagt, daß die Leute in Meadow Vista sterben.«

»Ja, ich weiß auch nicht. Vielleicht ist der Laden ja nur

dazu da, damit die Leute einen Ort haben, wo sie alleine sterben können. Das finde ich ja irgendwie ganz nett. Wenn ich mal sterbe, dann will ich auch nicht, daß alle möglichen Leute um mich rumhängen und daß irgendwelche Verwandte heulen. Ich will einfach irgendwo sein, wo's sauber und ruhig ist, und dann soll Gott ruhig das Licht ausknipsen. Vielleicht ist es ja genau das, was Matteson da oben macht.«

»Matteson? Wer ist das?«

»Doc Matteson. Es ist sein Sanatorium«, sagte Hughie.

»Sie kennen ihn?«

»Ich sehe ihn ziemlich oft. Sie müssen wissen, daß das hier so was wie der einzige Schuppen in der Stadt ist, wo man ein richtiges Mittag- oder Abendessen bekommen kann. Gemeindepolitik. Der Stadtrat glaubt, daß man sich Mexikaner mit Handkarren, von denen sie Tacos verkaufen, einhandelt, wenn man Restaurants hier erlaubt. Na ja, und so kommt jeder zu uns, wenn er was essen will. Doc Matteson sehe ich ab und zu. Er ist kein Mitglied hier. Man muß mindestens hundertfünfzig sein, wenn man hier Mitglied werden will. Er kommt zum Mittagessen.«

»Zu Geschäftsessen?« fragte Trace.

»Frauen kommen auch mit. Eigentlich meistens Frauen. Immer eine Lady, immer zum Lunch. Ich glaube, er mag Frauen.«

»Ist er von hier, dieser Matteson? Hier aus der Gegend?«

»Nein. Ist erst ein paar Jahre hier. Aber er ist ein netter Kerl.«

»All diese Leute, die da oben sterben. Glauben deren Familien auch, daß er ein netter Kerl ist?« sagte Trace beiläufig.

Hughie zögerte einen Augenblick, und es war genau dieses Zögern für den Bruchteil einer Sekunde, das Trace als das erste Anzeichen dafür erkannte, daß die Person, die ausgehorcht wurde, sich langsam bewußt wurde, daß sie ausgehorcht wurde.

»Hab' noch nie was Schlechtes gehört«, sagte Hughie.

Und Trace bemerkte: »Ach, es geht mich ja auch gar nichts an. Ich will nur mal kurz reinschauen, Mitch und die Familie besuchen, und dann fahr' ich schon wieder nach Hause. Ich nehme noch einen. Und für Sie auch.«

Trace trank ruhig seinen Wodka und kritzelte auf einer Papierserviette herum, während Hughie hinter der Theke Gläser spülte. Die drei Golfer am anderen Thekenende schienen die verschiedenen Aspekte des verfehlten Loches endgültig ausdiskutiert zu haben, weil sie jetzt drei Treibschläge auf das neunte Loch sezierten. Einer der Schläge war ein klarer Whiff – man hatte danebengeschlagen –, ein Ball ging glatt in die Bäume und der dritte Ball schien in einem Brunnen sechzig Meter seitlich des Fairway gelandet zu sein. Als sie versuchten, Hughie in ihren Streit mit hineinzuziehen, kam er zu Trace zurück, um dessen Glas nachzufüllen.

»Für Sie auch«, sagte Trace.

»Hab nichts dagegen. Ich kann mich hier gut verstecken. Wenn ich weiter in dem kleinen Lagerraum bleibe, ersticke ich am Ende noch.«

Irgendwann später während ihrer Unterhaltung sagte Trace: »Nein, Sie verstehen, nein, habe ich da zu Amanda gesagt, also das ist Mitchs Frau, und sie hat mir erzählt, daß irgendwer Meadow Vista verklagen würde, weil irgendwer gestorben war und sein ganzes Vermögen dem Sanatorium vermacht hatte. Ich dachte vorhin nämlich schon, das hätten Sie auch gemeint.«

»Sie wissen nicht zufälligerweise, wie er heißt?«

»Ja. Presser oder Plesser. Irgendwas in der Richtung. Nein, halt, genau so hieß er: Plesser. Sagt Ihnen das was?«

»Ich glaube, ich habe den Namen schon mal gehört«, meinte Hughie vage.

»Ja, und seine Familie klagt jetzt oder so. Weil das Sanatorium Plesser irgendwie beeinflußt haben soll, daß er ihnen sein ganzes Geld vererbt, oder so.«

Hughie dachte einen Moment lang nach. Die Vorstellung,

daß ein Fremder etwas über Harmon Hill wußte, was er nicht wußte, schien ihn irgendwie zu kränken.

Schließlich meinte er: »Ja, vielleicht hab' ich von der Geschichte gehört. Irgendwas, daß sie das Sanatorium verklagen, weil der Bursche ihnen sein Geld nicht vermacht hat oder so.«

Und Trace wußte, daß er alles aus Hughie herausbekommen hatte, was aus ihm herauszubekommen war, also nickte er, schaltete unauffällig sein Tonband aus und sagte: »Ja, irgendwas in der Art war's wohl«, und als er seinen Drink ausgetrunken hatte, ging er. Er unterschrieb die Rechnung und gab dem Barkeeper zehn Dollar Trinkgeld.

5

Traces Aufzeichnungen:

So, es ist Montagnacht und hier bin ich also. Im Tattergreis Country Club. Morgen muß ich unbedingt eine Flasche Wodka kaufen, weil außer diesen beiden kleinen Fläschchen der Fluggesellschaft, die ich gestohlen habe, als Chico gerade wegschaute, habe ich nichts, und damit komme ich noch nicht mal über den Abend.

Das hier ist Master Tape Nummer Eins, hätte ich fast völlig vergessen zu sagen. Ich glaube nicht, daß ich besonders gut hierherpasse. Vor allen Dingen bin ich zuerst mal keine achtzig. Zweitens habe ich keine Knickerbocker. Wieso spielt man Golf eigentlich in Knickerbocker? Ich könnte mir vorstellen, je länger die Hose desto besser, weil, dann könnte man dem Ball doch einen Tritt geben und seine Position verbessern, ohne daß ein Mensch was davon mitkriegen würde. Ich bin ehrlich überrascht, daß die Schotten da nicht direkt draufgekommen sind.

Jedenfalls bin ich jetzt hier, und morgen werde ich mich auf den Weg machen und Bob Swensons Befehlen gehorchen. Ich werde die Plessers überprüfen und herausfinden, ob irgendwas an ihrer Klage, daß dem alten Knaben das Gehirn verdreht worden ist, damit er sein Geld Matteson vermacht, dran ist.

Und anschließend werde ich, vielleicht, bei den Careys vorbeigehen, und hoffentlich ist diese ganze Sache in einem Tag erledigt.

Und was mache ich dann? Ich habe keinen Schimmer, wo Chico steckt, und sie weiß nicht, wo ich bin, also besteht keine besonders große Chance, daß wir beide uns treffen können. Außer sie kommt hierher, um Golf zu spielen. Allerdings glaube ich irgendwie nicht so ganz, daß das zu einer normalen Reise nach Memphis, Tennessee, dazugehört. Jedenfalls glaube ich ja auch sowieso nicht, daß sie überhaupt irgendeine Art normaler Reise nach Memphis, Tennessee, macht.

Im Master File befindet sich eine Tonbandaufzeichnung meines Gespräches mit Hughie, dem Barkeeper, von heute nachmittag. Tut mir leid, Groucho, aber zieh jetzt keine vorschnellen Schlüsse, ja? Ich bin da nicht hingegangen, weil ich trinken wollte. Aber wenn man in eine fremde Stadt kommt und sehr schnell eine Menge herausbekommen will, dann muß man sich immer zuerst einen Barkeeper suchen. Was sie nicht wissen, das denken sie sich aus, und deshalb wird man immer seine Erfüllung finden.

Hughie kann nichts Schlechtes über Meadow Vista erzählen, außer eben daß eine Menge Leute da oben sterben. Na schön, aber sie haben sich schließlich auch auf alte Leutchen spezialisiert. Ich mache jede Wette, daß auch eine Menge Leute an Hughies Theke das Zeitliche segnen, während sie über Sonnenflecken und russische Putts streiten. Das Problem ist nur, daß in Hughies Bar kein Mensch bemerkt, daß sie tot sind.

Und Dr. Matteson könnte gut ein Schürzenjäger sein. Das

heißt für sich genommen noch gar nichts, weil schließlich eine ganze Menge Leute Schürzenjäger sind. Ich selbst war früher auch einer, bis vor einer Stunde, als ich den Entschluß faßte, von jetzt ab treu und anständig zu sein. Oh Gott, verlaß mich nicht, bis das vorbei ist.

Aber Schürzenjäger haben so eine Neigung, Geld auszugeben, manchmal sogar Geld, das sie eigentlich gar nicht besitzen. Das werde ich im Auge behalten.

Bisher habe ich eigentlich immer gedacht, daß ein Sanatorium nur für Beknackte und nicht für kranke Menschen da wäre. Ich will's nicht hoffen. Ich habe keine Lust, irgendeine Klapsmühle zu besuchen. Ist viel zu gefährlich. Wer würde mich denn schon suchen kommen und mich da wieder herausholen, wenn sie mich nicht mehr gehen lassen wollen? Du ganz sicher nicht, Groucho. Das weiß ich.

Will nur hoffen, daß diese ganze Geschichte nicht zu kompliziert ist. Denn wenn ich zu lange in New Jersey bleibe, wird der Bruno meiner Ex-Frau womöglich noch dahinterkommen und dann stecke ich in ernsten Schwierigkeiten.

Okay, und jetzt die Spesen für dieses fruchtlose Unterfangen. Flugticket und Wagenmiete und Benzin gehen auf Kreditkarte. Zimmer und die Restaurant-Rechnung von heute abend ebenfalls auf Kreditkarte. Fünf Dollar Trinkgeld für den Gepäckträger auf dem Flughafen und fünfzig Dollar für Drinks und Trinkgelder in der Bar unten. Ach ja, und fünf Dollar Trinkgeld für den Empfangschef, der mir bei meinem Gepäck geholfen hat. Er heißt übrigens Dexter, und er ist ein richtiges Schmuckstück, Groucho. Du würdest ihn bestimmt mögen.

Die Bar-Rechnung mag vielleicht ein wenig hoch erscheinen, aber ich habe mit einigen Harmon Hills-Veteranen geredet, um herauszufinden, was hier vor sich geht. So, das macht dann also alles in allem sechzig Dollar für den heutigen Tag. Und das ist zu wenig. Sagen wir also fünfundsechzig, weil ich weiß, daß ich ganz bestimmt noch ein paar Sachen gekauft habe, die ich aber vergessen habe, aufzuzählen. Ich werde diese Posten später noch gesondert und detailliert aufführen, wenn sie mir wieder einfallen.

Ich glaube, ich nehme es Bob Swenson ziemlich krumm, daß er mir diesen Quatsch aufgehalst hat. Nur weil ihm eine Versicherungsgesellschaft gehört, von der ich manchmal einen Scheck bekomme, ist das noch lange kein Grund, unsere Freundschaft für persönliche Interessen zu mißbrauchen. Ich finde es sehr ärgerlich, hier in New Jersey zu sein.

Ich frage mich, was Chico in diesem Moment wohl macht. Nein, das frage ich mich gar nicht.

6

Nachts, als Trace durch Harmon Hills gefahren war, schien es eine verschlafene, kleine ländliche Stadt zu sein, doch jetzt, bei Tageslicht, erkannte er es als ein schickes Pseudo-Dorf, in dem es genügend Boutiquen und Fachgeschäfte gab, um jedes Umhängetuch und jede Makramee-Arbeit verkaufen zu können, die jemals in Mexiko hergestellt worden waren.

Er wußte, daß er Harmon Hills nicht ausstehen können würde. Er haßte Städte mit Boutiquen. Er haßte Westport, Connecticut, und East Hampton, New York, und Carmel und La Jolla in Kalifornien. Er mochte Toledo, Ohio. Er mochte Las Vegas, wo er wohnte. Gelegentlich konnte er sich auch für Hoboken, New Jersey erwärmen, doch er hatte gehört, daß die New Yorker anfingen in Massen über den Hudson River zu kommen, um die Sandsteinhäuser von Hoboken, New Jersey, aufzukaufen, und wenn die New Yorker kamen, konnte es da noch lange dauern, bis auch die viel zu teuren Restaurants und Boutiquen, *très intimes*, hinterherkamen? Die Stadt würde mit mexikanischer Makramee überschwemmt werden. Also, vergiß Hoboken.

Trace mochte Städte mit Tankstellen, nicht Auto-Service-Centers.

Der Mann mit dem Stern-Abzeichen sagte ihm, wie er zur Sellers Street kam, und je weiter er sich von Harmon Hills Hauptstraße entfernte, wobei er sich immer an die Angaben des Mannes hielt, sah er, daß die Stadt auch noch einen Bauch hatte.

Er fuhr über ein paar Eisenbahngeleise und befand sich im älteren Teil der Stadt. Die Häuser hier waren keine Herrenhäuser oder Villen; es waren einfach nur Häuser, und den meisten hätte schon ein frischer Anstrich eine ganze Menge geholfen. Rasen waren häufig ungemäht und es gab einfach viel zuviele Dreiräder neben viel zuvielen von Unkraut gesäumten Fußwegen. Dreiräder bedeuteten Kleinkinder und Kleinkinder bedeuteten Babys, und in Amerika hatten nur noch arme Leute Kinder.

Er überprüfte die Adresse auf dem Versicherungsschein, den Walter Marks ihm gegeben hatte. Da stand 4254 ½ Sellers Street und sofort fühlte er sich unbehaglich. Er mochte keine Anschriften mit geteilten Hausnummern. Was sollte das überhaupt bedeuten? Was für Leute wohnten in einem Haus, das nur eine halbe Nummer hatte?

Das Haus war das letzte des Blockes. Ein leeres Abrißgrundstück direkt daneben war von Unkraut überwuchert. Das Haus selbst war früher einmal weiß gewesen, trieb jetzt jedoch eindeutig auf Grau zu. Die Vorderfront des Hauses wurde von einer abgeschirmten Veranda umgeben, und die Sichtblenden hatten große Löcher. Die Fliegendrahttüre besaß einen grünen Rahmen, der Trace irgendwie an einen Pro-Woche-zu-vermieten-Bungalow an irgendeinem Strand von New Jersey erinnerte. Die Türe hing leicht schief in ihren Scharnieren.

Trace drückte auf die Klingel und hoffte, daß keiner zu Hause war. Er hatte Pech.

Eine Groteske von einer Frau rumpelte durch die innere Türe und kam wie ein Sattelschlepper ohne Bremsen, der einen Abhang hinunterdonnerte, drohend auf die Fliegentüre und Trace zu. Einen Augenblick lang dachte Trace schon daran, einfach wegzurennen, doch er kam zu dem Schluß, daß sie soviel Dampf drauf hatte, daß sie ihn am Ende doch erwischen würde. Wenn er sich vielleicht ganz still und bewegungslos auf den Boden legte und seinen Kopf mit seinen Händen bedeckte, vielleicht hatte er dann eine Chance zu überleben. Er hatte gehört, daß das bei Eisbären funktionierte. Vielleicht war dieses Ding auch kurzsichtig.

»Hurensohn«, brüllte die Frau. Doch dann, gerade als es schon ganz danach aussah, als würde sie durch das dünne Drahtgeflecht der Türe krachen und Trace zu Boden reißen, ihn unter ihrem Gewicht zerschmettern, schaffte sie es, den Rückwärtsgang reinzuknallen und langsam bebend Millimeter hinter der Fliegentüre zum stehen zu kommen.

»Wer sind Sie?« fuhr sie ihn herrisch an. »Ich dachte schon, es wären wieder die gottverdammten Gören. Sie klingeln dauernd hier und dann laufen sie weg.«

Die Frau stand dicht hinter der Fliegentüre, und Trace konnte sie jetzt klar und deutlich sehen. Sie war um die sechzig und sie trug ein grün und lilafarbenes Hauskleid das vorne zugeknöpft wurde.

Einer der Knöpfe war verschwunden und ein zweiter stand im Begriff zu fliehen, wurde nur noch verbissen von einem Faden festgehalten, der mehr wegen seiner Hartnäkkigkeit als wegen des guten Geschmackes erwähnenswert war.

Die Frau hatte die fetten, schlaffen Unterarme, die Hand in Hand mit chronischer Fettleibigkeit und einer Küche im Keller einhergingen. Ihr Gesicht war in grellen, kanlligen Farben mit blutrotem Lippenstift und himmelblauem Lidschatten geschminkt. Sie hatte Eyeliner benutzt, um zusätzliche Linien an den äußeren Augenwinkeln anzubringen – eine Mode, von der Trace bislang geglaubt hatte, daß sie mit Cleopatra ausgestorben wäre. Ihre Haare waren stumpf, wie Stroh, und unglaublich fleckig in einem Farbton gefärbt, für den Trace keine bessere Bezeichnung als polierte Scheiße einfiel.

»Entschuldigen Sie bitte, Sir oder Madam«, sagte Trace. »Ich komme später noch mal vorbei.«

»Moment!« fuhr die Frau ihn an. Sie drückte die Fliegentüre auf und starrte ihn an. »Wer sind Sie?«

»Ich komme von der Garrison Fidelity Insurance Company. Ich suche eine Mrs. Gertrude Plesser.«

»Ja, das bin ich. Von der Versicherung, häh? Sie haben mit unserem Anwalt gesprochen?«

»Nein. Was ich aber besser getan hätte. Ich werde das sofort nachholen. Jetzt sofort. Bis später dann.«

Trace drehte sich um, wurde aber jäh durch den Kasernenhof-Ton der Frau zum Stehen gebracht. »Nein. Sie kommen besser jetzt rein und reden mit mir. Von der Versicherung, häh?«

Trace wollte ihr erklären, daß die Versicherung keine Schuld hatte, wofür auch immer. Doch selbst wenn es so gewesen wäre, dann war er ja immerhin nicht die Versicherungsgesellschaft, sondern nur ein armer kleiner Angestellter, der genau wie sie ihr ganzes Leben lang von der Macht der ungehemmten kapitalistischen Habgier und des Großkapitals geknechtet und unterdrückt wurde.

Aber er bekam nicht die Chance, auch nur ein Wort zu sagen, weil sie seinen Oberarm mit ihrer riesigen Pranke umklammerte und ihn hinter sich die Stufen hinaufriß.

Sie führte Trace durch die eigentliche Haustüre und durch ein Wohnzimmer, dessen hauptsächliche Attraktion aus einem angefressenen Teppich bestand. Dann gingen sie weiter einen Flur zu einer nach hinten liegenden Küche hinunter. Trace konnte die gelb und braun geblümte Tapete schon von weitem sehen, wie bei einer Vision.

Als sie näherkamen, trommelten die Klänge von Acid Rock auf seine Ohren ein. Im ganzen Haus roch es vage nach Sauerkraut, und Trace ermahnte sich, mit seiner ungeschützten Haut nur ja nichts in diesem Haus zu berühren.

In der Küche, an einem Tisch mit einer schwarz-weiß emaillierten Platte, die an den Kanten angeschlagen war, saß Ding Nummer Zwei.

Abgesehen von einem Altersunterscheid von zwanzig Jahren, hätte es sehr gut der Zwilling der Vision sein können, die Trace an der Haustüre abgeholt hatte. Tochter Plesser war genauso korpulent, genauso schlecht geschminkt und genauso modisch gekleidet, nur daß ihr Hauskleid schwarz und rot war. Sie hatte eine gewaltige Hand um eine Liter-Flasche Pepsi-Cola geschlungen, und sie trank gerade aus dieser Flasche.

»Der Kerl hier is' von der Versicherung«, verkündete Mutter Plesser. »Was sagten Sie, wie heißen Sie noch gleich?«

»Marks«, sagte Trace. »Walter Marks. Erinnern Sie mich daran, daß ich Ihnen noch meine Privatnummer gebe, wenn ich wieder gehe.«

»Ja. Mach mal Platz, Jasmine, und laß Mr. Morris hier sitzen.«

»Marks«, verbesserte Trace schnell.

Die Tochter grummelte einen Augenblick widerwillig wie ein Vulkan, der versuchte, sich zu irgendwas zu entschließen, wuchtete sich dann torkelnd von dem Küchenstuhl hoch, was wiederum an eine Luftblase erinnerte, die durch zähflüssigen Teer aufstieg.

Mrs. Plesser saß auf der einen Seite des Tisches, und Trace vermutete, daß er sich auf den anderen freien Stuhl setzen sollte. Als sie ihn wütend anfunkelte, setzte er sich hin.

»Wollen Sie was zu trinken?« fragte die ältere Frau. »Das ist meine Tochter Jasmine. Jasmine, besorg dem Mann hier was zu trinken. Und mach das Radio aus.«

»Wollen Sie 'ne Pepsi-Cola?« fragte die Tochter Trace mürrisch, während sie das Radio auf dem Kühlschrank ausschaltete.

Trace blickte auf die Flasche, die sie mit ihrer Pranke umklammerte. Knallroter Lippenstift klebte am Rand des Flaschenhalses. Er schüttelte seinen Kopf.

»Nein danke, hatte gerade erst eine Pepsi zum Frühstück«, log er.

»Vielleicht was anderes? Wie wär's mit 'nem Kaffee?« schlug Mrs. Plesser vor. »Jasmine, mach dem Mann hier einen Kaffee.«

»Nein, wirklich nicht nötig. Vielen Dank, Mrs. Plesser. Eigentlich möchte ich gar nichts.«

»In Ordnung«, sagte Mrs. Plesser.

Jasmine schien offensichtlich erleichtert zu sein, und Trace überlegte sich, daß sie wahrscheinlich nur noch neun Kisten Pepsi hatte und die auf keinen Fall mit irgendwem teilen wollte. Er warf einen verstohlenen Blick zum Herd, doch abgesehen von einer dicken Fettschicht befand sich nichts darauf. Also woher kam dann der Sauerkraut-Geruch?

»Es macht mir nichts aus, Ihnen klipp und klar zu sagen, daß wir glauben, daß sie uns ziemlich mies behandelt haben«, sagte Mrs. Plesser unheilschwanger.

»Tja, äh, genau deswegen bin ich ja jetzt hier.« Trace versuchte zu lächeln. »Ich möchte einfach sämtliche Fakten für meine Gesellschaft von Ihnen erfahren.«

»He, Mann, Sie hätten sich all die Fakten besorgen sollen, bevor Sie sagten, daß Sie das ganze Geld an diese Quacksalber im Krankenhaus auszahlen. Deswegen haben wir uns einen Anwalt genommen«, sagte sie stolz.

»Ja, das stimmt«, warf Jasmine ein. »Wir werden Ihnen den Arsch aufreißen, wir und unser Anwalt.«

»Ich kann nichts dafür, daß ich nicht weiß, was passiert ist«, sagte Trace.

»Was passiert ist? Was passiert ist, ist ganz einfach, daß mein armer Mann, Gott hab ihn selig, in das feine Sanatorium gegangen ist und daß die ihn dann umgebracht haben, das ist passiert!«

»War er denn krank?«

»Natürlich war er krank.« Mrs. Plesser warf Jasmine einen Blick zu, als müßte sie unbedingt mit irgendwem das Geheimnis von Traces vollkommener Blödheit teilen. »Geht doch kein Mensch in ein Sanatorium, wenn er nich' krank ist, oder?«

»Was fehlte ihm denn?«

»Was ihm fehlte? Was ihm fehlte war, daß er sich schon ziemlich lange nicht mehr so gut fühlte. Er hatte immer diese Kopfschmerzen und so Sachen, und er hat auch nicht mehr soviel behalten können. Es wurde irgendwie immer schlimmer mit ihm, und er hat auch nicht mehr so gut gearbeitet, also hat er ganz aufgehört zu arbeiten.«

»Wo hat er denn gearbeitet?«

»In der Autofabrik drüben in Muckluck«, antwortete die Frau. »Vierzig Jahre war er da.«

Trace war sich ganz sicher, daß er sie Muckluck sagen gehört hatte.

»Was hat denn der Arzt gesagt, was ihm fehlte?«

»Der Arzt hat gesagt, er würde langsam alt. Jasmine, mach mir einen Kaffee.«

»Ja, Mama.«

»Das war zum Schreien, weil der Doktor ist ja älter als 'ne Eiche«, sagte Mrs. Plesser. »Aber Freddie ging's immer schlechter, und die Firma hat über die Krankenversicherung dafür bezahlt, also haben wir ihn ins Sanatorium geschickt, weil, er konnte sich ja nicht mal mehr alleine anziehen und so. Er war, wie nennt man das noch . . .«

»Er war nicht kompetent, das war er nicht«, sagte Jasmine triumphierend.

»Inkompetent. Das war er. Und deswegen haben sie ihn auch um den kleinen Finger gewickelt, als sie ihn erst mal da oben hatten, und dann haben die ihn dazu gebracht, ihnen seine ganze Lebensversicherung zu vermachen.«

»Und das war wieviel?«

»Das waren hunderttausend Dollar wieviel, soviel war das«, zischte Mrs. Plesser.

»Und die Firma hat die Versicherung bezahlt?« fragte Trace.

»Ja. Weil er solange bei denen war. Das war alles, was er hatte, weil sie keine Renten zahlen, wenn man stirbt.«

»Und sie haben auch das Sanatorium bezahlt?«

»Ja.«

»Was glauben Sie, was ist mit Mr. Plesser im Sanatorium passiert?«

»Er wurde überhaupt nicht gesund, aber schlechter ging's ihm da oben auch nicht. Er hat da einfach nur rumgelegen, aber nach Hause lassen wollten sie ihn auch nicht. Ich habe ihn gefragt: ›Willst du nach Hause?‹ und er sagte: ›Sie werden mich nicht nach Hause lassen. Ich bin noch nicht soweit.‹ Sie hatten noch nicht alles von ihm gekriegt, was sie haben wollten, das war's doch. Und dann hatten sie alles, und dann ist er gestorben.«

»Woran ist er denn gestorben?«

»Sie haben gesagt, es wär' sein Herz«, sagte Mrs. Plesser in einem Tonfall, der Trace ganz klar verriet, was sie *davon* hielt.

»Was glauben Sie denn, woran er gestorben ist?« fragte Trace.

»Keine Ahnung.«

»Wahrscheinlich irgendwas Geheimes«, sagte Jasmine. »Sowas, womit sie auch Elvis umgebracht haben, damit er nicht reden konnte. Hab ich im *Enquirer* von gelesen.«

»Und John Belushi auch«, sagte Trace. »Er war drauf und dran, die Maske der Scheinheiligkeit von all den hinterhältigen Machenschaften der Videocassetten-Mafia zu reißen.«

»Das hab ich nich' gelesen«, gestand Jasmine.

»Stand wahrscheinlich in einer Nummer, die du verpaßt hast«, sagte Trace. »Haben Sie Grund zu der Annahme«, fragte er Mrs. Plesser, »daß das Sanatorium etwas Unrechtes gemacht hat? Daß sie vielleicht sogar den Tod Ihres Mannes beschleunigt haben?«

»Beschleunigt, meine Fresse! Sie haben ihn umgebracht!« sagte sie.

»Mama«,fuhr Jasmine sie scharf an.

Die Mutter funkelte die Tochter wütend an, ihre scharfen kleinen Augen glitzerten empört. »Ich soll das nicht sagen, das meint Jasmine damit. Vielleicht sollten Sie über all das besser mit meinem Anwalt reden.«

»Haben Sie Ihren Verdacht der Polizei mitgeteilt?«

»Aaaach, die Polizei!«

»Was ist denn?«

»Die stecken doch mit denen unter einer Decke. Eine arme Frau kriegt keine Gerechtigkeit, außer sie ist reich.«

»Sie haben also mit der Polizei gesprochen, die haben aber nichts unternommen?«

»Nichts, absolut nichts haben die gemacht«, sagte Mrs. Plesser.

»Wissen Sie, ob sie die Todesumstände Ihres Mannes untersucht haben?«

»Ich weiß gar nichts, außer daß sie nichts unternommen haben. Kein Mensch will einem helfen, keiner. Man kriegt . . . Arme Leute haben eben nie eine Chance. Jetzt haben wir nichts mehr, wovon wir leben können, außer meiner Sozialhilfe und dem bißchen, das Calvin nach Hause bringt.«

»Calvin?« fragte Trace.

»Ja, Calvin. Jasmines Mann. Zumindest arbeitet der jetzt, seit Papa tot ist.«

Der Sauerkrautgeruch wurde intensiver. Trace hörte, wie das Kaffeewasser auf dem Herd kochte, doch keiner schien sich daran zu stören. Er konnte sich sehr gut vorstellen, wie das Wasser in dieser Küche hier einfach verkochte, wie dann leere Töpfe auf Gasflammen standen, bis sie schmolzen oder spröde wurden und dann zerbrachen, wenn sie in Wasser getaucht wurden.

»Haben Sie vielleicht ein Foto von Mr. Plesser?« fragte Trace.

»Wozu?«

»Ich weiß auch nicht. Manchmal hilft mir das bei Fällen wie diesem hier, ein Bild, ein Gefühl für die betreffende Person zu bekommen. So, als würde ich dann nicht mehr nur mit irgendeiner Statistik, sondern mit einem richtigen Menschen zu tun haben, wenn Sie verstehen, was ich meine?«

Mrs. Plesser ließ sich das einen Augenblick durch den Kopf gehen, dann sagte sie zu ihrer Tochter: »Hol die Bilder vom Papa.«

Als die Bilder dann kamen, beschloß Trace, daß er lieber mit kalten Zahlen zu tun hatte. Mrs. Plesser nahm ihrer Tochter einen kleinen Stapel Fotos ab und reichte sie dann eins nach dem anderen Trace über den Tisch zu, damit er sie bewundern konnte.

Es waren typische Beispiele desjenigen fotografischen Stiles, der allgemein als Dreißiger Jahre Hinterhof-Art Deco bekannt ist. Da war Plesser, flankiert auf der einen Seite von seiner Frau, auf der anderen von seiner Tochter und sah aus wie ein sehr schmales Bändchen, das zwischen zwei überdimensionalen Bücherstützen eingeklemmt war. Alle drei starrten energisch in die Sonne, die sein Gesicht nicht gnädig in Schatten tauchte, sondern stattdessen enthüllte, daß der verstorbene Frederick Plesser alles andere als eine eindrucksvolle Schönheit gewesen war. Sein Gesicht sah wie das von einem unterernährten Frettchen aus, und seine dünnen Haare waren auf seinen Kopf geklatscht. Er war dürr und hatte einen vorspringenden Adamsapfel, und seine Kleidung hing um seinen Körper, als hätte er sechs Monate lang in ihnen gesteckt, während er immer mehr zusammengeschrumpft war.

Auf jedem der Bilder war immer die gleiche Gruppe zu sehen: Plesser umgeben von Frau und Tochter. – Was ziehen Sie denn zur Party an, Mr. Plesser? – Meine Frau und meine Tochter und einen Ausdruck grimmiger Verzweiflung.

Falls Plesser in seinem ganzen Leben jemals gelächelt hatte, dann gab es zumindest auf keinem dieser Fotos einen Hinweis darauf, dachte Trace, während er sich die Bilder anschaute.

Und dann kam die Krönung der Kollektion. Diese Irren

hatten doch tatsächlich ein Foto von Plesser gemacht, wie er in seinem Sarg lag. Es war ein ziemlich abgegriffen aussehender Polaroid-Abzug, und Trace dachte sich, daß es, um wirklich perfekt zu sein, von irgendeinem Künstler aus Tijuana mit körniger Farbe auf schwarzen Samt übertragen werden mußte.

»Das ist das letzte von Papa«, sagte Mrs. Plesser.

»Hätte ich mir denken können«, sagte Trace.

Er sah sich die Aufnahme an uns wußte nicht, was er da noch groß sagen sollte. Sollte er ihnen vielleicht sagen, daß der Verstorbene aber gut ausgesehen hatte? Daß er wie Randolph Scott aussah? Alle Männer über Fünfzig sahen in ihren Särgen wie Randolph Scott aus.

Aber da war noch etwas an diesem Foto, irgendeine groteske Laune eines Bestattungsunternehmers, der den lieben Verstorbenen entweder nicht gekannt oder der einen Sinn für Humor hatte. Frederick Plesser lächelte leicht, eine Fertigkeit, die ihm im Leben abgegangen zu sein schien.

»Er sieht friedlich aus«, sagte Trace, weil es genau das war, was jeder sagte, wenn er eine Leiche sah. Er gab das Bild zurück, und Mrs. Plesser starrte es einen Augenblick lang an, als müßte sie sich vergewissern, daß sie auch den richtigen Mann erwischt hatten.

»Der Bestatter hat gute Arbeit geleistet«, sagte sie. Sie stieß die Fotografien zusammen und gab sie wortlos ihrer Tochter, die sie nahm und die Küche verließ – vermutlich um sie in die Gruft zurückzubringen.

»Tja, Sie waren wirklich eine große Hilfe für mich«, sagte Trace. Er fürchtete, daß er sich, wenn er noch länger hierblieb, am Ende noch Haarlocken und andere Reliquien der Leiche ansehen mußte. »Ich breche jetzt wieder auf. Ich möchte noch . . .«

Er sprach nicht weiter, als er von der Fliegentüre ein lautes Krachen hörte, dann das Bellen eines Hundes, und schließlich das Galoppieren von Hufen den Korridor hinunter auf die Küche zu.

Einen Augenblick später stand er flach mit dem Rücken an die Wand gepresst. Ein schwarzer Hund, dem Speichel auf den Fängen schimmerte und der so groß wie die zweite Besetzung für *Der Hund von Baskerville* war, stand mit seinem gewaltigen Kopf direkt vor Traces Brustkorb und knurrte.

»Devil, aus«, schrie Mrs. Plesser.

»Schnell, die Betäubungspfeile«, brüllte Trace.

»Devil, aus«, brüllte Mutter Plesser wieder.

Der Hund rührte sich nicht und er hörte auch nicht auf zu knurren. Er nahm sich nicht mal die Zeit, Luft zu holen.

»Devil, gottverdammtnochmal!« schrie Mrs. Plesser. Trace überlegte sich, ob der Hund vielleicht taub war. »Schalten Sie sein Hörgerät ein«, zischte er.

Mrs. Plesser und Jasmine fingen an, am Nietenhalsband der Bestie zu zerren, doch das Tier wich keinen Zentimeter von der Stelle. Seine rot umrandeten Augen ließen Traces Gesicht keine Sekunde unbewacht. Das Knurren wurde kehliger. Der Schwanz hing schlaff nach unten.

Aus dem Flur hörte Trace lautes Pfeifen. Irgendwer trällerte eine Melodie. Hier stand er und drohte, jeden Moment bei lebendigem Leib aufgefressen zu werden, und irgendjemand gab draußen auf dem Flur ein Pfeifkonzert. Stop. Jede Musik sollte verstummen, bis diese schwere Krise auf Leben und Tod vorübergegangen war.

Ein Mann betrat die Küche. Er war gerade mal einssechzig groß, dafür aber drahtig und zudem sah er ziemlich kräftig aus. Sein schwarzes Haar war dünn, schmierig und ungekämmt, und er hatte einen zottigen schwarzen Bart. Er trug ein kariertes Holzfällerhemd und einen Farmer-Overall und hellbraune, knöchelhohe Arbeitsstiefel.

»Devil, hör jetzt mit dem Blödsinn auf oder du kannst was erleben«, brummte er gefährlich.

Devil wich sofort von Trace zurück, winselte einmal kurz und ließ sich in panischer Angst auf den Boden fallen.

»Wer ist das?« fragte der Mann Mrs. Plesser.

»Der Kerl heißt Morris. Er ist von der Versicherungsgesellschaft.«

»Marks«, verbesserte Trace.

»Scheiße auch, ich hätte Devil den Kerl zerreißen lassen sollen«, sagte der Mann.

»Hör jetzt mit deinen Albereien auf, Calvin«, sagte Jasmine.

»Ja stimmt, hör mit deinen Albereien auf«, sagte auch Trace.

»Das hier ist mein Mann Calvin«, sagte Jasmine.

Trace nickte und Calvin sagte: »Gut für Sie, daß Sie nicht probiert haben, mit Mama oder Jasmine hier was zu versuchen. Devil hätte Sie in Fetzen gerissen.«

»Das sehe ich«, versicherte Trace dem Mann. Er verkniff sich die Bemerkung, daß die Liga für Guten Geschmack das gleiche getan hätte. »Ich wollte auch gerade gehen.« Er wollte schon aufstehen, erstarrte jedoch sofort wieder, als Devil ihn böse anknurrte.

»Devil, ich tret dich in Arsch«, sagte Calvin.

Devil legte schnell seine Pfoten über sein Maul und schloß die Augen.

»Sie werden uns unser rechtmäßig zustehendes Geld verschaffen?« fragte Calvin.

Wenn er jetzt nein sagte, fragte sich Trace, würde der Hund dann losgelassen werden, um ihn zu zerfetzen? Und wenn er ja sagte, könnte er mit der lebenslangen Schande leben, im Angesicht der Gefahr feige gewesen zu sein?

»Ja«, sagte er.

»Gut.«

Trace versuchte wieder aufzustehen, und dieses Mal machte Devil keinen Mucks.

»Diese Leute sind zu allem fähig«, sagte Calvin. »Passen Sie auf. Wenn die dahinterkommen, daß Sie denen auf die Schliche kommen, kann man nicht sagen, was die tun.«

»Die Leute vom Sanatorium?« fragte Trace, und Calvin nickte. »Sind die gewalttätig?«

»Die haben Papa umgebracht, stimmt's nicht?« sagte Calvin.

»Was glauben Sie, wie sie es gemacht haben?« wollte Trace wissen.

»Genau wie bei Elvis Presley«, antwortete Calvin.

»Und wie bei John Belushi«, meinte Jasmine.

Trace konnte sich diese beiden sehr gut vorstellen, wie sie nachts nebeneinander in ihrem Stall lagen, sich gegenseitig den *Enquirer* vorlasen, während Jasmine eine Kiste Pepsi-Cola nach der anderen intravenös in sich hineinknallte, damit sie nur ja nicht aufstehen mußte.

Trace nickte und schlich sich vorsichtig an Devil vorbei auf den Hausflur zu. »So, ich muß mich jetzt auf die Socken machen.«

»Hören Sie, Mr. Marks, Sie kommen einfach kurz vorbei, wenn Sie noch irgendwie unsere Hilfe brauchen«, sagte Mrs. Plesser.

»'Türlich werde ich das«, versicherte Trace. Er ging den Flur hinunter und bemerkte, daß Calvin ihm folgte. Der kleinere Mann trat mit ihm aus dem Haus und sie standen neben Calvins verbeultem, mit Krebsgeschwüren übersätem Pick-up.

»Es ist nicht richtig, wissen Sie«, sagte Calvin, »daß Mama nichts von der Versicherungsgesellschaft bekommt.«

»Scheint unfair zu sein«, pflichtete Trace dem Mann bei.

»Manchmal verstehen Frauen so Sachen nicht richtig, wissen Sie«, sagte Calvin.

»Was meinen Sie damit?«

»Ich will nur, daß Sie wissen, daß Sie und ich, vielleicht, ins Geschäft kommen könnten, wenn Sie uns das verschaffen, was uns rechtmäßig zusteht.«

»Aha, ich verstehe.«

»Wir kümmern uns um die, die sich um uns kümmern.«

»Stimmt«, sagte Trace. »Können Sie mir eins verraten?«

»Klar.«

»War Mr. Plesser eigentlich glücklich?«

»Wie 'ne Muschel. Er hatte alles. Das Haus hier, eine nette Familie. Sie hätten ihn nicht umbringen sollen. Aber es gibt nichts, was die da oben nicht tun würden.«

»Was glauben Sie, warum *die*« – Trace betonte das Wort besonders – »ausgerechnet ihn umgebracht haben?«

»Wegen der Versicherung natürlich. Sie wußten eben, daß sie ihn dazu kriegen könnten, ihnen das Geld zu überschreiben, und dann konnten sie ihn einfach umbringen.«

»Glauben Sie, daß sie so was auch bei anderen Leuten versucht haben?«

»Keine Ahnung. Weil wir arm sind, vielleicht haben die sich da gedacht, sie könnten damit durchkommen. Manchmal wundert man sich wirklich, was das FBI eigentlich macht, wenn sie nicht mal die Zeit haben, so 'ne Geschichte zu untersuchen.«

»Sie haben sie darum gebeten, den Fall zu untersuchen?«

»Die hängen doch selbst in dem Komplott mit drin«, sagte Calvin. »Jeder einzelne von denen. Seit der alte J. Edgar gestorben ist, geht doch in diesem Land hier alles drunter und drüber.«

»Da haben Sie vollkommen recht«, sagte Trace und schlug dem kleinen Mann auf die Schulter. Dann warf er einen beunruhigten Blick auf die Fliegentüre, um sich zu vergewissern, daß Devil nur ja nicht zuschaute und diese Geste womöglich noch mißverstand.

»Wie heißt ihr Anwalt?« fragte Trace.

»Mr. Yule. Der beste Anwalt der Stadt«, sagte Calvin. »Sie wollen mit ihm reden?«

»Wahrscheinlich.«

»Sagen Sie ihm, daß ich demnächst zu ihm komme«, sagte Calvin.

»Alles klar. Ich melde mich wieder«, sagte Trace.

»Wir sind ganz gespannt darauf, von Ihnen was zu hören«, sagte Calvin.

Trace ging schnell zu seinem Wagen. Calvin roch auch nach Sauerkraut.

7

Auf der Vorderseite des Gebäudes trug das Harmon Hills Police Headquarter eine altmodische Fassade im Kolonialstil, doch die Fenster waren vergittert, und links und rechts der Eingangstüre befanden sich große grüne Lampen. Es war richtig niedlich, aber wenigstens war es als Polizeipräsidium zu erkennen. Das Problem bei schicken Städten mit hohen Durchschnittseinkommen wie die im Fairfield County, Connecticut, war, daß sich jeder für einen architektonischen Dessigner hielt, und daß in der Folge öffentliche Gebäude am Ende wie Läden aussahen, die Frye-Boots verkauften.

Trace fand Lt. Frank Wilcox in einem Erdgeschoßbüro des kleinen Gebäudes. Er hatte irgendwo mal gelesen, daß ein Mann mit fünfundvierzig genau das Gesicht hatte, das er verdiente, aber irgendwie bezweifelte Trace, daß überhaupt jemand Frank Wilcox Gesicht verdient hatte.

Es war ein schmales Gesicht, übersät mit den Überbleibseln der Pubertäts-Akne, und seine Nase war lang und dermaßen spitz, daß sein Besitzer sie gut und gerne als Brieföffner hätte benutzen können. Und seine Augen waren so zusammengekniffen als würde er dauernd in die grelle Sonne starren.

Wenn Wilcox 130 Pfund wog, dann hätte das Trace überrascht, doch es war eine zähe Art der Magerkeit, die ihn an einen Jockey denken ließ.

»Okay, Trace, was kann ich für Sie tun?« Er warf wieder einen Blick auf Traces Karte. »Garrison Fidelity Insurance Company. Um was handelt es sich?«

»Tja, Lieutenant, um ganz offen zu sein, ich bin zu Ihnen gekommen, um mit Ihnen über den entsetzlichen Mord zu sprechen, der im Meadow Vista Sanatorium ausschließlich wegen einer dicken Versicherungsprämie begangen worden ist, und über die schreckliche Vertuschung der ganzen Geschichte durch die hiesige Polizei, also durch Sie, durch das FBI, die CIA und die Staatliche Lotterie-Behörde.«

»Aha, Sie haben also mit den Plessers gesprochen«, sagte Wilcox verdrießlich.

»Heißt das, Sie wollen alles abstreiten? Sie werden sich nicht voll schuldig bekennen?«

»Fürchte nicht«, meinte Wilcox. Er lächelte und zeigte dabei eine Menge hübscher gelber Zähne mit großen Lücken dazwischen.

»Mist! Und ich dachte schon, ich hätte jetzt alles glasklar gelöst«, sagte Trace.

»Es gibt nichts zu lösen oder aufzudecken. Sie *haben* doch mit den Plessers geredet?«

»Ja, komme gerade von dort.«

»Wissen Sie, die gehen mir langsam auf die Nerven. Ich glaube, ich werde zu unserem Staatsanwalt gehen und dafür sorgen, daß sie wegen Verleumdung angeklagt werden. Oder übler Nachrede. Oder weiß der Teufel wegen was sonst noch. Diffamierung meiner Person.«

»Haben Sie denn einen Gerichtssaal, der groß genug für die ist?« fragte Trace.

»Wir können die Verhandlung in einem Zelt stattfinden lassen. Wollen Sie einen Kaffee?«

»Polizeipräsidium-Kaffee?« fragte Trace skeptisch.

»Versuchen Sie einfach mal. Wir haben eine neue Kanne und außerdem ist das hier eine der wenigen Polizeistationen auf der Welt, wo Kaffee auch nach Kaffee schmeckt. Waren Sie nicht zufälligerweise mal Cop? Sind ein Private Eye oder so was, hm?«

»Nein. Mein Vater war Cop in New York, und ich, tja, vermutlich bin ich wohl so eine Art Privatdetektiv. Aber hauptsächlich arbeite ich für die Versicherungsgesellschaft.«

Wilcox nickte und nahm den Telefonhörer ab. »Zwei Tassen Kaffee«, sagte er. »Dann sind Sie jetzt wegen der Plessers hier?«

Trace dachte einen Augenblick daran, auch noch den anderen Grund seines Besuches zu erwähnen, die Beunruhigung und die Sorgen der Familie von Mitchell Carey. Doch er schien Wilcox in einer guten Laune angetroffen zu haben und das wollte er zumindest jetzt nicht ändern.

»Mein Büro hat mir gesagt, daß die Plessers höchstwahrscheinlich klagen werden«, sagte Trace. »Versicherungsgesellschaften pflegen so etwas für gewöhnlich sehr ernst zu nehmen.«

»Diese spezielle Sache brauchen Sie nicht ernst zu nehmen. Passen Sie auf, ich werde Ihnen das jetzt erklären. Meadow Vista ist ein guter Laden. Gut geführt, genießt ein hohes Ansehen. Keinerlei Klagen und Beschwerden in unserer Stadt. Plesser ist an Herzversagen gestorben. Das war's auch schon. Er hat unter irgendeiner Altersgeschichte gelitten, aber er war zurechnungsfähig genug, um nicht mehr nach Hause zurück zu wollen. Er hat dem Krankenhauspersonal gesagt, wenn sie ihn nach Hause schicken würden, dann würde er einfach weglaufen. Also haben sie ihn dableiben lassen. Sie haben auch versucht, ihn zu behandeln, und vielleicht ging es ihm ja auch wieder besser, vielleicht auch nicht, jedenfalls ist er gestorben. Sie haben die Familie ja jetzt gesehen. Würden Sie denen Geld hinterlassen?«

»Die würden das nur für Pepsi und Hundefutter verplempern. Ist eine Autopsie durchgeführt worden?«

»Nein. Es gab auch keinerlei Veranlassung dafür. Die Plessers haben sich deswegen auch nicht beschwert, bis sie versuchten an das Versicherungsgeld heranzukommen, und Ihre Gesellschaft ihnen mitgeteilt hat, daß der Begünstigte der Lebensversicherung geändert worden war. Und erst da sind sie auf all diese Mordgeschichten gekommen. Vorher war alles bestens und in Ordnung. Und zu diesem Zeitpunkt war Plesser bereits beerdigt worden. Was weiß ich, diese Ghuls werden den alten Plesser wahrscheinlich wieder ausgraben und eine eigene Autopsie durchführen.«

»Haben Sie mit diesem Dr. Matteson gesprochen, der die Klinik leitet?«

»Ja. Nichts«, sagte Wilcox. »Ist ein netter Kerl. Er erinnerte sich an Plesser und meinte, daß er ein netter Mann gewesen wäre, und es tat ihm leid, daß er gestorben war. Er weiß auch nicht, aus welchem Grund Plesser beschlossen hat, ihm sein Geld zu vermachen.«

Die Türe des Büros wurde geöffnet und eine große kurvenreiche Brünette in Polizeiuniform trat mit zwei Tassen Kaffee ein. Sie stellte sie auf Wilcox Schreibtisch, nickte ihm zu, drehte sich dann um und schaute Trace an. Ein sanftes Lächeln spielte um ihre Lippen, und als sie an ihm vorbeiging, streifte ihr Bein kurz Traces Knie.

Als sich die Türe wieder hinter ihr schloß, sagte Trace: »Wie kommen Sie damit durch?«

»Womit?«

»Daß Sie sich von Frauen Kaffee bringen lassen. Ich dachte, daß wäre gegen die Verfassung oder so.«

»Ist es auch«, antwortete Wilcox. »Nur daß sie meine Frau ist. Sie bringt mir zu Hause den Kaffee, warum sollte sie es also nicht auch hier tun? Und wenn sie sich bei der Polizeigewerkschaft deswegen beschwert, lasse ich sie draußen in den Sümpfen Verkehrsdienst schieben.«

Trace nahm einen kräftigen Schluck Kaffee. »Die Plessers behaupten, sie hätten einen Anwalt.«

»Haben Sie ihn schon kennengelernt?«

»Nein«, sagte Trace. »Ein gewisser Yule oder so ähnlich.«

»Yule. Warten Sie nur, bis Sie den kennengelernt haben. Dann werden Sie verstehen, daß er wirklich der perfekte Anwalt für diesen Fall ist.«

»Ich nehme an, ich sollte wahrscheinlich noch mit dem Mann reden, bevor ich diese Geschichte hier abschließe«, meinte Trace.

»Sie gehen einfach durch den Vordereingang raus, dann rechts und ungefähr drei Blocks die Straße hinunter. Er hat sein Büro etwa in der Mitte des Blocks, über dem Drugstore.«

Trace nahm wieder einen Schluck von dem Kaffee, stand dann auf und bedankte sich bei dem Lieutenant für seine Hilfe.

»Gern geschehen.« Als Trace schon an der Türe stand, sagte Wilcox: »Falls Sie irgendwas herausfinden sollten, lassen Sie es mich wissen, ja?«

In dem Vorzimmer saß Wilcox Frau hinter einem Schreibtisch und sah einen Stapel Polizeiberichte auf blauem Papier durch.

Sie blickte zu ihm auf, und Trace lächelte und sagte: »Sie machen einen guten Kaffee.«

Sie erwiderte sein Lächeln. »Ich mache noch eine Menge Sachen ziemlich gut.«

Die Krönung des Tages erlebte Trace auf halbem Weg die enge Holztreppe hinauf, die zu Nicholas Yules Büro im ersten Stock führte. Er hörte, wie am Ende der Treppe eine Türe geöffnet wurde, schaute auf, und sah eine Frau, die die Treppe hinunterkam. Sie war eine große Rothaarige mit weit auseinanderstehenden großen braunen Augen, die von wunderbar dichten dunklen Wimpern eingerahmt wurden. Ihre Nase war schmal, gerade und, das dachte Trace zumindest, einfach perfekt, und ihre Lippen, auf denen nicht mehr als ein leicht getönter Lip-Gloss lag, waren voll und groß. Sie hatte hohe Wangenknochen und einen Teint, der dermaßen fein aussah, daß sie von innen heraus zu schimmern schien. Sie trug ein weißes Leinen-Kostüm, und wie sie die Treppe hinunterkam, sprang die Jacke des Kostüms einen Spalt auf und enthüllte einen goldenen Kettengürtel, der fest um ihre schmale Taille gebunden war. Trace blieb auf der Treppe stehen, zuerst, um sie zu bewundern, dann um zur Seite zu treten, damit sie an ihm vorbeigehen konnte.

Sie sah ihn, doch auf ihrem Gesicht war keinerlei Reaktion

festzustellen. War sie glücklich darüber, ihn zu sehen? Wütend? War sie mit ihren Gedanken vielleicht ganz woanders? Er konnte es nicht sagen, und als sie ihn auf der Treppe erreichte, lächelte er und sagte: »Sind Sie öfters hier?«

Sie sah ihm fest in die Augen und zischte: »Nicht mehr, wenn Sie öfters hier sind.« Dann streifte sie ihn und ging weiter die Treppe hinunter.

Sie ging durch die Türe und hinaus auf den Bürgersteig, ohne auch nur einen einzigen Blick zu ihm zurückgeworfen zu haben, und Trace seufzte tief. Meinte man so etwas, wenn man von zwei Schiffen sprach, die nachts aneinander vorbeifuhren? Aber hätte sie nicht wenigstens ihr Horn ertönen lassen können, als sie an ihm vorbeikam? Einen Augenblick lang hatte er das drängende Bedürfnis, Nicholas Yule einfach zu vergessen und hinter dieser Frau herzujagen, sie zu bestürmen, ihr zuzusetzen, sie anzubetteln, daß sie ihn mit zu sich nach Hause nehmen und ihn zu ihrem kleinen Liebling machen sollte, doch stattdessen drehte er sich um und setzte seinen Weg die Treppe hinauf fort.

Ehe er die Türe öffnete, hörte er aus dem Inneren des Büros ein Geräusch. Eine Posaune spielte mit voller Lautstärke ›Nola‹ , und er fand, daß das eine höchst ungewöhnliche Musik war, um in einem Anwaltsbüro gespielt zu werden. Die Muzak hatte sich mit Sicherheit verändert, seit er das letzte Mal darauf geachtet hatte.

Doch als er dann das Büro betrat mußte er feststellen, daß es keine Muzak war. Ein dünner Mann mit einer beginnenden Glatze saß hinter dem einzigen Schreibtisch des Büros, die Füße auf der Tischplatte, und spielte Posaune. Der Mann war klein, trug eine Brille mit sehr starken Gläsern, und sah ganz so aus, als würde er sich nach dem Geschmack seiner Fans anziehen. Er trug ein rotkariertes Hemd, einen blaukarierten Schlips und grünkarierte Hosen. Dazu hatte er weiße Frotteesocken und indianische Mokassins ohne Absatz an. Selbst aus drei Meter Entfernung konnte Trace einwandfrei erkennen, daß seine Schultern voller Schuppen waren.

Er blickte Trace an, nickte und spielte ›Nola‹ bis zum Ende weiter, während Trace an der Türe wartete.

Schließlich hörte der Mann auf.

»Ich suche einen Nicholas Yule«, sagte Trace.

»Weswegen?«

»Geschäftlich«, erwiderte Trace stur. Fang an mit Posaunisten zu reden, und es dauert nicht mehr lange, da sprichst du mit jedem.

»Okay«, sagte der Mann. Er legte die Posaune auf den Schreibtisch. »Meine Gage liegt bei zweihundert Dollar den Abend. Dafür bekommen Sie vier Stunden. Wir haben ein Piano, Schlagzeug, Bass und meine Posaune. Wir können eine Menge von diesem Volksmusik-Zeugs, also brauchen Sie uns nur zu sagen, welche Gäste höchstwahrscheinlich kommen, was für Leute das sind, wissen Sie, und wir legen Ihnen einen irischen Abend oder »Hava Nagilah« oder Polkas oder neapolitanische Lieblingsnummern oder was auch immer hin. Deutsche Nummern kann ich nur sehr wenige. Sie bekommen zu keinem Preis eine bessere Band, und ich singe übrigens auch, was Ihnen wiederum die Kosten für einen fünften Mann spart. Wann soll Ihre Party steigen?«

»Sind Sie Nicholas Yule?« fragte Trace.

»Was dachten Sie denn, wer ich bin?«

»Ich dachte, Sie wären Anwalt.«

»Bin ich auch. Außerdem bin ich der beste Musiker in drei Counties. Was wollen Sie? Musik oder Gesetz?«

»Gesetz«, antwortete Trace.

»Gesetze sind doch langweilig«, sagte Nicholas Yule. »Aber wenn Sie es nicht anders haben wollen . . . Bitte, nehmen Sie doch Platz.« Der kleine Mann stand auf, trug seine Posaune quer durch den kleinen Raum und verstaute sie dann in einem schwarzen Posaunenkasten. Trace setzte sich und schaute sich in dem Büro um. Zwei Dinge hingen an den Wänden: Ein Diplom irgendeiner juristischen Fakultät und der Reklamekalender einer Bank, auf dem der falsche

Monat aufgeschlagen war. Ein Stapel Aktenhefter lag auf dem einzigen Schreibtisch des Büros, und die Hälfte davon schien auf den Linoleumboden gefallen zu sein. Der größte Teil des Tisches wurde von einer Renntabelle aus der heutigen Tageszeitung bedeckt.

Yule kehrte zurück, rieb sich die Hände und setzte sich Trace gegenüber hinter seinen Schreibtisch. Er schob die Renn-Tabelle zur Seite. »So . . . Was kann ich denn für Sie tun, Mr . . .«

»Tracy.« Er gab dem Rechtsanwalt eine seiner Geschäftskarten. »Ich bin im Fall Plesser hier.«

Yule blickte kurz auf die Visitenkarte und nickte. »Tja, wurde auch langsam Zeit, daß Ihr Leute endlich Vernunft annehmt. Wenn Sie den Scheck schicken, adressieren Sie ihn an mich. Ich muß zuerst mein Honorar abziehen, wissen Sie.«

»Eigentlich habe ich im Augenblick noch nicht vor, irgendeinen Scheck zu verschicken«, sagte Trace. »Ich überprüfe diese Angelegenheit noch. Sie vertreten die Familie Plesser, ist das korrekt?«

»Ja, das ist völlig richtig, und ich habe Ihre Leute davon unterrichtet, daß wir gedenken, in dieser Sache Klage zu erheben, und ich habe außerdem alle weiteren Beteiligten davon unterrichtet. Und ich werde sobald wie möglich vor Gericht gehen. Es ist eine juristische Fehlgeburt, genau das ist es. Nein, es ist noch schlimmer als eine Fehlgeburt. Es ist eine Abtreibung. Eine vorsätzliche, brutale und abgefeimte Abtreibung.«

»Was?« fragte Trace.

»Der armen Mrs. Plesser das vorzuhalten, was ihr rechtmäßig zusteht. Sie war dreißig Jahre lang mit diesem Mann verheiratet; sie hat ein Witwenrecht auf alles, was ihm gehörte. Sie wissen, was Witwenrechte sind?«

»Nein.«

»Nun, es ist zu kompliziert, jedenfalls hat sie sie, und wenn Ihre Gesellschaft nicht zahlt, dann wird ihre Firma am

Ende ziemlich belämmert aus der Wäsche gucken, das verspreche ich Ihnen.«

Er machte den Eindruck, als wolle er so noch eine Weile fortfahren, also sagte Trace: »Mr. Yule, eine kleine Pause, ja. Ich bin nicht der Feind. Meine Gesellschaft hat mich hergeschickt, damit ich herausfinde, was eigentlich los ist, und ich werde ihnen Bericht erstatten müssen. Wenn sie meinen Bericht erhalten und gelesen haben, werden Sie entscheiden, was weiterhin zu tun ist. Also, warum erzählen Sie mir nicht einfach, was überhaupt los ist.«

»Was möchten Sie wissen?«

»Glauben Sie, daß Druck auf Mr. Plesser ausgeübt worden ist, um ihn dazu zu bewegen, seine Versicherungspolice zu ändern?«

»Keine Ahnung.«

»Oh. Okay. Glauben Sie, daß irgendetwas Merkwürdiges oben in Meadow Vista mit ihm passiert ist?«

»Zum Beispiel was?«

»Die Familie scheint der Überzeugung zu sein, daß er ermordet wurde.«

»Keine Ahnung.«

»Wenn Sie nichts dageben haben, wenn ich das mal so ausdrücke: Sie sind nicht gerade ein guter Advokat für Ihre Partei«, sagte Trace.

»Fakten interessieren mich nicht. Bei dieser Sache handelt es sich um Billigkeitsrecht. Es geht um Fairneß. Was fair ist. Fair ist, wenn Mrs. Plesser das Versicherungsgeld ausbezahlt bekommt. Das ist fair, mein Lieber. Das habe ich auch Ihrer Gesellschaft mitgeteilt, und Dr. Matteson ebenfalls, aber wenn sie nicht bezahlen wollen, dann werden wir eben vor Gericht gehen, und dann wird es diese arme, kleine alte Frau gegen die große Versicherungsgesellschaft und den großen Doktor sein, und ihr werdet am Ende alle wie die Idioten dastehen.«

»Angenommen, Sie verlieren?« fragte Trace. »So was kommt vor Gericht schon mal vor.«

»Meine Posaune kann man mir nicht abnehmen. Oder meine Stimme. Ich habe von Natur aus eine wunderbare Tenorstimme.«

»Ich hatte eigentlich in erster Linie nicht an Sie gedacht. Ich meinte die Familie Plesser«, sagte Trace.

»Wissen Sie, ob die singen?«

»Was?«

»Es gab mal zwei fette Schwestern, die gesungen haben. Ich kann mich im Moment nicht mehr an ihre Namen erinnern. Vielleicht kann ich Mutter und Tochter dazu bewegen, eine Nummer auf die Beine zu stellen. Sie könnten mit meiner Band arbeiten. Dolly und Polly könnte ich die zwei nennen. Eine echte Neuheit. Wissen Sie, ob sie singen? Ich suche noch einen Sänger.«

»Ich glaube, sie können das Pepsi-Cola-Lied«, sagte Trace. »Aber was diesen Fall angeht. Welches Ergebnis würden Sie denn gerne sehen?«

»Daß Ihre Gesellschaft Mrs. Plesser die Versicherungssumme auszahlt. Aber schicken Sie mir das Geld, damit ich mein Honorar bekomme. Oder daß Dr. Matteson das Geld Mrs. Plesser übergibt. Er kann . . .«

»Ich weiß. Es Ihnen schicken, damit Sie Ihr Honorar abziehen können«, sagte Trace.

»Sie glauben, daß ich es bei dieser Sache nur auf das Honorar abgesehen habe, oder?«

Trace zuckte mit den Achseln.

»Tja, ich kann eine ganze Menge mehr Geld mit meiner Band verdienen«, sagte Yule. »Und noch etwas. Ich brauche keine Fälle. Ich habe Fälle. Das hier sind alles Fälle.« Er deutete auf den Stapel Aktenhefter auf seinem Schreibtisch, stieß sie aus Versehen an, und schon fielen alle auf den Boden. Trace wollte sich schon bücken, doch Yule sagte: »Lassen Sie nur, lassen Sie nur. Nichts dabei, was wirklich dringend ist. Ich bring das später wieder in Ordnung. Sind Sie hier aus der Gegend?«

»Nein. Las Vegas«, antwortete Trace.

»Oh, Las Vegas.« Yule schien interessiert. »Eines Tages möchte ich meine Band auch mal nach Las Vegas bringen. Wie ist es denn da unten so?«

»Trocken«, meinte Trace.

»Ich meine mit Arbeit.«

»Keine Ahnung. Ich arbeite nicht«, sagte Trace.

»Sie wissen nicht zufälligerweise, was man da unten für einen Auftritt in einer Bar oder einem Nachtclub bekommt, oder?«

»Nein, tut mir leid.«

Yule kaute auf seinen Lippen herum und schüttelte seinen Kopf. »Wieso sollten die einen Kerl aus Las Vegas statt einen von hier aus der Gegend schicken?«

»Ich habe gute Freunde in der Stadt. Ich habe mich freiwillig für diesen Job gemeldet, damit ich sie besuchen kann. Vielleicht kennen Sie sie ja auch. Die Familie von Mitchell Carey.«

»Der alte Mann ist krank. Wußten Sie das?«

»Ja. Hab gehört, er wäre auch in Meadow Vista«, sagte Trace.

»Hatte einen Infarkt. Ist er ein Freund von Ihnen?«

»Ja.«

»Passen Sie auf ihn auf. Könnte sein, daß er aus diesem Krankenhaus nicht mehr rauskommt.«

»Was meinen Sie damit?«

»Mr. Plesser ist nicht mehr rausgekommen«, sagte Yule.

»Sie können mir doch nicht einfach so was sagen und dann kommt nichts mehr«, sagte Trace.

»Denken Sie an meine Worte!« sagte Yule. Er lächelte Trace an, der schließlich erkannte, daß Yule nichts mehr sagen würde. Er stand auf.

»Danke für Ihre kostbare Zeit, Mr. Yule. Falls Sie mir noch irgendetwas sagen wollen, irgendetwas von dem Sie wissen, daß es meine Firma veranlassen könnte, zu einer Einigung zu kommen, dann lassen Sie es mich einfach wissen. Ich wohne im Sylvan Glade.«

»Netter Laden.«

»Ja.«

»Fragen Sie doch mal, ob die an Wochenenden vielleicht eine Band haben wollen«, sagte Yule.

Trace nickte und ging zur Türe. Als er schon fast draußen war, blieb er noch einmal stehen und drehte sich um. Yule nahm gerade wieder seine Posaune aus dem Instrumentenkoffer.

»Mr. Yule?«

»Ja.«

»Diese Frau, die ich vorhin hier herauskommen gesehen habe. Wer ist sie?«

»Sie werden nichts mit ihr zu tun haben wollen.«

»Doch, das möchte ich schon.«

Yule antwortete, indem er auf seiner Posaune spielte: ›When the Saints Go Marching In‹. Trace ging.

8

»Mr. Tracy?«

»Ja.«

»Kennen Sie eine Koko?« Dexter, der Empfangschef, rümpfte seine ansehnlich lange Nase, während er diese Frage stellte.

»Ja. Die von Nestle und die von Bosco. Ich persönlich mag Bosco eigentlich lieber, aber Nestle's kann man besser auf Reisen mitnehmen, weil Bosco ist eher dickflüssig. Ich habe mal eine Flasche Bosco in meinem Koffer zerbrochen und es hat mir die ganze Unterwäsche ruiniert.«

»Nein, nein, es handelt sich um eine Person.«

»Koko?« fragte Trace. »Chico vielleicht?«

»Kann sein. Eine Frau.«

»Ja, und ob, Chico ist eine Frau. Und wenn Sie sie dabei erwischen würde, wie Sie ihren Namen naserümpfend aussprechen, dann würde sie Ihnen so schnell einen Dolch in die Rippen rammen, daß Ihr Herz aufhören würde zu schlagen, ehe Sie überhaupt wüßten, daß Sie erstochen worden sind. Was ist mit Ihr?«

»Sie hat angerufen und sagte, daß sie um exakt siebzehn Uhr dreißig wieder anrufen würde. Ich denke, ich sollte Ihnen sagen, Mr. Tracy, daß sie sehr unverschämt war.«

»Was hat sie denn gesagt? Und seien Sie ganz präzise. Kann sein, daß Sie als Zeuge zu ihrer Abschiebungs-Verhandlung geladen werden.«

»Nun, sie hat mich zum Beispiel einfach Freundchen genannt.«

»Sie nennt jeden Freundchen. Weiter.«

»Und sie – nun ja, wirklich sehr unverschämt – sie sagte, ich glaube, sie sagte, daß ich die mit Abstand dümmste Person wäre, mit der sie jemals gesprochen hätte.«

»Was haben Sie darauf geantwortet?«

»Ich sagte, daß ich diese freche Behauptung keines Kommentares würdigen würde.«

»Gut für sie. Geschieht ihr ganz recht so!«

»Mr. Tracy?«

»Ja.«

»Sie sind überhaupt nicht im Auftrag des Vatikans hier, richtig?«

»Natürlich bin ich das. Wer hat das Gegenteil behauptet?«

»Oh. Oh. Oh.« Dexters Gesicht begann vor Glück zu strahlen. »Ich hoffe, daß hier alles nach Ihrem Geschmack ist.«

»Ja, ganz bestimmt ist es das«, sagte Trace.

»Wenn Sie irgend etwas benötigen sollten . . .«

»Vielen Dank, Dexter.«

Es war fünf Minuten nach fünf. Als Trace wieder auf seinem Zimmer war, duschte er schnell, nachdem er seinen Cassettenrecorder und die beiden Bänder, die er an diesem

Tag aufgenommen hatte, zuerst auf die Kommode gelegt hatte.

Punkt siebzehn Uhr dreißig klingelte das Telefon. Das war eines der Dinge, die er an Chico sehr schätzte; für sie bedeutete siebzehn Uhr dreißig exakt siebzehn Uhr dreißig.

»Wo steckst du?« fragte er sie.

»In Memphis natürlich.«

»Tennessee?« fragte er.

»Fang nicht schon wieder damit an! Natürlich in Tennessee.«

»Paß auf«, sagte er. »Das ist jetzt sehr wichtig. Wie hast du mich gefunden?«

»Mit ein bißchen asiatischer List und Tücke. Warum?«

»Weil, wenn du mich so leicht gefunden hast, dann kann mich auch Svetlana, meine Ex-Frau finden. Und das darf auf keinem Fall passieren.«

»Sie weiß doch nicht einmal, daß du überhaupt in New Jersey bist«, sagte Chico. »Und außerdem heißt sie Cora.«

»Du weißt doch gar nicht, was sie weiß«, sagte Trace. »Diese Frau weiß über jeden Schritt Bescheid, den ich mache. Ein zufälliges, achtlos fallengelassenes Wort im Foyer unseres Hauses . . . Ein geschwätziger Hoteljunge. Ich sage dir, diese Frau kann es herausbekommen. Es könnte vielleicht irgendwas durchgesickert sein, und möglicherweise stand ja auch irgendwas in den Gesellschaftsspalten. Jim Bacon hat vielleicht irgendeinen Artikel geschrieben. ›Mr. Devlin Tracy und sein sizilianischer Glückskuchen reisen gemeinsam in den Osten nach New Jersey.‹ Ich sage dir, diese Frau ist Abonnentin einer Nachrichtenagentur. Sie gibt die Berichte dann direkt an die Mafia weiter. Auf mich ist ein Kopfgeld ausgesetzt. Wie hast du also herausgefunden, wo ich bin?«

»Ich habe mich an die Stadt erinnert, also habe ich einfach das Polizeipräsidium angerufen und nach den Namen der Hotels gefragt. Ich dachte, es würde schon ein paar geben, und dann hätte ich mit Voranmeldung für dich angerufen, doch die Cops haben mir gesagt, daß es nur ein einziges Hotel gibt und daß du dort wärest. Wie hältst du eigentlich nur diesen Empfangschef aus?«

»Dexter? Also eigentlich ist er ja irgendwie sogar ganz reizend. Wenn es einem nichts ausmacht, wie ranziges Fleisch behandelt zu werden. Er mochte dich übrigens sehr.«

»Beruht auf Gegenseitigkeit, ganz klar«, sagte Chico. »Wie geht's dir überhaupt?«

»Ich bin mit dieser Sache praktisch fertig. Soweit ich es beurteilen kann, ist an dem Tod dieses alten Knaben im Sanatorium nichts Außergewöhnliches dran, und mir bleibt jetzt nur noch kurz reinzuschauen und der Carey-Familie meine Aufwartung zu machen, und dann kann ich jederzeit wieder abreisen.«

»Fährst du zurück nach Vegas?« fragte Chico.

»Hundertprozentig. Ich habe dir doch schon mal gesagt, daß ich nicht hier in der Gegend bleiben will. Wann kommst du zurück?«

»Wahrscheinlich noch nicht in den nächsten Tagen«, sagte sie.

»Oh. Wie geht's deiner Schwester?«

»Schwes- . . . Ach, ja, ja sicher, der geht's gut. Wir verbringen wirklich eine herrliche Zeit zusammen. Ich wußte gar nicht, wie viele Verwandte ich da unten hatte.«

»Möchtest du, daß ich auch runterkomme und die Teezeremonie mit ihnen mache?«

»Als ich dich das letzte Mal in die Nähe meiner Familie gelassen habe, und du eine Teezeremonie veranstalten wolltest, hast du Wodka in den Tee gekippt und anschließend mußten sich alle übergeben.«

»Komm schon, dieses Mal benehme ich mich ganz bestimmt«, sagte er.

»Nein«, antwortete sie schnell. »Nur ich und meine Schwester. Wir haben nicht besonders oft Gelegenheit, zusammenzusein.«

»Dann muß ich also alleine nach Vegas zurückfliegen?«

»Jetzt schmoll nicht. Warum auch nicht? Du bist früher auch schon allein geflogen.«

»Aber nie freiwillig. All diese alten Frauen mit ihren blauen Haaren, die lauern doch in diesen Flugzeugen, warten nur auf einen wie mich. Und sie essen all diese Hühnchen, und ich kriege wieder nur Kabeljau. Ach, zum Teufel damit. Du interessierst dich gar nicht für meine Probleme. Wo wohnst du überhaupt? Wie kann ich dich erreichen?«

»Deshalb habe ich ja zurückgerufen«, sagte sie. »Ich stehe gerade in einer Telefonzelle. Sis und ich mochten unser Motelzimmer nicht besonders, daher sind wir ausgezogen. Wir haben bis jetzt noch kein neues gefunden, daher habe ich auch keine Nummer, die ich dir geben kann.«

»Alles klar«, sagte Tracy kategorisch.

»Also werde ich dich wieder anrufen, wenn du dann immer noch da bist. Andernfalls sehe ich dich in Vegas.«

»Ganz wie du willst.«

»Kopf hoch. Ich habe eine Quiz-Frage für dich. Wie hoch ist der Fujiyama?«

»Wen interessiert das schon?« sagte Trace.

»Er ist 12.365 Fuß hoch. Weißt du, woher ich das weiß?«

»Weil du da früher gewohnt hast, als du den zweiten Weltkrieg ausgeheckt hast. Woher soll ich das wissen?«

»Weil das Jahr zwölf Monate und 365 Tage hat: Also 12.365. Und das ist seine Höhe.«

»Das ist ja lächerlich«, sagte Trace. »Wächst er alle vier Jahre um einen Fuß wenn Schaltjahr ist?«

»Vergiß die Schaltjahre.«

»Wie kann man denn jedes vierte Jahr einfach vergessen?« fragte er.

»Wenn ich gewußt hätte, daß du griesgrämig bist, dann hätte ich gar nicht erst angerufen.«

»Warum sollte ich denn griesgrämig sein? Amüsier dich doch in Memphis, Tennessee. Ist schon in Ordnung. Ich sitze hier in diesem Altersheim und lasse mich bis zur Bewußtlosigkeit vollaufen.«

»Ja«, sagte sie. »Das ist die Antwort auf alles, nicht wahr?«

»Was meinst du damit?«

»Du bist Alkoholiker, Trace.«

»Ich weiß.«

»Im Alkohol liegt keine Zukunft«, sagte sie.

»Zum Teufel auch mit der Zukunft. Lebe heute, im Hier und Jetzt, sage ich immer. Morgen kannst du schon in einem Flugzeug nach Las Vegas sitzen, ganz allein, und du fliegst mit einer ganzen Menge Frauen mit blauen Haaren, die dir das ganze moslemische Essen wegschnappen.«

»Warum versuchst du nicht einfach mal, eine Weile nichts zu trinken?« sagte sie.

»Warum versuchst du nicht einfach mal, hierherzukommen?«

»Bis später. Ich rufe wieder an, wenn meine Pläne unter Dach und Fach sind«, sagte Chico.

»Ja, klar doch«, sagte Trace, als er hörte, wie der Hörer am anderen Ende der Leitung aufgelegt wurde.

9

Traces Aufzeichnungen:

Band Nummer Zwei, Devlin Tracy in der Sache Frederick Plesser et al. Es ist Dienstag, neunzehn Uhr, im Herbst meines Lebens und was zum Teufel macht man in Harmon Hills, wenn man einen weiteren trostlosen Abend vor sich hat?

Nun, nicht mehr lange. Dank sei wer auch immer gerade Dienst hat, daß an dieser Plesser-Sache nichts dran ist. Das ist wirklich sehr angenehm, und dadurch werde ich morgen von hier verschwinden können. Es ist außerdem deshalb eine gute Sache, weil wenn etwas an dieser Geschichte dran wäre und ich daran beteiligt wäre, die gute alte G-F Insurance dazu zu bewegen, den Plessers Geld zu schicken, dann würden Witwe Plesser und Tochter Plesser und Schwiegersohn Plesser mich womöglich besuchen kommen wollen, um mir zu danken, und daran könnte ich dann womöglich noch sterben. Kann man an einer Überdosis Sauerkraut-Geruch sterben?

Mit ein bißchen Glück werde ich sie alle nie wiedersehen. Menschen, die so häßlich sind, sollte man sowieso kein Geld in die Hand geben. Es ermuntert sie nur dazu, weiterzumachen, und ich persönlich stelle mir die Plessers gerne vor, wie sie zu einem See oder einem Meer oder irgendwas marschieren und dann einfach da hinausgehen, so wie Norman Main. Ja, ich weiß, daß wird den Verkaufszahlen von Pepsi und dem *Enquirer* schaden, aber zur Hölle mit dem Plastik-Getränke- und Plastik-Nachrichten-Kartell. Es gibt Dinge auf der Welt, die müssen wir einfach befürworten, weil sie zu unser aller Sinn für Schönheit und Ordnung beitragen. Da muß die Wirtschaft einfach zurücktreten.

So, damit befinden sich jetzt zwei weitere Bänder im Master File.

Auf dem ersten Band haben wir mein Interview mit den fürchterlichen . . . oh, pardon, mit der Familie Plesser und ihrem Hund Devil. Sie haben jetzt einen Anwalt, weil sie glauben, daß wir sie betrügen. Doch der alte Plesser fühlte sich nicht gut. Sein Arzt sagt, daß er einfach alt wurde. Himmel, ich kann ihm wirklich keinen Vorwurf machen. Fünf Minuten bei dieser Familie und ich fühlte mich auch schon uralt. Alt und tot. Sein Arbeitgeber ist für seinen Aufenthalt im Sanatorium aufgekommen. Todesursache war sein schlechtes Herz, doch das glauben die Plessers nicht. Aha, genau das hat man auch bei Elvis Presley gesagt und wir wissen, stimmt's etwa nicht, wieviel Wahrheit in dieser Behauptung steckte.

Weißt du, es ist schon ziemlich schrecklich, wenn das einzige Foto, das irgendwer von einem hat, und auf dem man lächelt, dasjenige ist, wie man im Sarg liegt. Vielleicht bin ich ja wirklich ein Alkoholiker . . . na ja, jedenfalls behauptet Chico, daß ich einer bin, und sie hat meistens recht, wenn sie etwas sagt . . . Aber wenn man mich mal wegträgt, dann werden sich manche Leute garantiert an mein Lächeln erinnern können. Und wenn sie jemanden haben wollen, der übers ganze Gesicht strahlt, dann müssen sie sich meine Ex-Frau ansehen. Mein Tod müßte für sie ein ganzes Jahr schallendes Gelächter wert sein. Man wird ihre Zähne mit Polarisationsfiltern abschirmen müssen, damit zufällig vorbeigehende Passanten dadurch nicht geblendet werden.

Na ja, jedenfalls haben die Plessers mir einen Gefallen getan. Sie haben mich davor gewarnt, daß ich auf meinen Arsch achtgeben soll, denn die gedungenen Killer von Meadow Vista werden hinter mir her sein, sobald sie wissen, daß ich in der Stadt bin.

Groucho, es wird dich freuen zu hören, daß ich ein Bestechungsgeld abgelehnt habe. Weißt du, ich brauche nichts anderes zu tun als dich davon zu überzeugen, daß du den Plessers einen Hunderttausender schickst, und dann wird Calvin sich schon um mich kümmern. Was höchstwahrscheinlich bedeutet, daß er mir ein Sechserpack und einen Geschenk-Gutschein für zwei Personen im Burger King zukommen läßt. Aber keine Angst, Groucho, ich habe in dieses Geschäft nicht eingeschlagen.

Was verbindet mich mit diesem Calvin?

Nichts, wenn es nach mir geht.

Und auf Band Nummer Zwei haben wir Lt. Frank Wilcox, der nichts von dem, was die Plessers auch immer sagen, irgendeine Bedeutung beimißt. Ich weiß nicht, wie das mit seiner Frau ist, aber ich glaube schon, daß sie, falls ich sie irgendwann mal nachts um zwölf anrufen und bitten würde, ob sie nicht etwas Zeit hätte, mit mir ihre Ansichten durchzugehen, daß ihr das absolut nichts ausmachen würde. Und sie macht wirklich einen guten Kaffee.

Jedenfalls hält dieser Wilcox ziemlich viel von dem Sanatorium und auch von Dr. Matteson. Da ist nichts.

Und wir beenden unsere Auslese des Abends mit dem Tommy Dorsey des Gesetzes, mit Rechtsanwalt Nicholas Yule. Er behauptet, daß die Plessers das Witwenrecht auf ihrer Seite hätten, was auch immer in aller Welt das sein mag. Aber er weiß nichts von irgendeinem Druck, der auf Plesser ausgeübt worden ist, genausowenig wie davon, daß ihn jemand um die Ecke gebracht hat. Er weiß nur, daß seine Klienten Geld bekommen, daß es zuerst zu ihm geschickt werden sollte, damit er sich seinen Anteil davon abziehen kann. Groucho, ich glaube, wir können diese ganze Geschichte ziemlich billig zu einem Ende bringen. Du gibst Yule einen Vertrag, daß er auf den nächsten beiden Büro-Parties auftreten kann, und ich bin davon überzeugt, daß er uns die Plessers auf einem Silbertablett serviert. Wenn du ihn nicht auf zwei Parties haben willst, dann verschaffst du ihm einen Vertrag für eine, und ich sorge dann dafür, daß die Araby Casino Lounge ihn für einen Abend bucht. Denk mal drüber nach, Groucho. Das könnte unsere große Chance sein.

Yule meint, daß ich mir besser über Mitchell Carey Gedanken machen sollte, weil er vielleicht nicht mehr lebend aus diesem Krankenhaus herauskommen könnte. Weil Plesser nicht mehr lebend rausgekommen ist. Er hat versucht, es bei mir auf die gerissene Tour zu probieren, aber Schuppen und Posaunen sind nicht besonders gerissen. Yule ist ein Idiot. Aber er hat einen hübschen Umgang.

Aus seinem Büro ist eine Frau marschiert, die zu sehen es absolut wert war, nach New Jersey zu kommen. Irgendwie habe ich allerdings das Gefühl, daß sie sich nicht direkt auf den ersten Blick in mich verliebt hat. Wenn ich länger hier in der Stadt bleiben würde, dann würde ich wirklich versuchen, herauszubekommen, wer sie ist. Aber ich gedenke, morgen schon nicht mehr hier zu sein.

Werde alleine zurück nach Las Vegas fliegen, während

Chico in Memphis, Tennessee herumspielt. Sie behauptet, ich wäre ein Säufer. Nein, tut sie nicht. Sie sagte, ich wäre ein Alkoholiker. Das ist nicht das gleiche. Na ja, sie hat recht. Ich bin's. Und sie ist eine Hure, und ich kaufe es ihr nicht ab, daß sie bei ihrer Schwester in Memphis, Tennessee ist, und sie hat auch kein Hotelzimmer, daher hat sie auch kein Telefon. Was hätte Churchill zu ihr gesagt? ›Madam, ich bin betrunken. Aber wenn ich wieder nüchtern werde, dann sind Sie immer noch eine Hure.‹ Es ist einfach zu deprimierend.

Und genau das sind auch meine Spesen. Ich bin es satt, andauernd alles genau einzeln aufzuführen, jedesmal wenn ich mit einem dieser bescheuerten Aufträge unterwegs bin.

Von jetzt ab fangen wir mit einem neuen System an. Meine Spesen pro Tag belaufen sich auf hundert Dollar. Alles was darunter liegt, kann ich behalten, alles was darüber hinausgeht, werde ich genau und detailliert aufführen. Beschwer dich nicht, Groucho, ich spare der Gesellschaft Millionen.

Und jetzt, wenn du mich entschuldigst, werde ich nach unten gehen, um meinen Freund Hughie zu besuchen. Im Restaurant. Ein Mann muß schließlich essen, oder etwa nicht?

10

Ein Pförtner hatte in einem kleine Häuschen neben dem breiten Eisentor des Meadow Vista Sanatoriums Dienst, doch das Tor war offen, und als Trace seinen Mietwagen abbremste, schaute der Wachmann kaum auf, ehe er ihn weiterwinkte.

Die Straße schlängelte sich nach rechts an einem zweistökkigen Ziegelgebäude vorbei, und als Trace weiter bis auf einen Parkplatz fuhr, sah er vier identische Ziegelgebäude. Jedes war zwei Stockwerke hoch, und die verblichenen rosa Backsteinmauern waren mit Efeu überwuchert. Die ganze Anlage erinnerte Trace an eine riesige Windrose, in deren Zentrum der Parkplatz lag.

Er stellte seinen Wagen ab und folgte einem verwitterten Schild, das auf das VERWALTUNGSGEBÄUDE wies, und im Inneren zeigte ihm dann ein fröhlich aussehender junger Angestellter den Weg zu Dr. Mattesons Büro am Ende eines Korridores.

Die Wände des Flures waren aus rosafarbenem Marmor und der Boden bestand aus einem blankgebohnerten weißen Stein mit schwarzen Spiralen darin. Daher vermutete Trace, daß das Sanatorium ursprünglich von irgendeiner Regierungsbehörde erbaut worden war, weil private Eigentümer und Bauherren im allgemeinen nicht soviel Geld allein für einen Bodenbelag ausgaben. Nur Behörden mußten sich niemals Gedanken um die Saldierung machen, da bei ihnen die Saldierung letzten Endes immer auf das eine hinauslief: Steuererhöhung.

In dem Büro hinter der Türe, die die einfache Aufschrift DIREKTOR trug, saßen zwei Frauen. Die junge Frau in der Nähe der Türe schaute fröhlich auf, als Trace hereinkam. Die zweite, ältere Frau hämmerte verbissen auf einer Schreibmaschine herum. Sie hatte einen Bleistift zwischen ihre Zähne geklemmt, und sie tippte dermaßen schnell, daß es sich wie einer dieser Fernschreiber anhörte, die Trace einmal in einem Zeitungsbüro in Aktion erlebt hatte.

Trace reichte der jungen Frau eine seiner Visitenkarten. »Ich würde gerne Ihren Dr. Matteson sprechen.«

»Haben Sie einen Termin, Mr. Tracy?«

»Nein.«

»Darf ich Dr. Matteson sagen, in welcher Angelegenheit Sie hier sind?« fragte sie weiter. Sie lächelte immer noch.

»Es handelt sich um eine Versicherungsangelegenheit bezüglich eines seiner Patienten. Hören Sie, tun Sie mir einen

Gefallen. Lächeln Sie mich nicht dauernd so an. Mir ist heute noch nicht nach Lächeln.«

»Okay. Einen Augenblick bitte.« Sie verließ das Vorzimmer und kehrte nur Sekunden später wieder zurück und sagte: »Dr. Matteson wird Sie sofort empfangen.«

»Da habe ich aber wirklich Glück«, sagte Trace.

»Ich habe ihn darauf aufmerksam gemacht, daß Sie ziemlich miesepetrig sind«, sagte sie und hielt ihm die Türe auf.

Trace schob sich an ihr vorbei in ein großes luftiges Büro mit Blick auf eine weite Rasenfläche, die in sanftem Bogen zu einer Baumgruppe am Ufer eines kleinen Baches abfiel, der durch diesen Teil New Jerseys plätscherte. Der Ausblick war friedlich, doch abgesehen davon war der Rest des Büros ausgesprochen unruhig. Der Teppich war leuchtend orange und die Wände waren in einem ganz besonders abscheulichen Zitronengelb gestrichen und mit Plakaten und Drukken vollgekleistert, die vage modern waren und die, so kam es Trace zumindest vor, so ziemlich jedes gesellschaftspolitische Thema vom Schutz der Seehunde bis zur freien Abtreibung ohne Rücksicht auf Alter, Religion oder gar Geschlecht umfaßten.

Berge medizinischer Fachzeitschriften und Zeitungen lagen auf kleinen Tischen überall vor den Wänden des Raumes aufgestapelt. Aus einem Tonbandgerät auf einem der Tische plärrte Gilbert und Sullivans *Mikado*. Drei gerahmte Diplome hingen schief an der Wand hinter Mattesons Schreibtisch.

Dr. George Matteson saß hinter dem Schreibtisch in einer Ecke des Zimmers. Er hatte einen kleinen gepflegten Bart, der irgendwie nicht mit der wilden Lockenpracht auf seinem Kopf zusammenzupassen schien. Er hatte keine Jacke an und seine Hemdsärmel waren aufgerollt, um schwere, muskulöse Unterarme zu entblößen. Sein Hemdkragen stand offen. Sein Anzugjackett hing auf einem einfachen Holz-Kleiderständer hinter ihm. Eine Krawatte war achtlos ebenfalls über den Ständer geworfen worden. Trace schätzte, daß Matteson etwa Mitte dreißig war.

Der Arzt schaute nicht auf, als Trace hereinkam. Er war damit beschäftigt, einen Brieföffner, der wie ein Stilett geformt war, immer wieder in seine Schreibtischplatte zu stoßen. *Pang, pang, pang.* Trace konnte nicht erkennen, auf was er da genau einstach, da ihm zwei unverschämte Bücherstapel die Sicht nahmen.

Als sich die Türe hinter ihm schloß, sagte Trace: »Probleme mit Schaben?«

Matteson schien auf die unbekannte Stimme in seinem Büro zu reagieren, da er seinen letzten Stoß mitten im Streich innehielt und aufschaute.

»Nein, gottverdammich«, sagte er. Er nahm den Brieföffner und hielt ihn an der Spitze fest. Trace blickte schnell zur Seite, um zu sehen, ob er sich für den Fall, daß Matteson ein Meister der Messerwerferzunft war, irgendwo in Sicherheit bringen konnte.

»Schon mal das Gefühl gehabt, daß die Welt Sie fertigmachen will?« fragte Matteson.

»Immer.«

»Nun, dieser gottverdammte Brieföffner hier will mich fertigmachen. Ich habe keine Ahnung, wer solche Dinger wie das hier herstellt. Es hatte eine Spitze so scharf wie ein verdammter Laserstrahl, und jedesmal, wenn ich versuche, einen Umschlag mit diesem Ding zu öffnen, gerät diese gottverdammte Spitze irgendwie unter meinen Fingernagel und ich komme mir vor, als würde ich in Attica gefoltert. Das macht einen fertig.«

»Und so haben Sie sich Ihre Rache ausgedacht?« fragte Trace. »Indem Sie Ihren Schreibtisch mit Ihrem Brieföffner bestrafen?«

Matteson sah verärgert und verwirrt aus. »Oh. Nein. Ich habe ihn nicht in meinen Schreibtisch gestoßen. Ich habe ihn in dieses Holzlineal hier gestoßen. Ich versuche, seine Spitze stumpf zu machen, ehe mich dieses Scheißding noch umbringt.« Er steckte seinen linken Zeigefinger in seinen Mund und nuckelte daran herum. »Jedesmal wenn ich versuche, einen Brief mit dem Ding zu öffnen, blute ich anschließend. Dieses Mistding scheint aus Titanstahl geschmiedet zu sein. Es wird einfach nicht stumpf.«

»Werfen Sie ihn einfach weg«, schlug Trace vor. »Öffnen Sie Ihre Briefe mit den Zähnen, so wie ich es mache.«

»Das kann ich nicht. Die Mädchen haben ihn mir geschenkt. Denen würde doch das Herz brechen. Vielleicht könnten Sie ihn einfach stehlen, wenn Sie nachher wieder gehen.«

Er nahm eine Visitenkarte von seinem Schreibtisch auf. »So, lassen Sie mal sehen. Sie sind also Devlin Trace von der Garrison Fidelity Insurance Company. Was kann ich für Sie tun? Aber falls Sie mir sagen sollten, daß Sie einen Mordfall untersuchen, dann möchte ich nicht mit Ihnen sprechen. Was wollen Sie also?« Er ließ den Brieföffner fallen und trommelte mit seinen Fingern ungeduldig auf seiner Schreibtischplatte.

Trace schaute sich nach einem Stuhl um, doch es gab keinen, also durchquerte er den Raum und setzte sich auf das Sofa.

»Ich habe keinen Stuhl. Das ermutigt die Leute nur, hier herumzulungern, und dann kommt man nie dazu, seine Arbeit zu erledigen. Wissen Sie eigentlich wie schwer es ist, ein Krankenhaus zu leiten?«

»Ich bin wegen Frederick Plesser hier«, sagte Trace.

»Wußte ich's doch. Ich wußte es eben einfach. Das scheint ja so für immer und ewig weiterzugehen, oder? Jahr für Jahr werde ich jetzt wohl für den Rest meines Lebens gejagt und verfolgt werden. Keine Ruhe mehr. Nichts. Kein Ort mehr, an dem ich mich einfach ausruhen kann. Bis ich schließlich alles gestehe.«

»Ein Geständnis ist gut für die Seele«, sagte Trace. »Also gestehen Sie.«

»Ich habe aber nichts zu gestehen.«

»Sie wollen damit sagen, daß ich völlig umsonst hergekommen bin?« fragte Trace.

»Haben Sie schon mit meinem Anwalt gesprochen?«

»Nein, wie heißt er denn?«

»Sie. Jeannie Callahan. Sie hat ihr Büro in der Stadt.«

»Nein«, sagte Trace. »Wenn Sie wollen, werde ich als nächstes mit ihr sprechen. Ich wollte einfach mal ein Gefühl dafür kriegen, wie Sie so sind.«

»Was genau tun Sie eigentlich?«

»Manchmal überprüfe ich Schadensersatzforderungen an die gute alte GF.«

»GF?«

»Garrison Fidelity«, erklärte Trace. »Wir haben von der Klage gehört, die die Plessers anstrengen, und da es ganz so aussieht, als würde die Geschichte vor Gericht enden, wollte man, daß ich die ganze Sache mal überprüfe und herausfinde, was hier eigentlich gespielt wird. Nichts Finsteres also. Keinerlei Beschuldigungen. Hätten Sie was dagegen, wenn ich dieses verdammte Geschrei leiser stelle?«

»Nein, machen Sie nur. Sie mögen Gilbert und Sullivan wohl nicht?«

»Sie sind für die Musik das, was Eishockey für den Sport ist«, sagte Trace. Er drehte die Lautstärke des Tonbandgerätes leiser, bis es nicht mehr als ein leises Gemurmel war.

»Wovon reden Sie überhaupt?«

»Haben Sie jemals ein Eishockey-Spiel gesehen? Ich habe mir das früher immer angeschaut. Ich habe mir die Spiele eine Zeitlang angesehen und dann wurde mir klar, daß ich niemals auch nur ein Tor gesehen habe. Und dann habe ich mir die Spiele in den Fernsehnachrichten angesehen, und auch da nie auch nur ein Tor. Selbst bei den Wiederholungen, den Zeitlupe-Aufnahmen, ist es mir kein einziges Mal gelungen, zu sehen, wie ein Tor erzielt wurde, es ging einfach alles viel zu schnell. Und genauso sind auch Gilbert und Sullivan. Ich habe nie auch nur einen ihrer Texte gehört. Es ist nichts anderes als eine Übung mit Worten: Wie viele

Worte kann ich in vier Takten unterbringen. Es ist igendwie ein Trick, genau wie ein Tor beim Eishockey. Ja-ba-ba-ba-ba-ba-ba-ba-ba-ba. Das ist keine Musik. Das ist artikulierter Krach. Ich hasse Gilbert und Sullivan. Sie wollten mir gerade erzählen, was hier eigentlich los ist.«

»Was los ist, kann ich Ihnen schnell sagen . . . Stört es Sie, wenn ich rauche?« fragte Dr. Matteson.

»Es ist Ihr Büro. Mir ist es sogar gleichgültig, wenn Sie auf Ihrem Schreibtisch steppen.«

»Ich weiß selbst, daß das hier mein Büro ist, aber heutzutage gibt es eine Menge Leute, die Rauchen nicht mehr mögen. Ich persönlich rauche nur hin und wieder mal. Es tut gut.«

»Wenn es den Leuten nicht paßt, wenn Sie rauchen, dann lassen Sie sie doch draußen vor Ihrem Fenster stehen. Sollen sie doch zu Ihnen hereinbrüllen«, sagte Trace.

»Sie haben eine gute Einstellung zum Leben«, sagte Matteson. Er zündete sich eine Zigarette an und nahm einen tiefen Zug. Sein Gesicht erstrahlte. Trace fragte sich, ob er selbst wohl jemals so zufrieden und glücklich aussah. Er steckte sich ebenfalls eine Zigarette an und hustete.

»Ich sagte, was hier vor sich geht, ist folgendes. Frederick Plesser ist ins Krankenhaus gekommen. Er litt unter allgemeiner Arteriosklerose, die . . .«

»Arterienverkalkung«, sagte Trace.

»Richtig. So kann man es auch nennen. Das bewirkte, daß die Blutzufuhr zu seinem Gehirn verringert wurde, und das wiederum bewirkte Symptome von Senilität. Zumindest ist das die Theorie, unter der wir arbeiten. Wir haben ihn dann mit einer massiven Sauerstoff-Therapie behandelt. Genau das machen wir hier oben. Wir versuchen das Gehirn mit Sauerstoff zu sättigen, um so zu versuchen, jeden möglichen Schaden, der eventuell bereits angerichtet worden ist, auf ein Minimum zu reduzieren, ja vielleicht sogar rückgängig zu machen. Außerdem setzen wir unsere Patienten auf ein ordentliches Bewegungsprogramm, damit sich ihr Herz und ihre Kreislauftätigkeit wieder verbessern, und sie wieder beginnen können, von sich aus Sauerstoff in das Gehirn zu transportieren.«

Trace nickte.

»Wie dem auch sei, Plesser jedenfalls zeigte alle Anzeichen einer Besserung. Habe ich Ihnen schon gesagt, daß er ein netter Mann war?«

»Nein.«

»Er war wirklich ein lieber Kerl. Er hat hier im Krankenhaus viel geholfen, hat anderen Patienten geholfen, hat mit ihnen geredet. Ein netter Mann. Ich dachte, daß er wahrscheinlich wieder nach Hause entlassen werden und seine Therapie dort fortsetzen könnte. Wir hatten ihn im Rahmen des Möglichen wieder ziemlich hinbekommen. Doch er wollte nicht nach Hause.«

»Hat er dafür einen Grund genannt?« fragte Trace.

»Irgendwie schon, ja.«

»Wie das?«

»Er sagte, daß er zu Hause nichts zu lachen hätte und daß er gerne bei uns wäre. Der Aufenthalt hier wurde immer noch von seiner Krankenversicherung und seiner Firma übernommen, also habe ich ihn bleiben lassen. Und, äh, Tracy war der Name, richtig?«

»Ja.«

»Es war wirklich nicht so, daß ich die Krankenversicherung unrechtmäßig um ihr Geld erleichtert habe, also mehr als nötig für das Krankenhaus von ihnen kassieren wollte. Schlichte Tatsache ist, daß jedes andere Krankenhaus auf dieser Welt den Mann wahrscheinlich überhaupt nicht mehr entlassen hätte. Ich hatte mehr als genug fundierte medizinische Gründe, ihn bei uns bleiben zu lassen.«

»Ich arbeite nicht für die Krankenversicherung«, sagte Trace.

»Okay, ich versuche ja nur, alles zu erklären. Ich sagte Ihnen schon, daß er ein netter Kerl war, also haben wir ihn hierbleiben lassen. Er war für jeden hier eine wirkliche Hilfe, und dann, eines Tages, ich persönlich wußte gar nichts davon, hat er seine Versicherungspolice geändert und mich als Begünstigten eingesetzt. Eine der Krankenschwestern und ein Arzt haben die Änderung des Versicherungsvertrages für ihn als Zeugen bestätigt.«

»Und sie haben Ihnen nichts davon gesagt?« fragte Trace. Er griff in eine Tasche seines Jacketts und fischte einen Zettel heraus.

»Sie wußten nicht, um was es sich handelte. Er hat diesen Brief hier geschrieben, sehen Sie. Ich nehme an, er war wohl an Ihre Gesellschaft adressiert, und dann hat er sie darum gebeten, seine Unterschrift zu bestätigen, und er hat den Brief unterschrieben und er ließ sie ebenfalls unterschreiben, doch er hatte den oberen Teil des Briefes umgeschlagen, so daß sie nicht lesen konnten, um was es sich dabei handelte. Ich habe sie deswegen energisch zur Rede gestellt, als ich von dieser Geschichte erfuhr, doch sie wußten von nichts.«

»Das waren, lassen Sie mich mal sehen, ein Dr. Darling und eine Schwester Simons«, sagte Trace, indem er die Namen von dem Blatt ablas.

»Ja, das ist richtig.«

»Und dann?«

»Schwester Simons hat den Brief zur Post gebracht, und jeder vergaß die ganze Geschichte, und dann, acht Tage später – das war jetzt vor etwa einem Monat –, starb Mr. Plesser.«

»Einfach so?«

»Ja. Er hatte einen massiven Herzinfarkt, während er schlief. Er befand sich nicht auf der Intensivstation oder sonst unter besonderer Überwachung, daher war er auch an keinen Monitor angeschlossen. Als die Schwester ihn morgens fand, war er bereits tot. Sie rief mich sofort, aber es war zu spät, um noch irgend etwas unternehmen zu können.«

»Warum ausgerechnet ein Herzinfarkt?« wollte Trace wissen. »Ich dachte, Sie hätten ihn auf ein Rehabilitations-Programm gesetzt und so weiter.«

»Ja, das habe ich allerdings. Auf ein gutes, hartes Programm noch dazu, verdammt, aber jeder kann jederzeit einen Herzinfarkt bekommen. Sowas kann passieren . . . Irgendeine Klappe oder so macht nicht mehr recht mit und stellt ihre Funktion einfach ein, und dann Gute Nacht, mein Prinz. Er ist einfach gestorben. Und von der Versicherung wußte ich absolut nichts, bis mich irgendwer von Ihrer Firma angerufen hat, der mir erklärte, wie die Ansprüche geltend gemacht werden und so weiter . . . blah, blah, blah. Ich bin beinahe von meinem Stuhl gefallen, daher ist dann einer Ihrer Leute vorbeigekommen und hat mit mir gesprochen. Ich hatte doch keine Ahnung. Ich dachte, er hätte vielleicht noch irgendeine andere Versicherung oder was weiß ich, und dann haben diese Bastarde beschlossen, mich deswegen zu verklagen.«

»Haben Sie mit den Plessers gesprochen?« fragte Trace.

»Nicht seit Mr. Plessers Tod. Ich habe mich mit ihrem Anwalt getroffen.«

»Posaunen-Yule? Von der Kanzlei Stinkstiefel und Widerling?«

»Sie haben das gesagt, nicht ich. Er ist hergekommen und sagte, daß ich das Geld von der Versicherung einfach an die Plessers weiterleiten sollte.«

»Was haben Sie ihm darauf geantwortet?«

»Ich sagte, daß ich darüber nachdenken würde. Am folgenden Tag erhielt ich dann mit der Post einen Drohbrief, und dieser Winkeladvokat rief mich an und drohte mir irgendwie mit Bloßstellung, daß ich hier einen Mörder-Laden betreiben würde, und wer wohl das nächste Opfer sein würde. Da habe ich dann die Beherrschung verloren und ihm gesagt, daß er zur Hölle gehen und mich ruhig verklagen soll.«

»Was stand denn in dem Drohbrief?«

»Ich kann mich nicht mehr erinnern. Ich habe ihn fortgeworfen. Ich habe mir mit diesem verdammten Brieföffner beinahe den Finger abgeschnitten, als ich versuchte, das Ding zu öffnen. Mißbrauchen Sie nicht die Kranken und verletzen Sie nicht ihre Angehörigen. So eine Scheiße in dieser Richtung.«

»Und Sie glauben, der Brief stammte von den Plessers?« fragte Trace.

Matteson zuckte die Achseln. »Von wem sonst? Ich meine, ich habe in letzter Zeit sonst niemanden umgebracht.«

»Brauchen Sie das Geld?« fragte Trace plötzlich.

»Nein. Ich kenne niemanden, der arm genug ist, als daß er hunderttausend Dollar nötig hätte. Natürlich brauche ich das Geld.« Matteson zögerte. »Nein, genaugenommen glaube ich, daß ich es nicht benötige. Irgendwie bin ich Single geblieben, und ich wohne hier im Krankenhaus, und meine Ausgaben sind nicht besonders hoch und eine Familie habe ich eben nicht, also, nein, ich brauche das Geld nicht, aber Sie können Gift drauf nehmen, daß ich es jetzt annehmen werde.«

»Falls Sie es bekommen. Haben Sie noch sämtliche medizinischen Befunde?«

»Ich habe alles meinem Anwalt übergeben.«

»Irgendwas dabei, was uns schaden könnte?«

»Absolut nichts. Die Behandlung hat in jeder Hinsicht streng den besten medizinischen Praktiken entsprochen.«

»Demnach werden wir aller Wahrscheinlichkeit nach vor Gericht gehen«, sagte Trace.

»Ich nehme es an, ja«, pflichtete Matteson gedrückt bei.

»Hätten Sie etwas dagegen, wenn ich mit . . .« – Trace sah kurz auf das Blatt Papier, das er in seiner Hand hielt – » . . . mit diesem Dr. Darling und Schwester Simons sprechen würde?«

»Nein. Sprechen Sie ruhig mit ihnen. Sorgen Sie dafür, daß ich nicht vor Gericht muß. Machen Sie ruhig alles, was sie wünschen.«

»Wissen Sie, ich bin über Ihr Haus schon irgendwie überrascht. Wenn man das Wort ›Sanatorium‹ hört, dann denkt man doch sofort an so was wie eine Klapsmühle, aber dieser Laden hier ist wirklich ein echtes Krankenhaus, nicht wahr?«

»Ja. Klein, aber mein«, erwiderte Matteson.

Trace sagte: »Was dagegen, wenn ich Ihnen eine Frage stelle?«

»Ich hatte ja bis jetzt auch nichts dagegen. Sie müssen bereits an die hundert Fragen gestellt haben.«

»Wieso haben Sie all diese Scheiße an Ihren Wänden?«

»Ich finde durchaus nicht, daß es Scheiße ist«, sagte Matteson. »Zufälligerweise glaube ich an solche Dinge.«

»Sie glauben an Seehunde?«

»Ich bin noch nie von einem Seehund verklagt worden«, antwortete Matteson. »Ja.«

»Können Sie mir vielleicht verraten, wo ich Darling und Simons finde?«

»Beide sind im Erdgeschoß des Ost-Gebäudes.«

»Tut mir leid«, sagte Trace. »Ich weiß nur dann, wo Osten ist, wenn ich die ganze Nacht aufgeblieben bin und die Sonne aufgehen sehe. Das ist Osten, stimmt's?«

»Ja, aber ich will nicht, daß Sie hier bis Tagesanbruch in meinem Büro bleiben. Also, gehen Sie zum Haupteingang zurück und . . .«

»Warten Sie eine Sekunde, ja?« sagte Trace. Er trat ans Fenster und schaute hinaus, doch die Sonne stand beinahe schon im Zenit. »Okay, auf die Sonne kann ich mich nicht verlassen. Wird mir keine Hilfe sein. Sagen Sie mir, wohin ich gehen muß.«

»Wir haben vier Gebäude hier. Im Augenblick befinden Sie sich im Nord-Gebäude. Und das ist so, weil es sich auf der Nordseite des Parkplatzes befindet. So, wenn Sie das Haus jetzt gleich verlassen und auf den Parkplatz hinausgehen, dann ist das Gebäude zu Ihrer Linken das Ost-Gebäude.«

»Und auf meiner rechten habe ich dann das West-Gebäude?«

»Richtig. Und wenn Sie über den Parkplatz gehen, werden Sie das Süd-Gebäude finden. Sie sind doch nicht wirklich so blöd, oder?«

»Ich denke, ich hab's jetzt kapiert«, sagte Trace. »Könnte ich vielleicht noch für den Fall, daß ich mich verlaufe, Ihre Telefonnummer haben?«

»Haben Sie eine Uhr?« fragte Matteson.

»Ja.«

»Am linken Handgelenk?«

»Ja.«

»Wunderbar. Wenn Sie auf den Parkplatz kommen, dann gehen Sie einfach in die Richtung, auf der sie Ihre Uhr tragen. Verstanden?«

»Verstanden«, sagte Trace. »Ach, bevor ich jetzt gehe, da ist noch etwas.«

»Und was könnte das wohl sein?«

»Wo ich nun schon mal in der Stadt bin, hat mein Boß mich gebeten, doch bei einem alten Freund von ihm vorbeizuschauen. Einem gewissen Mitchell Carey. Ich habe herausgefunden, daß er hier ist, einer Ihrer Patienten ist. Kennen Sie ihn?«

»Natürlich. Ich kenne Mr. Carey.«

»Wie steht's denn so mit seiner Gesundheit? Ich würde das meinem Boß gerne sagen.«

»Tut mir leid«, antwortete Matteson. »Ich kann wirklich nicht über ihn mit Ihnen sprechen. Sein Gesundheitszustand ist ausschließlich Angelegenheit seiner Familie.«

»Ich werde sie besuchen.«

»Falls Mrs. Carey wünscht, daß ich mit Ihnen spreche, kann sie mich ja anrufen. Andernfalls . . . nun ja, tut mir wirklich sehr leid.«

»Ja, das verstehe ich«, sagte Trace. »War nett, Sie kennengelernt zu haben.« Er schüttelte Mattesons Hand und ging zur Türe.

Er drückte die Klinke herunter, öffnete die Tür, wartete, bis die Vorzimmerdame sich zu ihm umgedreht hatte, und rief dann, laut, zu Matteson zurück: »Und vielen Dank noch für Ihre Hilfe mit Mr. Carey. Wirklich sehr freundlich von Ihnen.«

Ehe Matteson etwas antworten konnte, schloß er schnell die Türe und wandte sich der Empfangsdame zu. »Mitchell Careys Zimmernummer?«

Sie schaute schnell nach. »Er liegt im Ost-Gebäude. Eins-Dreizehn. Das ist auf der ersten Etage.«

»Und das Ost-Gebäude liegt auf meiner Rechten, wenn ich zum Parkplatz komme?« fragte Trace.

»Links«, sagte die Sekretärin. »Neben der Türe befindet sich ein Schild mit der Aufschrift NOTFALLAMBULANZ. Merken Sie sich einfach nur N für Notfallambulanz. Und der zweite Buchstabe ist ein O. O wie in Osten.«

»Ist ja wirklich sehr einfach, so wie Sie das erklären«, sagte Trace.

»Nein. Heute ist Mittwoch. Mittwoch. Morgen ist Donnerstag, und donnerstags zeigen wir einen Film. Also ist heute Mittwoch. Gestern war Dienstag, und der Tag davor war Montag. Am Tag davor, am Sonntag, hatte wir eine ganze Menge Besucher hier im Krankenhaus. Schreiben Sie sich das auf. Setzen Sie Sonntag an den Anfang, dann kommt Montag, dann Dienstag, dann Mittwoch. Und morgen ist Donnerstag. Schreiben Sie das auf.«

Die Frau, die das sagte, war blond und hübsch. Sie trug einen Krankenhaus-Kittel, und Trace konnte den Saum eines roten Rockes sehen, der unten herauslugte. Sie hatte hübsche Beine, doch ihre Stimme war forsch, hart und unterkühlt.

Trace stand im hinteren Teil des Raumes und schaute zu, wie sie den zwei Dutzend älteren Patienten den Rücken kehrte und auf die Tafel schrieb.

Sonntag.
Montag.
Dienstag
Mittwoch
Donnerstag

»Ich möchte, daß Sie das jetzt abschreiben. In Ihre Hefte«, sagte sie, ohne sich umzudrehen.

Sie hat nette Hüften, dachte Trace. Er mochte es, wie sich der Körper von Frauen bewegte, wenn sie irgendwas auf Tafeln schrieben. Der Notendurchschnitt amerikanischer Studenten bei Lehrbefähigungsprüfungen sank beträchtlich, seitdem Männer in großer Zahl in den Lehrberuf vordrangen und es für niemanden mehr auch nur einen Grund gab, nach vorne auf die Tafeln zu schauen. Das war eines von vielen Fakten in seinem Kopf, das Trace für absolut unstreitig hielt.

Als er den Raum betreten und ihr seine Karte gegeben hatte, hatte ihm die Frau kurz zugenickt, was soviel bedeutete, daß er warten sollte. Jetzt, nachdem sie sämtliche Wochentage auf die Tafel geschrieben hatte, drehte sie sich um und sagte zu ihren Patienten: »Ich möchte, daß Sie alle jetzt auf Ihre Armbanduhren schauen und ausrechnen, wie lange es noch bis zum Abendessen dauert. Wir essen um sechs Uhr. Rechnen Sie das bitte aus, und mogeln Sie nicht. Ich bin in zehn Minuten wieder zurück. Achten Sie bitte auch darauf. Vergleichen Sie die Uhrzeit. Sehen Sie auf Ihre Uhren. Zehn Minuten.«

Dann ging Sie forsch in den hinteren Teil des Raumes und bedeutete Trace, ihr auf den Korridor hinaus zu folgen. Dort angekommen, fragte sie ihn dann: »Was kann ich für Sie tun, Mr. Tracy?«

»Zunächst mal können Sie mir verraten, wieso Sie diese armen Leute so anbrüllen?«

»Ich habe sie nicht angebrüllt«. sagte sie. Sie hatte eine leise, sanfte Stimme, und bei einer normal geführten Unterhaltung wurde diese Stimme durch ihren leichten Südstaatenakzent noch samtiger und weicher. Ihre Augen waren sehr sehr blau.

»Sorry«, sagte Trace. »Irrtum meinerseits. Es ist nur, daß ich immer dachte, wenn Leute ihre Stimmen heben und laut schreien, daß man so was dann Brüllen nennt.«

»Das nennt man ›deutlich artikulieren‹ und wer sind Sie überhaupt? Sind Sie hier, um meine Lehrmethoden zu kritisieren?«

»Nein. Ich komme nur gerade von Dr. Matteson. Er sagte mir, daß ich mit Ihnen über diese Plesser-Versicherungs-Geschichte sprechen sollte. Ich vertrete die Versicherungsgesellschaft.«

»Oh, das schon wieder«, sagte sie und seufzte. Sie schaute sich kurz um. »Kommen Sie bitte mit. Ich glaube, dieses Büro müßte leer sein.«

Trace folgte ihr in ein äußerst spärlich möbliertes Büro, in dem nicht mehr als ein Schreibtisch, ein Stuhl und ein Bücherschrank stand, der weitgehend leer war.

Dr. Darling setzte sich auf den Stuhl. Trace hockte sich auf die Schreibtischkante und drückte den Aufnahmeknopf seines Cassettenrecorders.

»So, und was möchten Sie jetzt gerne von mir wissen?«

»Sie haben als Zeuge fungiert, als Mr. Frederick Plesser den Begünstigten seiner Versicherungspolice geändert hat. Als er sie auf Dr. Matteson überschrieb.«

»Ja.«

»Hat er irgend etwas gesagt, während er das Schreiben aufsetzte?«

»Was für eine Art Frage soll das denn darstellen?« wollte sie wissen.

»Eine einfache, ziemlich eindeutige Frage«, sagte Trace. »Hat er irgend etwas über die Versicherung oder über Dr. Matteson gesagt?«

»Nein. Wir wußten nicht einmal, was wir da beglaubigen sollten. Er hatte das Blatt einfach so gefaltet, daß wir nichts lesen konnten, und dann haben wir die Echtheit seiner Unterschrift bezeugt. Er hat den Brief als erster unterschrieben, und anschließend haben wir ebenfalls unsere Unterschriften daruntergesetzt.«

»Und er hat sich nicht über den Inhalt des Briefes geäußert?«

»Nun, er hat schon etwas gesagt. Er sagte, das wird zwei Menschen unglaublich glücklich machen. So was in dieser Art.«

»Was hat er damit gemeint?«

»Ich weiß es nicht.«

»Haben Sie vielleicht irgendeine Vorstellung, Dr. Darling? Was glaubten Sie damals, was er damit wohl meinen könnte?«

»Ich habe nicht darüber nachgedacht«, antwortete sie. »Was glauben *Sie* denn, was er gemeint hat?«

»Ich glaube er meinte, daß er Dr. Matteson glücklich machen würde, wenn er starb, und höchstwahrscheinlich auch noch sich selbst.«

»Gut, dann war das also das«, sagte sie.

»Was hielten Sie von Mr. Plesser?« wollte Trace wissen.

»Er war schon in Ordnung«, sagte sie wenig überzeugend.

»Wie ich hörte, war er so was wie das Salz der Erde, hat bei der Pflege anderer Patienten geholfen, hat Bettpfannen gereinigt, so in dieser Richtung.«

»Ja. Das hat er wohl getan.«

»Und?«

»Er hat immerzu nach mir gegrabscht«, sagte sie.

»Ich applaudiere seinem guten Geschmack«, sagte Trace.

Sie überhörte seine Bemerkung. »Manchmal kommen Menschen mit beginnender Senilität auf merkwürdige Ideen. Er hatte die Vorstellung, daß er die Geißel aller jüngeren Frauen sein müßte, nur weil seine Frau ein paar Wochen jünger als er war.« Sie zuckte die Achseln und fuhr fort: »Das ist vermutlich nicht abnorm, nehme ich an, aber es war ganz sicher ein wenig beunruhigend. Ich mußte immer sehr auf der Hut sein, daß er sich nicht unbemerkt hinter meinen Rücken schlich.«

»Wie ist er denn mit Dr. Matteson ausgekommen?«

»Sehr gut. Warum sollte er auch nicht? Ich meine, Dr. Matteson war sein . . . Oh, warten Sie, jetzt verstehe ich. Sie glauben, daß hier irgendwas Komisches vor sich geht, und daß George ihm den Kopf verdreht hat, damit er ihm das Geld vermacht.«

»Man hat schon von Leuten gehört, die so was für hunderttausend machen«, sagte Trace ausdruckslos.

»Geld interessiert George nicht«, sagte Dr. Darling. »Denn wenn er sich fürs Geld interessieren würde, hätte er dann eine Einrichtung wie diese gegründet?«

»Ich habe noch nie von einem Krankenhausdirektor gehört, der am Hungertuch nagt«, sagte Trace. »Wenn ihm Geld nichts bedeutet, für was interessiert er sich dann?«

»Er kümmert sich um Menschen, Mr. Tracy. Genau das ist es doch, was wir hier tun. Wußten Sie, daß er sich hoch verschuldet hat, um dieses alte Gelände mit seinen Gebäuden von der Gemeinde kaufen zu können? Früher war das hier eine psychiatrische Anstalt, und er hat jeden Penny zusammengekratzt und hier hineingepumpt. Um alte Menschen zu behandeln. Der einzige Grund, warum wir noch etwas anderes als nur das machen, wie zum Beispiel die Notfall-Ambulanz zu betreiben, ist, daß dies eine der Bedingungen der Gemeinde war, als sie an ihn verkauften. Hier bei uns befindet sich die einzige Notfall-Ambulanz im Umkreis von vielen Meilen.«

»Wieso macht Matteson das alles?« fragte Trace.

»Weil er seine Augen nicht verschließt, weil ihm nicht alles gleichgültig ist. Diese Arbeit hier ist sein Leben.«

»Ist es auch Ihr Leben?«

»Ja, das ist es. Und noch etwas, wo wir gerade dabei sind. Sie haben sich gefragt, warum ich diese Patienten dort draußen angebrüllt habe. Nun, ich habe nicht gebrüllt. Ich habe eine Unterrichtsstunde gehalten, und man muß es auf eine

Weise machen, daß es auch funktioniert. Ich könnte natürlich auch vor mich hin nuscheln und lächeln und ihnen das Köpfchen kraulen, und nächste Woche würden sie schon nicht mehr wissen, welchen Wochentag wir gerade haben, und in der Woche danach hätten sie vergessen, wie man die Uhr liest. Man hält sie am Leben, indem man ihnen eine Beschäftigung gibt. Und ich habe keinerlei Verständnis für Ihre billigen Anspielungen, ganz besonders auch dann nicht, wenn Sie nicht einmal wissen, wovon zum Teufel Sie überhaupt reden. Ich spreche davon, diese Menschen lebensfähig zu erhalten. Sie wollen höfliche Konversation machen . . . gut, gehen Sie und reden Sie mit einer Steckrübe. Ich beschäftige mich nicht mit Gemüse, und ich gedenke auch nicht zuzulassen, daß Menschen nur noch wie Gemüse vor sich hinvegetieren.«

Trace stand auf. »Tut mir leid, Dr. Darling«, sagte er. »Ich muß jetzt wieder zurück. Ist sonst noch etwas?«

»Sagen Sie mir einfach nur noch, wo ich Schwester Simons finden kann.«

Der wütende Ausdruck auf ihrem Gesicht wurde etwas milder. »Kommen Sie«, sagte sie und ging nach draußen voran. Sie zeigte den Korridor hinunter. »Dort unten an der Ecke befindet sich ihr Büro.«

»Danke für Ihre freundliche Hilfe«, sagte Trace.

Oberschwester Thelma Simons war Anfang fünfzig. Sie trug eine dermaßen extrem gestärkte weiße Schwesterntracht, daß sie steif genug aussah, um einen Menschen, der ohne Knochen auf die Welt gekommen war, spielend stützen zu können. Ihr ergrauendes Haar hatte sie sich zu einem strengen Knoten zurückgesteckt, und Trace wußte sofort, daß er sie jederzeit spielend völlig aus der Fassung bringen konnte, wenn er ihr sagte, daß ihr Haar sich löste. Ihr Gesicht konnte man nur als vorspringend bezeichnen: Vorstehendes Kinn, spitze Nase und eine Stirn, die sich über ihren Augenbrauen aufzutürmen schien. Sie vermittelte dem Betrachter den Eindruck, daß sie zu lange zu dicht einem starken Sog ausgesetzt gewesen zu sein schien. Es war, als würde sich ihr Gesicht volle drei Zentimeter vor der Stelle befinden, wo es eigentlich hätte sein sollen.

»Nun, Mr. Tracy«, sagte sie, nachdem er sich vorgestellt hatte, »sie werden sicherlich verstehen, daß ich nicht einfach mit jedem reden kann, der hier mir nichts dir nichts hereinmarschiert kommt, nicht wahr?«

»Dessen bin ich mir bewußt. Deshalb war ich ja auch zuerst bei Dr. Matteson. Er sagte, es wäre in Ordnung.«

»Nun, das werden wir mal überprüfen, nicht wahr?« Trace fragte sich schon, ob sie wohl all ihre Sätze mit »Nun« begann. Sie klang wie ein englischer Lehrer, der gerade die neunschwänzige Katze aus seinem Schrank holte. »Nun, wir werden uns um ihr Betragen kümmern, nicht wahr?« Er haßte ebenfalls, aus Prinzip heraus, Menschen, die jeden ihrer Sätze mit »nicht wahr?« beendeten.

Sie schien zu zögern, nach dem Telefon zu greifen, und Trace sagte: »Würden Sie es vorziehen, wenn ich draußen warte?«

»Nun, ja. Wenn Sie die Freundlichkeit besitzen würden«, sagte Schwester Simons.

Auf dem Korridor begann Trace einen Plausch mit einer jungen Krankenschwester, die an einem Schreibtisch saß und Berichtsblätter ausfüllte. Das Telefon auf ihrem Tisch läutete, und als sie den Hörer abnahm, bemerkte Trace, daß sie erblaßte. Sie sagte: »Jawohl, Ma'am«, und legte wieder auf. »Schwester Simons möchte Sie jetzt sprechen.«

»Tut mir leid, wenn ich Sie in Schwierigkeiten gebracht habe«, sagte Trace.

Sie murmelte leise vor sich hin: »Jünger als fünfzig zu sein hat mich in Schwierigkeiten gebracht.«

»Aber nicht bei mir.«

Im Büro sagte Schwester Simons: »Nun, wir haben mit dem Doktor gesprochen, und der Doktor hat gesagt, es wäre in Ordnung, wenn wir Ihre Fragen beantworten. Also kommen wir umgehend zur Sache, nicht wahr?«

»Eine wichtige Frage«, sagte Trace.

»Ja?«

»Warum nennen Krankenschwestern Ärzte Doktor?«

»Was würden Sie denn vorschlagen, wie wir sie nennen sollen? Milchmann?«

»Ich würde vorschlagen, Sie nennen sie ›der Arzt‹ oder ›Doktor so-und-so.‹ ›Wir haben mit dem Doktor gesprochen‹ ergibt doch überhaupt keinen Sinn.«

»Ich sehe keinerlei Veranlassung, irgend etwas an dem zu ändern, was unserem Berufsstand so viele Jahre lang ausgezeichnet gedient hat, Mr. Tracy.«

»Mein Vater hatte eine sehr ähnliche Einstellung seinen Unterhemden gegenüber, bis meine Mutter ihn nach Unterhemd City gebracht hat«, sagte Trace. »Dann ist er schließlich doch noch auf die richtige Bahn gekommen. Seine ganze Familie mochte ihn übrigens seitdem auch gleich erheblich lieber.«

»Sind Sie etwa hierhergekommen, um mir ekelhafte Geschichten über Ihre Verwandtschaft zu erzählen?«

»Nein, und Sie können von Glück reden. Denn wenn ich auf wirklich ekelhafte Geschichten zu sprechen käme, wie zum Beispiel die, als meine Tante Billie vom Lieferwagen gefallen ist und in die Suppenterrine gekotzt hat, nun, dann würden wir das wirklich ekelhaft finden, nicht wahr?«

»Der Doktor hat mir gesagt, daß ich Ihre Fragen beantworten soll. Er hat mir jedoch nicht gesagt, daß ich mir von Ihnen meine kostbare Zeit verplempern lassen soll. Guten Tag, Mr. Tracy.«

»Nur eine Frage«, sagte Trace.

»Bitte beeilen Sie sich.«

»Warum hat der Patient den Doktor zu seinem Begünstigten gemacht? Hat er Ihnen das gesagt?«

»Nein. Mir gegenüber hat er kein Wort gesagt.«

»Hat der Patient gesagt, ob er unglücklich mit Familie?«

»Genaugenommen haben wir nur höchst selten über persönliche Dinge gesprochen.«

»Das glaube ich gerne. Hat der Patient gesagt, er mit Krankenhaus glücklich?« fragte Trace weiter.

»Sie sind wirklich sehr unverschämt, Mr. Tracy. Ja, Mr. Plesser sagte, er wäre wirklich sehr glücklich hier, und ich bin fest davon überzeugt, daß Sie jetzt gehen können.«

»Vielen Dank. Sie waren wirklich sehr freundlich«, sagte Trace.

»Nun, Sie sind höchst unausstehlich gewesen.«

»Der Detektiv entschuldigt sich«, sagte Trace, als er ging.

11

Während er den langen Flur hinunterging, spürte Trace den harten Blick von Schwester Simons immer noch in seinem Rücken. Ungerührt bog er in den Korridor ein, der zum Ausgang führte, verschwand dann blitzschnell in einem Treppenabsatz und ging nach oben.

Mitchell Careys lag in Zimmer 113.

Es war ein großes Privatzimmer mit zwei Arrangements frischer Blumen auf einem kleinen Tisch gegenüber dem Fußende des Bettes an der anderen Wand. Carey lag im Bett, schlief oder war bewußtlos, und Trace konnte sehen, daß er ein großer, schwerer Mann war, kräftig und robust. Große Hände und starke Handgelenke ragten aus den Ärmeln seines grob strukturierten Krankenhauskittels heraus. Doch das Gesicht des Mannes sah faltig und müde aus; es war der Ausdruck, der auf die Gesichter von Politikern und Päpsten zu kommen schien, die angeschossen worden waren und niemals wieder das Aussehen ihrer vollen Energie und Tatkraft wiedergewinnen würden. Carey hatte eine Löwenmähne von weißem Haar, und Trace fand, daß er genau wie der Mann aussah, den man auch auf einer Weide erwarten würde: Eine Flinte in der Armbeuge und den Blick auf der Suche nach Enten zum Himmel gerichtet. Neben dem Bett stand ein grüner Sauerstoff-Tank, und an der Wand oberhalb Careys Kopf befand sich eine Kontrolltafel, die an den Kanalwähler für das Kabelfernsehen erinnerte, auf der ein halbes Dutzend kleine Lämpchen brannten. Alle Lämpchen waren grün.

Der Mann machte ein zischendes Geräusch beim Atmen.

Trace warf einen Blick auf die Karten an den Blumen. Auf einer stand: »Ich denke immer an dich, Amanda.« Der Text der anderen lautete: »Das gleiche wie beim letzten Mal: Gute Besserung. Diese Blumen hier sind teuer. Will.«

Trace schaute sich im Zimmer um. Es gab nichts zu sehen. Wirklich nichts. Er ging zu dem Schränkchen neben Careys Bett und zog die oberste Schublade auf. Natürlich, dachte er, wird es hunderte von rechtskräftigen Urkunden benötigen, um den Begünstigten seiner Versicherungspolice und die Erben seines Besitzes zu ändern. Die Schublade enthielt eine kleine Schachtel Kleenex.

Er drückte die Schublade leise wieder zu, und als er sich dem alten zuwandte, öffnete Mitchell Carey seine Augen und starrte an die Decke, als wäre er entsetzt, als hätte der Tod gerade eben den Raum betreten und ihn roh aufgeweckt. Trace kannte dieses Gefühl. Es war ein Gefühl, das man bekommt, wenn man mitten in der Nacht wach wird und einfach weiß, trotz aller Beweise für das genaue Gegenteil, daß noch irgend jemand im Schlafzimmer ist.

Der Mann starrte einen Augenblick unverwandt zur Decke. Die Augen waren vor Angst oder Schrecken zusammengekniffen. Trace streckte seine Hand aus und berührte die Hand des alten Mannes.

»Immer sachte, alter Mann«, sagte er leise. »Es ist alles in Ordnung.«

Langsam, als erforderte es das letzte bißchen seiner Kraft, drehten sich Careys starre Augen zu Trace. Er sah den großen Mann an, scheinbar unfähig, seinen Blick richtig auf ihn zu richten. Trace sah, wie sich seine Lippen langsam bewegten.

»Immer mit der Ruhe«, sagte Trace. »Es ist alles in Ordnung.« Sollte er vielleicht eine Schwester rufen? Sollte der Mann überhaupt wach sein?

Careys Lippen begannen sich zu bewegen: Die Bewegung eines zahnlosen Mannes, der ein weiches Stück Brot lutscht. Ein leises, tiefes Geräusch drang aus seinem Mund. Mitchell Carey versuchte, etwas zu sagen, und als Trace sich vorbeugte, sein Ohr dicht neben den Mund des Mannes hielt, drückte er instinktiv den Aufnahmeknopf seines Recorders.

Das Geräusch, das Carey machte, war kaum mehr als ein Ausatmen, und die Worte waren undeutlich und verschwommen. Doch Trace konnte das meiste verstehen.

»Hundert . . . zweihundert . . . sterben . . . sterben . . . hundert hundert . . . nicht mehr . . . nehmen Sie das weg . . . mehr sterben . . . sterben . . . sterben.«

Es entstand eine lange Pause und Trace hob seinen Kopf. Die Lippen bewegten sich immer noch, doch kein Laut war mehr zu hören. Dann hefteten sich Careys leblose Augen auf ihn. Es folgte ein Zischen, und weitere Geräusche drangen aus seinem Mund. Trace beugte sich wieder vor, um zuzuhören, und plötzlich hörte er eine andere Stimme. »Was geht hier vor?«

Es war eine Frauenstimme, und Trace drehte sich um. Eine ältere Krankenschwester stand in der Türe.

»Wer sind Sie?« fragte die Frau, als sie an Careys Bett trat und auf den alten Mann herabschaute. Seine Augen hatten sich inzwischen wieder geschlossen, doch er schien regelmäßig zu atmen.

»Walter Marks. Ich bin ein Freund der Familie. Habe nur mal gerade reingeschaut, um zu sehen, wie's ihm geht. Er wollte mir etwas sagen.«

»Besuchszeit ist heute nachmittag, und die Besuchserlaubnis erhalten Sie an der Rezeption«, sagte die Frau knapp. Sie zog die Laken über Careys Körper glatt. Sie fühlte seinen Puls und nickte schließlich zufrieden.

»Ist mit ihm alles in Ordnung?« fragte Trace.

»Ihm geht es gut. Kommen Sie bitte wieder, wenn Sie auch hier sein dürfen.«

»Das werde ich«, sagte Trace, als er das Zimmer verließ.

Draußen auf dem Gang konnte er nirgends eine Toilette entdecken, wo er das Band in seinem Recorder wechseln konnte. Er öffnete eine Türe mit der Aufschrift AUSGANG und ging die Treppe zur nächsten Etage hinauf. Außen auf der Türe stand: ZWEI OST. ZUTRITT VERBOTEN. Trace drückte die Türe auf und sah sich einem uniformierten Wachmann gegenüber.

»Ja, Sir?« fragte der Mann.

Trace lächelte ihn verlegen an. »Meine Tante Lulu ißt schon wieder Zigarettenkippen. Ich habe den Laden hier gerade mal überprüft.«

»Tut mir sehr leid, Sir, dieser Bereich hier ist nicht öffentlich zugänglich. Sie werden einen Besuchstermin an der Rezeption vereinbaren müssen.«

»Klar«, sagte Trace. »Wieso ist der Zutritt denn nicht erlaubt?«

»Besondere Patienten«, sagte der Wachmann schroff. »Fragen Sie an der Rezeption.«

»Vielen Dank auch.«

Auf dem Treppenabsatz vor der Türe zu Zwei Ost befand sich ein Münzfernsprecher, und Trace beschloß im Sylvan Glade anzurufen, um herauszufinden, ob inzwischen irgendwelche Nachrichten für ihn hinterlassen worden waren. Er wühlte in seinen Taschen bis er einen Dime fand, doch als er versuchte, die Nummer zu wählen, meldete sich ein Operator und sagte, daß das Gespräch zwanzig Cents kosten würde.

»He, ich dachte immer, ein Ortsgespräch kostet einen Dime.«

»In New Jersey kostet es zwanzig Cents. Werfen Sie bitte weitere zehn Cents ein.«

»Aber ich rufe ja praktisch nur den Block runter an.«

»Das Gespräch kostet zwanzig Cents. Bitte zahlen Sie jetzt weitere zehn Cents.«

»Ich habe aber keinen Dime mehr. Kann ich Ihnen das Geld vielleicht mit der Post schicken? In Briefmarken vielleicht?«

»Ich fürchte, das wird nicht gehen, Sir.«

»Es ist wirklich kein Vergnügen mit Ihnen«, sagte Trace, als er wieder auflegte. Seinen Dime bekam er nicht zurück.

Auf dem Parkplatz fiel Trace ein Mercedes Benz auf, der direkt neben seinem Ford-Mietwagen stand.

Durch die Windschutzscheibe war ein gelbes Stück Pappe zu sehen, das rechts auf dem Armaturenbrett lag, und auf dem stand: PARKEN. Die Fenster des Mercedes standen offen, und Trace griff hinein und klaute den Parkausweis.

Er drehte sich um und sah einen uniformierten Krankenhausangestellten, der den Bürgersteig hinter ihm fegte. Die Uniform des Mannes schlotterte um seinen Körper, als wäre Sie ursprünglich für zwei von seinem Kaliber angeschafft worden. Trace fragte sich, ob er wohl irgendetwas gemerkt hatte, warf den Parkausweis dann in seinen Wagen und ging zu dem Mann hinüber, der ihn mit seinen Zahnlücken breit anlächelte.

»Haben Sie Feuer?« fragte Trace.

»Klar.« Der Mann lehnte seinen Besen gegen seinen kleinen Müllwagen und grub ein altes Zippo-Feuerzeug aus der Brusttasche seines Uniformhemdes aus.

Beiläufig sagte Trace: »Ich war gerade drüben im Ost-Gebäude und habe mich verlaufen. Was befindet sich eigentlich auf Zwei-Ost?«

»He, he,da werden Sie aber wirklich nicht hin wollen, mein Sohn«, sagte der Mann. Er schnipste das Feuerzeug an und hielt es hoch, so daß Trace seine Zigarette anstecken konnte.

»Und wieso nicht?« sagte Trace. »Was ist denn da?«

»Das ist die Beklopptenabteilung«, sagte der Mann und lachte gackernd. »Für die Verrückten. Sie gehen da rein, und vielleicht kommen Sie nie wieder da raus, hi hi hi.«

»Sind sie gefährlich? Da oben stand ein Wachmann.«

»Hier ist jeder gefährlich«, sagte der alte Mann.

»Was meinen Sie damit? Wer ist gefährlich?«

»Alle sind gefährlich.« Der Mann schaute sich hastig um, vergewisserte sich, daß niemand ihn beobachtete. Dann beugte er sich dicht zu Trace. Mit seiner Whiskey-Fahne hätte er ein Pferd anhalten können, das gerade aus der Startbox gestürmt kam.

»Sie tun Salpeter ins Wasser, damit man keinen mehr hochkriegt«, sagte der alte Mann.

»Oh, diese verdammten dreckigen Hunde«, sagte Trace.

»Das machen die schon seit Jahren.« Wieder schaute er sich um und feuerte dann eine weitere Ladung seines Atems auf Trace ab. »Sagen Sie ihnen nicht, daß ich irgendwas gesagt habe.«

»Nein, werde ich nicht.«

»Und ich sage dafür keinem was davon, daß Sie Doc Mattesons Parkausweis geklaut haben«, meinte der alte Mann.

»Danke«, sagte Trace.

»Und bleiben Sie weg von Zwei-Ost.«

»Werd's versuchen«, sagte Trace.

12

Emotional durch den Krankenbesuch bei Mitchell Carey und durch die seltsamen Worte des alten Mannes tief erschüttert, hielt Trace an einer kleinen Kneipe am Straßenrand etwa eine halbe Meile vom Meadow Vista Sanatorium entfernt an und bestellte sich einen Wodka on the rocks.

Die Kneipe war leer und der Wirt war in eine Unterhaltungssendung im Fernsehen vertieft und schien nicht daran interessiert, Trace beim Trinken zu stören. Trace stürzte seinen Drink schnell hinunter, ließ sich nachfüllen und ging auf die Toilette, wo er den Recorder von seinem Rücken entfernte und das Kabel, das zu dem goldenen Frosch führte, herauszog.

Er nahm den Recorder mit an die Theke zurück. Der Wirt hatte inzwischen nachgeschenkt und dachte anscheinend – nachdem er zu dem Schluß gelangt war, daß Trace für mehr als nur ein schnelles Glas blieb –, daß er helfen sollte, das Leben seines Gastes mit Freude und Kameradschaft zu bereichern. Und mit Gerede.

»Was ist das? Ein Tonband?«

»Ja. Sie verpassen Ihre Show.«

»Ich hoffe, daß Sie nicht von *Vorsicht Kamera!* sind«, sagte der Barkeeper. »Ich habe heute nicht mein bestes Hemd an.« Er lächelte Trace an.

»Sehen Sie weiter Ihrer Sendung zu.«

»Ahhh, ich hasse diese Show. Sie ist einfach nur dumm. Sie haben diese beiden Familien im Studio, wissen Sie, und jetzt versuchen sie, sie dazu zu kriegen, daß . . .«

Trace hustete dem Mann direkt ins Gesicht und sagte dann ganz außer sich: »Oh, meine Güte, tut mir das leid. Besser, Sie gehen sich sofort Ihr Gesicht waschen.«

»Was'n los? Der Barkeeper hob eine Hand vorsichtig an seine Wange.

»Honolulu-Herpes«, sagte Trace. »Ich hab's und Sie können es auch kriegen, wenn Sie nur die gleiche Luft wie ich einatmen, Himmel, was tut mir das leid. Schnell, gehen Sie sich waschen. Ich lasse Ihnen meine Karte hier. Falls Sie es auch erwischt haben sollte, und Ihre Frau wissen möchte, wieso, woher und weshalb, dann werde ich ihr sagen, daß Sie völlig unschuldig sind und nichts dafür können.«

»Sie haben aber gottverdammtnochmal ganz schön Nerven, mit so was hier reinzukommen.«

»Wenn Sie mit Reden Ihre Zeit verschwenden wollen, dann ist das Ihre Sache. Aber ich sage Ihnen: Gehen Sie sich waschen. Sofort.«

Der Barkeeper funkelte Trace einen Augenblick wütend an, marschierte dann ans andere Ende der Bar, duckte sich unter der Theke weg und ging schnell auf die Männer-Toilette.

»Und gurgeln Sie besser auch noch«, rief Trace ihm nach.

Allein in der Kneipe, die jetzt bis auf das geistlose Gebrüll eines Fernseh-Showmasters still war, der völlig fälschlicherweise glaubte, charmant zu sein, ließ Trace die Cassette zurückspulen und drehte die Lautstärke hoch.

Es fing mitten in seinem Interview mit Schwester Simons an, und so ließ er es schnell bis zum Ende dieses Abschnittes vorspulen. Dann hörte er Careys Stimme.

»Hundert . . . zweihundert . . . sterben . . . sterben . . . hundert hundert . . . nicht mehr . . . nehmen Sie das weg . . . mehr sterben . . . sterben . . . sterben.«

Dann entstand ein kurzes Schweigen. Da war die Stimme des alten Mannes wieder. Leise, im Hintergrund des Tonbandes, konnte Trace die Stimme der Krankenschwester hören, die in das Zimmer kam.

»Was geht hier vor?«

Doch das Mikrophon befand sich dicht vor Careys Mund und seine Worte kamen klar, wenn auch sehr schwach, aus dem Lautsprecher.

»Sie bringen mich um«, sagte der alte Mann. »Helfen Sie mir. Helfen Sie mir.«

Trace spielte das Band ein Stück zurück, nur um ganz sicher zu gehen.

»Sie bringen mich um. Helfen Sie mir. Helfen Sie mir.«

Trace trank sein Glas aus, ließ die Cassette aus dem Tonbandgerät auswerfen, schob sie in seine Jackentasche und legte ein frisches Band ein. Wenige Minuten später kehrte der Barkeeper aus der Toilette zurück. Trace begegnete ihm auf halbem Weg.

»Ich will nicht, daß Sie da drinnen noch was anpacken«, fuhr der Wirt ihn scharf an.

»Ganz sicher nichts, was Ihnen gehört.«

Wieder in der Toilette, befestigte Trace den Recorder erneut auf seinem Rücken und verband das Mikrofonkabel mit dem kleinen Tonbandgerät.

Dann wusch er sich gründlich seine Hände. Wer konnte schon wissen, was für komische Krankheiten der Barkeeper möglicherweise hatte?

Als er wieder hinauskam, trank er noch den letzten Tropfen seines Wodkas und legte einen Zehn-Dollar-Schein auf die Theke.

Der Barkeeper saß argwöhnisch am anderen Ende neben der Kasse.

»Ich will Ihr Geld nicht«, sagte er.

»Das Geld hier ist okay. Ich habe den Schein behandelt.«

»Ich will Ihn nicht. Könnte mir ja noch was holen. Komische Idee von so einem Kerl, hier einfach mit irgendwas aufzutauchen und . . .«

»Ich laß das Geld hier. Können Sie ja jemandem andrehen, den Sie nicht mögen.«

Wieder draußen vor der Kneipe, schaute Trace durch das Fenster noch einmal hinein und sah den Barkeeper, wie er mit einer Serviette sein Glas packte und es in einen Mülleimer fallen ließ. Mit derselben Serviette nahm er dann den Zehn-Dollar-Schein von der Theke und legte ihn in die Kasse, ganz unten unter seinen Stapel von Zehnern.

13

Von der Straße aus gesehen unterschied sich das Haus von Mitchell Carey in nichts von den Häusern seiner wohlhabenden Nachbarn, doch als Trace die Zufahrt zum Haus hinauffuhr und seinen Wagen auf der Freifläche vor der großen Garage abstellte, sah er, daß sich das Haus von der sichtbaren Vorderfront wie ein langschenkeliges L weit nach hinten hinaus fortsetzte. Der Anbau war leicht zweimal so groß wie der von der Straße aus sichtbare Gebäudetrakt, und auf der von den beiden Schenkeln des großen Ls gebildeten Fläche war ausreichend Platz für einen Swimming-Pool, einen Tennis-Court und einen kunstvoll gepflegten Park. In einer der nach hinten gelegenen Ecken des Besitzes entdeckte Trace einen Hundezwinger mit zwei schönen schwarz- und kupferfarbenen Gordon-Setter, die faul und träge herumlagen.

Hinter dem Carey-Haus gab es keine Straße mehr, und das Grundstück erstreckte sich bis zu einem kleinen Wäldchen. Ganz weit hinten sah er etwas durchschimmern, das ihm wie ein kleiner Teich erschien.

Nachdem Trace geklingelt hatte, öffnete ihm eine Frau in einem rotgestreiften Baumwollkleid und mit einem Kopftuch.

»Mein Name ist Tracy. Ich würde gerne Mrs. Carey sprechen.«

»Ach, ja?« sagte die Frau, und wartete.

Trace zögerte einen Augenblick und sagte schließlich: »Ich bin ein Freund von guten Freunden. Bob Swenson. Von der Garrison Fidelity Insurance.«

»Oh, Mr. Tracy«, sagte die Frau. »Wie geht es Bob? Es ist schon so lange her, daß ich ihn das letzte Mal gesehen habe.«

»Sind Sie Mrs. Carey?«

»Ja, natürlich.« Die Frau zog das Tuch von ihrem Kopf und schüttelte ihr grau werdendes blondes Haar. Ihr Gesicht war glatt, und obschon sie über sechzig sein mußte, war ihre Haut zart und ohne die Spur einer Falte.

»Entschuldigen Sie«, sagte Trace. »Ja, Bob geht es gut. Er ist zur Zeit auf einem Kongreß in Europa.«

»Er ist schon immer sehr gerne gereist. Aber bleiben Sie

doch nicht dort draußen stehen. Was ist nur mit meinen Manieren? Kommen Sie doch bitte herein.«

Sie führte Trace in ein Wohnzimmer auf der nach vorne hinausführenden Seite des Hauses, daß selbst für ein kleineres Orchester samt Publikum noch groß genug war. Aus dem großen Fenster konnte Trace die Straße sehen, die vor dem Haus verlief.

»Möchten Sie vielleicht eine Tasse Tee?« fragte Mrs. Carey.

»Haben Sie vielleicht auch einen Kaffee?«

»Ja. Es dauert nur eine Minute.«

Sie verließ das Wohnzimmer. Trace erhob sich wieder vom Sofa und schaute sich um. Es war ein freundlicher, persönlicher Raum, an dessen Wänden gute Ölgemälde Seite an Seite mit billigen Drucken hingen. Auf den Regalen standen teure Jade-Schnitzereien und kleine Stoffmäuse. Es war ein Raum, der unmißverständlich ausdrückte, daß echte Menschen hier lebten und keine Mannequins aus irgendeiner Illustrierten-Beilage mit dem Thema: Schöner Wohnen wie die Stars.

Auf einem der Regale lag eine gut zehn Zentimeter im Durchmesser große Kristallkugel. Trace nahm sie in die Hand, hielt sie gegen das Licht und schaute hinein. Er liebte das Aussehen und die Oberfläche von Kristall, und er war enttäuscht, als er winzige Luftblasen und kleine dunkle Einschlüsse in dem Glas bemerkte. Als er die Kugel wieder zurückstellte, fiel sein Blick auf zwei kleine schwarze Kerzen und eine Untertasse mit halb abgebrannten Duftkegeln darauf.

Als Mrs. Carey mit einem Tablett in das Wohnzimmer zurückkehrte, fragte Trace: »Hat das Personal heute frei?«

»Das Personal? Oh, nein, wir haben kein Hauspersonal. Was sollte ich denn in diesem großen Haus tun, wenn ich es nicht alleine sauberhalten könnte? Und Mitchell würde auch gar nicht daran denken, jemanden für etwas zu engagieren, das er ebensogut selbst machen könnte.«

Die Frau war alles in allem viel zu nett, dachte sich Trace. Irgendwie erinnerte sie ihn ein bißchen an eine der alten Tanten in *Mit Arsen und Spitzenhäubchen*, die munter herumwieselten, während sich die Leichen ihrer vergifteten Opfer im Keller stapelten.

Bei diesem Gedanken hielt er inne, denn er mußte wieder an Careys Worte denken: »Sie bringen mich um. Helfen Sie mir.« Hatte das vielleicht irgendetwas mit dieser netten kleinen Frau zu tun, die mit Teekannen und Kaffeetassen geschäftig hin und her eilte?

»So, und jetzt erzählen Sie mir doch bitte, wie es Bob denn so geht?« Sie lächelte ihn an.

»Ja, recht gut. Er ist zu einer Tagung gefahren«, antwortete Trace wieder. »Nach Europa.«

»Oh ja, er ist schon immer sehr gerne herumgereist«, meinte sie.

Die ist bekloppt, dachte Trace. Entweder war diese Frau bekloppt oder aber die langweiligste Gesprächspartnerin in der Geschichte der Menschheit.

»Bob hat mich gebeten, doch einmal bei Ihnen hereinzuschauen und zu hören, wie es Ihnen und Ihrem Mann geht«, sagte er.

»Oh, uns geht's ausgezeichnet«, antwortete sie.

»Natürlich tat es Bob sehr leid, hören zu müssen, daß Ihr Mann krank ist.«

Einen Augenblick lang sagte sie nichts. »Oh, ja. Das ist wirklich eine ganz schreckliche Sache. Er ist so krank gewesen.«

Wieder saß sie einige Augenblicke einfach schweigend da, und schließlich fragte Trace: »Sind Bob und Mr. Carey zusammen aufgewachsen?«

Die langen Pausen in ihrer Unterhaltung waren ihm unangenehm. Das war ein kleiner Trick, den er selbst häufig bei anderen Menschen benutzte: Er ließ eine tote, drückende Atmosphäre zwischen sich und seinen Gesprächspartnern entstehen. Für gewöhnlich bewirkte das, daß die Leute sich unbehaglich fühlten, weswegen sie dann schon nach kurzer Zeit wie ein Wasserfall zu quasseln begannen, nur um die Totenstille zu überbrücken. Doch bei Amanda Carey hatte Trace das Gefühl, daß sie schweigend so zusammensitzen könnten, bis sie beide leise vor sich hin vermoderten, sofern er nicht irgendetwas sagte.

»Oh, nein«, antwortete sie. »Bob und ich waren Freunde. Wir sind zusammen eingeschult worden. Bob hat Mitchell erst kennengelernt, als ich ihn heiratete. Bob und ich kommen aus einer anderen Stadt, nicht weit von hier, doch er kannte Mitchell nicht. Nein, nein, wie gerne Bob schon immer unterwegs gewesen ist.«

»Seit wann ist Ihr Mann denn eigentlich krank?«

»Seit dem sechsten April. Das war vor drei Monaten. Er hatte einen Schlaganfall. Unmittelbar nachdem wir erfahren hatten, daß es geschehen war.«

»Erfahren hatte, daß *was* geschehen war?« fragte Trace nach.

Die Frau nippte schweigend an ihrem Tee und begann sich dann sanft auf ihrem Sessel vor und zurück zu wiegen. Sie summte leise vor sich hin, lächelte Trace immer noch an. Doch es war das Lächeln eines Menschen, der sich zum Beispiel eines seiner Lieblingsgemälde anschaut und nicht erwartet, daß das Lächeln erwidert wird.

Dann begann sie leise zu singen und Trace konnte ein paar der Worte verstehen. » ›. . . prettiest tree you ever did see, and a tree in the woods and a limb on the tree, and a branch on the limb and a twig on the branch and the green grass grew all around, all around, the green grass grew all around.‹ «

Er wollte sie schon unterbrechen, da sagte Mrs. Carey: »Das war ihr Lieblingslied, als sie noch ein kleines Mädchen war.«

»Wessen Lieblingslied?«

»Belindas Lieblingslied. Unsere Tochter«, sagte Mrs. Carey. »Sie ist jetzt tot«, fügte sie mit einer Endgültigkeit hinzu, die andeutete, daß damit alle Fragen beantwortet und alle Rätsel gelöst waren.

»Das tut mir leid«, meinte Trace und verfluchte im stillen Walter Marks, der ihm auch nicht die geringsten Informationen über die Carey-Familie gegeben hatte.

»Ja. Am sechsten April. Ein Autounfall. Drüben. In Europa.«

»Und damals wurde Mr. Carey dann krank?«

»Ja. Er hatte einen Schlaganfall, unmittelbar nachdem es geschehen war.« Sie sprach zwar mit Trace, doch starrte an ihm vorbei auf die große Fensterfront, durch die das Licht der Mittagssonne in den Raum hineinfiel. Leise sagte sie: » ›And the green grass grew all around, all around, and the green grass grew all around.‹ Mögen Sie das Lied?«

»Das war eines von meinen Lieblingsliedern, als ich noch ein Kind war«, sagte Trace.

»Sie war noch so jung«, sagte sie, und dann schien sie sich aus ihren Erinnerungen zu reißen und fragte Trace: »So, und wie geht es jetzt Bob Swenson?«

»Oh, dem geht's gut. Er ist zu einem Kongreß nach Europa gefahren.«

»Ach, du liebe Zeit, was ist dieser Junge schon immer gerne in der Welt herumgereist. Als wir noch Kinder waren, sagte er immer, daß er die ganze weite Welt sehen sollte. Daher war es eigentlich keine große Überraschung, daß er direkt nach der High School zur Navy gegangen ist.«

»Und wie geht es Ihrem Mann jetzt?«

»Oh, ihm geht es gar nicht so gut. Ich glaube eigentlich auch gar nicht, daß er wieder ganz gesund werden möchte. Sie wissen ja nicht, wie sehr er Buffy geliebt hat.«

»Buffy?«

»Ja. Belinda. Aber jeder hat Sie einfach nur Buffy genannt.« Das Gesicht der alten Frau erhellte sich. »Das dort drüben, das ist ihr Bild.« Sie deutete auf eine der Vitrinen des Zimmers, doch Trace konnte kein Bild entdecken.

»Wo ist das Bild denn?« fragte Mrs. Carey erstaunt. »Es

hat immer dort gestanden.« Sie zuckte mit den Schultern, als würde sie damit das Bild für immer aus ihrem Kopf verbannen. »Buffys Bild war dort. Und jetzt ist sie tot«, sagte sie auf eine Art, als wäre ihr das nachträglich eben erst eingefallen. Und plötzlich kam Trace sich wegen der Art und Weise wie er sein Geld verdiente, ganz mies vor. Als er damals nach Las Vegas gekommen war, hatte er sich seinen Lebensunterhalt zunächst mit Spielen verdient, und während eine ganze Menge Leute das für ziemlich degeneriert hielten, war es zumindest nur der Kampf von ihm alleine gegen ein gewaltiges, unpersönliches Casino. Und heute latschte er mit matschigen Füßen durch die tragischen Leben anderer Menschen, und manchmal machte ihn das eben ganz krank. Er wollte etwas trinken.

»Hätten Sie etwas dagegen, wenn ich mir einen Drink einschenken würde?« fragte er, wobei er gleichzeitig mit seinem Kopf auf das Barschränkchen deutete.

»Nein, bedienen Sie sich nur. Mitchell hat sich immer gerne einen kleinen Drink gemacht, wenn er aus dem Büro nach Hause kam. Das war noch vor der Zeit, ehe er krank wurde.«

Eiswürfel waren nirgends zu finden, also goß er sich einfach einen ordentlichen Wodka in einen großen Tumbler. »Bob Swenson meinte, daß Sie sich Gedanken über die Behandlung machen, die Ihr Mann im Meadow Vista erfährt.«

Mrs. Carey schaute zu ihm auf; überrascht hatte sie ihre großen braunen Augen weit aufgerissen. Sie hatte schöne Augen, dachte Trace. Als sie noch jünger war, muß sie eine Frau gewesen sein, von der man träumen konnte.

»Wer ist Hekabe, daß alle Burschen Sie verehren?« sagte er leise.

Und Mrs. Carey sagte: »Nein, nein, es war Silvia, nicht Hekabe. ›Wer ist Silvia? Was ist sie, die aller Welt Verehrung?‹ *Die beiden Veroneser.*«

»Ja, Sie haben recht. Ich habe an etwas anderes gedacht«,

sagte Trace. »Wir sprachen gerade über die Behandlung, die Ihr Mann in Meadow Vista erfährt.«

»Oh, das ist schon in Ordnung. Ich bin ganz sicher, daß sie alles in ihrer Macht stehende für ihn tun . . . Nun, es ist schon in Ordnung. Sein Geschäft ist verkauft und Mitchell wird nicht mehr dorthin zurückgehen. Ich denke, darüber wird er sich jetzt wohl keine Sorgen mehr zu machen brauchen.« Ihre Stimme wurde gegen Ende des Satzes leiser.

Sie nippte wieder an ihrer Tasse Tee und begann erneut leise zu summen.

Trace war es unangenehm, sie anzuschauen und wandte sich ab. Er trank seinen Wodka und mit der anderen Hand nahm er die Kristallkugel vom Regal.

Die Türe des Wohnzimmers wurde plötzlich heftig aufgestoßen und Trace blickte auf, als eine junge Frau ihn anfuhr: »Legen Sie das sofort wieder hin! Wer sind Sie? Was haben Sie hier zu suchen?«

»Bevor Sie mich anpfeifen, Chefin, zählen Sie vielleicht zuerst mal die Löffel. Sind immer noch alle da«, zischte Trace wütend zurück.

Die Frau war Anfang zwanzig. Sie trug Jeans, die sie halb hochgekrempelt hatte, und dazu ein eng sitzendes Männerhemd. Sie hatte blonde Haare, die in einer ausgefransten Frisur, die Trace abscheulich fand, ihr Gesicht umrahmten. Doch davon abgesehen war das Mädchen sehr hübsch. Selbst ohne Make-up sah sie knackig und attraktiv aus.

»Ach, Muffy, sei doch nicht so böse«, sagte Mrs. Carey. »Das hier ist Mr. Tracy. Er ist ein Freund von Bob Swenson. Du erinnerst dich doch sicher noch an Bob? Der von der Versicherungsgesellschaft.«

»Oh«, machte die junge Frau, hielt kurz inne, marschierte dann ins Wohnzimmer und streckte Trace die Hand entgegen. »Ich bin Melinda Belknap«, stellte sie sich vor. Ihr Händedruck war überraschend kräftig.

Mrs. Carey war inzwischen aufgestanden und sagte jetzt: »Muffy, ich mache dir einen Tee.«

»Ja, Nana, das ist nett von dir«, antwortete die junge Frau.

Mrs. Carey verließ den Raum, und Trace stellte sich vor: »Mein Name ist Devlin Tracy. Ich arbeite für die Garrison Fidelity Insurance.«

»Es tut mir wirklich sehr leid, daß ich Sie vorhin so angeblafft habe. Ich wußte ja nicht, wer Sie waren, und ich möchte nicht, daß die Leute sie belästigen. Sie ist ziemlich schwach.«

Trace hatte die Kristallkugel inzwischen wieder zurückgestellt, und Muffy verschob sie ein wenig, als müsse sie sie wieder haargenau an die richtige Stelle schieben. Dann nahm sie in dem Sessel Platz, auf dem bis vor kurzem Mrs. Carey gesessen hatte.

»Jetzt wissen Sie also, wer ich bin«, sagte Trace. »Und wer sind Sie?«

Die junge Frau lächelte ihn an. Sie hatte große, gleichmäßige weiße Zähne und ihr Lächeln war sehr nett. »Ich war eine Freundin von Belinda«, sagte sie. »Das ist die Tochter der Careys.« Während sie sprach, leckte sie über ihren Mund. Sie hatte volle glänzende Lippen, und Trace fragte sich, ob man solche Lippen einfach von Natur aus hatte oder ob sie nachts beim Schlafen ihren Mund in eine Untertasse mit Salatöl presste.

»Wir waren über Ostern in Europa, als sie starb«, erzählte die Frau. »Wir waren eng befreundet, waren immer zusammen, all die Jahre auf dem College. Belinda und Melinda. Sie wurde Buffy genannt und mich riefen alle nur Muffy. Buffy und Muffy.«

»Ich hatte zwei Freunde, als ich aufwuchs«, sagte Trace. »Uns nannte man immer Tick, Trick und Track. Wie kommt es, daß Sie sich nicht wie eine Muffy anhören?«

»Wie sollte sich eine Muffy denn normalerweise anhören?« fragte die junge Frau.

»So als wenn sie Maulsperre hätte. Weil sie ihre Kinnladen dermaßen fest aufeinanderbeißt, daß der Silberlöffel nur ja nicht aus Ihrem Mund fällt.«

»Meinen Sie vielleicht so?« Sie zog ihre Lippen zurück, wodurch man ihre zusammengebissenen Zähne sehen konnte, und ihre Stimme kam jetzt tief aus ihrer Kehle wie eine Serie von Knacklauten. »Also, sagte ich, Lyle, sagte ich, Lyle, ich habe dir doch gesagt, daß ich eine *Seglerin* bin, und dieser schäbige Kahn hier hat einen Motor, um Himmels willen, einen Motor.« Es war eine umwerfend gut getroffene Nachahmung der Redeweise begüterter Studentinnen der Elite-Universitäten, und obschon er die junge Frau vom ersten Augenblick an nicht mochte, mußte Trace jetzt laut lachen.

»Das ist viel zu gut, als daß es nur gespielt sein kann«, sagte er.

»Nur eine Nummer. Muffy bin ich erst geworden, nachdem ich Buffy kennenlernte. Belinda und Melinda. Ich nehme an, da war es nur logisch Muffy aus mir zu machen. Doch der einzige Silberlöffel, den ich jemals gesehen habe, ist mir unter die Augen gekommen, als Buffy mich in ein gutes Restaurant zum Essen eingeladen hatte. Ich bin mit verkratztem rostfreien Stahl aufgewachsen.«

»Wie ist sie gestorben?« fragte Trace.

»Sie ist von einem Auto überfahren worden. Ich hatte an diesem Tag lange geschlafen. Was ich eigentlich für gewöhnlich immer mache, doch Buffy war früh aufgestanden und wollte etwas einkaufen gehen. Sie mochte es, früh aus dem Haus zu gehen, und Äpfel und Obst und anderes Zeug einzukaufen. Daher hatte sie die Arme voller Taschen und Tüten, als sie die Straße überquerte. Das war in Rom, und einer dieser wahnsinnigen Kamikaze-Fahrer hat sie dann einfach über den Haufen gefahren. Sie war sofort tot.«

»Was ist aus dem Fahrer geworden?«

»Wer weiß?« sagte sie. »Er ist verhaftet worden, aber was später aus ihm geworden ist, weiß ich nicht. Ich bin mit Buffys Leichnam nach hier zurückgekommen, und dann ist Mr. Carey krank geworden und ich sah sofort, daß Mrs. Carey mich brauchte, daher dachte ich mir, daß ich einfach hierbleiben und ihr helfen sollte.«

»Wissen Sie zufälligerweise irgend etwas über Meadow Vista? Das Krankenhaus, in dem Mr. Carey jetzt liegt?«

»Was hat Amanda Ihnen denn gesagt?«

Trace zuckte die Achseln. »Es schien sie nicht weiter zu interessieren.«

»Nun, mir gefällt es ganz und gar nicht«, sagte Muffy.

»Und warum nicht?«

»Mr. Carey ging es in dem anderen Krankenhaus nach seinem Schlaganfall schon erheblich besser. Dann brachten sie ihn wegen irgendeiner besonderen Therapie ins Meadow Vista.«

»Sauerstoff-Anreicherung.«

»Ja. Aber sein Zustand bessert sich nicht mehr, und dann habe ich von diesem anderen Burschen erfahren, der seine Versicherung auf den Arzt überschrieben hat, dem der ganze Laden gehört. Ich dachte, was ist, wenn das alles nur ein raffinierter Trick ist, und sie machen das mit all diesen Unglücklichen so. Was würde nur aus Nana werden, falls Mr. Carey stirbt, und sie feststellt, daß dieser Arzt ihren ganzen Besitz geerbt hat? Nicht nur die Versicherungssumme, sondern einfach alles, was Mr. Carey besitzt.«

»Sie glauben wirklich, daß sie so etwas machen? Regelmäßig und immer?«

»Ich weiß es nicht«, antwortete sie. »Vielleicht tun sie es. Und vielleicht sorgen sie dafür, daß die Leute, die ihnen ihren ganzen Besitz überschreiben, nicht wieder gesund werden. Ich weiß nicht, ob sie so etwas tun, und ich behaupte auch nicht, daß sie es tun, aber vielleicht tun sie es.«

»So was nennt man Mord aus Kapitalinteresse«, sagte Trace.

Muffy zuckte die Achseln.

»Was hält Mrs. Carey denn von dieser Geschichte? Sie ist schließlich diejenige, die meinem Chef gegenüber davon etwas erwähnt hat.«

»Sie haben doch mit ihr geredet. Es fällt ihr sehr schwer, sich überhaupt noch richtig auf irgend etwas zu konzentrieren. Und ich werde es auf gar keinen Fall zulassen, daß . . .«

Sie sprach nicht weiter, als Mrs. Carey mit einem Tablett, auf dem zwei Tassen standen, wieder im Wohnzimmer erschien.

»Für dich, Liebes«, sagte sie, als sie eine Tasse Kaffee vor die junge Frau auf den Tisch stellte. »Und Ihnen habe ich auch noch einen Kaffee gemacht, Mr. Versicherung. Ich habe leider Ihren Namen vergessen. Der da muß ja schon kalt sein.« Sie warf einen mißbilligenden Blick auf den schwarzen Kaffee, den Trace nicht angerührt hatte, und stellte diese Tasse auf das Tablett zurück.

»Ihr zwei seid sicher beschäftigt, daher werde ich euch jetzt auch wieder allein lassen. Muffy, ich gehe nach draußen und schneide die Rosensträucher zurück. Ist das in Ordnung?«

»Natürlich ist es das, Nana. Vergiß nur bitte nicht, Handschuhe zu tragen, und paß bitte auf die Dornen auf.«

»Ja, das werde ich«, sagte Mrs. Carey, während sie mit dem Tablett auch schon wieder auf dem Weg nach draußen war.

»Sie sehen ja selbst, wie sie ist«, sagte Muffy, nachdem die Türe sich hinter der alten Frau geschlossen hatte. »Sie denkt nicht sehr viel über den Gesundheitszustand ihres Mannes nach. Ich weiß selbst bald nicht mehr, was ich noch machen soll. Er befindet sich in so etwas wie einem Koma, und sie lebt in einer Art Nebel, einer Traumwelt.«

»Wenn ich es also recht verstehe, dann haben Sie ihr gesagt, daß sie Swenson gegenüber Meadow Vista erwähnen soll«, sagte Trace.

»Ja, das ist richtig. Ich habe ihn auf der Beerdigung kennengelernt. Natürlich war Mr. Carey zu diesem Zeitpunkt bereits im Krankenhaus. Doch erst später, nachher, erzählte sie mir, daß Mr. Carey eine hohe Versicherung bei Ihrer Gesellschaft abgeschlossen hat. Dann hat Ihr Chef sie vergangene Woche angerufen, und ich sagte zu ihr, daß sie doch den Mann erwähnen sollte, der gestorben ist und der seine Versicherungssumme diesem Arzt überschrieben hat. Ich vermute, daß sie jetzt deswegen hier sind, richtig?«

»Ja, wahrscheinlich. Haben Sie sonst noch jemandem von Ihrem Verdacht erzählt?«

»Nein. Oder doch, ja. Ich habe mit der Anwältin der Familie gesprochen, doch sie schien sich deswegen keine große Gedanken zu machen. Ich halte übrigens nicht sonderlich viel von ihr.«

»Wer ist sie denn?« fragte Trace.

»Callahan heißt sie. Jean Callahan, wenn ich mich nicht irre. Sie scheint einfach nicht zu glauben, daß das alles irgend etwas zu bedeuten hat. Sie hat mir zu verstehen gegeben, daß ich verschwinden sollte. Ich nehme an, daß ich deswegen noch meinen Verdienstorden für die Frauenbewegung verliere, aber ich vertraue weiblichen Rechtsanwälten nun einmal nicht.«

»Ob Mann oder Frau«, sagte Trace achselzuckend. »Was denken Sie denn, was ich unternehmen könnte?«

»Waren Sie schon in Meadow Vista?« fragte Muffy.

»Ja. Heute. Ich habe mit Matteson gesprochen.«

»Dann haben Sie wahrscheinlich schon genug gemacht. Man muß sie einfach nur wissen lassen, daß jemand im Auge behält, worauf sie hinauswollen. Es müßte eigentlich funktionieren. Und wir haben auch eine Privat-Krankenschwester engagiert, die sich nachts um Mr. Carey kümmert, damit niemand irgend etwas ganz Raffiniertes mit ihm versucht, wissen Sie, also können wir nur das Beste hoffen.«

»Sie glauben also, daß ich sie von ihren Plänen abgeschreckt habe?«

»Wahrscheinlich, ja. Hatten Sie je einen leichteren Auftrag?« fragte sie lächelnd. Es war ein aufrichtiges, warmes Lächeln voller perlweißer Zähne.

»Genaugenommen gehört so etwas gar nicht zu meinen Aufgaben. Ich arbeite nur in ganz besonderen Fällen für die Versicherung. Haben Sie schon mit der Polizei gesprochen?«

»Ich habe denen nichts zu sagen.« Sie zögerte. »Ich will nur einfach nicht, daß Mrs. Carey irgend etwas Böses zustößt.«

»Und das alles ist Ihnen in den Kopf gekommen, nachdem Sie von dieser Familie gehört haben, die Dr. Matteson wegen der geänderten Versicherungspolice verklagt?«

»Ich habe in der Zeitung davon gelesen und das hat mich dann nachdenklich gemacht«, sagte sie. »Denken Sie doch selbst mal darüber nach. Mr. Carey ging es bereits wieder besser, und jetzt geht es nur noch bergab mit ihm. Wie erklären Sie sich das, wo diese Sauerstoff-Therapie ihm doch eigentlich helfen sollte? Ich will auf gar keinen Fall irgendein Risiko eingehen.«

»Haben Sie die Plessers irgendwann einmal persönlich kennengelernt? Oder vielleicht sogar mit ihnen gesprochen?« wollte Trace wissen.

»Nein.«

Sie saßen ein paar Augenblicke schweigend da, und Trace versuchte einen Schluck Kaffee, doch sein Magen war ganz und gar nicht begeistert davon.

Muffy sagte: »Dann werden Sie also wieder abreisen.«

»Bald, ja, nehme ich wenigstens an.« sagte sie. Trace erhob sich und leerte sein Wodka-Glas. Muffy stand ebenfalls auf.

»Das ist wirklich sehr nett von Ihnen«, sagte sie. »Ich bin sicher, daß Sie und Mr. Swenson Amanda wirklich einen großen Dienst erwiesen haben.«

Sie begleitete ihn zur Haustüre.

»Ich werde Mrs. Carey ausrichten, daß Sie sich von ihr verabschiedet haben«, sagte sie.

»Ach, übrigens«, sagte Trace, »ich habe auch Mr. Carey in Meadow Vista besucht.«

»Ach, ja wirklich?« erwiderte das Mädchen höflich.

»Ja. Er hat sogar mit mir gesprochen.«

»Hat er das? Und was hat er gesagt?«

»Er sagte, er würde sterben«, antwortete Trace.

14

Die Büros von Jean Callahans Anwaltskanzlei auf der ersten Etage über einer schicken Einkaufspassage sahen aus, als wären sie der Prototyp des automatisierten Büros der Zukunft: Nichts als Möbel, keinerlei Personal.

Die Wände wirkten freundlich durch die Holztäfelung, und sechs leere Schreibtische waren ordendlich über die Räume verteilt. Trace fragte sich, wo die Sekretärinnen und Vorzimmerdamen wohl sein mochten. Aus dem hinteren Teil der Kanzlei hörte er ein schwaches Geräusch, und als er nachschaute, entdeckte er dort eine junge Frau, die im Inneren einer Glaskabine saß und auf der größten Schreibmaschine, die ihm jemals unter die Augen gekommen war, munter drauflos tippte.

Trace wartete vor der Glaswand darauf, daß sie zu ihm aufblickte, doch sie war dermaßen in ihre Tastatur vertieft, daß sie erst dann aufsah, als Trace gegen die Scheibe klopfte.

Sie sah ihn an, und für einen kurzen Augenblick verfinsterte sich ihr Gesicht. Dann drückte sie einen Knopf auf ihrem Schreibtisch, und er hörte ihre metallisch klingende Stimme aus einem Lautsprecher über seinem Kopf. »Ja? Kann ich Ihnen helfen?«

Trace entdeckte nirgendwo ein Mikrophon, in das er hätte sprechen sollen. Ihm gefiel das alles sowieso nicht. Er unterhielt sich gerne von Mund-zu-Ohr, wie normale lebendige Menschen es taten, und nicht von Mikrophon-zu-Mikrophon.

Lautlos bewegte er seine Lippen, formte die Silben lediglich mit seinem Mund: Ich möchte Miss Callahan sprechen.

»Ich kann Sie nicht verstehen«, dröhnte die Stimme der jungen Frau aus dem Lautsprecher.

Trace zuckte die Achseln und formte wieder lautlos mit seinen Lippen: Ich möchte Miss Callahan sprechen.

»Das Mikrophon ist dort drüben«, schrie das Mädchen. Sie zeigte auf eine Ecke der großen Glasscheibe ihres Arbeitskäfigs, und Trace bemerkte das kleine Mikro, das dort in die Scheibe eingelassen war. Er ging zu dieser Stelle, hob seinen Kopf und legte seine Hände so um seinen Mund, als würde er brüllen. Dann sagte er wieder mit Lippensprache: Ich möchte Miss Callahan sprechen.

»Scheiße!« tobte das Mädchen und erhob sich von dem Stuhl hinter ihrer gewaltigen Schreibmaschine.

Trace hörte eine andere Stimme.

»Ist das eine Macke von Ihnen, Sekretärinnen verrückt zu machen?«

Trace drehte sich um und sah in der Türe zu einem anderen Büro eine klassische Rothaarige stehen. Sie war schön, sogar noch schöner als er sie von gestern in Erinnerung hatte, als sie die Treppe von Nicholas Yules Büro heruntergekommen war. Ihre Stimme klang hart und knapp, doch in ihren großen dunklen Augen lag ein Lächeln. Hinter ihr konnte Trace einen Aktenschrank und weiche Ledersessel sehen.

Er lächelte verlegen. »Ich denke, ich habe nur keine Lust, mich dem Zeitalter der Elektronik anzupassen«, sagte er. Er drehte sich um und bemerkte, daß die junge Frau in ihrem Glaskäfig wieder hinter der Maschine Platz genommen hatte und nun wieder lautlos auf der Tastatur tippte.

»Nachdem Sie uns also nun gestört haben, verraten Sie mir vielleicht auch, was Sie wollen.«

»Sind Sie Miss Callahan?«

»Ja«

Trace reichte ihr seine Karte, die sie einen Augenblick lang mißtrauisch anstarrte.

»Sind Sie der Anwalt der Garrison Fidelity?« wollte sie wissen.

»Nein. Es gibt gewisse Dinge, die ich nicht einmal dann tun würde, wenn . . . Ach, ist schon gut.«

»Was bitte machen Sie denn genau?« Sie war ziemlich

groß und dank ihrer hochkackigen Pumps befanden sich ihre Augen beinahe auf einer Höhe mit Trace's.

»Ich bin so eine Art Ermittler für die Schadensregulierung«, antwortete er.

»So eine Art? Was sind Sie sonst noch?«

»Nun, ich arbeite nicht ausschließlich für die Garrison Fidelity. Außerdem bin ich noch Säufer und ein degenerierter Mensch, der sich wieder gebessert hat. Ich bin fest von der Richtigkeit der libertären Regierungsgrundsätze überzeugt. Ich bin für niedrige Zölle und dagegen, daß man die Menschheit an einem goldenen Kreuz kreuzigt.«

»Haben Sie auch eine Meinung zur Einschränkung des Rechts auf Waffenbesitz?«

»Ich bin gegen jede Einschränkung, sofern es nicht um die Waffen der anderen Leute geht.«

»Sind Sie bewaffnet und gefährlich?« fragte die Anwältin. Auf ihren sehr vollen, breiten Lippen lag ein Lächeln.

»Ich bin unbewaffnet und unverdorben.«

»Sie reden nicht wie ein Schnüffler?«

»Sie sehen auch nicht wie ein Anwalt aus.«

»Na schön. Ich weiß zwar immer noch nicht, was Sie nun eigentlich von mir wollen, aber kommen Sie doch trotzdem einfach rein.«

Trace folgte ihr in das Büro, und während sie sich hinter den großen Walnußholz-Schreibtisch setzte, nahm er auf einem weichen Ledersessel ihr gegenüber Platz. Die Bürowände, der Teppichboden und die Möbel waren allesamt in gedämpften, unaufdringlichen Farben gehalten. Wenn da nicht ein kleiner Kühlschrank auf der einen Seite des Raumes und ein Aktenschrank vor der anderen Wand gewesen wäre – die Trace im übrigen als extrem störend empfand –, hätte dies durchaus das Arbeitszimmer eines Millionärs sein können.

»Sie sind, nehme ich an, in der Angelegenheit Plesser hier?«

»Ja, das ist richtig«, erwiederte Trace.

»Ehrlich gesagt, Mr. Tracy, ich hätte eigentlich erwartet, daß Ihre Gesellschaft einen Anwalt schicken würde, da sie wahrscheinlich in diesen Prozeß mit hineingezogen werden wird.«

»Meine Freunde nennen mich Trace.«

»Ich werde mir dieses Privileg bis zu dem Zeitpunkt aufsparen, an dem ich mir ganz sicher bin, daß wir wirklich Freunde sind.«

»Abgeknallt, ehe ich auch nur die Chance hatte, mich in die Lüfte zu erheben«, sagte er. »Die Gesellschaft beauftragt mich für gewöhnlich mit der Ermittlung eines Falles, ehe sie Anwälte und dergleichen ins Gefecht schicken.«

»Hören Sie«, sagte sie, »Sie sind doch wohl nicht die Vorhut einer ganzen Armee von kleinen Funktionären, die praktisch von jetzt ab an jedem Tag des kommenden Jahres hier einfallen werden, oder?«

»Nein. Ich bin die geheime Macht hinter dem Thron der Versicherungsgesellschaften der Vereinigten Staaten. Wenn ich spreche, dann zittern die Köpfe der großen Konzerne dieses Landes.«

»Gut. Was möchten Sie wissen?« fragte sie.

»Was haben Sie gestern Nicholas Yule erzählt?«

»Aaach, da habe ich Sie also schon gesehen!« sagte sie. »Auf der Treppe.«

Trace nickte. »Als ich versucht habe, Sie aufzureißen.«

»Ja richtig, stimmt. Was halten Sie von Yule?« fragte sie. Trace entging nicht, daß sie seine Frage nicht beantwortet hatte.

»Irgendwie gefällt mir die Vorstellung, daß ein Anwalt die Posaune spielt.«

»Wieso das?«

»Das ist so eine Art Von-der-Wiege-bis-zum-Grab-Service. Denken Sie doch nur an die Vielseitigkeit dieser Sache. Wenn Sie ein Haus kaufen, kann er Sie mit seiner Posaune nach erfolgreichem Geschäftsabschluß empfangen. Wenn Sie sich scheiden lassen, kann er mit Ihnen tanzen gehen und sicherstellen, daß Sie die Musik auch mögen. Wenn Sie sterben, kann er den Zapfenstreich spielen, ehe er das Testament verliest. Ich will nur hoffen, daß Sie Gitarre oder meinetwegen auch irgendein anderes Instrument spielen. Denn wenn er Sie vor Gericht bringt, und Sie gegen ihn und seine Posaune ankommen müssen, dann weiß ich wirklich nicht, was aus Ihnen wird.«

»Lassen Sie sich durch seine Posaune nicht täuschen«, sagte sie. »Nick ist ein sehr leistungsfähiger Anwalt.«

»Mir ist nicht entgangen, daß Sie nicht ›gut‹, sondern ›leistungsfähig‹ gesagt haben. Das hat doch etwas zu bedeuten.«

»Das bedeutet, daß er meistens seinen Willen bekommt, da jeder Angst vor ihm hat. Er macht einen Striptease vor Gericht. Er singt den Geschworenen sein Plädoyer. Er nimmt einen Zeugen in Reimform ins Kreuzverhör. Einmal ist er quer durch einen Gerichtssaal marschiert und hat dabei Akkordeon gespielt. Die Richter haben Angst vor ihm. Zuerst glaubten sie, er wäre einfach nur schnurrig, doch jetzt haben sie einen Frankenstein aus ihm gemacht. Die Presse liebt ihn, und wenn heute ein Richter versucht, ihm einen Dämpfer zu verpassen, dann könnte das eine ganze Artikelserie darüber zur Folge haben, womit er schon in jedem Gerichtssaal straflos davongekommen ist, und das wiederum würde den Zorn Gottes und des Obersten Gerichtshofes über sämtliche Richter bringen. Daher lassen sie ihn im großen und ganzen in Ruhe und lassen ihn machen, was er möchte. Sie wissen nicht, was sie sonst unternehmen könnten, daher kommt er sogar ungestraft mit Mord durch, und manchmal eben auch seine Mandanten.«

»Vielleicht sollten wir jetzt schon aufgeben«, meinte Trace.

»Nein, dieses Mal nicht.«

»Warum nicht?«

»Nick mag ja mit einer ganzen Menge durchkommen, aber er kann sich nichts aus der Luft zusammenbasteln.

Diese Klage besitzt keinerlei Substanz. Er kann mit John Philip Sousa an der Spitze der gottverdammten Bosten Pops persönlich in den Gerichtssaal einmarschieren, und trotzdem wird er diesen Fall verlieren.«

»Sie glauben also nicht, daß er eine Chance hat, das Verfahren zu gewinnen?«

»Auf gar keinen Fall«, antwortete sie. »Dr. Mattesons Behandlung von Mr. Plesser war aus medizinischer Sicht absolut korrekt und angemessen. Niemand hat den Mann auf irgendeine Weise dahingehend beeinflußt, daß er George als Begünstigten seiner Lebensversicherung einsetzen sollte. In diesem Fall gibt es auch nicht den geringsten Straftatbestand, und daher hat Nick auch nicht die winzigste Chance, diesen Prozeß zu gewinnen. Und genau das habe ich ihm gestern gesagt.«

»Ist das hier in der Gegend unter den Anwälten so üblich, zum gegnerischen Anwalt zu gehen und ihm zu sagen, daß er verlieren wird?« wollte Trace wissen.

Sie nickte. »Ein Punkt für Sie. Nein. Ich habe ihm zweitausend Dollar angeboten, damit er die Klage fallen läßt.«

»Aber er war zu keiner Einigung bereit?«

»Nein.« Sie zögerte einen kurzen Augenblick und sagte dann: »Sehen Sie, ich sage Ihnen das alles, weil wir auf der gleichen Seite stehen. Mir ist zu Ohren gekommen, daß Nick in Geldschwierigkeiten steckt, daß er erheblich mehr Schulden hat als er zurückzahlen kann. Aus diesem Grunde hatte ich geglaubt, daß ich ihn billig kaufen könnte. Was ein Irrtum war. Er sagte, er brauche kein Geld.«

»Ich bleibe dabei: Wir sollten kapitulieren«, sagte Trace. »Besonders da wir es mit einem Anwalt zu tun haben, der nicht bereit ist, Geld anzunehmen.«

»Werden Sie nicht sarkastisch«, sagte Sie.

»Tschuldigung. Was hat er denn sonst noch gesagt?«

»Er sagte, er könne es kaum noch erwarten, die Plessers vor Gericht aufmarschieren zu lassen. Eine arme Familie gegen einen reichen und mächtigen Arzt. Er malt sich die

Schlagzeilen der Presse bereits plastisch aus«, antwortete sie.

»Haben Sie die Plessers schon einmal persönlich kennengelernt?«

»Nein.«

»Die werden vor Gericht garantiert niemanden beeindrucken!«

»Haben Sie mit Ihnen gesprochen?« erkundigte sie sich.

»Ja, mit allen. Mutter Plesser, Jasmine, Boofus T. Boofus, der Schwiegersohn, und Rex der Wunderhund. Rex ist noch der smarteste von allen. Sie haben mir Fotos von Plesser gezeigt. Das einzige, auf dem er lächelte, war das, wie er in seinem Sarg lag.«

»Jesus, was ist das für ein Job!« sagte sie. »Hatten Sie den Eindruck, daß Sie mit einem Geschäft einverstanden wären?«

»Normalerweise würde ich sagen, daß man sie und sieben Generationen ihrer Familie für elf Dollar kaufen kann«, sagte Trace. »Doch ich habe so das Gefühl, Yule hat sie so lange bequatscht, bis sie jetzt tatsächlich fest davon überzeugt sind, daß sie die Hunderttausend kriegen werden. Abzüglich seines Honorars, versteht sich.«

»Tja, dann werden wir wohl abwarten müssen und sehen, was auf uns zukommt«, sagte sie. »Und ich will Ihnen auch gerne sagen, daß ich, wenn der Gerichtstermin näherrückt, beantragen werde, George aus dem Fall auszuklammern, da er auch nicht das Geringste damit zu tun hat. Die Plessers haben ausschließlich mit Ihrer Versicherungsgesellschaft und mit dem Verstorbenen eine Auseinandersetzung, nicht jedoch mit Dr. Matteson.«

Trace nickte anerkennend. »Sehr geschickt von Ihnen.«

»Das haben Sie sich doch schon gedacht, nicht wahr?«

»Ja! Sie halten sich alle Möglichkeiten offen. Später können Sie Matteson immer noch gegen die Versicherung klagen lassen, falls der erste Prozeß nicht zu Ihrer Zufriedenheit verlaufen sollte.«

»Sie sind ja tatsächlich gewitzter als Sie aussehen«, sagte sie. Sie stand hinter ihrem Schreibtisch auf und ging zu dem kleinen Kühlschrank hinüber. Und in dem Kühlschrank lag nichts außer einem Apfel.

»Haben Sie schon zu Mittag gegessen?« fragte sie ihn. Sie starrte weiter in den Kühlschrank hinein, so als würde sie hoffen, daß sich sein Inhalt auf wunderbare Weise verwandeln würde. Schließlich schlug sie die Türe laut zu.

»Ich habe noch nicht einmal gestern zu Mittag gegessen«, sagte Trace.

»Nun, in dieser Stadt gibt es keine richtigen Restaurants, aber ich kenne eine Cocktail-Bar die Straße hinunter. Dort machen sie akzeptable Sandwiches. Sind Sie interessiert?«

»Ja.«

»Dann folgen Sie mir, Trace«, sagte sie.

Die Frau hatte Trace in eine heruntergekommene kleine Bar geführt, wo sie von allen mit dem Vornamen begrüßt worden war und die Kellnerin ihr ohne Aufforderung einen Brandy und Wasser gebracht hatte.

Jetzt saßen sie vor ihren Drinks und sie erklärte ihm, aus welchem Grund nur ein Mädchen in ihrer Kanzlei arbeitete.

»Ich habe die Kanzlei nach dem Tod meines Vaters im vergangenen Jahr übernommen. Vorher war ich sein Partner. Und, nun ja, er hatte all diese Leute bei sich arbeiten, die wahrscheinlich schon seit der Sintflut dort herumhockten, und die er nie entlassen wollte. Er mußte jede Stunde aus seinem Zimmer gehen und sie rütteln, um sich zu vergewissern, daß sie immer noch lebten. Als ich dann den Laden übernahm, wußte ich, daß ein Mädchen mit einem Computer die Arbeit von allen zusammen machen konnte, also ließ ich die übrigen gehen.«

»Und? Funktioniert es?«

»Bis heute, als Sie versuchten, Betsy mit ihrem Mikrophon-Schwachsinn verrückt zu machen«, sagte sie.

»Ich werde es ganz bestimmt nicht wieder tun. Haben Sie übrigens all diese armen Leute, die für Ihren Vater gearbeitet haben, einfach gefeuert? Himmel, was sind Sie herzlos!«

»Gefeuert? Pensioniert, ich Tyrann. Mein Vater hatte, abgesehen von General Motors, wahrscheinlich den größten privaten Rentenplan der Welt, glaube ich. Die kassieren für immer und ewig, aber so muß ich wenigstens nicht mit ansehen, wie sie einschlafen. Keine Sorge, Trace, niemandem ist bei diesem Geschäft geschadet worden, und ich erledige heute an einem Tag mehr Arbeit als früher in einer ganzen Woche.«

Die Kellnerin kehrte wegen ihrer Essensbestellung zurück, und wie Trace die Anwältin sich über der Speisekarte ihren Kopf zerbrechen sah, mußte er an Chico denken. Wie praktisch alle schlanken und schönen Frauen achtete auch Jean Callahan sehr auf die Kalorien. Schließlich entschied sie sich für einen Hamburger ohne Brötchen und ohne Ketchup »und auch keine Pommes Frites, bitte.« Chico war die große Ausnahme; sie aß wie ein russischer Gewichtheber, bestellte immer nahezu die ganze Speisekarte hinauf und hinunter, aß alles auf und fing dann noch an, demjenigen, wer auch immer mit ihr an einem Tisch saß, das Essen vom Teller zu stehlen. Und doch schien ihr geschmeidiger Tänzerinnenkörper nie auch nur ein Gramm zuzunehmen. Wenn's denn so funktionierte, dachte Trace. Ihm wäre es zuwider, sich von dem Unterschied zwischen den beiden Frauen ernähren zu müssen.

»Hören Sie«, sagte Trace, als die Kellnerin wieder fort war. »Ich muß Sie Jean nennen. Ich hatte früher mal eine Lehrerin, die hieß Miss Callahan.«

»War sie eine gute Lehrerin?«

»Ich habe sie gehaßt. Sie hielt sich Gottesanbeterinnen in einer Pflanze auf ihrem Schreibtisch.«

»Warum?«

»Ich weiß es nicht. Ich glaube, sie hat Biologie oder so unterrichtet. Ich kann mich nicht mehr erinnern, weil ich die ganze Zeit damit beschäftigt war, ihr unter den Rock zu gukken. Eines Tages hat sie mich dann dabei erwischt, und ich mußte nach Schulschluß noch im Klassenzimmer bleiben. Sie sagte mir dann, daß sie das letzte Kind, das versucht hatte, ihr unter den Rock zu gucken, an den Schreibtisch festgebunden und es dann über Nacht alleine in der Klasse zurückgelassen hatte. Als dann am folgenden Morgen der Unterricht wieder begann, war von dem Kind nichts als ein Skelett übrig geblieben. Die Gottesanbeterinnen hatten ihn aufgefressen. Damals wäre ich um ein Haar schwul geworden, daher kann ich Sie jetzt nicht mehr länger Miss Callahan nennen. Es würde mir mein Essen verderben.«

»Versuchen Sie es mal mit Jeannie. Das sagt sowieso jeder zu mir. Ich bin froh, daß Sie sich davon erholt haben.« Sie machte dem Barkeeper ein Zeichen, daß er zwei neue Drinks bringen sollte.

»Kommt schon, Jeannie«, rief er zurück.

»Sie sollten lieber aufpassen«, sagte Trace. »Am Ende sind Sie noch betrunken und irgend jemand wird Sie mißbrauchen.«

»Da fehlen aber noch vier Drinks«, sagte sie leise und lächelte.

Sie war nett anzusehen, dachte Trace, und es war wunderbar, ihr zuzuhören. Sie hatte eine flüsternde, rauhe Stimme, die klang als ob sie eigentlich in dein Ohr flüstern sollte. Aus einer Entfernung von allerhöchstens fünf Zentimetern. Am liebsten in liegender Stellung.

Er entschied, daß er besser bei der Arbeit bleiben sollte.

»Dann erzählen Sie mir doch mal etwas über Mitchell Carey«, sagte er unvermittelt.

»Über Mitchell Carey?«

Trace nickte und sagte: »Was hat er mit dieser ganzen Sache zu tun?« Er konnte praktisch körperlich spüren, wie sie sich sträubte.

Er erkannte, daß er ungeschickt gewesen war und sagte daher schnell: »Die Careys sind Freunde meines Chefs. Er hat gehört, daß Mr. Carey krank ist und hat mich dann gebeten, bei Mrs. Carey vorbeizuschauen. Also gehe ich bei ihnen vorbei und laufe irgend so einer Blondine mit Haaren wie Frankensteins Braut über den Weg, und die erzählt mir dann irgendeine Geschichte über eine Mörderbande, die im Meadow Vista Amok läuft. Und sie hat auch Ihren Namen fallen lassen.«

»Man kann keinen Menschen daran hindern, daß sie einen erwähnen«, meinte Jeannie Callahan kühl. »Dieser unverschämte kleine Hohlkopf!«

Die Kellnerin brachte ihre frischen Drinks und den Hamburger, der ganz allein auf einem kleinen Teller lag.

»Klingt nicht so, als wäre diese Muffy einer ihrer Lieblinge«, meinte Trace.

»Das ist sie ganz sicher nicht«, sagte Jeannie, ehe sie einen großen Bissen von ihrem Hamburger nahm.

Er wartete mit seiner nächsten Frage, bis sie zu Ende gekaut hatte. »Warum nicht?«

»Sie ist mit dieser Geschichte zu mir gekommen, daß sie Angst hätte, Mr. Carey könnte auch irgend etwas zustoßen, weil sie diese Plesser-Geschichte in der Zeitung gelesen hatte. Ich habe ihr gesagt, daß Sie sich nicht einmischen sollte, daß absolut nichts passieren würde.«

»Was hat Mrs. Carey denn dazu gesagt?« fragte Trace.

»Nichts. Sie saß einfach da und hat zugehört.«

»Ich glaube, daß es ihr selbst nicht so besonders gut geht«, meinte Trace. »Haben Sie dem Mädchen erzählt, daß Sie Matteson juristisch vertreten?«

»Nein. Dann wäre die ja noch ganz übergeschnappt.«

»Hätten Sie es ihr denn nicht sagen sollen?«

»Das alles geht sie überhaupt nichts an. Hören Sie, Trace, Mrs. Carey ist für mich so etwas wie eine Tante. Ihr Mann und mein Vater waren ihr ganzes Leben lang eng befreundet. Als ich noch ganz klein war, war ihr Haus für mich so etwas wie ein zweites Zuhause. Dann bekamen sie Buffy. Sie kam sehr spät . . .«

Die Kellnerin kehrte mit zwei weiteren Drinks, die sie auf unseren Tisch stellte, zurück. »Frankie gibt einen aus.«

»Danke«, sagte Jeannie und winkte dem Barkeeper zu, der als Antwort nickte. »Wissen Sie, was diese kleine Schlampe getan hat?« fragte sie.

»Welche kleine Schlampe?«

»Diese Muffy oder wie auch immer sie heißt. Als ich sie das erste Mal sah, war sie nicht einmal eine Woche in der Stadt. Ich war gerade draußen bei den Careys und sie hat Amanda praktisch aus dem Raum gejagt. Und dann horcht sie mich darüber aus, ob Mr. Carey nicht für unzurechnungsfähig erklärt werden müßte und wie man ein Testament aufsetzt. Himmel, es war beinahe so, als hätte sie das Ruder schon fest in der Hand. Das ist doch wohl eine unglaubliche Frechheit, oder etwa nicht?«

»Ich würde sagen, es ist eine Frechheit«, meinte Trace. »Mrs. Carey hat mir erzählt, daß die Firma geschlossen oder verkauft oder was weiß ich wird?«

»Verkauft. Mr. Carey hatte die Verkaufspläne noch vor seinem Schlaganfall ausgearbeitet. Ich führe die entsprechenden geschäftlichen Transaktionen durch. Wissen Sie, es ist schon komisch, er rief mich an und redet mit mir über den Verkauf seiner Firma, und ich fahre zu ihm, um mit ihm über Einzelheiten zu sprechen, und er nennt mich dauernd Jeannielein, so wie er es getan hat, als ich noch ein Kind war, und ich weiß, daß er immer wieder fragt, ob ich wohl tatsächlich in der Lage wäre, einen Firmenverkauf in dieser Größenordnung auch tatsächlich abwickeln zu können. Doch aus Loyalität meinem Vater gegenüber würde er mir den Auftrag geben. Ich hoffe, er wird es noch miterleben, daß ich diese Aufgabe zu seiner vollsten Zufriedenheit ausgeführt habe.«

»Er befindet sich aber nicht auf dem Wege der Besserung«, sagte Trace.

»Nach einem Schlaganfall ist es immer sehr hart«, sagte sie.

»Und es liegt nicht zufälligerweise an Dr. Matteson?« fragte Trace.

»Vergessen Sie das«, sagte sie. Sie knabberte an ihrem Hamburger und meinte schließlich: »Ich glaube, ich werde langsam betrunken. Ich habe schon zuviel geredet.«

»Das war ja auch mein Plan«, sagte Trace. »Was machen Sie denn zum Abendessen?«

»Warte auf eine Einladung.«

»Würden Sie vielleicht mit mir zu Abend essen?«

»Unter einer Bedingung.«

»Ich kann Frauen nicht ausstehen, die Bedingungen stellen. Was für eine Bedingung?«

»Wir essen bei mir. Ich koche wahnsinnig gerne.«

»Okay. Ich bringe den Wein mit.«

»Bringen Sie Roten mit«, sagte sie.

15

Dexter, der Empfangsschef, sprach ihn an, als Trace durch das Foyer des Sylvan Glade Country Club zur Treppe zu seinem Zimmer hinauf ging.

»Ich habe eine Nachricht für Sie, Mr. Tracy«, sagte er. Während er in den Papieren auf seinem Schreibtisch herumsuchte, fragte er: »Und was halten Sie von unserer Stadt.«

»Sehr nett. Wirklich eine sehr nette kleine Stadt.«

»Glauben Sie, daß sie Ihrem Klienten gefallen wird? Das heißt, natürlich nur, wenn Sie mir das sagen dürfen.«

Klient? Welcher Klient? Dann wurde Trace klar, daß Dexter natürlich den Vatikan meinte. »Ich denke, ich werde ihnen einen Bericht schicken, der Sie erröten lassen würde«, sagte er.

Dexter lächelte. »Oh, das will ich hoffen.« Er reichte Trace einen rosafarbenen Zettel. »Diese Person Chico«, sagte er.

»Sie müssen mit ihr gesprochen haben. Dieses Mal war sie wirklich ausgesucht höflich und freundlich.«

»Ich habe ihr gesagt, daß Sie hier so etwas wie meine rechte Hand sind«, sagte Trace. »Danke, Dexter.«

Trace las den Zettel, während er weiterging. Die Nachricht lautete schlicht und einfach: »Werde morgen anrufen«, und Trace fand es bezeichnend, daß sie keine Nummer hinterlassen hatte, unter der er sie erreichen konnte.

Er duschte, legte sich anschließend nackt auf sein Bett und rief Walter Marks Büro in der Garrison Fidelity an.

»Apparat Mr. Marks«, sagte die Sekretärin des Vize-Präsidenten.

»Hier ist Devlin Tracy. Ich muß Groucho sprechen«, sagte er wie er es immer tat.

»Einen Moment bitte. Ich werde nachsehen, ob er im Haus ist«, antwortete die Sekretärin wie sie es immer tat.

Trace hatte nicht die Energie, sich mit ihr zu streiten, doch er fragte sich, aus welchem Grund Sekretärinnen immer diese spezielle unsinnige Bemerkung Anrufern gegenüber machten. Jeder, der nur halbwegs seinen Verstand beisammen hatte, wußte doch, daß die Sekretärin auf jeden Fall wissen würde, ob ihr Chef im Haus war oder nicht. Deswegen sagte sie im Klartext doch nichts anderes als: Ich werde hören, ob er mit Ihnen sprechen will. War es Sekretärinnen eigentlich nicht peinlich, wieder an das Telefon zu kommen und zu sagen: Er ist gerade aus dem Haus gegangen. Möchten Sie ihm vielleicht eine Nachricht hinterlassen? Jedem, der nur halbwegs bei Verstand war, mußte das doch peinlich sein.

Daher besaßen Sekretärinnen logischerweise keinen Verstand. Das war ein netter kleiner Syllogismus, vielleicht nicht ganz so elegant wie derjenige, den sein Jesuiten-Professor ihm auf dem College beigebracht hatte: Gott erschuf alles auf dieser Welt, einschließlich des Bösen; alles, was von Gott erschaffen worden war, besaß einen Sinn; daher hatte auch das Böse einen Sinn. Trace hatte schon sehr früh herausgefunden, daß dies Teil eines intellektuellen Pauschalgeschäftes war. Man mußte das einfach als gegeben akzeptieren und damit dann automatisch auch den zweiten Teil des Geschäftes, nämlich: Nur Gott allein versteht, warum Er gewisse Dinge getan hat; wir sind nicht Gott; daher können wir nicht erwarten, alles das zu verstehen, was Gott getan hat.

Trace hatte seinem Professor einen neuen Syllogismus vorgeschlagen: Nur Jesuiten können, ohne dabei eine Miene zu verziehen, so tun, als ob sie der jesuitischen Ideologie tatsächlich glauben würden; ich kann diese Scheiße jedoch nicht einfach so mir nichts, dir nichts schlucken, ohne dabei mein Gesicht nicht verziehen zu müssen; daher bin ich kein Jesuit, und werde auch nie einer sein.

Der Priester-Professor hatte darauf wiederum geantwortet: Nur diejenigen, die verstehen, werden auf dieser Schule einen Abschluß erhalten; du verstehst nicht; daher wird aus dir auch niemals ein Absolvent des St. Luke's College werden. Quod erat demonstrandum.

Und Trace hatte in der darauf folgenden Woche sein Hauptfach gewechselt und studierte nun Buchführung. Zumindest waren Fehler in der Buchführung korrigierbar. Noch niemand hatte je eine Inquisition begonnen, nur weil jemand zwei Versuche benötigte, um eine Bilanzierung glatt herauszubekommen.

Marks kam ans Telefon. »Was ist denn, Trace? Rufen Sie eigentlich nie mehr an?«

»Wir unterhalten uns nur, wenn ich Sie anrufe; wir unterhalten uns jetzt; daher habe ich Sie also auch angerufen. So was nennt man übrigens einen Syllogismus, Groucho. A ist gleich B; C ist gleich A; daher ist C auch gleich B. Verstehen Sie jetzt, was Sie verpaßt haben, weil Sie nicht auf einem katholischen College studiert haben? Sie hätten sicher einen Weg gefunden, wie man dem ganzen Versicherungsgewerbe einen edlen und sinnvollen Anstrich hätte geben können. Und wenn Sie das getan hätten, dann wären Sie heute Präsident emeritus jeder einzelnen Versicherungsgesellschaft Amerikas. Selbst die Jesuiten würden dann Versicherungen abschließen. Nur für den Fall, daß sie sich doch irren sollten.«

»Wovon reden Sie eigentlich? Wird das hier jetzt schon wieder eine dieser abscheulichen Unterhaltungen?«

»Nein. Geben Sie mir 110 Prozent von allem, was ich verlange, und ich bin ziemlich sicher, daß wir diese Unterhaltung auf einer sehr freundschaftlichen, übereinstimmenden Ebene des gegenseitigen Respektes beenden können. Wo steckt Bob Swenson?«

»Mr. Swenson befindet sich in Europa. Das wissen Sie.«

»Und da ich das weiß, und da Sie ebenfalls wissen, wissen Sie natürlich auch, daß ich das mit meiner Frage nicht gemeint habe. Wo genau in Europa steckt Bob Swenson?«

»Warum?«

»Weil ich mit ihm über diese Mitchell Carey-Geschichte sprechen möchte. Ich würde gerne von ihm wissen, wer und warum ihm wer was erzählt hat. Jedesmal, wenn er Ihnen eine Nachricht für mich hinterläßt, kommt sie völlig entstellt und wirr bei mir an, und im Ergebnis ist das noch schlimmer, als überhaupt keine Mitteilung erhalten zu haben.«

»Ich habe Ihnen alles gesagt, was er mir gesagt hat«, sagte Marks.

»Sie haben mir all das gesagt, von dem Sie glauben, daß er es gesagt hat. Das ist ein großer Unterschied.«

»Was ist denn überhaupt so Wichtiges los bei Ihnen?« wollte Marks wissen.

»Ich glaube, Mörderhaufen rotten sich vor Careys Tür zusammen«, sagte Trace verstockt, »und sie warten nur darauf, ihn um die Ecke zu bringen, falls wir auch nur eine Sekunde unachtsam sein sollten. Was wir haben ist eine Versicherungspolice über eine halbe Million. Ich versuche, uns eine Menge Geld zu sparen.«

Marks seufzte. »Okay. Lassen Sie mich seine Nummer nachschlagen, ja?«

Einen kurzen Augenblick später war er wieder da und gab Trace die Telefonnummer eines Londoner Hotels.

»Mr. Swenson wohnt in Zimmer Zehn-Zweiundvierzig. Wo stecken Sie eigentlich? Für den Fall, daß Mr. Swenson anruft. Dann kann er Sie anrufen.«

»Ich bin im Sylvan Glade Country Club in Harmon Hills abgestiegen. Aber Groucho, wenn Sie meiner Ex-Frau auch nur ein Wort davon verraten, bin ich erledigt. Sie weiß nicht, daß ich in New Jersey bin. Sobald sie etwas davon erfährt, verschwinde ich von hier.«

»Ich weiß von der großen Liebe zwischen Ihnen und Ihrer Verflossenen. Ich werde ihr schon nichts verraten.«

»Gut. Und weil Sie so nett und verständnisvoll sind, habe ich noch etwas für Sie.«

»Was ist das?«

»Ich bin es satt, jeden einzelnen kleinen Betrag, den ich an Barauslagen hatte, aufzulisten, jedesmal wenn ich für euch Leute irgendwas erledige. Von jetzt an setzte ich pauschal hundert Dollar pro Tag ein. Jeder größere Betrag darüber wird gesondert aufgelistet.«

»Die beste Nachricht seit Jahren«, meinte Marks trocken.

»Häh?«

»Setzen Sie die hundert Dollar ruhig ein.«

»Warum?«

»Weil ich gottverdammtnochmal gerade eben erst eine Aufstellung unserer Buchhaltung über Ihre Spesen erhalten habe.

Ihre durchschnittlichen Barauslagen belaufen sich auf 147 Dollar pro Tag. Also setzen Sie ruhig die hundert Dollar ein. Wir werden beide glücklicher leben.«

»Aaah, ich hasse Versicherungsfritzen!« sagte Trace.

Er wählte London, ließ die Gebühren für den Anruf auf sein Kreditkartenkonto belasten, und war überrascht zu hören, daß es drüben tiefe Nacht war. Das überraschte ihn eigentlich immer, denn er kam irgendwie nie dahinter, ob es im Osten oder im Westen später war. Doch in Swensons Zimmer ging niemand an den Apparat, und Trace lehnte das Angebot ab, eine Nachricht zu hinterlassen. Man konnte schließlich nicht wissen, wann Swenson ins Hotel zurückkehrte, und Trace hatte keine Lust, mitten in der Nacht geweckt zu werden.

Während Trace sich anzog, pfiff er vergnügt vor sich hin, und dann wurde ihm bewußt, daß er deshalb so ausgesprochen guter Dinge war, weil er sich einer der ältesten und edelsten Vergnügungen der Menschheit hingab: Der Rache. Er machte sich in dem Punkt, wo Chico sich im Augenblick gerade aufhielt und was sie gerade tat, keinerlei Illusionen. Sie war in Memphis, Tennessee – nicht in Ägypten –, und sie betrog ihn mit irgendeinem anderen Mann. Denn wenn das nicht so gewesen wäre, dann hätte sie ihm eine Telefonnummer hinterlassen, unter der er sie erreichen konnte.

Es war gut gewesen, solange es eben dauerte, und was erwartete er schon? Die Ewigkeit? Vier Jahre waren nicht schlecht.

Auf eine Art hatten sie sich geliebt; es war die ungewöhnliche Liebe einer Teilzeit-Nutte und eines Vollzeit-Taugenichts, doch Freundschaft hatte immer an erster Stelle gestanden. Und jetzt trampelte sie auf dieser Freundschaft herum, indem sie ihn anlog. Wie kann man seine Freunde belügen und sie trotzdem immer noch Freunde nennen? Das war eine Frage, die er im Augenblick nicht beantworten konnte. Er wußte einfach nur, daß irgendwie jetzt alles anders war, und wenn die Dinge erst einmal begonnen hatten, sich auseinanderzuentwickeln, dann blieb es für gewöhnlich auch dabei. Vielleicht war es an der Zeit, sich nach einer neuen Mitbewohnerin umzusehen.

Er dachte an Jeannie Callahan. Oder vielleicht auch daran, sich zu verlieben.

Das Telefon klingelte. Vielleicht Chico, dachte er, als er

zum Bett ging. Marks würde es ganz sicher nicht sein. Vielleicht war es Swenson.

Es war keiner von ihnen.

»Hallo, Devlin«, sagte eine jammernde Stimme. »Hier spricht deine Mutter, Mrs. Patrick Tracy aus Manhattan.«

»Ja, Mutter. Ich erkenne den Namen wieder«, sagte Trace und seufzte schwer.

»Wußtest du, daß Cousin Bruce morgen Geburtstag hat?«

»Nein, Mutter. Irgendwie muß mir das völlig entfallen sein.«

Trace versuchte sich an Cousin Bruce zu erinnern. Doch alles, was er zusammenbringen konnte, war das Bild irgendeines mittelalten Schwachkopfes, der fünfzig Pfund Übergewicht hatte, wie eine Ente durch die Gegend watschelte, eine Glatze hatte und wie eine Hyäne lachte, manchmal über nichts lustigeres als eine durchgebrannte Glühbirne. Dann erkannte Trace, daß diese Beschreibung auf sämtliche seiner Cousins zutreffen konnte, auf all die zahllosen Sprößlinge der Geschwister seiner Mutter, die durch die Bank Bruce oder Barry hießen.

Sie sprach weiter. ». . . kein Wunder, daß dir das entfallen ist, wo du doch da draußen in Las Vegas mit dieser Frau zusammenlebst. Ich nehme an, du hast Wichtigeres zu tun als an deine Familie zu denken, an deine wirkliche, richtige Familie.«

»Die Frau heißt Chico, und du kannst sie auch ruhig so nennen, und ich mache lieber einen Förderkurs in Swahili als an . . . wie heißt er noch gleich? Bruce? . . . als an Bruce zu denken«, sagte Trace.

Seine Mutter schnaubte verächtlich als hätte Trace all ihre Vermutungen mit dieser Bemerkung bestätigt. »Ich kann es einfach nicht ausstehen, wenn du gemein zu mir bist, aber das ist auch egal. Warum ich dich überhaupt angerufen habe . . . Wir geben für Cousin Bruce eine Geburtstagsparty.«

»Nenn ihn bitte nicht dauernd Cousin Bruce«, sagte

Trace. »Einfach nur Bruce reicht vollauf.« Wer zum Teufel hatte denn schon Cousins, die Bruce hießen? Was hatte sich sein Vater nur dabei gedacht, als er diese Frau geheiratet hatte?

»Ich sagte, wir geben eine Geburtstagsparty für Bruce. Und ich möchte, daß du auch kommst.«

»Um Himmels willen, Ma, Bruce muß doch mindestens schon fünfzig werden.«

»Achtundvierzig. Und ist das ein Grund, keine Geburtstagsparty zu geben?«

»Für jemanden mit auch nur einem Funken guten Geschmacks oder Anstandes wäre das ein Grund, ja. Ich kann nicht.«

»Du weißt ja noch nicht einmal, wann die Party stattfinden soll.«

»Ich kann aber trotzdem nicht.«

»Es ist am kommenden Mittwoch, also in einer Woche.«

»Dann werde ich schon wieder in Las Vegas sein«, sagte Trace.

»Ach, ja natürlich. Für diese Frau hast du jede Menge Zeit, und auch dafür, dich in der Gegend herumzutreiben, aber für deine eigene Familie, da hast du keine Zeit!« sagte Mrs. Tracy.

»Mutter, ich arbeite hier. Das ist das männliche Gegenstück zu deiner dauernden Einkauferei. Gib mir mal Sarge.«

»Ich hole ihn. Und ich erwarte, daß du zu dieser Party kommst.«

Trace hörte, wie sie den Hörer aus der Hand legte, und wenige Augenblicke später fragte die lakonische Stimme seines Vaters: »Hallo, Sohn. Was ist denn los?«

»Sarge, was hat sie denn jetzt schon wieder? Ich weiß doch ganz genau, daß sie mich nicht angerufen hat, um mich auf die Geburtstagsparty dieses Affen einzuladen.«

»Sie hatte letzte Woche Geburtstag. Du hast vergessen anzurufen.«

»Ich habe Blumen geschickt. Du weißt doch selbst, daß ich

mir nie irgendwelche Geburtstage merken kann. Ich habe meinem Blumenhändler einen Dauerauftrag gegeben. Jedes Jahr schickt er zur gleichen Zeit ein Dutzend rote Rosen.«

»Sie hätte sich aber über einen Anruf gefreut.«

»Nächstes Jahr rufe ich an und schicke dafür keine Blumen«, sagte Trace.

»Das wird sie wirklich sauer machen«, sagte sein Vater und lachte leise.

»Gut. Geschieht ihr auch ganz recht. Paß mal auf, Sarge, du sorgst dafür, daß sie nicht mehr sauer ist, aber ich werde auf keinen Fall zu Bruces Party kommen.«

»Ich wünschte, ich hätte auch eine gute Ausrede, da nicht hin zu müssen.«

»Bring das für mich in Ordnung, hörst du?« sagte Trace. »Sag ihr, daß ich an diesem Tag die mündliche Aufnahmeprüfung für das Priesterseminar habe.«

»Das erzählst du ihr mal besser selbst«, sagte sein Vater. »Ich bin doch nicht verrückt!«

»Ich weiß. Du bist der einzige aus unserer Familie, der nicht verrückt ist. Und trink nicht so viel.«

»Du auch nicht, mein Sohn.«

16

Traces Aufzeichnungen:

Band Nummer Drei, Devlin Tracy in der Sache Plesser, Carey und andere Nervensägen und Ärgernisse, die mir das Leben schwer machen.

Wieder zwei neue Bänder für das Master File, und so sehr ich mir auch Mühe gebe, es werden noch weitere folgen. Aber ich will diesen ganzen Kram so schnell wie möglich hinter mich bringen, da ich heute abend mit einer schönen

Frau essen werde, und ich möchte auf gar keinen Fall, daß mein überentwickeltes Pflichtbewußtsein und Verantwortungsgefühl sich dauernd einmischt und mir sagt, daß ich noch einige Bänder zu besprechen habe.

Ich habe Probleme hier. Das größte Problem besteht darin, daß alles nach absolut nichts aussieht. Und dann ist da dieser arme alte Mann, der mir sagt, daß irgendwer versucht, ihn umzubringen. Delirium? Das Geplapper von einem Menschen, der bis über die Ohren mit Drogen vollgepumpt ist? Ich weiß es nicht. Eigentlich glaube ich das nicht.

Also bin ich im Meadow Vista Sanatorium gewesen, und dort haben wir dann diesen Dr. Matteson, der in seinem Büro hockt, inmitten all dieser Bilder von Walen und Robben und Jane Fonda, und sich Musik von Gilbert und Sullivan anhört. Du liebe Güte. Er ist davon überzeugt, daß die Brieföffner es darauf abgesehen haben, ihn fertigzumachen. Vielleicht leidet der Mann unter einem leichten Fall von Paranoia. Ich würde nicht direkt sagen, daß er sich wegen der Klage der Plessers große Gedanken macht, allerdings regt er sich schon darüber auf. Und Plesser, das behauptet er wenigstens, wollte das Sanatorium überhaupt nicht verlassen. Nachdem ich in dieser Sauerkraut-Fabrik von einem Haus gewesen bin, kaufe ich ihm das sehr gerne ab.

Also: Plesser hat Matteson gebeten, ihn doch noch im Sanatorium bleiben zu lassen, selbst nachdem keinerlei unbedingte medizinische Notwendigkeit für einen längeren Krankenhausaufenthalt mehr gegeben war. Vielleicht ist diese Sauerstoff-Therapie ja gegen Senilität und irgendeinen Gehirnschaden ganz gut. Ich weiß es nicht. Könnte sein, daß dieser Matteson ein Quacksalber ist, doch was er sagt, klingt zumindest recht logisch. Wenn man dem Gehirn die Sauerstoffzufuhr absperrt, dann stirbt es ab; folglich könnte es umgekehrt ja durchaus möglich sein, daß es erheblich besser funktioniert, wenn man es mit Sauerstoff sättigt. Ich weiß, daß das bei einem Kater sehr gut hilft. Wenn ich früher mal in Las Vegas auf Tour war, bin ich manchmal in diese Hotels mit den großen Mineralbädern gegangen und habe mir eine Viertelstunde Sauerstoff gegönnt, um wieder einen klaren Kopf zu bekommen. Vielleicht funktioniert's ja wirklich.

Obschon er wie ein Hippie aussieht, der niemals wirklich hochgekommen ist, mag ich diesen Matteson irgendwie. Und ich glaube ihm auch, wenn er sagt, daß er keine Ahnung davon gehabt hatte, daß Plesser seine Lebensversicherung abgeändert hatte. Kann ein Mann, der Brieföffner in seinen Schreibtisch stößt, weil sie ihm in die Finger stechen, kann so ein Mann, ich frage dich das, allen Ernstes lügen?

Plesser hatte einfach einen Herzinfarkt und ist daran gestorben. Jeder kann zu jeder Zeit einen Herzinfarkt bekommen, das hat Matteson wenigstens gesagt. Nun, vielen Dank, Herr Doktor. Was ist mit uns, die wir noch nicht einmal unsere Zunge bürsten können? Wenn man schon gegen Herzprobleme nichts unternehmen kann, wenn jederzeit irgend etwas passieren kann, warum konzentrieren wir uns dann nicht auf die Zungen? Schafft den großen medizinischen Durchbruch! Findet eine Möglichkeit, daß ich mir jeden Morgen drei Packungen Teer von der Zunge schrubben kann. Und noch etwas. Ich kann einfach kein Q-Tip in meine Ohren stecken, ohne sofort würgen zu müssen. Hat eigentlich schon jemals irgendwer daran gedacht, *dagegen* etwas zu unternehmen? Ich sage dir, Welt, die Medizin ist gar nicht so toll, wie sie angeblich sein soll.

Matteson hat Plessers Anwalt, diesem Yule, klipp und klar gesagt, daß er sich zur Hölle scheren soll. Und ich vermute, daß auch nicht der geringste Zweifel daran besteht, daß die Plesser-Sippe Matteson diesen Drohbrief geschrieben hat. Gottes Strafe wird über diejenigen kommen, die unsere Versicherungssumme stehlen, oder was auch immer in diesem Wisch stand. Sie haben ihn jedenfalls geschrieben. Zumindest ist das meine bescheidene Meinung, und das hier ist mein Cassettenrecorder, also mußt du dir das auch anhören.

Jedenfalls würde ich mehr von Matteson halten, wenn er

andere Poster an seinen Wänden hängen hätte. Er hat da diese Plakate für die Rettet-die-Seehunde-Kampagne. Na, hör mal, was soll das? In Kalifornien haben sie mit diesem Schwachsinn angefangen, wo auch sonst schon? Also retten sie diese verdammten Seehunde, und anschließend wimmelt es im Wasser nur so von denen. Und was passiert dann? Wo Seehunde sind, sind automatisch auch Haie. Und urplötzlich wimmelt das Wasser nur so vor lauter Haien. Die fressen Seehunde und sie fressen auch Menschen. Also: Retten wir ein paar dieser gottverdammten Seehunde, und schon müssen Menschen sterben. Ich hasse Umweltschützer.

Das ist übrigens ein weiterer Spruch, den ich bei der Herstellung meiner Spiegelschrift-Aufkleber für Autos berücksichtigen werde:

Rettet die Menschen zuerst.

Angefangen bei mir.

Jedenfalls, das war das, was ich von Dr. Matteson halte, und was ich von seiner Assistentin, Dr. Barbara Darling halte, kann ich im Augenblick noch nicht sagen. Mir ist es ziemlich gleichgültig, ob ihre Behandlungsmethode oder Therapie mit alten Leuten der letzte Schrei ist oder nicht. Ich für meinen Teil finde nur, daß es ihr ein bißchen zu sehr Spaß macht, die alten Leutchen anzubrüllen. Aber eins muß man ihr schon lassen, sie hat mich wirklich sauber abgeschossen, als ich meinen großen Mund aufmachte. Und ich hatte es auch verdient. Jedenfalls hat sie mir all das bestätigt, was Matteson bereits gesagt hatte. Sie hat Plessers Unterschrift einfach nur als echt bezeugt und wußte nicht einmal, was sie eigentlich unterschrieb. Falls Plesser wirklich so senil gewesen ist, wie jeder ihn gerne hinstellen möchte, dann muß ich schon sagen, daß er sich verdammt gut ausgedacht hat, wie er, ohne daß jemand davon etwas erfährt, seine Versicherung ändern kann. Und was hatte er noch gesagt? Zwei Menschen würde er glücklich machen? Sie sagt mir, daß Matteson dieses Sanatorium aus reiner Liebe zu den alten Menschen leitet. Tja, vielleicht ist das so. Vielleicht liebt sie ihn. Ich weiß nichts von ihr.

Über Schwester Simons möchte ich kein Wort verlieren. Falls ich ihr jemals in einer Bar über den Weg laufen sollte, wird sie sich ihren eigenen Essig mit Wasser kaufen müssen. »Nun, das wollen wir mal sehen, nicht wahr?« Gott, ich hasse Menschen, die so daherreden. Ich mag Schwestern nicht. Aber sie hat mir die Geschichte der Darling bestätigt. Darling und Schwester. Das klingt doch wie Hollywoods letzter schlechter Film.

So, also bislang nichts, richtig? Aber dann ist da noch Mitchell Carey. Mir läuft immer noch ein eiskalter Schauer über den Rücken, wenn ich an dieses Bild von einem alten großen Mann denke, wie er da wie ein kleines hilfloses Kind lag, und wie ich die Qualen in diesen Augen gesehen habe. Was hat er nur damit gemeint? »Hundert, zweihundert, sterben, sterben, hundert hundert, nicht mehr, nehmen Sie das weg, mehr sterben, sterben, sterben.«

Und dann sagte er: »Sie bringen mich um. Helfen Sie mir. Helfen Sie mir.«

Ich möchte es wirklich gerne tun, Mr. Carey. Ich weiß nur nicht, wie. Ich weiß nicht was, und ich weiß nicht wer, und ich weiß nicht, wie ich es tun soll, und das ist genau auch der Grund, wieso ich Angst habe, daß ich noch eine Weile hier bleiben werde, bis ich schließlich herausgefunden, was hier eigentlich genau los ist.

Groucho, falls ich schon tot sein sollte und du dir das hier anhörst, wird es dich bestimmt freuen zu hören, daß ich um ein Haar in Zwei-Ost gelandet wäre. Das ist die Bekloppten-Abteilung von Meadow Vista. Falls ich tatsächlich dort enden sollte, sag Chico bitte, daß es mir gut geht und nie mehr Ärger mache, denn sie geben hier Salpeter ins Trinkwasser. Ach, ist ja auch egal, sag Chico überhaupt nichts. Sie verdient keine Erklärungen. Abgesehen davon wird mir schon nichts passieren. Ich trinke niemals Wasser.

Und dann ist da noch die Familie Carey. Ich habe bei ihnen eine ganze Menge erfahren. Daß Bob Swenson schon immer sehr gerne auf Reisen war. Aaah, das zu sagen ist wirklich sehr beschissen. Die arme alte Lady ist nicht mehr richtig da. Mitchell Carey hatte einen Schlaganfall, nachdem er erfuhr, daß Buffy getötet worden war. Ich glaube jedoch, daß Amanda Carey mehr darunter zu leiden hat, nur daß das eben niemand sonst weiß. Ich dachte an dieses falsche Zitat, das ich bei ihr gemacht habe. »Wer ist Hekabe, daß alle Burschen Sie verehren?«, und sie machte mich darauf aufmerksam, daß es Silvia und nicht Hekabe war. Also, woran hatte ich eigentlich überhaupt in diesem Augenblick gedacht? erinnerte ich mich. Es war eine Zeile von Homer über Hekabe. »Eine alte grauhaarige Frau, die kein Zuhause hat.« Genau daran erinnerte mich Amanda Carey.

Was zum Teufel haben eine Kristallkugel und Räucherkerzen in ihrem Haus zu suchen? Ich muß Melinda, genannt Muffy, die arme mittellose Muffy – und ist das nicht schon fast zu süß für Worte – unbedingt danach fragen. Auf sie könnte ich sehr gut verzichten, und das nicht nur, weil sie eine Blondine ist. Aber sie ist jedenfalls diejenige, die Mrs. Carey wegen Meadow Vista aufgestachelt hat. Sie glaubt, daß ich meinen Job schon dadurch erfüllt hätte, indem ich einfach hergekommen bin und mich im Sanatorium habe blicken lassen. Jetzt würden sie nicht mehr wagen, irgend etwas zu versuchen. Das ist einfach zu raffiniert.

Tageszeitungen können eine ganze Menge Ärger verursachen. Muffy hat diese Geschichte über die Familie Plesser gelesen, und das hat sie dann ins Grübeln gebracht. Ich finde, man dürfte keinem unter fünfundzwanzig erlauben, zu denken.

Scheiße, ich würde zu gerne wissen, wieso es mit Mr. Carey bergab geht, seit er ins Meadow Vista eingewiesen worden ist. »Sie bringen mich um. Helfen Sie mir.« Wieso mußte er mir das sagen? Ich könnte jetzt schon wieder hier weg sein.

Ich habe noch ein Band mit Jeannie Callahan, doch ich

werde heute abend mit ihr zusammen essen, daher werde ich mir das fürs Erste sparen und später darüber sprechen, falls sich noch etwas Neues ergeben sollte. Chico, hörst du zu? Ich hoffe ganz stark, daß sich noch irgendwas Neues ergibt.

Und ich will wirklich hoffen, daß das alles hier ziemlich schnell erledigt ist. Meine Mutter weiß inzwischen schon, wo ich stecke. Verdammt sei Groucho, weil er mich verpfiffen hat.

Spesen. Hundert Dollar pauschal. Weitere fünfzig Dollar für irgendwelches teure Zeugs, das ich bezahlen mußte. Allerdings habe ich leider die Belege verloren. Summa summarum macht das einhundertfünfzig.

17

Jeannie Callahan wohnte auf der obersten Etage eines niedrigen Apartmenthauses am Stadtrand von Harmon Hills. Man konnte neben dem Haus parken, und als Trace auf ihre Klingel drückte, meldete sie sich sofort und sagte durch die Wechselsprechanlage, daß er hinaufkommen sollte.

Ihre Wohnung lag am Ende eines Korridors, die Wohnungstür stand offen. Trace trat ein und entdeckte sie in der Küche. Sie stand vor dem Kühlschrank und schaute hinein. In der Hand hielt sie einen Cognac-Schwenker.

»Schön Sie wiederzusehen«, begrüßte sie ihn. »Wo ist der Wein?«

»Den Wein habe ich vergessen.«

»Gut. Und ich habe vergessen zu kochen. Machen Sie sich einen Drink, und setzen Sie sich an den Tisch. Ich hoffe, Sie mögen Roastbeef. Ich habe im Feinkostgeschäft ein bißchen davon eingekauft.«

»Ich liebe Roastbeef.«

»Mit Roggenbrot einverstanden?«

»Mit Kümmel?«

»Natürlich mit Kümmel! Ist es ohne Kümmel denn überhaupt noch Roggenbrot?«

»Gut.« Trace verließ mit seinem Wodka die Küche und stellte den Drink auf die Glasplatte des Eßtisches, auf dem zwei unterschiedlich weit angebrannte Kerzen flackerten. Dann ging er zur Stereoanlage hinüber, wo er zwei Platten von Charlie Parker mit Streichern fand, die er auflegte.

Als er sich an den Tisch setzte, rief sie: »Was mögen Sie denn auf Ihrem Roastbeef? Mayonnaise?«

»Um Himmels willen, nein! Das ist ja schrecklich. Ketchup!«

»Kein Mensch ißt zu Roastbeef Ketchup.«

»Jeder macht das, der auch nur ein bißchen was von Roastbeef versteht«, antwortete Trace.

Wenige Minuten später erschien sie mit einer großen Platte Roastbeef-Sandwiches, die sie auf den Tisch stellte. Die Strahlen der untergehenden Sonne fielen durch das Fenster in den Raum und ließen ihr Haar leuchten als stünde es in Flammen.

Sie ist einfach schön, dachte Trace, beinahe sogar schon zu schön.

Kurz darauf kehrte sie mit einem Tablett zurück, auf dem sich Krautsalat, Ketchup, Mayonnaise und ihr Glas befand. Sie setzte sich ebenfalls an den Tisch und schaute zu, wie er Ketchup auf seinem Sandwich verteilte.

»Das ist ja wirklich ekelhaft«, sagte sie.

»Genaugenommen ist es doch nur logisch. Roastbeef ist rot, stimmt's? Also gibt man rotes Zeug dazu. Wenn man irgendwas weißes hat, also zum Beispiel Hühnchen oder Truthahn oder Thunfisch, dann ißt man weißes Zeugs dazu: Mayonnaise eben. Zu braunem Zeugs wie Mortadella oder Hot Dogs oder Kielbasa-Scheiben gehört natürlich auch braunes Zeug: Senf also. Wenn man das erst einmal gelernt hat, ist das Leben sehr einfach.«

Sie ließ sich Traces Ausführungen einen Augenblick durch den Kopf gehen und wollte gerade schon etwas dazu sagen, als Trace noch hinzufügte: »Natürlich gibt es auch hier wie bei jeder anderen guten und vernünftigen Regel gewisse Ausnahmen. Leberwurst zum Beispiel. Leberwurst ist braun, demzufolge sollte man eigentlich denken, daß natürlich braunes Zeugs dazu gegessen werden muß, aber stattdessen nimmt man Mayonnaise.«

»Und wie werden Sie mit den Ausnahmen fertig?« fragte sie ihn über den Rand ihres Cognac-Schwenkers hinweg.

»Indem ich ganz einfach keine Leberwurst esse. Es ist wirklich ein sehr gutes und praktikables System. Es hat leider nur einen kleinen Schönheitsfehler.«

»Und der wäre?«

»Käse. Bei Käse funktioniert das überhaupt nicht. Man könnte jetzt wahrscheinlich meinen, daß Mayonnaise zu Käse gehört, aber dem ist durchaus nicht so. Zu jedem Käse gehört Senf.«

»Wenn Sie statt des würzigen braunen Senfes aber hellgelben Salatsenf nehmen würden, dann stimmt alles wieder«, schlug sie vor.

»Himmel, ich liebe den scharfen Verstand von Anwälten«, sagte Trace. »Darauf wäre ich ja in tausend Jahren noch nicht gekommen. Natürlich. Hellgelben Senf auf hellgelbes Zeugs. Wirklich wunderbar. Darauf trinken wir.« Er beugte sich über den Tisch und sie stießen miteinander an.

Die Sandwiches rührten sie kaum an, dafür tranken sie aber um so mehr, und später saßen sie auf dem Sofa und schauten aus dem Fenster, wo die letzten blaß-rosafarbenen Finger der untergehenden Sonne sich noch in den beginnenden Nachthimmel streckten. Irgendwie erinnerte Trace dieser Anblick an einen Ertrinkenden, dessen Hand sich krampfartig zuckend nach irgend etwas ausstreckte, an dem sie sich festhalten konnte, ehe sie dann langsam und unaufhaltsam unter die Wasseroberfläche verschwand.

Jeannie schenkte sich nach, und Trace sagte: »Sie trinken zuviel!«

»Stört Sie das?«

»Nein.«

»Das ist der Fluch unserer Rasse, wissen Sie«, sagte sie. »Gott erschuf den Alkohol, um die Iren daran zu hindern, sich die ganze Welt zu unterwerfen.«

»Genau das hat mir mein irischer Vater auch immer gesagt«, meinte Trace.

»Ist er Alkoholiker?«

»Er befindet sich in einer Art Ruhestand. Hin und wieder ein Schlückchen Bier oder ein Glas Wein. Gelegentlich auch mal eine durchsoffene Nacht. Aber die meiste Zeit über trinkt er nichts.«

»Mein Vater war auch Alkoholiker«, sagte sie. »Aber er war ein gepflegter Trinker. Er hatte zum Mittagessen seine Martinis, und vor dem Abendessen saß er irgendwo im Haus und genehmigte sich seine Cocktails. Zum Essen selbst dann immer nur Wein und nachher als Digestif seinen Brandy, und anschließend über den Abend verteilt ein paar Softdrinks und höchstens noch einen kleinen Schnaps vor dem Zubettgehen, und das hat er jahrelang so geschafft. Ist Ihr Vater auch so?«

»Nein«, sagte Trace. »Er war eher der Typ eines sagenhaften, exzessiven, die Kneipe-leer-trinkenden Säufers. Er war ein Cop. Er hat mir mal erzählt, daß er zu einem Einsatz raus mußte, es war irgend so eine Vergewaltigungssache. Jedenfalls, als er ausrückte, war er schon halb besoffen, und er ballerte auf den Vergewaltiger, doch er schoß daneben, und der Kerl konnte verduften. Damit wurde er einfach nicht fertig, weswegen er dann das Trinken während der Arbeit aufhörte. Und als er dann in Pension ging, hörte er nach und nach auch auf, außerhalb des Dienstes zu trinken. Ich glaube, er hat versucht, ein gutes Beispiel für mich zu sein, doch da war es schon zu spät. Beeinträchtigt das Trinken Sie nicht in der Ausübung Ihres Berufes als Anwältin?«

»Ach, was. Ich habe wirklich keine Probleme damit. Ich trinke, wenn mir danach ist. Wie heute nachmittag zum Beispiel und wie jetzt. Mir war eben einfach danach.«

»Und morgen?« fragte Trace.

»Mir ist danach«, sagte sie. Sie legte ihre Füße auf den Couchtisch hoch, nahm sie dann wieder herunter, schüttelte ihre Schuhe ab und legte die Füße wieder auf die Tischplatte. »Hat Ihr Vater Sie nach irgendwelchen Verwandten genannt?«

»Ja.«

»Ist ein richtig netter Name. Devlin Tracy. Wenn die beiden Namen umgekehrt stehen würden, dann würden Sie sich wie ein Quarterback anhören. Tracy Devlin. Aber Devlin Tracy klingt irgendwie ganz nett. Wie ein Premierminister. ›Premierminister Devlin Tracy hat heute bekanntgegeben . . .‹ Namen sind sehr wichtig.«

»Und ob sie das sind«, sagte Trace. »Mozart.«

»Was ist mit Mozart?«

»Nun, sein zweiter Vorname war Amadeus. Also, richtig hieß der Mann ja Wolfgang Amadeus Mozart. Das ist Lateinisch, wissen Sie.«

»Ja, ich weiß«, sagte sie. »Ich bin schließlich kein Idiot. Das bedeutet soviel wie ›Die Liebe Gottes‹. Und, was ist damit?«

»Mal angenommen, sein zweiter Vorname wäre auf deutsch. Auf deutsch würde ›Die Liebe Gottes‹ dann Gottlieb heißen. Wolfgang Gottlieb Mozart. Finden Sie, daß das angenehm klingt? Können Sie sich allen Ernstes vorstellen, daß irgendwer eine Broadway-Show mit dem Titel *Gottlieb* machen würde? Ich sage Ihnen, Namen sind wirklich unheimlich wichtig. Da ist schon was dran.«

Sie pflichtete ihm brummelnd bei und sagte: »Sind Sie verheiratet?«

»Ich *war* verheiratet.«

»Sonst irgendwas Festes?«

»Ich wohne in Las Vegas mit einer Nutte zusammen«, antwortete Trace.

»Ist bestimmt ziemlich lustig.«

»War es mal, ja. Jetzt bin ich mir nicht mehr so sicher.«

»Ich hätte auch beinahe einmal geheiratet«, sagte sie. »Ich hatte gerade mein Examen gemacht, und ich ging mit einem der sehr jungen Juniorpartner aus. Dann war ich eines Abends zum Dinner bei seinen Eltern eingeladen. Sehr Upper East Side, die Leute. Nach dem Abendessen fragte der Vater dann, wer einen Brandy haben wollte. Ich sagte ja und bekam zu meinem Kaffee und einer Zigarette einen Brandy, und seine Mutter sah über ihre gottverdammte East Side-Nase auf mich herab und sagte: »Ich hatte immer gehofft, daß Frank mal eine Frau finden würde, die weder raucht noch trinkt.«

»Was haben Sie da gemacht?« wollte Trace interessiert wissen.

»Ich habe sie über meine New Jersey-Patriziernase herab angesehen und gesagt, daß ich persönlich eigentlich immer gehofft hatte, einen Waisenjungen zu heiraten. Tja, und Frank, das kleine Arschloch, hat nichts Eiligeres zu tun, als seiner Mutter zu Hilfe zu komme, also habe ich ihm meinen Brandy über seine dauergewellten Haare gekippt und bin gegangen. Anschließend bin ich in die Kanzlei meines Vaters eingetreten.«

»Gut für Sie.«

»Bleiben Sie noch länger in der Stadt?« wollte sie wissen.

Trace griff nach hinten und stellte durch sein Hemd den Cassettenrecorder an. »Sieht ganz so aus, als wäre ich noch ein paar Tage in der Gegend.«

»Noch Arbeit?«

»Ich habe heute abend mit meinem Chef gesprochen, Sie wissen schon, der, von dem ich Ihnen erzählt habe und der mit den Careys befreundet ist, und er möchte, daß ich noch etwas hierbleibe. Nur um ganz sicher zu gehen, daß mit Mr. Carey auch alles in Ordnung ist.«

»Mit ihm ist alles in Ordnung«, sagte sie.

»Aber sein Gesundheitszustand verbessert sich in Meadow Vista nicht gerade. Und wenn man es ganz genau nimmt, dann verschlechtert er sich ja sogar.«

»Was aber auch nicht das Geringste mit irgendwelchen mysteriösen Vorgängen im Sanatorium zu tun hat«, sagte sie. »Er ist alt, er hatte einen schweren Schlaganfall. Manchmal erholen sich solche Patienten wieder, und manchmal erholen sie sich eben nicht mehr.«

»Und Sie sind ganz sicher, daß es so ist? Keine Verrückten in der Klappsmühle, die den Patienten vielleicht den Stecker rausziehen?«

»Nicht einer.«

»Keine Rechtsanwältinnen, die seit Jahren die Firmenkasse plündern und jetzt Angst haben, daß man ihnen auf die Schliche kommt?«

»Nicht ich«, sagte sie. »Ich bin viel zu benebelt, um stehlen zu können.«

»Keine Geschäftspartner, die ihn gerne abmurksen würden, weil er zuviel weiß?«

Trace hatte das Gefühl, daß sie eine Spur zu lange zögerte, ehe sie darauf antwortete. »Nein.«

»Wer ist Mr. Careys Partner?«

»Wilber Winfield. Ein netter alter Kerl. Sie kennen sich schon, seit Hector noch ein kleiner Junge war.«

»Und sie kommen nicht miteinander aus«, sagte Trace.

Sie nahm einen Schluck von ihrem Drink, stand dann auf und ging in die Küche, um sich nachzuschenken. Trace bemerkte, daß ihr Gang etwas unsicher geworden war. Sie redete aus der Küche heraus weiter.

»Seit vierzig Jahren liegen die beiden sich schon jeden Tag in den Haaren«, sagte sie laut. »Sie streiten sich einfach über alles und jedes. Sie lieben sich.«

»Man kann einen Menschen lieben und ihn trotzdem umbringen«, sagte Trace.

»He«, rief sie und steckte ihren Kopf um die Ecke der Küchentür. »Was soll all dieses Gerede von wegen Mord und so? Mr. Carey ist krank. Er hatte einen Schlaganfall. Also, was soll das mit umbringen und Mord? Sie kaufen den Plessers doch nicht ihre Affenscheiße ab, oder doch?«

»Nein. Tut mir leid. Wahrscheinlich habe ich einen Hang zu morbiden, düsteren Gedanken . .«

»Ein Drink wird Sie kurieren«, sagte sie, kehrte ins Wohnzimmer zurück und riß das Glas vom Tisch, um nachzufüllen.

Als sie wieder in der Küche war, rief Trace ihr nach: »Verraten Sie mir doch mal den wirklichen Grund, warum Sie das Mädchen nicht mögen, das jetzt bei den Careys wohnt.«

»Ich habe Ihnen den wirklichen Grund bereits genannt. Ich halte sie für ein kleines Miststück.«

»Warum?« fragte er.

»Weil ich finde, daß sie ein Schmarotzer ist. Wohnt einfach schon seit Monaten dort und erinnert Amanda dauernd an ihre tote Tochter. Und ich bin ebenfalls der Meinung, daß es sie absolut nichts angeht, sich Gedanken darüber zu machen, Mr. Carey für unmündig erklären zu lassen oder wie Testamente aufgesetzt werden oder was auch immer. Wer zum Teufel ist sie denn überhaupt?« Sie schaute um die Ecke, um zu sehen, ob er mit ihr einer Meinung war. Er nickte und sie verschwand wieder in ihrer Küche.

Mit beiden Gläsern bis zum Rand gefüllt kehrte sie schließlich zurück, und der größte Teil des Inhaltes der Gläser erreichte sicher den Couchtisch.

Nachdem sie die Gläser abgestellt hatte, stand sie einfach da und blickte auf ihn herab. Plötzlich kniete sie sich auf die Couch und küßte ihn heftig, drückte ihn gegen die Sofakissen zurück.

»Ich glaube, ich will, daß Sie mit mir schlafen, Trace.«

»Sollte ich vielleicht warten, bis Sie sich richtig entschlossen haben?« fragte er.

»Nein. Ergreifen Sie diesen Augenblick der Schwäche«, sagte sie. Wieder küßte sie ihn, zog sich dann zurück und begutachtete ihn auf eine Art, wie sie vermutlich auch einen Mantel in einem Geschäft gemustert haben würde. »Nehmen wir doch diese Krawatte ab«, sagte sie. »Sie tragen immerzu diese Krawatte. Und dann erst dieser alberne Frosch auf Ihrer Krawatte. Und Ihr Hemd auch! Machen Sie es sich doch bequem.« Sie griff nach seinem Hemd, und Trace ließ sie einen Augenblick lang an seinen Hemdknöpfen herumfummeln, ehe er ihre Hände fortzog. Wenn sie noch ein bißchen weiter machte, mußte sie zwangsläufig den Cassetten-Recorder entdecken.

»Ich finde, wir sollten bei dem bleiben, wo jeder von uns wirklich gut ist«, sagte er. »Ich ziehe mich alleine aus.«

»Und ich ziehe mich aus? Ach, wie langweilig!«

»Nein. Anschließend ziehe ich Sie aus«, sagte er.

Sie paßten einfach perfekt zusammen, dachte Trace. Jeder von ihnen nahm sein Glas mit ins Schlafzimmer und stellte es auf die Nachttischchen. Beide vergewisserten sie sich, daß sie Zigaretten und Aschenbecher hatten, und dann legten sie von Zeit zu Zeit eine kleine Pause in ihrem Liebesspiel ein, um einen Schluck zu trinken oder um eine Zigarette zu rauchen.

Sie hatte ihre Hände um Traces nackte Taille gelegt.

»Was ist das für ein klebriges Zeug?« fragte sie.

»Sei bitte nicht so ordinär«, sagte Trace. »Das ist ein ganz normales Nebenprodukt von erfolgreichem Sex.«

»Ich meine die Schmiere auf deinem Rücken.«

»Ach, das. Das ist von einer Senfpackung.« Er griff hinter seinen Rücken und schob ihre Hände von der klebrigen Stelle fort, wo er sich das Tonbandgerät mit Heftpflaster festgeklebt hatte.

Sie kicherte leise. »Hättest du nicht besser eine Mayonnaise-Packung gemacht?«

Später lagen sie Seite an Seite im Bett und rauchten. Trace Blick wanderte zu seiner Jacke, die er über die Türe geworfen hatte, und er konnte es beinahe körperlich spüren, wie das kleine Tonbandgerät leise in seiner Jackentasche lief.

»Trace, wie alt bist du eigentlich?« wollte Jeannie wissen.

»Gott sei Dank werde ich vierzig.«

»Wieso Gott sei Dank?« fragte sie. »Was ist denn so gut daran, wenn man vierzig ist?«

»Kriegt man in Bussen keine Erektionen mehr«, antwortete Trace. »Dafür lohnt es sich fast sogar, vierzig zu sein. Wie alt bist du denn?«

»Zweiunddreißig«, sagte sie. Sie drückte ihre Zigarette in dem Aschenbecher auf seinem nackten Bauch aus, legte einen Arm über seinen Hals und war Sekunden später eingeschlafen.

Es war weit nach Mitternacht, als Trace sich aus ihrer Umarmung löste, duschte und sich dann leise in dem dunklen Apartment wieder anzog.

Als er soweit war, zu gehen, kniete er sich auf die Bettkannte und gab dem schönen Rotschopf einen zärtlichen Kuß auf die Stirn.

»Gute Nacht, Rechtsanwältin«, sagte er leise.

Sie schlug ihre großen Augen auf. Das Glitzern des Mondlichtes spielte sich in ihnen. »Du gehst?« fragte sie.

»Entweder das oder ich komme in meinem Anzug wieder ins Bett. Und ich hasse verknitterte Anzüge.«

»Sei bitte leise, wenn du gehst«, sagte sie. »Du wirst meinen guten Ruf ruinieren, falls dich jemand sehen sollte.«

»Eigentlich hatte ich ja vor, den Marsch aus der *Aida* zu pfeifen, wenn ich deinen Flur hinuntergehe.«

»Warte damit bis zum nächsten Mal. Dann machen wir das zusammen.«

Sie streckte ihm seine Arme entgegen und zog ihn zu sich herab, und dieses Mal gab er ihr einen sehr langen Kuß, ehe er dann schnell zur Schlafzimmertüre ging. Sie hielt ihn noch einmal auf, indem sie seinen Namen rief.

»Trace?«

»Ja.«

»Glaubst du an Liebe auf den ersten Blick?« fragte sie.

»Vielleicht ein bißchen«, sagte er. »Vielleicht jetzt.«

»Ich auch«, sagte sie. »Ich mag dich irgendwie.«

»Ich weiß«, sagte er und ging. Als er auf dem Flur stand, vergewisserte Trace sich, daß er die Wohnungstüre auch richtig hinter sich zugezogen hatte, und ging dann über die Treppe nach unten.

Vor dem Haus steckte er sich eine Zigarette an und blickte zum Himmel hinauf. Er erinnerte ihn an den Nachthimmel über Las Vegas, wenn man nicht gerade vom Strip oder der Downtown nach oben schaute: Dort gab es zuviel anderes, störendes Licht, daß man den Himmel kaum sehen konnte. Doch in den Außenbezirken, wo die Stadt allmählich in Sand und offene Wüste überging, wo die Straßen nicht mehr gekennzeichnet und auch nicht beleuchtet waren, dort hing der Himmel wie eine glitzernde Decke über der Welt. Es war eine dieser Nächte, in der Trace sich wünschte, er hätte ein Teleskop, obschon er als Kind eines besessen und eigentlich nie viel dadurch gesehen hatte – wenn man von der Frau in einem Haus zwei Blocks weiter die Straße hinunter absah, die sich gerne vor ihrem Fenster auszog.

Sein Vater hatte ihn eines Nachts auf dem Dach erwischt, als er gerade diese Frau beobachtete. Er hatte immer noch seine Polizeiuniform angehabt, doch er hatte dienstfrei und in seiner Hand hielt er eine Büchse Bier.

»He, was machst du denn da?« hatte Sarge gefragt.

»Oooch, ich schau' mich nur ein bißchen um«, hatte der zwölfjährige Devlin darauf nervös geantwortet, doch ehe er das Teleskop verstellen konnte, hatte sein Vater gesagt: »Laß mal sehen«, und dann hatte Police Sgt. Patrick Tracy sein Auge an das Okular gelegt, und Trace hatte genau gespürt, wie er immer kleiner wurde, während sein Vater weiter durch das Teleskop starrte und leise »Aah-haahhh, ahhahhh« vor sich hin murmelte. Dann hatte er sich schließlich wieder aufgerichtet.

»Als ich dir das hier gekauft habe, da dachte ich nicht direkt an diese Art himmlische Körper, die du dir damit ansehen solltest«, sagte er.

»Nein, Sir«, hatte Trace darauf geantwortet.

Sein Vater nickte. »Los, du bist wieder dran«, sagte er, und der kleine Devlin hatte gezögert, und sein Vater hatte dann gesagt: »Mach schnell ehe sie fertig ist!«

Während Trace sich die Frau wieder durch sein Teleskop anschaute, hatte sein Vater leise mit ihm gesprochen. »Jetzt mag es ja durchaus einige Leute geben, die meinen, daß das, was wir beide hier machen, unrecht wäre, aber das ist einfach nur Quatsch«, sagte er. »Diese Frau dort zieht sich vor einem Fenster aus, weil sie will, daß die Leute ihr dabei zusehen. Kannst du dir vorstellen, wie schrecklich sie sich fühlen müßte, wenn kein Mensch hier draußen sie sehen würde?«

Ohne aufzublicken, sagte der Junge: »Dann tun wir also wirklich was richtig Gutes?«

»Völlig richtig, Sohn. Macht sie das jeden Abend?«

»Meistens, ja. Am Wochenende geht sie, glaube ich, aus, denn dann brennt das Licht noch nicht, wenn ich ins Bett muß.«

Sein Vater hatte genickt. »Nun, ich werde versuchen, mich an den Wochenenden um diese Sache hier zu kümmern, weil ich ja immer viel länger aufbleibe als du.« Einen Augenblick hatte er dann gezögert. »Ich glaube, ich habe diese Frau schon mal auf einem Steckbrief bei uns im Revier gesehen.«

»Wirklich? Ist sie ein Verbrecher?«

»Ja, ich glaube schon. Aber bei der Polizeiarbeit ist es nun mal so, daß man sich seiner Sache wirklich absolut sicher sein muß. Eine ganze Menge Menschen sind schon aufgehängt worden, nur weil man sie mit irgend jemand anderem verwechselt hat.«

»Sollten wir denn dann nicht besser die Polizei anrufen?«

»Ich bin doch die Polizei«, hatte sein Vater darauf gesagt. »Ich denke, wir sollten sie vielleicht besser weiterhin im

Auge behalten, bis ich auch ganz sicher bin, daß sie die Frau von dem Steckbrief ist.«

»Ja, in Ordnung.«

»Aber daß du ja nichts deiner Mutter davon erzählst. Ich möchte sie auf gar keinen Fall in meine Arbeit mit hineinziehen. Es könnte gefährlich werden.«

»Okay, Pop.«

»Es könnte auch für dich gefährlich werden, aber ich vertraue ganz darauf, daß du vorsichtig bist und zu keinem einzigen Menschen auch nur ein Sterbenswörtchen davon sagst. Auf diese Weise kann dir auch keiner was anhaben wollen.«

»Ja, ich verstehe schon, Pop. Ist sowas wie eine verdeckte Ermittlung, ja? Heißt doch so, oder?

»Genau daran hatte ich gedacht, ja«, sagte sein Vater und fügte dann noch streng hinzu: »Aber vernachlässige mir darüber nur ja nicht den Himmel. Dort oben findest du alles.« Er streckte seinen Arm aus und zeigte auf die Sterne. »Die Vergangenheit und die Gegenwart und die Zukunft. Alles.«

»Ja, klar, Pop. Aber ich habe ein bißchen Schwierigkeiten damit, die einzelnen Sternbilder auseinanderzuhalten. Sie sehen für mich alle irgendwie gleich aus.«

»Übung, Devlin. Übung macht den Meister.«

Während der folgenden Woche hatte sich Devlin daran gewöhnt, daß sein Vater aufs Dach kam, um mit ihm die Ansichten des Himmels und ihrer interessanten blonden Nachbarin zu teilen.

Eines Abends, als sein Vater für irgendeinen kranken Kollegen einsprang und in einem anderen Revier zu einer anderen Zeit als sonst Dienst hatte, hatte der Junge einen Streifenwagen gesehen. Sein Vater war ausgestiegen und zu ihrem Haus gekommen. Ein paar Minuten später schon kam er zu seinem Sohn aufs Dach.

»Ist sie heute abend zu Hause?« hatte der Vater wissen wollen. Sein Atem stank nach Whisky.

»Ja, da ist sie. Glaubst du wirklich, daß sie ein Verbrecher ist?«

»Was für ein Verbrecher?« hatte sein Vater gesagt und ging zu dem Teleskop.

»Du weißt schon, die Frau, die du suchst.«

»Ach, die! Auf diese Entfernung schwer zu sagen.« Vater Tracy hatte ein paar Sekunden durch das Fernrohr geschaut und sagte dann, daß er jetzt wieder zum Dienst müßte. »Und du solltest jetzt langsam ins Bett«, sagte er noch.

»Okay, Dad. Ich mach' dann jetzt Schluß und geh' wieder runter.«

»Und sag Mutter kein Wort davon, daß ich zu Hause gewesen bin, hörst du? Sie wird doch sonst noch denken, mir wäre schlecht gewesen oder was weiß ich.«

»Nein, mach' ich nicht«, hatte Devlin geantwortet.

Sein Vater ging, und nachdem er den Streifenwagen den Block hinunterfahren sah, war Devlin noch auf dem Dach geblieben und hatte weiter die Blondine beobachtet. Sie saß in ihrer Unterwäsche auf dem Sofa, hatte das Gesicht dem Fenster zugewandt, durch das der Junge hereinschaute, und las eine Illustrierte.

Von Zeit zu Zeit streckte sie sich, und genau auf dieses Strecken wartete der kleine Devlin. Doch an diesem Abend schien sie irgendwie unruhig zu sein, und wenn sie sich nicht in den nächsten paar Minuten endgültig auszog, um ins Bett zu gehen, dann würde er sein Teleskop nach unten tragen und schlafen gehen müssen.

Während er sie beobachtete, legte die Blondine plötzlich ihren Kopf schräg, stand dann auf, warf sich einen Satin-Morgenrock über und ging zu ihrer Wohnungstür. Die Wohnungstür lag nicht im Blickfeld des Jungen, und daher konnte er auch nicht sehen, wer gekommen war.

Doch die blonde Frau konnte er sehen; sie schien mit irgend jemand einen oder zwei lange Augenblicke zu sprechen, und dann streckte sie ihren Arm aus und löschte das

Deckenlicht. Auf einem Tischchen neben dem Sofa brannte noch eine kleinere Lampe.

Trace sah eine große Gestalt, einen Mann, der jetzt auf das Fenster zuging, noch mehr als die Silhouette des Mannes konnte er nicht erkennen. Der Mann stand neben dem Fenster, von draußen immer noch nicht richtig zu sehen, hob seine Hand und zog die Jalousie vor das Fenster. In einem kurzen Aufblitzen einer Straßenlaterne sah der kleine Devlin etwas auf den Ärmeln des Mannes funkeln.

Er beobachtete das Fenster weiter, obschon er jetzt außer vagen Schemen auf der Jalousie nichts mehr sehen konnte. Er sah zwei Personen, und dann, noch während er sie beobachtete, schienen sie miteinander zu verschmelzen.

Kurz darauf ging ein weiteres Licht in der Wohnung an. Es war ihr Schlafzimmer, denn hier ging das Licht immer an, nachdem die Blondine sich vor dem Fenster ausgezogen hatte. Das Licht blieb ein paar Minuten lang an, und dann verlöschte es auch wieder.

Der Junge wartete noch ein paar Minuten, klappte dann das Stativ seines Teleskopes zusammen und trug alles in ihre Wohnung unten in der ersten Etage des Mietshauses. Seine Mutter döste auf der Couch, und er ging direkt zu Bett. Doch als er im Bett lag, nagte irgend etwas in seinem Kopf, ließ ihn nicht mehr los. Er stand wieder auf, zog sich schnell an, nahm den Schlüssel, der immer hinter der Türe hing und schlich leise aus der Wohnung.

Er lief die zwei Blocks bis zu der Straße hinunter, in der die Wohnung der Blondine lag. Er stellte sich in einen Hauseingang an der Straßenecke, beobachtete aufmerksam das Gebäude. Vor dem Haus stand ein Polizei-Straßenkreuzer, und hinter dem Steuer saß Patrolman Eddie DeRose, der reguläre Fahrer seines Vaters.

Sein Vater saß nicht in dem Streifenwagen, doch der kleine Devlin wußte ganz genau, wo er war. Er wußte, was auf dem Ärmel des Mannes geschimmert hatte, mit dem die Jalousie in der Wohnung der Blondinen heruntergezogen worden war. Das Licht der Straßenlaterne war von dem Messingknopf am Ärmel einer Polizeiuniform eingefangen worden und hatte kurz aufgeleuchtet.

Devlin lief nach Hause zurück und schloß die Wohnungstüre auf. Seine Mutter saß immer noch auf dem Sofa und schlief.

Am folgenden Abend war er wieder auf dem Dach, doch die Jalousien der Frau waren vor die Fenster gezogen worden. Wie auch an jedem weiteren Abend seit diesem Tag. Und von diesem Zeitpunkt an besuchte sein Vater auch nicht mehr das kleine Observatorium auf dem Dach ihres Hauses, und so war der kleine Devlin gezwungen gewesen, zu den Sternen hinaufzuschauen.

Ein ganzer Monat verging, bevor sein Vater wieder auf das Dach hinaufkam, wo der kleine Devlin zum Himmel hinaufschaute und die Sterne mit einer Karte aus einem Lexikon verglich.

Ohne lange Vorrede sagte der Junge: »Diese blonde Frau?«

»Was ist mit ihr?«

»War sie der Verbrecher, wie du geglaubt hast?«

Der ältere Mann schüttelte seinen Kopf. »Nein. Weißt du, ich bin eines Abends unter falschem Vorwand zu ihr gegangen. Hab' ihr erzählt, daß wir von einem Einbrecher in ihrem Haus gehört hätten. Doch aus der Nähe habe ich dann sofort gesehen, daß sie nicht die Frau von unserem Steckbrief war. Tut mir leid, Sohn. Und ich hatte schon gedacht, wir beide würden bei einer Festnahme zuschauen können. Beobachtest du sie eigentlich immer noch?«

»Nein. Sie zieht jetzt abends immer die Jalousien runter.«

»Zu schade, wirklich zu schade«, sagte sein Vater. »Tja, weißt du, Frauen kommen und Frauen gehen. Aber die Sterne, Junge, die Sterne, die bleiben immer da oben stehen.« Er zeigte nach oben und sagte dann ganz aufgeregt: »He, sieh doch nur, das da ist Kassiopeia.«

»Wo?«

»Da.«

»Pop, das ist der Große Wagen.«

»Ich wußte doch, daß es einer von denen war«, sagte sein Vater triumphierend und kehrte ins Haus zurück.

Die Erinnerungen kamen Trace wieder in den Kopf, als er draußen vor der Haustüre von Jeannie Callahans Apartmenthaus stand und zum Sommerhimmel hinaufschaute. Er fand auch heute noch mit Leichtigkeit den Großen Wagen, aber das war auch schon alles. Die anderen Sternbilder waren für ihn nichts weiter als Sterne, die wahllos über den Nachthimmel verstreut waren.

Er erinnerte sich daran, daß er Wie-hieß-er-noch-gleich zu seinem achten Geburtstag ein Teleskop gekauft hatte. Vielleicht war es auch sein zehnter Geburtstag gewesen. Wie alt war sein Sohn jetzt eigentlich? Er wußte es nicht mehr. Und er war mit dem Kind auf das Dach ihres Hauses gestiegen, und er hatte ihm gezeigt, wie man das Teleskop scharf einstellen konnte und hatte dem Jungen eingeschärft, daß er ihre Nachbarn immer gut im Auge behalten sollte. Doch er hatte niemals jemanden entdeckt, der mit Traces Blondine von damals mithalten konnte. Oder, falls der Junge doch so jemanden entdeckt hatte, dann hatte er das für sich behalten. Das kleine Schwein. Wie konnte überhaupt jemand so ein Kind gerne haben?

Trace mußte wieder an die Worte seines Vaters oben auf dem Dach denken: »Frauen kommen und Frauen gehen«, und er schnipste seine Zigarette fort und schlenderte an der Front des Gebäudes entlang zu dem Parkplatz und dem grünen Ford, den er sich gemietet hatte. Als er sich seinem Wagen näherte, meinte er, irgend etwas gehört zu haben, und blieb stehen. Doch die einzigen Geräusche, die er ausmachen konnte, waren die typischen Geräusche einer Nacht in New Jersey: Insekten, eine sanfte Brise, die durch die Bäume strich, die die schmale Straße säumten, und ganz weit entfernt das Pfeifen eines Zuges.

Er zuckte die Achseln und ging zu seinem Wagen, fischte

in seiner Tasche nach den Schlüsseln, die sich unter seinem Cassetten-Recorder verkeilt hatten.

Er steckte den Schlüssel in das Türschloß, erinnerte sich daran, daß er hier im ländlichen New Jersey und nicht in Las Vegas war, und daß er seinen Wagen ruhig unverschlossen stehen lassen konnte, als er das Geräusch wieder hörte. Es war das Geräusch von Schritten, und er wirbelte schnell herum . . . gerade rechtzeitig, um einen vollen Haken genau aufs Kinn verpaßt zu bekommen. Der Schlag warf Trace nach hinten, und er half noch etwas nach, indem er sich über den vorderen Kotflügel abrollte, sich drehte, um den Bruchteil einer Sekunde zu bekommen, den er brauchte, um seinen Kopf klar zu machen und um etwas Distanz zwischen sich und seinen Angreifer zu bringen.

Als er sich senkrecht von dem Kotflügel abrollte, sah er, daß es zwei waren. Sie trugen Ski-Masken und er hob blitzschnell seine Fäuste, als sie ihn angriffen; einen der beiden erwischte er mit einer geraden Rechten direkt ins Gesicht. Der Mann blieb stehen als wäre er gegen eine Wand gerannt, doch inzwischen war der andere auch schon über Trace und verpaßte ihm einen Schlag nach dem anderen in den Bauch, *rat-a-tat-a-tat*, und als Trace sich ihm zudrehte und seine eigene Faust tief im Magen des Mannes vergrub, sprang ihn der zweite Mann von hinten an, legte seine Arme um Trace, versuchte ihn daran zu hindern, weiter auf seinen Kumpanen loszudreschen. Trace ließ sich rückwärts gegen den Wagen prallen, und der Mann stieß zischend die Luft aus, als er zwischen dem Kotflügel unter sich und Traces 210 Pfund über sich eingekeilt wurde; doch im diesem Augenblick setzte der zweite Mann ihm einen rechten Haken aufs Kinn, und noch als der Mann unter ihm Trace losließ, rutschte er von dem Kühler herunter und prallte auf den harten Asphalt des Parkplatzes. Er kam schnell wieder hoch. Auf dem Boden zu liegen war nicht die richtige Stellung, um einen Straßenkampf zu gewinnen, doch noch während er sich wieder aufrappelte, drehten die beiden Männer sich um und stürzten davon.

Er sah noch, wie sie um die Ecke des Hauses rannten und brüllte ihnen aus Leibeskräften nach: »Ihr steckt jetzt bis zum Hals in der Scheiße! Meine Kinder leben New Jersey. Die werden Euch nie verzeihen, daß ihr mich am Leben gelassen habt!«

Er tastete sich vorsichtig ab. Nichts schien gebrochen oder ernstlich verletzt zu sein, doch sein Bauch fühlte sich an als hätte irgendwer dort Probebohrungen durchgeführt. Er überprüfte das kleine Tonbandgerät in seiner Jackentasche, doch es schien unbeschädigt zu sein.

Er hörte, wie laut eine Autotüre zugeschlagen und wie ein Motor angelassen wurde, und einen Augenblick später raste auch schon ein Auto mit gelöschten Scheinwerfern von der Rückseite des Gebäudes los, fuhr auf die Straße, bog links ab und ließ ihn allein zurück. Er konnte nur ganz vage die Umrisse des Wagens ausmachen, und selbst wenn das anders gewesen wäre, hätte das auch keine große Rolle gespielt. Er war fest davon überzeugt, daß sämtliche Autohersteller nach ein- und demselben Modellentwurf arbeiteten, weswegen sich ihre Wagen auch wie ein Ei dem anderen glichen. Trace konnte nur soviel erkennen, daß dieses spezielle Auto grün war und irgendein sportlich abgeschrägtes Heckteil hatte.

Traces Schlüssel steckte immer noch im Türschloß, und während er ihn jetzt drehte, warf er einen Blick zum Kofferraum des Wagens.

»Scheiße!« rief er aus. Der linke Hinterreifen war platt. Einen Augenblick lang war er drauf und dran zu sagen: Zum Teufel damit, und in der Annahme, daß er sie aufwecken konnte, wieder in Jeannie Callahans Wohnung zu stürmen und ihre Gastfreundschaft auszunutzen, doch das wollte er nicht. Er hatte ihr Gute Nacht gesagt, das war in Ordnung so, das reichte, und daran wollte er jetzt nichts mehr ändern.

Also öffnete er seinen Kofferraum, hievte den Reservereifen heraus, lehnte ihn gegen die Stoßstange und wühlte in dem ordentlich mit Teppichboden ausgelegten Kofferraum nach dem Wagenheber. Trace überlegte sich, daß vermutlich einer der bedeutendsten Arten von Heimarbeit in den USA darin bestand, daß Leute zu Hause herumhockten und versuchten, sich gute Möglichkeiten einfallen zu lassen, wie man Wagenheber und Kreuzschlüssel am besten so verstekken konnte, daß sie niemand außer einem Autoverkäufer jemals finden würde. Wie er sich da so in seinen Kofferraum beugte, stieß er mit seinen Knien an den Ersatzreifen. Das Rod rollte von der Stoßstange fort und Trace stürzte hinterher, um es festzuhalten. Das Rad schwankte und fiel auf den Boden, und als er sich bückte, um es aufzuheben, bemerkte er noch etwas anderes. Sein rechter Hinterreifen war ebenfalls platt.

»Mist, verfluchter!« knurrte er und trat genau in dem Augenblick wütend gegen den hinteren Kotflügel des Wagens, als er von hinten in das Scheinwerferlicht eines nahenden Autos getaucht wurde.

Er drehte sich um, konnte jedoch absolut nichts erkennen, da das unbekannte Auto nur wenige Meter vor ihm angehalten hatte und er durch die grellen Scheinwerfer geblendet wurde.

Waren es vielleicht die beiden Männer, die noch einmal zurückgekommen waren? Wenn das so wäre, und wenn sie ihn fertigmachen wollten, hätten sie ihn dann nicht einfach gegen seinen eigenen Wagen genagelt, hätten sie ihm dann nicht seine Beine gebrochen?

Seine Augen stellten sich auf die plötzliche Helligkeit ein, und er sah jetzt, daß es sich bei dem Auto um einen Streifenwagen handelte. Die Türe öffnete sich und eine Frauenstimme rief ihm zu: »Was ist hier los?«

Die Frau war groß, und Trace trat aus dem Lichtkegel der Scheinwerfer heraus und sah, daß sie eine Uniform trug.

»Meine Reifen sind platt!«

»Reparieren Sie so was immer so? Indem Sie gegen den Kotflügel treten?« fragte sie. »Ach, Sie sind's! Wie heißen Sie noch gleich . . . Tracy oder so ähnlich?«

Trace erkannte die Frau jetzt als Officer Wilcox wieder, die Frau des Lieutenants, den er aufgesucht hatte, direkt nachdem er in die Stadt gekommen war. Die Frau, die gerne mal ein Auge riskierte.

»Ja, richtig. Tracy. Und Sie sind Officer Wilcox?«

»Ja. Sie sagten gerade: ›Reifen‹ sind platt?«

»Ja, die beiden Hinterreifen. Wahrscheinlich irgendwelche Rowdies.«

»Dem Blut auf Ihrer Lippe nach zu schließen, haben Sie sie aber erwischt!«

Trace berührte mit einer Hand seinen Mundwinkel und er fühlte etwas Klebriges. Ganz spontan fällte er den Entschluß, daß er die Polizei im Augenblick noch nicht in diese Geschichte hineinziehen wollte, daher sagte er: »Ach, das. Nein, ich habe mich am Kofferraumdeckel gestoßen.« Mit einem Taschentuch wischte er sich den Mund ab.

»Was machen Sie hier überhaupt?« wollte sie dann wissen.

»Ich habe jemanden besucht.«

»Wen?«

»Einen Freund.«

Sie zögerte, dann sagte sie: »Ich schätze, wir können es dabei bewenden lassen.«

»Gibt es hier irgendwo eine Werkstatt mit 24-Stunden-Service?«

»Nein. In dieser Stadt gibt es überhaupt nichts, was durchgehend geöffnet hat. Ich kann Sie höchstens irgendwohin mitnehmen. Und morgen früh können Sie dann irgendwen anrufen.«

»Das wäre sehr nett von Ihnen«, sagte Trace.

Er drehte sich um, um den Ersatzreifen in den Kofferraum zurückzulegen, und während er das machte, sah er im grellen Scheinwerferlicht des Streifenwagens direkt neben seinem platten rechten Hinterreifen einen Zettel auf dem Boden liegen. Er hob den Fetzen auf und schob ihn hastig in seine Tasche. Dabei bemerkte er, daß die Ventilklappe abgeschraubt worden war. Der Reifen war nicht zerstochen worden; irgend jemand hatte einfach das Ventil aufgeschraubt und die Luft herausgelassen.

Dann schloß er den Kofferraum ab, deponierte seine Wagenschlüssel unter dem Vordersitz und sperrte sämtliche Türen ab, nachdem er sich zunächst vergewissert hatte, daß das kleine Belüftungsfenster an der Fahrertüre nicht verriegelt war und daß man seinen Arm durchschieben konnte, um die Tür von innen zu öffnen.

»Ich habe die Schlüssel für wer auch immer morgen den Wagen abholt unter dem Vordersitz deponiert«, sagte er.

Police Officer Wilcox fuhr sehr vorsichtig, hielt ihre Augen immer auf der Straße.

Trace bekam Gelegenheit, ihr klassisches und scharf geschnittenes Profil ausgiebig zu bewundern. Sie sah aus wie Anfang dreißig, mochte vielleicht an die fünfzehn Jahre jünger als ihr Mann sein.

»Und Sie glauben, daß Rowdies sich an Ihren Reifen zu schaffen gemacht haben?« fragte sie.

»Ja, ich nehme es an. Die Ventilklappen waren weg. Ich glaube, irgendwer hat ganz einfach die Luft rausgelassen. Ich wohne übrigens im Hotel am Golfplatz.«

Sie nickte. »Auf dem Parkplatz standen ein Dutzend Autos. Wieso sollten sie sich ausgerechnet Ihren Wagen ausgesucht haben?«

»Vielleicht sind sie von meiner Ex-Frau geschickt worden, um mir das Leben schwer zu machen. Dazu ist sie fähig.«

»Sie sind geschieden, häh?«

»Ja.«

»Wie ist es denn so, wenn man geschieden ist?«

»Wie meinen Sie das?«

»Ach, Sie wissen schon. Ist es schwer, wieder zu einem normalen Leben zurückzukehren?«

»Die Ehe war für mich nie normal«, sagte Trace. »Mir gefällt es, kommen und gehen zu können, wann immer mir danach ist. Übrigens, ich bin ein bißchen überrascht, Sie hier nachts mit diesem Wagen unterwegs zu sehen. Ich dachte, Sie wären eine Hausmaus.«

»Eine Hausmaus?« wiederholte sie. »Was soll das denn sein?«

»Ein weiblicher Cop, die immer nur Innendienst hat. Wenigstens hat mein Vater die immer so genannt.«

»Oh. Jemand ist krank geworden, und ich dachte mir, daß ich die Überstunden ganz gut gebrauchen könnte. Ich mache das ziemlich oft.«

»Hat Ihr Mann denn nichts dagegen, wenn Sie fort sind?« fragte Trace.

»Er kümmert sich um seine Sachen, ich mich um meine. Verdammt auch, das heiße Wetter macht einen verflucht durstig.«

»Ja.«

»Greifen Sie doch mal unter den Sitz«, sagte sie. »Da müßten eigentlich zwei Büchsen Bier liegen. Holen Sie sie.«

»Ihr Wunsch ist mir Befehl«, sagte er.

»Sagen Sie nie Dinge, die Sie gar nicht so meinen. Das könnte Sie in ernste Schwierigkeiten bringen.«

Trace riß die Bierdosen auf und gab ihr eine. Sie setzte an und trank einen langen Schluck, dann stellte sie die Dose auf das flache Armaturenbrett des Streifenwagens.

»Haben Sie viele Freunde hier in der Stadt?« erkundigte sie sich.

»Die Familie von Mitchell Carey«, sagte Trace.

»Die wohnen aber nicht hier.«

»Das war ein anderer Freund«, sagte Trace.

»Ich brauche seinen Namen für meinen Bericht.«

»Was? Wollen Sie einen Bericht über diese Sache schreiben?«

»Mutwillige Beschädigung eines Privatwagens? Ich denke, das sollte ich wohl«, sagte sie. Inzwischen hatte sie nur noch ihre linke Hand auf dem Steuer. Ihre rechte Hand lag auf dem Sitzpolster zwischen ihnen und berührte wie zufällig sein Bein.

Trace rührte sich nicht, und sie sagte: »In Ihrem Hotel wartet doch niemand auf Sie, stimmt's?«

»Nein.«

»Gut.« Sie bog scharf links ab und brauste eine schmale dunkle Straße hinunter.

Trace griff in seine Tasche und schaltete das Tonband ein. »Was haben Sie mit mir vor?« fragte er.

»Können Sie sich das nicht denken?« sagte sie, als sie auf einen unbefestigten Feldweg abbog und den Motor ausschaltete.

»So was habe ich nicht mehr gemacht, seit ich ein Junge war«, sagte er.

»Ich schon. Keine Angst. Ich werde Ihre Erinnerung schon wieder auffrischen.«

»Ich schätze, es wird nicht viel nützen, wenn ich Ihnen sage, daß ich schon fast vierzig bin?«

»Absolut nichts!«

»Okay, Officer. Ich bin in Ihrer Gewalt«, sagte er.

Sie begann, seinen Gürtel zu lösen. »Ich glaube, Sie können mich jetzt ruhig Lauren nennen«, sagte sie.

Sie hatten den Golfplatz schon fast wieder erreicht, als sie sagte: »Also, eins muß ich Ihnen ja sagen. Mit Ihnen zu bumsen ist wirklich sehr interessant.«

»Was meinen Sie damit?«

»Sie wollten ja nichts anderes als nur über Meadow Vista zu reden. Und wenn ich sie dann berühre, beschweren Sie sich, daß Ihnen Ihr Bauch weh tut. Wirklich, ein Mords-Spaß!«

»Und was ist mit mir?« sagte er. »Finden Sie es macht großen Spaß, wenn Ihr Polizeifunk alle zehn Sekunden dazwischenkreischt, und ich jeden Augenblick damit rechnen muß, unter Kreuzfeuer zu geraten? Ich habe wirklich mein Möglichstes versucht.«

»Genaugenommen waren Sie ja auch gar nicht so übel.«

Trace sagte: »Ich finde übrigens, daß Sie keinen Bericht über das machen sollten, was mit meinem Wagen passiert ist.«

»Und warum nicht?«

»Wenn Sie das tun, dann werden Sie auch diese Vergewaltigung in Ihrem Bericht erwähnen müssen.«

»Keine Anzeige – keine Vergewaltigung«, sagte sie.

»Ich beklage mich ja gar nicht und mache auch keine Anzeige«, sagte er.

»Ich auch nicht.«

Es war schon fast drei Uhr morgens, als sie ihn schließlich vor dem Hauptgebäude des Country Clubs aussteigen ließ. »Falls Sie noch eine Weile in der Gegend sind, will ich doch hoffen, daß ich Sie nochmal sehe«, sagte sie.

Sie lächelte ihn an, und als sie losfuhr, brummte Trace vor sich hin: »Nicht, wenn ich dich zuerst sehe!«

Dexter befand sich nicht auf seinem gewohnten Platz hinter der Rezeptionstheke, und Trace fragte sich, wieso ihn das überraschte. Irgendwann mußte der Mann ja schließlich auch mal schlafen. Er beugte sich über die Theke, konnte aber keinerlei Nachrichten in seinem Fach entdecken.

Oben in seinem Zimmer hing er seine Jacke über eine Tür. Dann fiel ihm wieder der Zettel ein, den er neben seinem Wagen gefunden hatte, und fischte ihn aus seiner Jackentasche.

Er war zerknittert und Trace vermutete, daß irgendwer damit die Ventilklappen von seinen Reifen abgedreht hatte – in dem absolut unnötigen Versuch, keine Fingerabdrücke zu hinterlassen.

Er strich das Blatt Papier glatt. Es war der Briefkopf eines Rechnungsformulares, und klar und deutlich stand dort: MEADOV VISTA SANATORIUM, Harmon Hills, N. J., doch das Blatt war durchgerissen worden, und es gab weder einen Namen noch eine Rechnungsnummer. Auch auf der Rückseite des Blattes fanden sich keinerlei Anhaltspunkte.

Er zog sich aus, duschte wieder, und fragte sich, welche Folgen dieses ewige Geschrubbe für seine Haut hatte. Sobald er die ersten Falten bekam, würde er ernsthaft über Sex per Post nachdenken.

Er war überrascht, daß er ein Amtszeichen bekam, als er den Telefonhörer abhob. Er meldete zu Lasten seines Kreditkartenkontos ein Ferngespräch mit Bob Swenson in seinem Londoner Hotel an.

Selbst über dreitausend Meilen Entfernung klang seine Stimme klar und deutlich, als er ein scharfes »Hallo« in den Hörer spuckte.

»Bob, Trace hier.«

Trace wußte sofort, daß Swenson gerade einen heben mußte, da er sofort in seine derb-herzliche Ho-ho-ho-Stimme verfiel, die an eine Mischung aus W. C. Fields und einem besoffenen Mr. Magoo erinnerte.

»Hallo, mein Junge. Wie komme ich um diese scheußliche Uhrzeit zu der Ehre, von Ihnen zu hören?«

»Sind Sie schon zu Bett gegangen?« fragte Trace.

»Kann mich nicht mehr erinnern. Oh, ich liebe diese Kongresse«, sagte Swenson.

»Ja, ich weiß. Sie lieben auch das Reisen. Haben Sie schon immer geliebt.«

»Irgendwer scheint mir da Privatgeheimnisse auszuplaudern«, sagte Swenson.

»Hören Sie, Bob, ich bin zur Zeit in Harmon Hills und überprüfe gerade die Sache mit der Carey-Familie.«

Die rauhe Herzlichkeit verschwand aus seiner Stimme und Swenson war wieder kurzangebunden, als er sagte: »Ich habe mit Walter Marks über diese Sache gesprochen. Amanda ist eine alte Freundin von mir.«

»Hat *sie* Ihnen gesagt, daß sie sich Sorgen über die Sicherheit ihres Mannes im Sanatorium machte? Denken Sie bitte genau nach. Ich muß das wissen.«

»Sie hat mir irgend etwas von irgendwem erzählt, der den Begünstigten seiner Lebensversicherung geändert hat.«

»Ja, aber hat sie sich Sorgen gemacht? Klang sie wirklich aufrichtig beunruhigt?«

Es entstand eine kurze Pause, ehe Swenson antwortete. »Vielleicht nicht wirklich beunruhigt. Aber sie hat es erwähnt, und ich hielt es für wert, das nachprüfen zu lassen.«

»Glauben Sie, daß sie vielleicht nur die Worte von jemand ganz anderem wiedergegeben hat?«

»Schon möglich. Sie ist eine nette Frau. Vielleicht. Sie war nicht hysterisch oder etwas in der Richtung, wenn Sie das meinen. Was ist dort unten los?«

»Ich weiß es nicht. Ich glaube nicht, daß an der Änderung des Versicherungsbegünstigten dieses einen Kerls irgend etwas gedreht worden ist.«

»Gut. Damit ist das erledigt, oder?« fragte Swenson.

»Nicht ganz. Ich war im Krankenhaus und Mr. Carey sagte, daß irgend jemand versuche, ihn umzubringen.«

»Wer?«

»Ich weiß es nicht. Möglicherweise hat er nur im Delirium phantasiert, und ich glaube nicht, daß er wirklich wußte, was er sagte. Die meiste Zeit liegt er im Koma. Daher hätte ich die Geschichte normalerweise längst wieder vergessen, wenn heute abend nicht ein paar Schläger auf meinen Rippen Xylophon gespielt hätten. Deshalb weiß ich jetzt nicht so richtig . . .«

»Was wollen Sie tun?« fragte Swenson.

»Hierbleiben und warten, bis ich noch ein bißchen mehr herausgefunden habe.«

»Wie geht es Amanda? Haben Sie sie besucht?«

»Ja. Ich glaube, sie nimmt den Tod ihrer Tochter ziemlich schwer. Sie ist ein bißchen verwirrt, könnte man sagen.«

»Trace, ich mag die Careys. Sorgen Sie dafür, daß ihnen nichts zustößt.«

»Ich werde es versuchen. Hören Sie, wenn ich in Zukunft irgend etwas für Sie erledigen soll, würden Sie dann vielleicht direkt mit mir sprechen? Marks hat mir nicht einmal erzählt, daß die Careys eine Tochter hatten.«

»Er wäre ganz sicher sehr gekränkt, wenn ich nicht mit ihm sprechen würde«, antwortete Swenson.

»Dann sprechen Sie doch demnächst mit uns beiden. Aber bitte zuerst, direkt und ohne Umschweife mit mir.«

»Okay«, sagte Swenson.

»Als Sie auf der Beerdigung waren, haben Sie da auch das Mädchen kennengelernt, das jetzt bei Mrs. Carey wohnt?« erkundigte sich Trace.

»Ja. Wie heißt sie noch gleich?«

»Muffy.«

»Ja, ich habe sie kennengelernt.«

»Was halten Sie von ihr?«

»Wenn ich mich recht entsinne, dann hatte sie eine ziemlich wilde Frisur«, sagte Swenson.

»Okay«, sagte Trace. »Wir sollten besser Schluß machen. Diese Ferngespräche sind teuer.«

»Unsinn. Ich habe gerade erst einen Werbespot gesehen. Ferngespräche von Kontinent zu Kontinent, um nett mit Freunden zu plaudern, sind so ziemlich die letzten wirklich günstigen Sonderangebote, die es auf dieser Welt noch gibt.«

»Nein«, sagte Trace. »Das einzige günstige Angebot, das es auf dieser Welt noch gibt, sind Kaffee-Filter.«

»Kaffee-Filter?«

»Ja. Haben Sie jemals versucht, ein Paket Kaffee-Filtertüten aufzubrauchen? So ein Paket Filtertüten hält länger als die meisten Ehen.«

»Trace, wie spät ist es?«

»Keine Ahnung. Halb vier oder so.«

»Trinken Sie sich einen und gehen Sie schlafen.«

»Ich versuche, mein Trinken etwas einzuschränken«, sagte Trace.

»Sie sind entlassen.«

»Na gut, vielleicht könnte ich noch einen runterquälen.«

»Gute Nacht«, sagte Swenson.

Trace saß auf dem Bett und spulte das Tonband ein Stück zurück, dann drückte er auf den Wiedergabe-Knopf.

Er hörte seine eigene Stimme. »Ich bin einsneunzig groß und ich passe einfach nicht in diesen Wagen. Ich passe schon nicht mehr in diesen Wagen, seit ich sechzehn geworden bin.«

Dann hörte er Lauren Wilcox's Stimme. »Sie passen schon ganz gut rein. Oh . . . ja. Da. Da.«

Und wieder seine Stimme. »Ich will, daß Sie zufrieden sind.«

Und ihre Stimme. »Sehr angenehm, daß Sie das wollen.«

Er schaltete das Tonband ab, seufzte und stand auf, um sich eine frische Cassette aus der Jackentasche zu holen.

18.

Traces Aufzeichnungen:

Tonband Nummer Vier, Devlin Tracy im Land der Träume, äh, um, großer Gott, um vier Uhr früh an einem Donnerstagmorgen.

So, da habe ich mich also vielleicht verliebt, okay, und zwei Stunden später bin ich schon untreu geworden. Also schön und gut, sie war ein nymphomanischer Cop, und wie weist man eine Frau mit einer Kanone ab, aber wieso passieren solche Sachen eigentlich ausgerechnet immer mir? Wenn Menschen eines fernen Tages diese Worte hier hören, dann denkt daran: Ich habe eher Mitleid als Tadel verdient!

Halt, Augenblick, Stop! Ich sprach von verlieben. Ich weiß aber gar nicht, ob ich an so was überhaupt glaube, also an Liebe auf den ersten Blick, meine ich. Lust auf den ersten

Blick, ja, davon verstehe ich was. Sogar von Mögen auf den ersten Blick. Aber Liebe? Nein. Deshalb, liebe Maschine, kann ich dir jetzt auch mit absoluter Gewißheit anvertrauen, daß ich in Jeannie Callahan weder verliebt, noch jemals verliebt gewesen bin. Tja, ich glaube nicht.

Im Master File befinden sich jetzt zwei weitere Bänder meiner Gespräche mit Jeannie Callahan, und ich glaube kaum, daß ich Chico diese Bänder jemals hören lassen werde. Und ich denke ja gar nicht daran, in Begriffen a'la »Rechtsanwalt Callahan *versus* Michiko Mangini, Teilzeit-Nutte und Wohnungsgenossin«, die gerade irgendwo anders ist und mich betrügt, zu denken. Das ist wirklich mehr als das, womit ich mich im Augenblick befassen möchte.

Jeannie ist eine erheblich nettere Lady als man eigentlich von jemandem vermuten würde, dessen Personal aus einem Computer und einer jähzornigen Tippse besteht. Sie ist bereit, Matteson in dieser Plesser-Sache zu verteidigen, und wenn sich sonst nichts ergibt, sollte ich besser daran denken, Groucho zu sagen, daß er unsere Anwälte mit ihr Verbindung aufnehmen lassen soll, da sie ja alle früher oder später sowieso zusammenarbeiten werden.

Sie sagt, daß sie Nicholas Yule die Haut abziehen wird, falls er es schaffen sollte, mit dem Fall Plesser tatsächlich vor Gericht zu ziehen, doch sie war immerhin bereit zu versuchen, einen Vergleich über zweitausend Dollar mit ihm zu treffen. Was er abgelehnt hat. Wie kann überhaupt irgend jemand dieser Frau, gleichgültig was auch immer es ist, ausschlagen? Und welcher Rechtsanwalt braucht schon kein Geld?

Mein Magen tut mir verdammt weh, und meinen Rippen geht es auch nicht sonderlich viel besser. Ich mag es nicht, wenn ich geschlagen werde. Glücklicherweise tut es nur weh, wenn ich atme.

Rechtsanwalt Callahan mag Muffy nicht, weil Muffy sie wegen Mr. Carey, Testamenten und so weiter belästigt hat. Es war höchstwahrscheinlich richtig von ihr, daß sie Muffy nichts davon gesagt hat, daß sie auch Matteson in diesem Fall vertritt.

Also ist sie auch der Anwalt der Careys, und die Careys sind für sie mehr als einfach nur Mandanten – sie sind schon ein Leben lang gut befreundet. Daher weißt du jetzt auch, daß sie nicht an irgendeinem Komplott beteiligt ist, das darauf abzielt, dem alten Mr. Carey zu schaden. Richtig?

Richtig.

Wieso vertraue ich eigentlich dieser Frau, wo es doch einer meiner Glaubensgrundsätze ist, niemals einem Rechtsanwalt zu trauen? Beeinflußt vielleicht meine persönliche Meinung mein berufliches Urteilsvermögen? Ja, wahrscheinlich, und warum auch nicht? Meine persönliche Meinung ist auch nicht schlechter als alles andere, was ich in diesem Fall habe. *Wenn* es überhaupt ein Fall ist.

Und dann habe ich mit ihr zu Abend gegessen. Chico, falls ich jetzt schon tot bin und du zufälligerweise zuhörst: Diese Frau hat ein ausgezeichnetes Roastbeef für mich gekocht. Was hast du eigentlich jemals für mich gekocht, außer mir immer wieder die Suppe zu versalzen? Und mir meinen Glauben an das weibliche Geschlecht zu nehmen?

Jeannie ist sich ganz sicher, daß Mr. Carey im Meadow Vista Sanatorium nichts zustößt. Aber was sollte sie auch schon anderes sagen? Daß er seit vierzig Jahren mit seinem Geschäftspartner im Streit liegt? Wilber Winfield, das ist sein Partner. Und er kommt auf meine Liste derjenigen Leute, mit denen ich morgen reden werde, falls mein Magen mich den morgigen Tag noch erleben läßt.

Muffy hat davon gesprochen, Mr. Carey entmündigen zu lassen. Mal gründlich nachdenken. Wenn sie das erreichen sollte, dann hat Mrs. Carey alles in der Hand, und Muffy wiederum hat Mrs. Carey in der Hand. Also für mich ergibt das alles schon einen Sinn.

Vielleicht.

Aber ich mag diese Blondine mit ihrem Lockenköpfchen einfach nicht. Vielleicht liegt es daran, daß sie so leicht

»Nana« zu Mrs. Carey sagen kann, solange die Frau im Raum ist, und dann nur noch von »Amanda« spricht, sobald sie das Zimmer verlassen hat. Na ja, wir werden ja sehen.

Und dann ist da noch eine ganze Menge Zeug von höchst vertraulicher, äußerst persönlicher Natur auf dem Band, und vielleicht lösche ich das einfach wieder.

Leider ist auf dem Band keine Aufnahme, wie ich auf dem Parkplatz brutal zusammengeschlagen worden bin. Wieso hat man die Luft aus meinen Reifen gelassen? Wieso haben sie mir immer in den Bauch geschlagen? Wieso hat man einen Briefkopf vom Meadow Vista neben meinen Wagen fallen lassen? Das ist doch einfach zu blöd!

Aber wenigstens habe ich einem der Scheißkerle auch ordentlich eins verpaßt. Wenn ich einen mit einer Glühbirne als Nase auf der Straße treffe, dann könnte es gut sein, daß ich meinen Mann gefunden habe.

Und sieh dich nach einem dunkelgrünen Wagen mit Sportheck um. Ich habe keine Ahnung von Autos. Als ich noch ein Junge war, kannte ich jedes Auto. Aber heute kenne ich kein einziges mehr. Vielleicht war es ein Camaro. Oder vielleicht auch ein Firebird. Klar, und vielleicht war es ja auch ein 1922er Hispano-Suiza, und Juan Fangio saß hinter dem Steuer. Was weiß ich denn schon?

Und dann hat mich Police Officer Wilcox liebenswürdigerweise nach Hause gefahren, und ich habe sie mächtig gelöchert. Also über Meadow Vista, heißt das, und sie konnte wirklich nichts Schlechtes sagen.

Ist schon komisch. Als Chico mir noch immer die Wahrheit gesagt hat, also die volle Wahrheit, da habe ich diese Tonbänder immer frisiert und eine Menge gelogen. Und jetzt, nachdem sie angefangen hat, mich anzulügen, scheint es ganz so zu sein, als könnte ich ruhig die Wahrheit auf diese Bänder sprechen und müßte nicht mehr lügen. Vielleicht ist das ja ganz gut so.

Und Bob Swenson sagt, daß er Muffy nicht leiden konnte, und sie könnte auch Mrs. Carey dazu angestiftet haben, ihm von Meadow Vista zu erzählen und darüber, daß sie sich Sorgen um ihren Mann machte. Was soll das ganze Theater? hatte Muffy mir gegenüber zugegeben, als wir uns das erste Mal begegnet sind.

Stimmt mit Jeannie irgendwas nicht? Wieso ist sie eigentlich noch nie verheiratet gewesen? Es sei denn, sie ist zu gewitzt für die Ehe, in welchem Fall sie offensichtlich zu gewitzt ist, irgend etwas mit mir zu tun zu haben. Ein ganz schönes Dilemma ist das.

Wieso hat Mitchell Carey mir gesagt, daß jemand versucht, ihn umzubringen?

Ich hätte Jeannie das erzählen sollen. Wahrscheinlich habe ich's nicht getan, weil es mir wirklich sehr schwer fällt, Leuten zu trauen, die Mayonnaise auf ihr Roastbeef schmieren, selbst wenn sie so starke Trinker sind wie Jeannie. Ich werde mir das alles morgen noch mal durch den Kopf gehen lassen.

Und jetzt ab ins Bett.

Mein Magen tut mir immer noch weh.

19

Kreisch, kreisch.

Es war eine Herde Gänse. Nein. Nein, definitiv keine Gänse. Elche. Eine ganze Herde Elche.

Nein, Moment, keine Elche. Es waren Telefone. Eine ganze Reihe von Telefonen. Die, *kreisch, kreisch,* direkt neben seinem Kopf klingelten.

Trace nahm den Hörer ab und versuchte mit aller Kraft, seine Augen zu öffnen. Sein Magen tat immer noch weh.

»Hallo.«

»Hallo, Devvie«, sagte eine Frauenstimme.

»Cora, wie oft muß ich dir eigentlich noch sagen, daß du mich nicht auf diese Weise belästigen sollst?«

»Ich habe seit sechs Monaten nicht mehr mit dir gesprochen.«

»Genau das meine ich ja. Ich kann mich auch nicht eine Sekunde umdrehen, ohne daß du sofort am Telefon hängst. Was willst du?«

»Wo du schon mal in New Jersey bist, komm doch einfach mal vorbei und besuch deine Kinder.«

»Die hab' ich gestern abend erst gesehen.«

»Nein, das hast du nicht!«

»Ja, das hab' ich doch. Als sie mich auf diesem Parkplatz überfallen haben. Ich schäme mich wirklich, wenn ich sehe, wie du sie erzogen hast, Cora.«

»Hör jetzt auf mit dem Quatsch, du verdammter Blödmann! Du hast deine Kinder jetzt drei Jahre nicht mehr gesehen. Weißt du, es sind auch deine Kinder.«

»Sie sind jetzt schon ziemlich alt, oder? Und ziemlich groß«, sagte Trace clever.

»Ja. Du würdest sie kaum noch wiedererkennen.«

»Ich habe sie auf dem Parkplatz auch nicht wiedererkannt. Aber ich schätze, Wie-heißt-er-noch-gleich war der große, der gar nicht mehr aufgehört hat, mir in den Magen zu boxen. Ich will nur hoffen, dem Mädchen gefällt ihre gebrochene Nase.«

»Wovon zum Teufel redest du eigentlich?«

»Du kannst nur von Glück reden, daß ich dich nicht bei der Polizei verpfeife. Und euch drei den Rest eures Lebens hinter schwedischen Gardinen verbringen lasse.«

»Devvie, es ist wirklich nicht zuviel von dir verlangt, kurz vorbeizuschauen und deine Kinder zu besuchen. Vielleicht möchtest du ja lieber, daß sie dich in Las Vegas besuchen?«

»Ganz bestimmt nicht! Las Vegas ist keine Stadt für Kinder. Selbst dann nicht, wenn es Strolche und Schläger sind.«

»Kannst du dich überhaupt noch daran erinnern, wann du sie das letzte Mal gesehen hast?«

»Ja. Bei meiner Mutter am Thanksgiving Day vor drei Jahren. Das Datum werde ich nie vergessen. Mir war klar, daß sie mich haßten. Und du hast sie aufgestachelt, Cora. Du hast sie gegen mich aufgestachelt.«

»Kein Mensch hat sie aufgestachelt. Komm und besuch sie!«

»Nein. Ich wollte die Stadt sowieso gerade verlassen. Meine Maschine geht in zwanzig Minuten.«

»Ich hätte nicht übel Lust, zu dir herauszukommen und die Kinder mitzubringen.«

»Du wirst nicht mehr als die Positionslichter meines startenden Flugzeuges sehen. Woher hast du eigentlich diese Nummer?«

»Von deiner Mutter.«

»Ich wußte doch, daß diese Frau mich haßt«, sagte Trace.

»Du sagst es mir besser jetzt sofort. Du willst deine Kinder also nie wiedersehen?«

»Ich weiß ganz genau, was du vorhast. Ist doch wie in *Der mandschurische Kandidat,* stimmt's? Du willst ihnen sagen: Wie-heißt-er-noch-gleich, Mädchen, das ist euer Vater, und wie bei einem dieser riesigen chinesischen Gongs macht es dann auch ›Gong!‹ in ihren Köpfen, ›Vater‹, und sie werden mich durch ihre bloße Größe zu Fall bringen und mich erdolchen wie einst Caesar erdolcht wurde. Gesteh doch endlich, verdammt noch mal! Genau das ist es doch, was du geplant hast, stimmt's nicht?«

»Devvie, du bist der abartigste, bösartigste, mieseste Scheißkerl von einem Hurensohn, der mir je über den Weg gelaufen ist.«

»Indem du jetzt versuchst, wieder nett zu mir zu sein, wirst du auch nicht die Bohne ändern«, sagte Trace. »Ich verlasse die Stadt.«

»Du tust mir wirklich leid. Du bist pervers, und du machst einen großen Fehler.«

»Ich habe in meinem ganzen Leben nur vier Fehler gemacht«, sagte er.

»Ich nehme an, daß ich dich jetzt fragen soll, was das wohl für vier Fehler sind«, sagte sie.

»Ja. Du. Wie-heißt-er-noch-gleich. Das Mädchen. Und der Tripper. Aber damit hatte ich wenigstens Glück. Den Tripper bin ich wieder losgeworden.«

Seine Ex-Frau legte auf, doch Trace wußte ganz genau, daß es damit noch nicht zu Ende war. Jetzt war sie ihm auf der Spur, für immer und ewig, wie Inspector Javert.

Er brauchte unbedingt einen Drink. Er brauchte ein Auto. Er blickte auf seine Uhr. Es war halb zehn morgens. Er mußte richtig ausschlafen. Er dachte an Cora. Er mußte raus und diese ganze Geschichte hinter sich bringen und dann so schnell es ging aus der Stadt verschwinden, ehe sie ihre Drohung noch wahrmachte.

Dexter war wieder hinter der Rezeption, als Trace nach unten telefonierte, und der Mann sagte, er wüßte eine gute Werkstatt, die Traces Wagen abholen, die Reifen wieder aufpumpen und den Wagen dann zum Country Club bringen lassen würde.

»Wirklich sehr hilfsbereit von Ihnen«, sagte Trace.

»Für unsere hochgeschätzten Gäste immer nur das Beste«, sagte Dexter.

Er wollte gerade sein Zimmer verlassen, als das Telefon klingelte.

»Hallo, Tracy, Nicholas Yule hier.«

»Ja?«

»Heißen Sie wirklich Tracy?«

»Ja.«

»Meine Mandanten behaupten, Sie hießen Marks. Sie haben ihnen gesagt, Ihr Name wäre Marks.«

»Ich habe gelogen. Ich lüge überhaupt sehr viel.«

»Oh. Ich habe mich gefragt, was Ihre Gesellschaft jetzt unternehmen will.«

»In bezug auf was?«

»In der Angelegenheit Plesser. Ich hatte gehofft, ich könnte der Fidelity Garrison einige Verlegenheit ersparen.«

»Es heißt Garrison Fidelity, und machen Sie sich nur keine Gedanken darüber, daß sie in Verlegenheit geraten. Schließlich arbeite ich für sie; daher sind sie an so etwas gewohnt.«

»Wenn Sie mir, ohne ihren beruflichen Eid zu verletzen, vielleicht verraten könnten . . .«, begann Yule.

»Ich habe keinen Eid abgelegt«, sagte Trace.

»Okay. Werden Sie Ihrer Gesellschaft empfehlen, sich mit meinen Mandanten zu einigen?«

»Nein.«

»Warum nicht?«

»Weil ich mit den Anwälten der gegnerischen Seite gesprochen habe, und weil sie durchaus nicht der Meinung sind, daß Sie einen handfesten Fall haben.«

»Was? Sie haben mit dieser Callahan gesprochen?«

»So oft es eben ging«, sagte Trace.

»Haben Sie auch mit den Leuten im Sanatorium geredet? Mit Dr. Matteson? Mit diesen Leuten?«

»Ja«, sagte Trace.

»Und was halten Sie von ihnen?«

»Ich mag sie alle ziemlich gern«, antwortete Trace. »Schwester Simons erinnert mich an meine Mutter.«

»Wissen Sie, man kann denen wirklich nicht trauen«, sagte Yule. »Diese Menschen würden alles tun.« Er zögerte. »Ich würde nicht alles für bare Münze nehmen, was die mir erzählen, wenn ich an Ihrer Stelle wäre.

»Vielen Dank für den guten Rat.«

»Hören Sie, bleiben Sie noch eine Weile in der Stadt?« fragte Yule.

»Noch ein bißchen.«

»Denken Sie drüber nach«, sagte der Anwalt. »Wir könnten wahrscheinlich ein Geschäft machen, mit dem Ihre Gesellschaft sehr, sehr glücklich wäre, und das gleichzeitig auch meine Mandanten zufriedenstellen würde.«

»Okay, ich werde dran denken«, sagte Trace.

»Noch eins«, sagte Yule.

»Und das wäre?«

»Hatten Sie Gelegenheit die Leute vom Country Club zu fragen, ob sie eine Band brauchen?«

»Ich werde es heute nachholen«, sagte Trace.

»Geben Sie mir Bescheid«, sagte Yule.

Als Trace das Büro in der ausgedehnten Fabrik der Carwin Enterprises am Rande der kleinen Stadt betrat, war das erste, was Trace von Wilber Winfield zu sehen bekam, sein Hinterteil. Der Mann befand sich auf dem Fußboden, kroch herum, versuchte augenscheinlich an etwas heranzukommen, was unter seinem Schreibtisch lag.

»Kann ich vielleicht behilflich sein?« fragte Trace.

»Ffäähne«, sagte Winfield, ohne sich umzudrehen.

»Was?«

»Meine Ffäähne find hinnefalln.«

Trace kniete sich auf den Boden, um dem Mann suchen zu helfen.

Schließlich fand er es. *Es* war ein wunderschöner Satz falscher Zähne, eine Prothese, die ebenso majestätisch auf dem Teppich thronte wie ein Ochsenschädel auf dem ausgetrockneten Bett eines alten Salzsees.

»Da sind sie.« Trace tippte Winfield auf die Schulter und zeigte auf die falschen Zähne. Der Mann wandte sich ihm zu. Er trug eine dicke Brille, deren Gläser aussahen, als wären sie in dicken Scheiben aus dem Boden einer Champagner-Flasche geschnitten worden. Die Gläser vergrößerten seine Augen gewaltig, und Trace hatte den Eindruck, daß er einen Mann vor sich sah, der langsam und hilflos in einem Goldfischglas ertrank.

Winfield nahm seine Zähne vom Boden, setzte sich dann hin, wobei er seine Beine wie ein fettes kleines Kind von sich streckte, und schob sich sein Gebiß in den Mund.

»So!« sagte er triumphierend. Er klackte mit seinen Zähnen, anscheinend um zu überprüfen, daß sie immer noch ein Geräusch machten, wenn er sie zusammenklackte. »Und was kann ich für Sie tun?«

Er saß immer noch auf dem Fußboden: Ein fleischiger, gutgenährter Mann in den Sechzigern, der sich sein dünner werdendes Haar von der Seite über den Kopf kämmte, eine dicke Brille und falsche Zähne trug. Er hatte einen Anzug an, doch Trace bemerkte, daß er außerdem knöchelhohe Schuhe an den Füßen trug.

»Hätten Sie etwas dagegen, wenn ich Platz nehme, während wir uns unterhalten?« fragte Trace. »Auf einem Stuhl?«

»Nein, nur zu. Dort drüben, Sohn.« Er deutete auf einen Stuhl ein gutes Stück vor dem Schreibtisch, und dann, als würde er sich wieder daran erinnern, wer er war und wo er war, stand er auf und ging zu dem Drehstuhl hinter seinem Schreibtisch.

»Meine Augen sind leider nicht mehr besonders gut, und ich habe diese verdammten Beißerchen fallen lassen. Das passiert mir ziemlich oft, und dann rollen sie immer hinter ein Bein des Schreibtisches oder sonstwohin, wo ich sie nicht sehen kann. Wer hätte jemals gedacht, daß Zähne so gut rollen können?«

»Erdnußbutter«, sagte Trace.

»Häh?«

»Das ist genauso wie wenn man sich ein Brot mit Erdnußbutter und Marmelade macht, und wenn einem das dann runterfällt, landet es immer mit der Erdnußbutter-Seite nach unten. Ist Ihnen das noch nie aufgefallen?«

»Das liegt an der Dichte der Erdnußbutter im Verhältnis zur Dichte des Brotes. Dadurch wird die Oberseite schwerer, und die schwerere Seite dreht sich eben nach unten. Was man dagegen machen kann, mein Sohn, ist ganz einfach über einem Tisch zu arbeiten und nicht freihändig über dem Fußboden. Denn wenn Ihnen dann das Brot aus der Hand fällt, dann ist die Strecke von Ihrer Hand bis zum Boden nicht groß genug, daß sich das Brot auf die falsche Seite drehen kann, ehe es aufschlägt. Auf diese Weise kann man wirklich eine Menge Erdnußbutter sparen.«

»Ich mache mir meine Brote aber immer gerne im Stehen mitten in der Küche«, sagte Trace. »Vielleicht könnte ich meine Brote mit Erdnußbutter und Marmelade bestreichen, wenn ich mich hinknie. Das verkürzt die Entfernung ja auch ganz erheblich.«

»Aber es ist trotzdem noch leicht möglich, daß Ihnen das Brot aus der Hand fällt, wenn Sie wieder aufstehen. Nein, nein, sich hinzuknien ist nicht die richtige Antwort auf Ihr Problem. Arbeiten Sie über dem Tisch. Also ich, ich kenne das Problem gar nicht, weil ich diese Scheiße sowieso nicht mehr essen kann, weil es nämlich meine Zähne zusammenzementiert.«

Er faltete einen Augenblick lang seine Hände über seiner Brust, starrte durch seine fischäugigen Brillengläser in den Raum, nickte dann, als hätte er noch einmal alles in Betracht gezogen und hätte keinerlei logischen Fehler in seiner Argumentation gefunden. »Sonst noch was? Wie war noch gleich der Name . . . Tracy?«

»Ja. Tracy. Eigentlich bin ich nicht gekommen, weil ich mit Ihnen über Erdnußbutter sprechen wollte.«

Winfield sah direkt an ihm vorbei. »Sehen Sie sich das an«, sagte er. »Erdnußbutter.«

Trace drehte sich um und sah eine knuddelige, rundliche Blondine in einem hautengen rosa Pullover draußen vor Winfields Büro vor einem Aktenschrank stehen.

»Erdnußbutter?« wiederholte Trace verständnislos.

»Das ist meine neue Sekretärin«, sagte Winfield. »Ich würde sie sehr gerne mit Erdnußbutter einschmieren und sie dann ordentlich bearbeiten.«

»Ihr Gebiß würde hängenbleiben.«

»Mein Gott, was für eine Stelle um hängenzubleiben!« sagte Winfield. »Aber die Chancen stehen nicht besonders. Ich habe neulich gehört, wie sie sich über mich lustig gemacht hat, wie sie mich einen fiesen alten Bock genannt hat. Sie wollten mir gerade verraten, wieso Sie hier sind.«

»Ich komme von der Garrison Fidelity Insurance Company. Ich stelle Nachforschungen über Ihren Partner, Mitchell Carey, an.«

»Er ist doch nicht gestorben, oder?«

»Nein. Noch nicht.«

»Wäre ja typisch für ihn, einfach zu sterben, und kein Mensch sagt mir was. Mir sagt ja sowieso kein Mensch irgendwas. Deshalb rede ich ja überhaupt erst mit Ihnen, weil ich ansonsten nichts Wichtiges zu tun habe.«

»Ich fühle mich durch das Vertrauen, das Sie in mich setzen, wirklich sehr geehrt«, sagte Trace. »Sie und Mr. Carey sind schon sehr lange gut befreundet, richtig?«

»Manchmal sind wir Freunde, aber Partner sind wir schon eine Ewigkeit. Er ist der schlechteste Zocker, der mir je begegnet ist. Wenn er nicht tot ist, was haben Sie dann hier für was-weiß-ich-für-eine-Versicherung zu suchen?«

»Ich versuche dafür zu sorgen, daß er nicht stirbt. Kennen Sie zufälligerweise jemanden, der ihn lieber tot als lebendig sehen würde, Mr. Winfield?«

»Sie meinen, abgesehen von mir?«

»Nun, fangen wir ruhig mit Ihnen an. Sie wollen also, daß er stirbt?«

»Ja. Nein. Verdammt, natürlich will ich nicht, daß er stirbt. Ich will einfach nur, daß er gottverdammtnochmal endlich aus meinem Leben verschwindet. Sorgen Sie dafür, daß er aus meinem Leben verschwindet, und anschließend können Sie ihn dann gerne so lange am Leben halten, wie Sie wollen. Stopfen Sie ihn aus und bauen Sie ihm einen Motor ein, mir ist es vollkommen egal.«

»Das klingt ja ganz so, als hätten Sie beide ernsthafte geschäftliche Probleme miteinander.«

»Wissen Sie, wir beide führen dieses Unternehmen jetzt seit fünfunddreißig Jahren ohne eine vertragliche Abmachung, allein auf der Grundlage eines Handschlages. Und dann kommt Mitch vor fünf oder was weiß ich wievielen Jahren zu mir und sagt, daß wir auch nicht mehr jünger werden. Ich sage, ich dachte *du* würdest alt, und er sagt, wir müssen jetzt alles schriftlich festlegen, denn so kann man keine große Firma leiten.«

Trace nickte, wie er hoffte, auf eine verständnisvolle Weise.

»Und dann haben wir also alles schriftlich niedergelegt. Der alte Elmer Callahan, er hat alles aufgesetzt. Sohn, falls Sie je mit Anwälten zu tun haben . . . ach, besser Sie lassen sich erst gar nicht mit Anwälten ein.«

»Was geschah dann?« fragte Trace.

»Elmer hat alles so ausgearbeitet, daß Mitch einundfünfzig Prozent der Firma bekommt und ich neunundvierzig. Er hat gesagt, das hätte er absichtlich so gemacht, damit wir immer Entscheidungen fällen können, ohne uns gegenseitig Schachmatt zu setzen. Für das eine Prozent weniger habe ich ein bißchen mehr Geld bekommen. Ich weiß nicht mehr, wieviel es war, jedenfalls war es etwas. Und dann stand da noch so ein anderer Kram in dem Vertrag, also wer was bekommt, wenn einer von uns beiden stirbt und so weiter, und ich habe mir nichts weiter dabei gedacht, und dann sagt Mitch vergangenes Jahr, urplötzlich und aus heiterem Himmel, daß er die Firma verkaufen und sich zur Ruhe setzen will. Seine Tochter wäre jetzt mit dem College fertig und es wäre an der Zeit, sich zur Ruhe zu setzen; wenn er sich zur Ruhe setzen will, nur zu. Ich schicke ihm andauernd Schecks und er sagt, nein, das reicht nicht, weil es noch Kapitalgewinne und so eine Affenscheiße gebe, über die man nachdenken müsse, und ich weiß überhaupt nicht, wovon zum Teufel der Mann eigentlich redet; jedenfalls, er macht weiter und sagt der kleinen Jeannie, weil, der alte Elmer ist ja inzwischen tot, also er sagt ihr, daß sie alles Nötige in die Wege leiten soll, um die Firma zu verkaufen, und er hat auch schon einen Käufer aufgetrieben. Und jetzt, gottverdammtnochmal, jetzt macht sie das tatsächlich. Was halten Sie denn von einem Kerl, der so was macht?«

»Keine Ahnung«, sagte Trace. »Klingt nicht besonders fair.«

»Es ist auch nicht fair. Wir haben diese Firma zusammen aufgebaut. Mitch ist, was Produktplanung und Material und Konstruktion angeht, wirklich ein As, und mir hat er die Geschäftsführung und so weiter überlassen. Wir haben immer fifty-fifty gearbeitet und wir haben alles fifty-fifty geteilt, und jetzt will er verkaufen, und ich habe dabei nichts mitzureden. Ich finde, das ist wirklich nicht fair, und vielleicht sollte ich mir wirklich wünschen, er wäre tot.«

»Wenn er stirbt, was passiert dann?«

»Wie kommen Sie eigentlich auf die Idee, daß irgendwer ihn tot sehen möchte?« wollte der alte Mann wissen.

»Er hat es mir gesagt. Ich habe ihn besucht, und da hat er es mir gesagt.«

»Was hat er denn gesagt? Dachte, er könnte gar nicht reden?«

»Er hat irgendwelche Zahlen vor sich hin gemurmelt, und dann sagte er, daß sie versuchen würden, ihn umzubringen.«

»Wer ist denn ›sie‹?« fragte Winfield.

»Ich weiß es nicht.«

»Und Sie denken, ich könnte es vielleicht sein?«

»Sind Sie es?«

»Teufel auch, nein! Ich würde eher Zeter und Mordio schreien als ihn umzubringen. Sie wollen ein Motiv? Ich geben Ihnen ein Motiv. Wenn Mitch zuerst stirbt, erhalte ich ein Drittel seiner Anteile an der Firma. Der Rest geht in seinen Nachlaß über. Wenn ich als erster sterbe, läuft es genauso. Er kriegt ein Drittel von dem, was ich besitze, und meine Familie, verflucht sollen sie sein, kriegt den Rest!«

»Würde das irgend etwas ändern?«

»Das würde alles ändern. Wenn ich noch weitere siebzehn Prozent der Aktien bekomme, dann würde mir, na, wieviel noch gleich, sechsundsechzig Prozent der Firma gehören, und als allererstes würde ich dann der kleinen Jeannie sagen: Kein Verkauf!«

»Wieviel ist Ihre Firma eigentlich wert?«

»Keine Ahnung, fünfzig, sechzig Millionen, irgendwas in der Ecke. Wir machen eine ganze Menge Geld hier. Sagen wir also mal, sechzig Millionen. Mitch stirbt, ich kriege ein Drittel von seinem Aktienkapital, was für mich rund zehn Millionen extra bedeutet. Würden Sie für zehn Millionen einen Mord begehen?«

»Ich arbeite für eine Versicherungsgesellschaft. Für Geld würde ich alles machen.«

»Ich nicht. Mitch bleibt am Leben, ich setze mich zur Ruhe. Himmel, wahrscheinlich werde ich mit meinen beiden nichtsnutzigen Söhnen und ihren nichtsnutzigen Frauen nach Florida umziehen müssen, und dann hocke ich da unten am Strand und sehe mir die Titten an, und schon nach zwei Wochen bin ich alt und sterben tue ich nach sechs Wochen. Und dann stürzen sich die Geier auf mich, um von meinem Kadaver zu ergattern, was sie eben kriegen können. Sie wollen Mord? Gut, meine beiden Söhne liefern Ihnen einen Mord. Und ihre Frauen. Warten Sie nur ab, bis Sie sie erwischen. Falls einer von denen bei Ihnen versichert ist, dann halten Sie ihn besser sehr gut im Auge.«

»Haben Sie Mr. Carey besucht?«

»Ab und zu fahre ich ins Sanatorium. Am Anfang bin ich ja jeden Tag zu ihm gegangen, aber er macht ja nichts anderes als einfach nur da zu liegen, und da wurde es langsam etwas deprimierend. Jetzt schicke ich Blumen.«

»Was halten Sie von dem Sanatorium?«

»Ganz beschissener Platz, um jemanden zu besuchen, aber die machen da oben dem Leben die Hölle heiß.«

»Wie ich gehört habe, ging es Mr. Carey im Krankenhaus besser.«

»Ja, stimmt«, sagte Winfield, »und dann ist er in dieses Sanatorium gegangen und es ging ihm direkt von Anfang an schlechter. Liegt ja nur noch im Koma.«

»Was glauben Sie, warum das so ist?«

»Ich glaube, nach dem Tod seiner Tochter und allem, ich, ach, ich weiß nicht. Ich glaube einfach, ihm ist alles scheißegal.«

»Kennen Sie Dr. Matteson? Ihm gehört der Laden.«

»Hab' ihn gesehen«, antwortet Winfield. »Scheint mir ganz in Ordnung zu sein, der Mann. Sie haben einen ziemlich miesen Job, Mister.«

»Ich habe auch ein ziemlich mieses Leben«, sagte Trace. »Hat Mr. Carey irgendwelche Feinde?«

»Wissen Sie, vielleicht sollten Sie mit mir reden.« Winfield sprach einen Augenblick nicht weiter und blickte an Trace vorbei durch das Glasfenster. Trace drehte sich um und sah, wie sich die blonde Sekretärin wie eine Katze nach einem Nickerchen streckte. »Erdnußbutter«, sagte Winfield. »Wissen Sie, ich wollte gerade sagen, also Sie behaupten, daß irgendwer vielleicht versucht, Mitch umzubringen, weil er Ihnen das oben in der Klapsmühle, in der er jetzt steckt, gesagt hat. Doch das erklärt nicht, warum Sie hier in der Stadt sind. Sie sind doch nicht einfach so hergekommen, damit Sie über Mitch im Krankenhaus stolpern können und er Ihnen dann was erzählt. Warum reden Sie nicht mit mir?«

Trace dachte für einen Moment lang nach, dann sagte er: »Die Geschichte geht so: Im Meadow Vista hatten sie einen alten Burschen namens Frederick Plesser. Der Mann ist gestorben, und urplötzlich stellt sich heraus, daß Dr. Matteson der Begünstigte seiner Lebensversicherung ist. Und es ist eine satte Versicherungssumme. Schön, und jetzt kommt also Mitchell Carey auch dorthin. Seine Frau ist mit meinem Chef gut befreundet. Sie sind zusammen auf die Schule gegangen. Und dieses Mädchen, das bei den Careys wohnt, ich glaube, sie hat Mrs. Carey aufgestachelt. Meinem Chef gegenüber hat sie die Bemerkung fallen lassen, daß sie sich Sorgen darüber macht, ob nicht irgendwer oben im Sanatorium versucht, Carey dazu zu bewegen, seine Versicherungspolice ebenfalls abzuändern oder auch sein Testament oder beides, und dann einfach den Stecker rauszuziehen. Also hat mein Chef mich beauftragt, der Sache auf den Grund zu gehen.«

»Und was haben Sie herausgefunden?« wollte Winfield wissen.

»Nichts. Mit der Familie Plesser ist nicht sehr viel los.«

»Ich kenne die Familie, seit ich noch ein kleiner Junge war. Aus denen ist noch nie viel geworden.«

»Stimmt«, sagte Trace, »und ich persönlich glaube, daß er seine Versicherung aus freiem Willen heraus abgeändert und Matteson das Geld hinterlassen hat, einfach um seine Familie zu ärgern. Also, nichts kommt bei allem heraus. Und dann rede ich mit Mrs. Carey und Melinda . . .«

»Das ist das Mädchen, das jetzt bei ihnen wohnt?« fragte Winfield.

»Ja. Muffy wird sie von allen genannt. Eine alte Mitschülerin der verstorbenen Tochter oder was weiß ich. Es ist ganz offensichtlich, daß sie Mrs. Carey herumkommandiert und versucht, das Ruder an sich zu reißen, doch ich kann nichts herausfinden. Carey ist immer noch da oben und er lebt immer noch, und er hat jetzt rund um die Uhr eine Schwester an seinem Bett sitzen, glaube ich.«

»Vielleicht sollten Sie einfach nach Hause fahren«, sagte Winfield.

»Nur daß Mr. Carey mir gesagt hat, daß irgendwer versucht, ihn umzubringen, und daß ich von irgendwem zusammengeschlagen worden bin.«

»Muß aber schon wirklich ein ziemlicher Brocken von einem Schwachkopf gewesen sein, der Sie zusammenschlagen kann.«

»Genaugenommen waren es ja auch zwei, und sie haben einen Zettel verloren, auf dem dick und fett Meadow Vista steht. Und dann habe ich herausgefunden, daß Jeannie Callahan die Anwältin der Careys ist, und auch Ihr Firmenanwalt, und außerdem vertritt sie noch Matteson in dieser Versicherungsklage, und ich habe keine Ahnung, was eigentlich los ist. Also frage ich Sie. Gibt es irgend jemanden, der Mr. Carey lieber tot als lebendig sehen möchte?«

»Versuchen Sie es doch mal mit einem ›zum Beispiel« ‹, sagte der alte Mann.

»Sie, zum Beispiel, um die Kontrolle über Ihre Firma zu behalten?«

»Schon möglich«, sagte der alte Mann. Seine Augen blinzelten hinter diesen dicken Brillengläsern nicht einmal.

»Oder vielleicht auch, weil Sie die Firma seit Jahren schon bestehlen, und das wird jetzt alles ans Licht kommen, wenn das Unternehmen verkauft wird?«

»Nicht schlecht«, gestand Winfield vergnügt. »Nur daß Mitch ein wahres Zahlengenie ist. Ich klaue einen Dime, und er würde es in zehn Minuten herausgefunden haben. Sonst noch wer?«

»Matteson, weil er auf das Geld scharf ist.«

»Er wird aber nichts bekommen, sofern er ihn nicht dazu bringt, ihn im Testament oder in der Versicherungspolice oder was weiß ich wo zu begünstigen«, sagte Winfield. »Aber würdet Ihr Leute so was eigentlich nicht erst recht richtig überprüfen, Ihr Versicherungsfritzen? Sähe es denn nicht ziemlich komisch aus, wenn er plötzlich auf unheimlich vielen Versicherungspolicen als Begünstigter auftauchen würde?«

»Hm, ich nehm's an«, sagte Trace.

»Machen Sie weiter, versuchen Sie's mit einem anderen. Sie sind ja jetzt richtig in Fahrt.«

»Mrs. Carey oder Melinda. Vielleicht möchten sie eine Menge Geld erben und wollen nicht mehr länger warten. Ganz besonders gilt das für Muffy. Melinda.«

»Zutrauen würde ich ihr das schon. Sie ist ein widerliches kleines Miststück. War irgendwann mal hier, hat überall herumgeschnüffelt, und ich habe sie dann achtkantig rausgeworfen. Aber ein Erbe ist sie nicht, und Amanda ist nicht so eine.«

»Jeannie Callahan«, sagte Trace.

»Warum sie?«

»Vielleicht hat ihr alter Herr die Firma um einiges erleichtert, als er noch Syndikus war, und sie vertuscht das jetzt, indem sie den Verkauf des Unternehmens verhindert. Vielleicht hat sie sich auch mit Matteson zusammengetan.«

»Ich denke, wenn das wirklich so wäre, dann müßte Mitch inzwischen längst tot sein, finden Sie nicht auch?«

»Eine große Hilfe sind Sie ja nicht direkt. Ich hatte mir eigentlich eher gedacht, daß Sie mir all meine Fragen beantworteten, aber Sie helfen mir auch nicht ein bißchen«, sagte Trace.

»Sorry. Wenn mir irgendwas einfällt, rufe ich Sie an.«

»Ja, machen Sie das.«

»Vielleicht rufe ich Sie ja auch auf jeden Fall an, wenn mir danach ist, mit irgendwem über Erdnußbutter zu reden.«

»Ich hatte ganz vergessen, Sie zu fragen. Was machen Sie hier eigentlich? Was ist Carwin Enterprises?« fragte Trace.

»Computer. Früher haben wir die wirklich dicken schweren alten Additionsmaschinen hergestellt. Und heute machen wir kleine, fimschige leichte Computer. Macht auch nicht annähernd soviel Spaß.«

»Das ist heute bei nichts mehr so«, sagte Trace.

Draußen vor dem Büro blieb er am Schreibtisch der blonden Sekretärin stehen, die zu ihm aufschaute und ihn dann freundlich anlächelte.

»Kann ich Ihnen helfen?«

»Sie können Sich selbst helfen«, sagte Trace. »Ich möchte Ihnen nur so einen kleinen Tip geben.«

»Dann schießen Sie mal los.«

»Mr. Winfield hat mir gerade eben erst erzählt, daß er nach jemandem für einen neuen Posten Ausschau hält, so was wie einen Bürochef. Und ich glaube, er hat Sie für diesen Job im Auge.«

Sie wollte sich schon nach Winfields Büro umdrehen, doch Trace sagte schnell: »Schauen Sie jetzt nicht hin. Das würde verdächtig aussehen.«

»Warum sagen Sie mir das eigentlich?« wollte sie wissen.

»Weil ich den Eindruck habe, daß Sie ein nettes Mädchen sind. Wahrscheinlich werden Sie mit dem Job gut fertig. Daher sollten Sie vielleicht Ihre Arbeit hier noch etwas besser machen als sowieso schon. Sie wissen schon, Mr. Winfield die Entscheidung ein wenig erleichtern.« Er zwinkerte sie an.

»Meinen Sie das im Ernst?« fragte sie.

»Ich habe noch nie etwas ernster gemeint«, sagte Trace.

20

Trace mochte es, wenn Spiegel hinter einer Theke hingen. So konnte er immer gut beobachten, was sonst noch so um ihn herum und hinter ihm vor sich ging, ohne daß jemand etwas davon bemerken mußte. Und falls seine Ex-Frau und ihr Wurf hereinkommen sollten, dann entdeckte er sie vielleicht, ehe sie ihn erkannten, konnte einen Satz über die Theke machen und sich im Kühlschrank verstecken, bis sie wieder fort waren.

Er dachte gerade darüber nach, schaute in den Spiegel in der Hotelbar, als er ein bekanntes Gesicht bemerkte. Er drehte sich auf seinem Barhocker um und sah in die hintere Ecke der Bar.

Jeannie Callahan beugte sich über einen Tisch, redete sehr herzlich mit Dr. George Matteson. Ihre linke Hand lag auf dem Tisch, und Mattesons Hand lag leicht auf ihrer.

Trace schürzte die Lippen. Soviel zum Thema Liebe. Soviel zum Thema Rechtsanwälte. Und er fühlte sich hundeelend.

Er hatte den sehr starken Drang einfach aufzustehen, hinüberzugehen und Dr. Mattesons bärtige Visage zu polieren.

Im Spiegel sah er, wie Jeannie sich noch weiter über den Tisch beugte und Matteson einen Kuß auf die Stirn gab. Trace hatte sich umgedreht und starrte in sein Glas, als er ihre Stimme hörte: »Hallo, Trace!«

Er drehte sich um. Sie lächelte ihn an. Ihre dunkelbraunen Augen sahen so glänzend und fröhlich aus. Sie streckte ihre Hand aus, um seinen Arm zu berühren.

»Tja, wenn das mal nicht unser allgegenwärtiger Anwalt ist.«

»Das klingt ja so, als wäre ich eine Margarine.«

Noch ehe ihm die Worte tatsächlich über die Lippen gekommen waren, wünschte er sich schon, er hätte seinen Mund gehalten. »Der preiswerte Festschmaus.«

Ihre Hand fiel von seinem Ärmel. »Was hast du denn?«

»Solltest du nicht wieder zurückgehen? Dein Spielkamerad da hinten wird noch ganz ungeduldig.« Er wandte sich ab.

»Spielkamerad? Ach, George. Er ist mein Klient, erinnerst du dich? Du bist in meine Kanzlei gekommen und hast wegen ihm herumgeschnüffelt.«

»Ich kann mich daran erinnern, daß du mir gesagt hast, er wäre ein Klient. Nur irgendein Klient. Ist die Kuschel-Muschel-Therapie Teil der neuen Anwalt-Klient-Beziehung?«

»Hör jetzt auf, ja? Meine Güte, ich komme mir wie ein Idiot vor, hier herumzustehen und so mit einem Mann zu reden, der mich nicht einmal anschaut«, zischte sie wütend. »Sieh mich jetzt an, gottverdammtnochmal!«

»Tut mir leid, Lady. Ich glaube, mir würde nicht gefallen, was ich dann sehe.«

Er stand auf, kritzelte seine Unterschrift auf die Bar-Rechnung und verließ ohne sich noch einmal zu der Frau umzudrehen die Bar.

Er hoffte, daß er draußen auf dem Parkplatz einen bekifften Teenager fand, der einen Steptanz auf der Kühlerhaube seines Mietwagens veranstaltete. Weil er jemanden zusammenschlagen wollte.

Gleichgültig wen.

Die beiden Wagen der Careys standen in der Garage, doch niemand reagierte auf sein Klingeln. Trace hielt seinen Daumen sehr lange auf dem Klingelknopf ehe er aufgab, dann ging er zur hinteren Seite der Garage, von wo aus er den Rest des ausgedehnten Carey-Besitzes überblicken konnte.

Er sah Mrs. Carey, die am Rand des kleinen Teiches auf dem Boden saß und scheinbar gedankenverloren auf das Wasser hinausstarrte. Einen Augenblick später durchbrach Muffy die Wasseroberfläche. Sie trug eine Tauchermaske und auf dem Rücken ein Sauerstoffgerät. Und wieder einen Augenblick später verschwand sie erneut in den unbekannten Tiefen des Teiches.

Trace dachte kurz nach. Keine von beiden hatte ihn bemerkt. Nicht einmal die beiden Gordon-Setter in ihrem Zwinger hatten angeschlagen. Er trat schnell zurück und fand, im Inneren der Garage, eine Türe, die ins Haus der Careys führte.

Es war nicht abgeschlossen und er trat ein.

»Hallo?« rief er. »Ist jemand zu Hause?«

Als niemand antwortete, schaltete Trace seinen Cassettenrecorder ein und, als er sich auf den Weg durch das Haus machte, begann er das laut zu beschreiben, was er sah.

»Hier bin ich also und übertrete mal wieder das Gesetz. Ohne auch nur den geringsten Grund dafür zu haben. Und wo ist eigentlich mein Grips? Hallo. Niemand da? Gut. Keiner da.«

Er warf einen kurzen Blick in die Erdgeschoß-Räume, in ein Eßzimmer, ein großes Wohnzimmer, in das Arbeitszimmer, wo er sich mit Mrs. Carey und Muffy unterhalten hatte, und stürmte dann die Treppe hinauf. Auf dem Treppenabsatz blieb er stehen und sah aus dem Fenster.

»Muffy ist immer noch unter Wasser. Vielleicht wird sie ertrinken. Das wäre zu schön, um wahr zu sein. Nicht für mich, nicht nach allem, wie sich mein Leben entwickelt.«

Auf der ersten Etage gab es nur zwei große Schlafzimmer, von denen jedes ein eigenes Bad besaß.

»Das Schlafzimmer der Careys – nichts als Blumen und Chintz, und ich komme mir im Augenblick wie ein beschissener Ghul vor.«

Er ging den Flur hinunter und betrat das zweite Schlafzimmer.

»Das hier muß dann wohl Muffys Schlafgemach sein, und ich nehme an, daß es zu Lebzeiten der Tochter das Kinderzimmer war. Zwei große Betten. Beatles-Poster an den Wänden. Diese Ecke des Raumes hier sieht bewohnt aus. Ein zum Teil gemachtes Bett. Ein Schreibtisch, auf dem eine Menge Papiere herumliegen. Irgendwie kann ich mir nicht vorstellen, daß Muffy aus Respekt vor dem Andenken an ihre Freundin in diesem Bett und in dieser Ecke bleibt. Wahrscheinlich ist es so nur einfacher, das Zimmer sauber zu halten. So, hier haben wir Muffys Schreibtisch. Was liegt denn hier?«

Er warf einen flüchtigen Blick aus dem Fenster, das auf den rückwärtigen Teil des Carey-Besitzes und das Dach des langen, einstöckigen Flügels des Hauses hinausführte, der sich am Swimming Pool und dem Tennis-Court vorbei nach hinten erstreckte. Muffy marschierte gerade auf das Teichufer zu.

»Besser, ich beeile mich ein bißchen. So, was haben wir denn hier? Einen Beleg vom Harmon Hills Photo Center. Was will mir das sagen? Abzüge von Negativen? Na und? Und ein Fotoalbum. Beeil dich, Trace, sie kommen zurück. Das hier muß Buffy sein. Komisch – auf dem College hatte *sie* diese Löwenmähne und Muffy trug ihre Haare glatt. Die zwei auf einem Karussell. Und auf den Stufen des, nehme ich an, Colleges. Und das hier muß Muffy als Cheerleader sein. Gibt es auf einem College überhaupt Cheerleader?

Nein, also wahrscheinlich die High School. Sie ist jung. Und dann eine leere Seite. Da steht Petey, und früher war hier wohl mal ein Bild, aber jetzt klebt hier kein Foto mehr. Sie kommen zum Haus zurück. Eine ganze Menge weißer Stellen in diesem Buch, alle von Petey. Wer zum Teufel ist Petey? Leg das Ding wieder weg.

Interessantes Buch auf dem Regal. *So mache ich mein Testament.* Testamente scheinen diesem Mädchen aber ganz schön durch den Kopf zu schwirren. Oh, oh, die Hunde kommen mit ihnen ins Haus zurück. Sieh zu, daß du wieder hier rauskommst, Trace-Junge. Wahrscheinlich füllt sie ihre Sauerstoffbehälter wahrscheinlich aus diesem großen grünen Tank da in der Ecke. Ist es denn nicht gefährlich, so eine Scheiße im Haus zu haben?

Und jetzt Beeilung.«

Trace nahm drei Stufen auf einmal, stürmte durch die Küche, den Flur hinunter und rein in die Garage.

Als er die Garage betrat, kam gerade einer der schwarzrostfarbenen Gordon Setter mit seinen großen Pfoten um die Ecke getapst. Das Tier blieb wie angewurzelt stehen, als es Trace sah, dann fing sein langer buschiger Schwanz an zu wedeln, und er galoppierte auf ihn zu und leckte seine Hand ab.

»Guter Wachhund, Harras«, sagte Trace, während er zu seinem Wagen hinausging.

Trace lehnte sich gegen den Kotflügel seines Autos, tätschelte träge den Kopf des Hundes und rauchte eine Zigarette bis er vermutete, daß die beiden Frauen Zeit genug gehabt hatten, ins Haus zurückzukehren. Dann schnipste er seine Zigarette weg und drückte wieder auf die Klingel.

Muffy öffnete ihm. Sie hatte immer noch ihren Badeanzug an, und aus der Nähe betrachtet sah Trace, daß sie ihn ganz nett ausfüllte.

»Hi, Muffy. Sie brauchen sich für mich nicht extra anzuziehen«, sagte er.

»Oh. Immer noch in der Stadt, hm?«

»Sieht so aus. Mrs. Carey zu Hause?«

Ehe sie antworten konnte, rief Mrs. Carey: »Wer ist denn da, Liebes?« und Trace rief zurück: »Devlin Tracy. Von der Versicherungsgesellschaft.«

Die Frau tauchte in der Diele auf. »Wie geht's Ihnen denn heute, Mr. Tracy?«

»Sehr gut, Mrs. Carey. Ich habe heute morgen mit Bob gesprochen, und er hat mich gebeten, Sie von ihm zu grüßen. Er sagte, daß er vorbeischauen und Sie besuchen will, wenn er aus Europa zurück ist.«

»Ist das nicht nett? Er ist also in Europa, nicht wahr?«

»Ja, Ma'am«, und weil er wirklich nicht hören wollte, daß Bob Swenson schon immer riesig gerne gereist ist, sagte er: »Ich wollte heute eigentlich zum Sanatorium fahren und Mr. Carey besuchen gehen.«

»Oh, das wollen wir auch«, sagte Mrs. Carey.

»Wann?«

Muffy schien es zu ärgern, daß über ihren Kopf weg eine Unterhaltung geführt wurde, und sagte daher: »In einer Stunde.«

»Schön, gut. Wir sehen uns dann ja dort noch«, sagte Trace.

»Das wäre wirklich sehr nett«, sagte Mrs. Carey.

»Klar«, sagte Muffy weniger begeistert.

Trace hatte Hunger, also hielt er an einer Raststätte auf dem Weg nach Meadow Vista an und aß vier Chili Dogs. Chico beschwerte sich immer darüber, daß er niemals etwas aß, aber wenn er überall Chili Dogs bekommen könnte, würde er nichts mehr anderes tun als nur noch essen.

Er vertrieb sich eine Stunde in der Kneipe, aß und verfolgte dabei eines der seltenen Baseball-Spiele, die tagsüber vom Fernsehen übertragen wurden. Dann fuhr er weiter zum Sanatorium, wo er an dem Parkwächter vorbeirauschte. Dabei wedelte er mit dem gestohlenen Parkausweis fröhlich aus dem Fenster. Wenig später traf er Mrs. Carey und Muffy auf dem Parkplatz.

Mrs. Carey trug eine Papiertüte, und Trace nahm sie ihr ab, während sie gemächlich auf den Eingang des Ostflügels zuschlenderte. Muffy war schon vorgegangen und machte sich nicht die Mühe, die Türe für sie aufzuhalten, sondern marschierte einfach hinein.

Schwester Simons saß an Careys Bett, als Trace und Mrs. Carey das Zimmer betraten. Muffy saß bereits auf einem Stuhl neben dem Nachttisch und sah ziemlich gelangweilt aus. Mitchell Carey hatte seine Augen geöffnet, doch er starrte einfach nur mit leerem Blick an die Zimmerdecke. Die Schwester schüttelte die Kissen unter Careys Kopf auf und fragte dann freundlich: »Wie geht es Ihnen, Mrs. Carey?« doch ihre Miene verfinsterte sich, als sie Trace bemerkte und wiedererkannte. »Sie?«

»Ein Freund der Familie«, sagte Trace. »Nett, Sie wiederzusehen. Wie geht es dem Patient heute?«

»Da müssen Sie den Doktor fragen«, sagte sie und verließ das Krankenzimmer.

Er stand am Fußende des Bettes neben Mrs. Carey, die die gefühllose, blinde Gestalt ihres Mannes anstarrte. Die Augen des alten Mannes schienen einfach in den leeren Raum zu starren, und sein Körper lag so vollkommen reglos da, daß er ebensogut aus Plastik hätte sein können.

Mrs. Carey sagte: »Finden Sie, daß er etwas besser aussieht? Vielleicht ist sein Teint etwas besser geworden?« In ihrer Stimme lag eine schreckliche Bitte um Bestätigung, und daher sagte Trace: »Ja, ich glaube schon, daß er besser aussieht als bei meinem letzten Besuch.«

Doch sein Verstand sagte ihm ganz klar: Nein, er sieht nicht besser aus. Er sieht haargenau aus wie damals. Er sieht tot aus. Er sieht wie all die anderen Toten aus, die ich jemals gesehen habe. Das Leben tritt in vielen verschiedenen Gestalten auf, doch der Tod hat immer ein und dasselbe Gesicht, und er hat es. Nur der Zufall eines Herzschlages und die Tatsache, daß er atmet, rechtfertigen die Behauptung, daß er noch lebt.

Er legte seinen Arm um Mrs. Careys Schultern und drückte sie liebevoll, dann trat er einen Schritt zurück und setzte sich auf den zweiten Stuhl neben dem Nachttischchen. Er beobachtete Mrs. Carey, doch sie schien völlig vergessen zu haben, daß noch jemand in diesem Raum war. Sie stand einfach da, hielt immer noch ihre Tasche in den Armen, starrte ihren Mann an. Muffy schien angeekelt zu sein.

»Ich nehme an, das hier gefällt Ihnen nicht sehr, was?« fragte Trace leise.

»Was soll mir hier schon gefallen? Er vegetiert doch nur noch vor sich hin. Und er wird auch in Zukunft nichts anderes als nur noch ein Pflegefall sein.«

»Psssst«, machte Trace.

»Sie hört sowieso nichts. Sie ist in einer Art Trance«, sagte Muffy. »Ich erlebe das täglich. Hören Sie zu.«

Sie schwieg, und Trace konnte Amanda Carey leise flüstern hören.

». . . habe dir einen frischen Schlafanzug mitgebracht, du weißt schon, der mit den komischen Manschetten am Ärmel. Ich weiß noch ganz genau, wie wütend du gewesen bist, als du ihn dir gekauft hast, und ich zu dir sagte, der Schlafanzug sähe aber wirklich albern aus. Du wußtest doch, daß ich nur Spaß gemacht habe, oder nicht, Mitch? Alles, was du anziehst, finde ich in Ordnung. Irgendwie sah das ja sogar ganz flott aus. So wie du ja immer aussiehst. Du bist sehr attraktiv, weißt du. Als ich dich kennengelernt habe, hast du mich einfach umgehauen. Ach, das ist schon so lange her . . .« Ihre Worte verloren sich und wurden immer leiser, und Trace kam sich vor, als läge er unter einem Bett und würde zwei Menschen belauschen, die miteinander schliefen. Er sah Muffy an, doch ihr schien die Situation nicht im geringsten peinlich zu sein, und Trace schrieb das einer Generation zu, die scheinbar den Gipfel der Eleganz mit Badezimmern erklommen hatte, deren Türen nicht mehr abzuschließen waren.

Er stand auf. »Ich warte draußen«, sagte er, ging mit seiner Zigarette auf den Gang hinaus und setzte sich auf eine lange Bank neben den Aschenbecher.

Er wünschte sich, er hätte einen richtigen Fall, den er lösen mußte, etwas, auf das er sich voll konzentrieren konnte. Dieser ganze Job war ein Nichts. Es war beinahe so, als hätte Bob Swenson ihn hergeschickt, um auf Mitchell Careys Tod zu warten. Und es gab absolut nichts, was Trace dagegen unternehmen konnte. Es gab kein geheimes Mordkomplott, keinen vernünftigen Grund, warum er noch länger hierbleiben sollte.

Also schön, warum gehst du dann nicht einfach?

Weil ich das, gottverdammtnochmal, nicht kann. Weil Mitchell Carey mir gesagt hat, daß sie ihn umbringen. Weil Amanda Carey eine alte arme Dame ist, die kein Zuhause mehr hat. Laß mich in Ruhe.

Er starrte mit leerem Blick in den Raum, rauchte seine Zigarette und war in Gedanken sehr weit fort, bis er ein Paar Männerschuhe direkt vor sich auf dem Boden bemerkte.

Es war Dr. George Matteson.

»Tracy, oder irre ich mich?«

»Ja.«

»Geht es Ihnen gut?«

»Hm? Ja, ja. Ich habe nur ein bißchen mit offenen Augen geträumt. Ich besuche Mr. Carey.«

»Gut. Ich würde gerne kurz mit Ihnen sprechen. Hätten Sie etwas dagegen, wenn ich mich setze?«

»Bitte, nur zu, das ist Ihr Krankenhaus.«

Matteson setzte sich neben ihn, und wieder fiel Trace auf, wie kräftig und muskulös die Handgelenke und Unterarme des Mannes waren.

»Ich möchte gerne über Jeannie mit Ihnen sprechen. Jeannie Callahan.«

»Hat sie Sie geschickt?« fragte Trace.

»Nicht direkt. Wenn ich mich recht entsinne, waren ihre letzten Worte über Sie: ›Dieser miese Bastard soll mich doch am Arsch lecken, ich hoffe er kratzt ab.« ‹

»Oh. War das heute nachmittag?«

»Ja. Sie war ziemlich aufgebracht, als sie an meinen Tisch zurückkam«, sagte Matteson.

»Ich hoffe nur, sie war nicht aufgebracht, daß es ihr Gefummel und Gegrabsche unter dem Tisch gestört hat.«

»Wissen Sie, Jeannie war meine Anwältin, als ich dieses Sanatorium hier gekauft und vor zwei Jahren eröffnet habe. Sie ist für mich eine gute Freundin und meine Anwältin. Ich glaube, sie war mein erster Freund in dieser Stadt. Das ist alles. Eine gute Freundin. Nicht Geliebte. Nicht Ex-Geliebte. Nicht mein Mädchen. Nur eine gute Freundin.«

Trace drückte den Aufnahmeknopf seines Cassettenrecorders.

»Beim Mittagessen habt ihr zwei wirklich sehr freundschaftlich ausgesehen«, brummte er.

»Ich kann's nicht fassen«, sagte Matteson. »Genau das hat sie auch zu mir gesagt, daß Sie das wahrscheinlich gedacht haben müssen, und ich habe ihr daraufhin geantwortet, sie wäre verrückt. Nur weil ich ihre Hand gehalten habe? Meine Güte. Ich halte auch die Hand meiner Mutter, wenn ich mit ihr essen gehe. Sie nicht?«

»Nein, ich nicht. Die Hand meiner Mutter ist genauso kalt wie ihr Herz«, sagte Trace.

»Hören Sie, Tracy«, fuhr der Arzt fort, »es ist mir wirklich ziemlich gleichgültig, was Sie über mich denken, und es ist mir ebenfalls vollkommen gleichgültig, wenn Sie für den Rest Ihres Lebens unglücklich sind. Das alles geht mich absolut nichts an. Aber Jeannie ist meine Freundin, daher mache ich mir um sie Gedanken. Wenn sie auch nur einen Funken Verstand hätte, dann sollte ich meinen, daß sie von mir aus um Sie einen Bogen wie um ein offenes Geschwür schlagen müßte, aber sie scheint Sie aus irgendeinem beschissenen, mir völlig schleierhaften Grund ja zu mögen.«

»Ich mag Gilbert und Sullivan nicht«, sagte Trace. »Dann kann ich so schlecht wohl gar nicht sein.«

»Vielleicht nicht. Ich möchte nur, daß Sie wissen, daß zwischen mir und Jeannie nichts, absolut nichts läuft. Und nie gelaufen ist. Und nie laufen wird. Ich mag keine Rothaarigen, um ganz ehrlich zu sein.«

»Dann bin ich ein kompletter Idiot«, sagte Trace.

»Ich dachte, genau das hätte ich Ihnen gerade gesagt.«

»Sie haben sich etwas freundlicher ausgedrückt.«

»Das sind die guten Manieren, die ich im täglichen Umgang mit Kranken gelernt habe. Sie sind also hier, um Mr. Carey zu besuchen?«

»Ja. Mrs. Carey ist gerade bei ihm. Und das Kind.«

»Welches Kind?«

»Diese Melinda, die bei ihr wohnt. Muffy. Wie geht es ihm?«

Matteson schüttelte seinen Kopf. »Keinerlei Veränderung und nicht besonders gut. Wissen Sie, dreimal täglich lasse ich ihn mit Sauerstoff beatmen. Das ist eine völlig neue Behandlungsmethode. Nachts schläft er unter einem Sauerstoffzelt. Scheiße, wenn es ihm schon nicht besser geht, dann sollte sich sein Zustand zumindest nicht verschlechtern. Es dürfte einfach nicht weiter bergab mit ihm gehen!«

»Vielleicht stimmt irgendwas mit Ihrer Sauerstoff-Theorie nicht«, schlug Trace vor.

»Meine Theorie ist schon in Ordnung. Nur schlägt die Therapie zur Zeit leider nicht bei ihm an, und ich weiß einfach nicht, wieso. In körperlicher Hinsicht ist er völlig stabilisiert. Eigentlich sollte sich sein Gesundheitszusand verbessern, aber nichts. Null. Ich kann es einfach nicht verstehen.« Matteson stand wieder auf. »So, ich muß jetzt nach einem anderen Patienten sehen, anschließend komme ich zu Ihnen herein.«

Trace drückte seine Zigarette im Aschenbecher aus und kehrte in das Krankenzimmer zurück. Hätte er Matteson sagen sollen, daß Carey zu ihm gesagt hatte, ›sie‹ würden versuchen, ihn umzubringen?

Vielleicht nicht. Noch nicht.

Mrs. Carey stand immer noch am Fußende des Bettes, ihre Lippen bewegten sich leicht. Der Schlafanzug aus grau und rot gestreifter Baumwolle lag auf dem Bett, und Trace fand diesen Anblick einfach nur fürchterlich erbärmlich, so wie Weihnachtsbaumschmuck, den irgend jemand mitten auf einer schmutzigen Straße in den Slums vergessen hatte.

»Willst du wieder nach Hause, Mitchell? Oh, ich wünschte mir so sehr, daß du mir antworten könntest. Muffy ist wirklich eine sehr große Hilfe für mich. Fast ist es sogar so, als wäre Buffy wieder zu Hause. Ich wünschte mir so, du könntest mir sagen, ob du wieder mit nach Hause willst . . . Es ist schon gut, ich werde heute abend mit Buffy darüber sprechen und ich werde sie fragen. Sie wird mir schon sagen, was ich am besten machen soll.«

Sie bemerkte Trace am der Türe und lächelte ihn an, dann drehte sie sich wieder zu ihrem Mann.

Genau in diesem Augenblick löste sich ein Keuchen von Careys Lippen. Es war ein schauriges, stöhnendes Geräusch, das in einem explosiven »Nein« endete. Und dann fiel sein Kopf seitlich auf das Kissen.

Trace lief schnell zum Bett, sah Mr. Carey an, und wußte sofort, daß er in das Antlitz des Todes blickte. Er erinnerte sich wieder an Matteson und brüllte: »Muffy, kümmern Sie sich um Mrs. Carey.« Dann stürzte er aus dem Zimmer und raste den Korridor hinab, schlug Türen auf, schaute in Krankenzimmer. Schließlich fand er Matteson, der gerade mit einem Patienten sprach.

»Doc, es gibt ein Problem. Carey.«

»Ich komme sofort zurück«, sagte Matteson zu einer Krankenschwester und wandte sich zu Trace.

»Schnell.«

Trace hielt dem Arzt die Türe zu Careys Zimmer auf. Matteson hastete an ihm vorbei und lief an das Bett des Mannes.

Er suchte an seinem Hals nach dem Puls, dann legte er sein Ohr auf den Brustkorb des Mannes.

Er drehte sich zu Trace um und sagte: »Sagen Sie der Schwester, ich brauche zehn Kubikzentimeter Epinephrin. Sofort.« Ohne auf Antwort zu warten, drehte er sich wieder zu dem alten Mann. Mrs. Carey stand immer noch da, einsam, allein, am Fußende des Bettes. Ihr Raunen war eine leise Totenklage.

Trace lief zu dem Zimmer zurück, wo er Matteson gefunden hatte.

»Zehn Kubik Epinephrin für Dr. Matteson. Zimmer Eins-Dreizehn. Sofort. Schnell.« Sie nickte und stürmte an ihm vorbei. Als Trace in Careys Zimmer zurückging, hockte der Arzt auf dem Bett, kniete rittlings über dem zerbrechlichen Körper des alten Mannes. Mit gleichmäßigen Stößen drückte er auf den Brustkorb des Mannes. Dann hob er seine Hände und fing wieder von vorne an.

Der gestreifte Schlafanzug war auf den Boden gefallen. Matteson wiederholte die Herzmassage dreimal, dann beugte er sich vor, kniff Careys Nasenflügel mit den Fingern seiner rechten Hand zusammen, und blies ruhig und gleichmäßig Luft in den Mund des Mannes. Er suchte wieder nach dem Puls. Er murmelte leise vor sich hin.

»Atme, gottverdammtnochmal, atme! Du wirst mir nicht sterben. Nicht jetzt. Atme!«

Er richtete sich wieder auf und begann erneut, rhythmisch Druck auf den Brustkorb auszuüben. Er sah Trace an der Tür und schrie: »Wo zum Teufel bleibt diese Krankenschwester? Sagen Sie ihr, daß sie ihren Arsch in Bewegung setzen soll!«

Trace kehrte auf den Korridor zurück. Hinter sich hörte er Matteson brummen: »Oh, nein. Du wirst jetzt nicht sterben. Nicht bei mir. Atme, gottverdammtnochmal, saug das Leben ein! Atme. Atme. Du mußt leben!«

Die Schwester kam den Flur auf Trace zugelaufen, und er hielt ihr die Türe weit auf. Sie lief ins Zimmer und reichte Matteson die Spritze. Der riß Careys Krankenhemd auf, tastete seine Rippen ab, stach dann die lange Nadel durch den Brustkorb in das Herz. Er gab der Schwester die Spritze zurück und sagte: »Holen Sie das elektrische Herzmassagegerät. Und schnell.« Seine Worte waren eindringlich und hastig, doch trotzdem freundlich.

Er presste sein linkes Ohr auf Careys Brustkorb, dann begann er wieder mit seiner gleichmäßigen rhythmischen Massage. »Ist ja schon ein bißchen was. Es wird schon wieder, alter Knabe. Komm schon. Atme mit mir. Der Herzschlag ist wieder da. Atme tief ein. Okay, okay, okay. Du schaffst es, du wirst leben. Gottverdammt, hörst du mich, du wirst leben. Du gibst jetzt nicht auf, verstanden?«

Und plötzlich hörte Trace, wie Mitchell Carey laut ausatmete.

»Ja! Ja! Ja!« sagte Matteson. »Weiter so.« Er knurrte Trace an. »Geben Sie mir das Sauerstoffgerät!«

Trace ging zu der großen hellgrünen Gasflasche neben dem Bett, nahm die Gesichtsmaske herunter und reichte sie Matteson, der sie sorgfältig über Careys Mund und Nase legte, und dann befahl: »Und jetzt aufdrehen!«

Trace zuckte verwirrt die Achseln, sah dann das überdimensionale Ventilrad direkt neben dem Druckmesser und drehte es auf.

»Wieweit soll ich aufdrehen?«

»Bis ich Ihnen sage, daß Sie aufhören sollen.«

Trace drehte weiter und Matteson sagte: »Okay so, lassen Sie es so.«

Der Arzt setzte sich auf seine Fersen zurück und blickte auf Carey herab. Trace konnte deutlich sehen, wie sich der Brustkorb des alten Mannes langsam hob und wieder senkte. Auch die Farbe schien wieder in sein Gesicht zurückzukehren. Matteson streckte seine Hand aus und fühlte mit einem Finger nach der Halsschlagader. Während Trace ihn aufmerksam beobachtete, nickte er. Mrs. Carey stand immer noch am Fußende des Bettes, weinte leise. Trace ging zu ihr und half ihr zu einem Stuhl.

»Es wird schon wieder alles in Ordnung kommen«, sagte er. Er sah, daß Muffy einfach teilnahmslos auf ihrem Stuhl saß und alles mit Interesse verfolgte. Sie hatte eine Zigarette in ihrem Mund und hob langsam ein Feuerzeug. Trace schlug ihr blitzschnell die Zigarette aus dem Mund. »Lassen Sie die gottverdammte Zigarette in Ruhe. Hier im Raum befindet sich Sauerstoff.«

Sie sah ihn an, ein verärgerter Ausdruck lag auf ihrem Gesicht.

»Sie sind mir vielleicht eine gottverdammt große Hilfe«, zischte Trace, trat dann ans Bett zurück, als George Matteson einen tiefen Seufzer ausstieß und von dem Bett herunterkletterte. Er stand an Careys Seite, nahm an seinem Handgelenk den Puls und betastete seinen Brustkorb. Er korrigierte die Sauerstoffzufuhr ein wenig, seufzte dann wieder und ging zu Mrs. Carey hinüber, die ihn erwartungsvoll anschaute.

»Es ist alles in Ordnung, Mrs. Carey. Ich glaube, er kommt wieder in Ordnung.«

Tränen liefen der alten Frau über das Gesicht. »Kann ich . . . kann ich ihn anschauen?«

»Sicher. Natürlich.« Matteson warf Muffy einen Blick zu und sagte dann scharf: »Helfen Sie der Lady!«

Muffy erhob sich unendlich langsam von ihrem Stuhl und führte Mrs. Carey zum Bett, wo sie dann nebeneinander standen und auf Mitchell Carey herabblickten. Die Krankenschwester kam wieder in das Zimmer, brachte einen Wagen mit einem Elektroschock-Gerät herein, und Matteson sagte: »Das brauchen wir im Augenblick nicht mehr. Bleiben Sie jetzt hier und beobachten Sie ihn.«

»Ja, Doktor.«

»Ich brauche eine Zigarette.«

»Ich dachte, Sie würden nicht rauchen«, sagte Trace.

»Ich rauche auch nicht. Deswegen brauche ich ja jetzt eine«, sagte der Arzt, und Trace folgte ihm hinaus auf den Gang und steckte ihm eine Zigarette an.

Matteson nahm einen langen, langsamen tiefen Zug und Trace sagte: »Gute Arbeit haben Sie da drinnen gemacht!«

»Hmh? Ach, ja. Danke. Ich . . .« Er schüttelte energisch seinen Kopf. »Ich kann es einfach nicht ausstehen, wenn mir die Leute unter der Hand wegsterben. Verdammt, Sie haben kein Recht dazu.« Er starrte auf den Boden und zog wieder an seiner Zigarette, dann blickte er zu Trace auf. »Jedenfalls wissen Sie jetzt wenigstens, wie Menschen manchmal ganz einfach einen Herzinfarkt bekommen können und sterben.«

»Ja.«

»Ich bin froh, daß Sie hier waren und mich geholt haben. Nur ein paar Sekunden später wäre es vielleicht schon zu spät gewesen.«

»Ist er jetzt über den Berg?« fragte Trace.

»Ich weiß es nicht.« Matteson zuckte die Achseln. »Fragen Sie mich das in vierundzwanzig Stunden noch einmal. Am ersten Tag hängt das Leben an einem dünnen Faden, weil sehr viele verschiedene Dinge schrecklich schiefgehen können. Herzinfarkte sind nicht immer unbedingt logisch.«

»Keine Ursache, keinerlei Erklärung?«

»Richtig. Alles. Nichts. Es passiert einfach. Es ist so schwer dahinterzukommen, was es ist, das den Körper funktionieren läßt, und bei alten Menschen . . . nun ja, zum Beispiel funktioniert der Körper da schon von vornherein nicht mehr einwandfrei und man kann wirklich nie genau wissen. Ich hasse die Medizin. Man soll Gott sein, und man ist doch nicht Gott. Man tappt einfach nur im Dunkeln herum, versucht sein Bestes zu geben, und dann gibt es solche Damen wie die dort drinnen, und die glauben, daß man tun können müßte, was man gar nicht tun kann. Ich meine, man ist als Arzt doch genauso machtlos wie jeder andere Mensch auch.«

»Sie haben heute ein Leben gerettet.«

»Ja. Heute. Ich hatte Glück, daß ich da war. Ich hatte

Glück, daß Sie vernünftig genug waren, mich sofort zu rufen. Verlangen Sie eine Garantie? Ich kann Ihnen keine Garantie geben. Vielleicht bin ich das nächste Mal zufälligerweise nicht in der Nähe. Oder Sie sind nicht in der Nähe. Ich weiß es nicht. Ich weiß ja nicht einmal, warum ich das alles hier überhaupt mache«, sagte Matteson.

»War es bei Plesser genauso?«

»Plesser? Oh, ja. Aber da war niemand bei ihm, also hat mich auch niemand gerufen, und so ist er ganz einfach gestorben und kein Mensch hat ihm geholfen. Vielleicht hätten wir ihm ja auch sowieso nicht mehr helfen können. Ich verlerne mein Geschäft langsam.«

»Wenn Sie sich aber nicht mit dem Tod abgeben wollen, aus welchem Grund beschäftigen Sie sich denn dann ausgerechnet mit alten Leuten?« fragte Trace. »Sie wissen doch von vornherein, daß sie einige verlieren werden.« Er bemerkte, daß Mattesons Hände zitterten als ob er wütend wäre.

»Weil ich das nun einmal mache. Ich weiß es auch nicht. Sie denken, ich würde das alles nur des Geldes wegen machen? Wissen Sie eigentlich, was ein Facharzt für plastische Chirurgie verdient? Wissen Sie, ich könnte für den Rest meines Lebens neue Nasen modellieren und wäre ein Millionär. Sie wollen Fett aus Ihren schlaffen Augen weghaben? Kommen Sie doch zu George Matteson. Er bedient Sie mit einem Lächeln. Und ich würde jede dritte halbwegs gutaussehende Frau bumsen, um meinen guten Ruf zu steigern. Niemand ruft einen zu einer Nasen-Notoperation. Kein Mensch weckt einen mitten in der Nacht, weil jemand, den Sie so gerade eben mit Ihren Fingerspitzen auf dieser Seite des Lebens halten, Ihnen einfach entgleitet, nur weil Sie mal kurz die Augen geschlossen haben, um sich auszuruhen. Kein Mensch . . . Aaaach, tut mir leid, Tracy, ich bin einfach nur müde.«

»Sie sollten was schlafen gehen, Doc.«

»Später. Ich habe noch zuviel zu tun.«

»Danke, daß Sie mir das mit Jeannie gesagt haben«, sagte Trace.

»Ja«, sagte Matteson. »Ja.«

Wenige Minuten, nachdem Dr. Matteson in Careys Zimmer zurückgegangen war, kam Muffy heraus und lehnte sich Trace gegenüber an die Wand. Sie steckte sich eine Zigarette an.

»Glauben Sie immer noch, daß er Mr. Carey umbringen will?«

»Dieses Mal vielleicht nicht«, sagte sie. »Schließlich waren wir ja alle dabei.«

»Ach, kommen Sie. Vergiß es, Mädchen.«

»Ich habe ja auch nie behauptet, daß er es ist. Vielleicht ist es ja jemand anderer hier oben. Jedenfalls bessert sich sein Zustand in diesem Sauladen hier nicht einen Deut. Er wäre besser im Krankenhaus aufgehoben.« Sie zog an ihrer Zigarette, inhalierte tief und trat dann dicht neben Trace, um die Zigarette in dem großen Aschenbecher nervös auszudrükken. »Ich werde jetzt unsere Nachtschwester anrufen und ihm sagen, daß er früher kommen soll.«

»Was? Eine männliche Krankenschwester?« fragte Trace erstaunt.

»Ja. Er hat heute zwar seine freie Nacht, aber ich will, daß er hier ist.«

»Nur für den Fall, daß die verrückten Killer von Meadow Vista heute Nacht wieder über die Korridore schleichen?«

»Ja, so ungefähr«, sagte Muffy.

21

Als Trace wieder in den Country Club kam, warteten dort drei Nachrichten auf ihn. Eine war von Jeannie Callahan, und ihm wurde klar, daß sie sie geschrieben haben mußte, als sie nach dem Mittagessen das Restaurant des Clubs verlassen hatte. Sie lautete: »Bitte ruf mich an. Jeannie.« Darunter stand eine Telefonnummer. Die Nummer enthielt eine Sieben, und sie hatte die Sieben mit einem Strich durch die Mitte gechrieben. Die zweite Nachricht stammt von Chico und bestand aus einer Telefonnummer, die er anrufen sollte. Auf dem dritten Zettel stand nur eine Telefonnummer, kein Name.

»Kein Anruf aus Rom?«

»Nein, Sir«, sagte Dexter.

»Da kann man nichts machen.«

Trace legte die Zettel auf sein Bett, sah sie an, und wählte Jeannie Callahans Nummer. Es klingelte viermal, ehe sich der Anrufbeantworter einschaltete.

Er gelangte zu dem Schluß, daß ihm sogar ihre Stimme gut gefiel, während er ihrer nüchternen Nachricht zuhörte, auf der sie die Bürozeiten ihrer Kanzlei herunterleierte und den Anrufer darum bat, in den dreißig Sekunden, die ihm nach dem Biep-Zeichen blieben, seinen Namen, seine Telefonnummer, die Zeit und den Anlaß seines Anrufes auf Band zu sprechen.

Der Biep-Ton erklang, und Trace sagte:
»Hat dir eigentlich schon mal jemand gesagt, daß du eine unglaublich sexy Stimme hast? Trace hier, und ich wohne immer noch im Golden Age Golf Club. Ich finde es ziemlich mies und gemein von dir, mich in aller Öffentlichkeit zu betrügen, aber ich habe mich entschlossen, dir nicht die Abreibung zu geben, die du eigentlich verdient hast. Stattdessen verzeihe ich dir noch einmal. Dieses Angebot gilt nur eine Stunde. Ruf mich an. Falls ich dich nicht vor-

her in deiner Wohnung finde. Dann kannst du diesen Anruf vergessen.«

Er legte auf und nahm das örtliche Telefonbuch in die Hand. Doch Jeannies Nummer war nicht aufgeführt.

Er rief Chico an. Die Telefonnummer gehörte einem Holiday Inn in Memphis, und sie klang ziemlich bedrückt, als sie an den Apparat kam.

»Trace hier. Was ist los?«

»Hi, Trace. Hab' nur gerade an dich gedacht.«

»Nett von dir, daß du wenigstens jeden dritten Tag an mich denkst.«

»Willst du vielleicht ein bißchen Gesellschaft?« fragte sie.

»Warum? Bist du deine Schwester schon satt?«

Sie zögerte einen Augenblick, bevor sie darauf antwortete. »Ach, komm schon, Trace, du weißt doch ganz genau, daß ich hier nicht meine Schwester besucht habe.«

»Ja, das weiß ich tatsächlich«, sagte er und wartete.

»Du willst mir das jetzt nicht leicht machen, stimmt's?«

»Du kennst mich doch. Ich mache es niemandem jemals leicht«, sagte er.

»Also schön. Dieser Kerl, mit dem ich mich die letzten paar Nächte in Vegas getroffen habe?«

»Der schwitzende Fettkloß mit der Glatze? Der, der die ganze Zeit seine Pranken immer in den Taschen stecken hatte?« fragte Trace.

»Jetzt schwindelst du aber, mein Lieber!«

»Habe nur geraten!« sagte Trace.

»Er sah auch nicht entfernt so aus, wie du ihn beschrieben hast.«

»Nein? War er der Mann deiner Träume?«

»Trace, es ist auch so schon schwer genug. Hältst du jetzt bitte mal deinen Mund und hörst mir einfach zu?«

»Schieß los.«

»Also gut, der Kerl, mit dem ich zusammen war, also, er hat mir einen Job in seiner Firma angeboten.«

»Zur Unterhaltung von Kunden, die von außerhalb kommen?«

»Verdammt, Trace, das ist grausam!«

»Sorry«, sagte er ungerührt.

»Er hat mir erzählt, daß er eine Firma hätte, die sich auf Testverfahren für Studenten spezialisiert hat. Du weißt schon, Studien-Eignungstests und so weiter. Und das ist ja haargenau mein Fachgebiet. Genau das habe ich studiert, damit habe ich mein Examen gemacht. Und er suchte einen neuen Verkaufsmanager. Genau darüber haben wir gesprochen.«

»Und du wolltest also meinen Kamin in Las Vegas einfach verlassen, um einen Job in Memphis, Tennessee anzunehmen? Ohne vorher mit mir darüber zu reden?«

»Ich hätte ja noch mit dir darüber geredet. Aber ich wollte mir den Job erst mal ansehen. He, ich bin schließlich keine einundzwanzig mehr.«

»Nein, du bist sechsundzwanzig.«

»Wie kommt es, daß dir das an meinem Geburtstag nie einfällt? Na ja, jedenfalls bin ich hier runtergefahren, um mit diesem Kerl über den Job zu sprechen.«

»Und dann bist du ein paar Tage einfach bei ihm geblieben und hast ein bißchen Hausfrau gespielt?« fragte Trace.

»Na schön, wenn du es so nennen willst.«

»Ich könnte es noch ganz anders nennen. Und einen Job gab es natürlich auch nicht, richtig?«

»Nein, den gab es nicht. Alles nur ein großer Haufen Scheiße.«

»Und verheiratet ist er auch, stimmt's?«

»Ja. Und seine Frau war zu Besuch bei Verwandten in England, und ich mußte wieder verschwinden, ehe sie zurückkam«, sagte Chico.

»Bezahlt er die Übernachtung im Holiday Inn?« wollte Trace wissen.

»Er hat es angeboten, aber das wollte ich nicht.«

»Gutes Mädchen. Bewahre du nur deine ruinierte Tugend. Weißt du, trotz all deiner Intelligenz bist du möglicherweise doch die dümmste Nutte auf der ganzen Welt«, sagte Trace. »Teilzeit-Nutte, entschuldige bitte.«

»Okay, Trace, du willst meine Nase richtig in den Dreck reiben, gut, nur zu. Ja, ich bin eine Teilzeit-Nutte. Und, ja, ich bin es gründlich satt, Kerlen am Blackjack-Tisch Karten zu geben, die nur mit mir ins Bett wollen, und so langsam bin ich es auch irgendwie leid, herauszufinden, daß es mit dir und mir nie was Richtiges wird. Und ich dachte mir einfach, daß es eine Chance wäre, einen neuen Anfang zu machen, und es hat eben einfach nicht geklappt.«

Trace sagte nichts, und nach einer Weile fragte sie: »Und deshalb frage ich dich, willst du ein bißchen Gesellschaft?«

»Also, eigentlich nicht. Dieser ganze Fall hier ist ziemlich kompliziert.«

»Normalerweise helfe ich dir doch immer bei den komplizierten Geschichten«, sagte sie. »Und außerdem habe ich ein paar Tage Zeit.«

»Nee, nee. Und außerdem glaubt der Empfangschef hier, daß ich für den Vatikan arbeite. Das würde doch alles versauen, wenn plötzlich eine Frau in mein Zimmer einzieht.«

»Sag ihm einfach, ich wäre das Oberhaupt der Kirche im Fernen Osten. Wenn er dir abkauft, daß du für den Vatikan arbeitest, dann glaubt der Mann alles.«

»Das würde nie gutgehen. Du hast nicht die verschlagenen Augen eines Prälaten.«

»Ich könnte ja woanders absteigen«, schlug sie vor. Er konnte es praktisch über das Telefon hören, wie sie mit den Achseln zuckte, und er konnte sich ihren makellosen, perfekten winzigen Körper vorstellen, und ihr sanftes, glattes Gesicht mit diesen abgrundtiefen dunklen Augen, und er fragte sich für einen kurzen Augenblick, wieso er diese gemeinen kleinen Spielchen mit ihr trieb.

»Wenn du unbedingt kommen willst«, sagte er schließlich, »dann gibt es höchstwahrscheinlich in den Nachbarstädten hier ein paar Motels. Du mußt dir auf dem Newark

Airport einen Wagen mieten und selbst herfahren. Ich werde höchstwahrscheinlich zu tun haben. Also ruf mich einfach an, wenn du angekommen bist, und dann überlegen wir, ob wir uns treffen können.«

»In Ordnung, Trace«, sagte sie.

Er legte auf und sah die andere Nachricht an. Es war eine ganz gewöhnliche siebenstellige Nummer ohne Vorwahl. Wenn Dexter richtig mitgeschrieben hatte, bedeutete das, daß wer auch immer für ihn angerufen hatte, aus New Jersey telefoniert hatte. Und wen kannte er noch in New Jersey?

Er wählte die Nummer.

»Hallo«, sagte eine Stimme, und Trace nickte und legte den Hörer langsam wieder auf, noch während die Stimme seiner Ex-Frau weiter bellte: »Hallo, hallo. Ist da jemand? Du bist es, Devvie, stimmt's? Ja, du bist es, du verdammter Bastard!«

Klick.

22

Trace hatte Magenschmerzen und er wußte nicht, ob das nun an der Trommelei der vergangenen Nacht lag oder ob er einfach nur Hunger hatte. Er aß einen Cheeseburger mit Speck in der Cocktail-Bar und stellte fest, daß die Schmerzen von dem Getrommel auf seinem Bauch herrührte, denn es tat immer noch weh.

Er versuchte wieder, Jeannie Callahan zu erreichen, doch als nach dreimaligem Durchläuten niemand an den Apparat ging, legte er schnell auf, ehe sich der Anrufbeantworter mit dem vierten Klingeln einschaltete.

Und weil er nichts anderes zu tun hatte, fuhr er zurück ins Meadow Vista Sanatorium.

Als er seinen Wagen abstellte, sah er ein dunkles Auto aus

einer der Parktaschen heraussetzen. In dem Wagen saßen Dr. Barbara Darling und Schwester Thelma Simons. Er winkte ihnen freundlich zu, aber entweder sahen sie ihn nicht oder sie dachten nicht daran, sich von ihm den Abend verderben zu lassen, denn sie ignorierten ihn. Trace bemerkte, daß die Schwester ihre gestärkte weiße Kluft trug. Vielleicht schlief sie ja in ihrer Uniform, dachte er. Aufrecht stehend, um die Bügelfalten nicht zu ruinieren.

Trace betrat Mitchell Careys Krankenzimmer. Ein großer junger blonder Mann in einer weißen Pflegeruniform saß auf einem Stuhl neben dem Bett und las den *Hustler.* Auf den Schränken hinter ihm lag eine Karate-Illustrierte, und unter dem Bett stand eine Sporttasche.

Careys Bett wurde von einem durchsichtigen Plastikzelt bedeckt, und Trace hörte, wie Sauerstoff leise unter die Plastikfolie zischte.

»Wer sind Sie?« fragte der junge Mann, als Trace hereinkam.

»Devlin Tracy, ein Freund der Familie. Wie geht es ihm?«

»Er ist okay. Ich soll sofort Dr. Matteson rufen, wenn sich irgend etwas ändert.« Trace gefiel das Gesicht des jungen Mannes nicht. Beim Sprechen bekam er die Lippen nicht von den Zähnen und außerdem hatte er viel zuviele Muskeln.

»Hat er irgendwas gesagt?« Trace schob sich an dem jungen Mann vorbei und stand vor Careys Bett, schaute auf den alten Mann herab.

»Der? Nee. Ich find's auch ziemlich unwahrscheinlich, daß er noch mal viel redet. Na ja, mit Ihnen ja vielleicht, aber mit mir jedenfalls nicht.«

»Da können Sie ganz gut recht haben«, sagte Trace. »Aber vielleicht legt er Sie ja auch nur rein.« Trace gefiel es nicht, daß er redete, als ob Carey nichts hören oder verstehen könnte. »Wie heißen Sie?«

»Jack Ketch«, antwortete der junge Mann.

»Dann sind Sie die Nachtschwester?«

»Ja. Die Familie hat mir gesagt, daß ich heute nacht herkommen soll.«

Traces Fuß stieß gegen die Sporttasche des jungen Mannes, und irgendwie nahm er Anstoß daran, daß eine Sporttasche in einem Krankenzimmer stand. Er schob sie mit seiner Schuhspitze weiter unter das Bett, doch er mußte ziemlich fest schieben. Die Tasche war schwer. Der verdammte Idiot schleppte wahrscheinlich noch seine Gewichtheber-Ausrüstung mit sich durch die Gegend, dachte Trace.

»Wahrscheinlich sehe ich später noch mal kurz rein«, sagte Trace. »Bitte, bleiben Sie doch sitzen. Ich finde selbst hinaus.«

»Ich wollte ja auch gar nicht aufstehen«, meinte Ketch.

Trace ging zu dem Münzfernsprecher auf dem Treppenabsatz vor Zwei-Ost und wählte wieder Jeannie Callahans Nummer, doch da auch dieses Mal niemand direkt an den Apparat ging, legte Trace nach dreimal Klingeln auf.

Er fuhr an den Stadtrand zu ihrem Apartmenthaus, doch sie öffnete ihm nicht. Empört über die Aussicht, eine weitere Nacht allein in Harmon Hills zu verbringen, hielt er an einer Kneipe und sah sich die Nachrichten und ein paar Innings eines Baseball-Spieles im Fernsehen an. Er versuchte erneut, Jeannie zu erreichen, erhielt auch dieses Mal keine Antwort und fuhr weiter zum Haus der Careys.

Er stellte seinen Wagen auf der Straße hinter einem braunen Volkswagen ab, dessen Besitzer ebenfalls die Parkverbotsschilder ignoriert hatte.

Als er die Zufahrt zum Haus hinaufging, fiel Trace auf, daß die Garagentore geöffnet waren und die beiden Cadillacs in der Garage standen. Doch im ganzen Haus brannte kein Licht. Er ging auf die geflieste Veranda vor dem Haus, streckte seine Hand nach der Türklingel aus, hielt sich dann jedoch zurück.

Er lauschte ein paar Augenblicke in den Abend hinein, hörte jedoch kein Geräusch, und ging dann von der Veranda in die Garage. Die ins Haus führende Tür war nicht abgeschlossen.

Er betrat lautlos das Haus und blieb stehen. Vom anderen Ende des Flures hörte er das schwache Gemurmel einer leise flüsternden Stimme.

Die Stimme kam aus dem Arbeitszimmer am Ende des Flures und sie war leise, hypnotisierend, monoton. Er schlich sich über den dicken, jedes Geräusch verschluckenden Teppichboden und blieb vor der Türe stehen. Sie war nicht ganz geschlossen, stand einen Spaltbreit auf, und Trace neigte sich etwas zur Seite, um einen Blick hineinwerfen zu können.

Der Raum wurde nur von zwei schwarzen Kerzen auf einem kleinen Tisch beleuchtet. Amanda Carey saß an der einen Seite des Tisches und Muffy ihr gegenüber auf der anderen. Ihre Hände berührten sich auf dem Tisch. Weihrauch stieg in trägen Schwaden von einer Untertasse auf dem Schrank unter den Bücherregalen in die Luft.

Die Kristallkugel lag in der Mitte des Tisches, genau zwischen den Händen der Frauen.

Es war Muffys Stimme, die Trace gehört hatte. Beide Frauen hatten ihre Augen geschlossen, und Muffy hatte ihren Kopf in den Nacken geworfen, so daß ihr Halsmuskeln und Sehnen straff gespannt waren.

Trace sah, daß sie Mrs. Careys Hände fest umklammert hielt.

»Sie ist hier«, flüsterte Muffy. »Ich kann es jetzt spüren. Sie ist hier.«

Ein »Oh« löste sich von Mrs. Careys Lippen.

»Buffy, wir sind hier«, sagte Muffy. »Deine Mutter und ich sind hier. Sprich mit uns.«

Doch im Raum herrschte nichts als absolute Stille, und Muffy sagte wieder: »Sprich mit uns. Bitte. Wir möchten gerne mit dir reden.«

Wieder nur tiefes Schweigen. Trace sah, daß die Jalousien der großen Fenster zur Straße hin herabgelassen waren, doch nicht so an einem kleineren Seitenfenster, und als sich seine Augen langsam auf die Dunkelheit einstellten, konnte er auch die dunklen Silhouetten der Büsche und Sträucher auf dem weiten Rasen hinter dem Fenster erkennen.

Er hörte Muffy flüstern: »Frag sie, Nana. Sprich jetzt mit ihr. Sie könnte dir antworten.«

Stockend, zögernd, sagte Mrs. Carey: »Buffy, bist du hier?«

Doch zur Antwort erhielt sie wieder nur Schweigen, und Mrs. Carey sagte: »Buffy? Bitte?«

Und dann war da ein Geräusch. Es war ganz schwach, doch es schien irgendwie den ganzen Raum auszufüllen als hätte es keine eigentliche Ursprungsquelle. Es war die Stimme einer jungen Frau, die sagte: »Nana, Nana, ich bin hier, Nana.«

Unwillkürlich preßte Mrs. Carey eine Hand vor ihren Mund.

Muffy griff über den Tisch, nahm Mrs. Careys Hand und legte sie auf den Tisch zurück. Mrs. Carey hatte ihre Augen geöffnet, doch jetzt schloß sie sie wieder und sagte: »Buffy, ich bin ja so froh, daß du hier bist. Geht es dir gut, Liebling?

»Oh, Nana, mir ist so kalt. Und ich habe Angst.«

Mrs. Carey schwieg, und Muffy sagte schnell: »Warum hast du Angst, Buffy?«

»Nana, ich habe Angst um meinen Vater. Er ist so krank«, meldete sich die körperlose Stimme wieder.

Trace schaute sich in dem Zimmer um, konnte aber niemanden sonst entdecken.

»Was sollen wir denn machen?« fragte Mrs. Carey.

Trace sah, daß die alte Frau ihre Augen fest zusammenkniff als wünschte sie sich sehnlichst eine Antwort, und Muffy warf ihren Kopf mit einer kurzen, ruckartigen Bewegung zurück, und wieder antwortete die Stimme. »Oh, es ist so einsam im Haus, wenn er nicht da ist. So einsam.« Die Stimme war ein klagendes, mitleiderregendes Jammern.

Und wieder entstand ein Schweigen, und Muffy sagte:

»Was sollen wir denn tun, Buffy?« Dann riß sie wieder ihren Kopf zurück als würde sie eine Antwort erwarten, und da war die Stimme auch tatsächlich wieder.

»Nana, laß nicht zu, daß sie Pop-pop weh tun. Hol ihn nach Hause, hol ihn nach Hause. Hör auf Muffy und hol ihn nach Hause.«

Die schweren dunklen Vorhänge auf der Vorderseite des Zimmers bewegten sich leicht. Muffys Augen waren immer noch geschlossen, ihr Kopf lag weit im Nacken. Mrs. Careys Kopf war noch vorne auf den Tisch gesunken, und Trace konnte deutlich ihr leises Weinen hören. Plötzlich riß Muffy die Augen auf und zischte: »Sieh nur. Nana, sieh doch nur!«

Die alte Frau hob ihren Kopf, und Muffy ließ ihre Hände los, um auf die Vorhänge zu zeigen. Und auf ihnen erschien jetzt das Bild einer jungen Frau. Es war sehr unscharf, verschwommen und formlos wegen der Falten der schweren Übergardinen, doch es war eindeutig eine junge Frau mit langen Haaren, und ihre Arme waren weit ausgebreitet.

»Sie ist es«, hauchte Mrs. Carey. »Das ist Buffy.«

»Sie ruft dich«, sagte Muffy.

»Ich liebe dich, Nana. Ich liebe dich, Muffy. Holt ihn nach Hause«, sagte die Stimme.

Mrs. Carey sprang unvermittelt auf und machte einen Schritt auf die Gardinen zu. Das Bild verschwand. Gerade war es noch da und im nächsten Augenblick war es einfach fort.

Sie schaute sich verwirrt um, drehte sich dann zurück zu Muffy, die inzwischen auch von ihrem Stuhl aufgestanden war, auf die alte Frau zuging und einen Arm um sie legte.

»Es ist schon gut«, sagte sie beruhigend. »Es ist ja alles in Ordnung. Sie ist hier im Haus. Sie wird immer hier bei uns sein.«

Trace lief schnell durch das Haus zurück. In der Küche befand sich eine Tür, die nach draußen führte. Schnell trat er auf die geflieste Terrasse hinaus und lief um die Rückseite des Hauses.

Lautlos schob er sich dann zu den Fenstern des Arbeitszimmers vor, doch dort war niemand. Er kniete sich auf den Boden, tastete mit seinen Fingern suchend herum. Die weiche Erde war durch Fußabdrücke ganz fest getreten worden, doch er konnte unmöglich sagen, ob sie nun zehn Minuten oder zehn Tage alt waren.

Er warf einen Blick durch das Fenster ins Haus und sah, daß Muffy Mrs. Carey immer noch zu beruhigen schien. Das Fenster war verschmiert und schmutzig, doch in der unteren rechten Ecke befand sich ein präziser, knapp acht Zentimeter großer Kreis, wo das Glas ganz sauber war, als ob es erst kürzlich an dieser Stelle geputzt worden wäre.

Er suchte den Boden nach irgend etwas ab, das vielleicht irgend jemand hier verloren hatte, konnte jedoch nichts entdecken. Als er zu seinem Wagen zurückkehrte, fiel ihm auf, daß der braune Volkswagen, der direkt vor seinem Auto geparkt hatte, verschwunden war.

Trace blickte auf und sah Police Officer Lauren Wilcox die Cocktail Lounge des Country Club betreten.

Sie schaute sich in der nahezu leeren Bar um, entdeckte Trace und kam lächelnd auf ihn zu.

Trace entging nicht, daß Hughie die Frau aufmerksam beobachtete, während sie sich näherte. Selbst in ihrer Uniformbluse sah sie ziemlich gut proportioniert aus, und ihre Bewegungen besaßen eine samtweiche Eleganz. Trace sagte: »Hi, Officer. Wie geht's dem schönsten Diener des Gesetzes?«

»Hallo, Trace«, sagte sie. Sie schaute sich um, vergewisserte sich, daß niemand sie hören konnte, und fügte dann leise hinzu: »Sie müssen mit mir kommen.«

»Warum?«

»Mein Mann möchte mit Ihnen sprechen.«

»Oh, Himmel, ich wußte doch, daß es so kommen mußte.

Da mache ich ein einziges Mal in meinem ganzen Leben Blödsinn, und schon ist ein Ehemann hinter mir her.«

»Nein, nicht deswegen, Sie Dummkopf. Das ist unser kleines Geheimnis. Kommen Sie, wir müssen uns beeilen.«

»Okay.« Trace folgte ihr nach draußen.

»Wir nehmen meinen Wagen«, sagte sie, und Trace stieg auf dem Beifahrersitz des Streifenwagens ein.

»Was ist denn los?« wollte er wissen, als sie losfuhren.

»Sie wissen das nicht?«

»Ich würde sonst nicht fragen«, sagte er.

»Letzte Nacht, in dem Apartment, da haben Sie einen Freund besucht?«

»Ja.«

»Jeannie Callahan, stimmt's?«

»Okay. Wenn Sie es sowieso schon wissen, ja.«

»Haben Sie sie heute abend schon gesehen?«

»Nein.«

»Irgendwer anderer aber.«

»Was soll das heißen?« fragte Trace barsch. »Verdammt, wovon sprechen Sie überhaupt?«

»Irgendwer hat sie zusammengeschlagen.«

»Oh, um Himmels willen. Geht es ihr gut?«

»Ja, ich glaube schon. Frank hat mich gebeten, Sie aufs Revier zu bringen. Waren Sie da?«

»Wo?«

»In ihrem Büro?«

»Nein«, sagte Trace. »Wo ist sie denn jetzt?«

»Im Sanatorium. Das ist die nächste Notfall-Ambulanz.«

»Bringen Sie mich dorthin, ja?«

»Nachdem Sie mit Frank gesprochen haben, gerne«, sagte sie.

»Warum gerade ich?«

»Was weiß ich denn«, sagte sie. »Er hat es mir nicht verraten.« Sie sagte einen Augenblick lang nichts mehr, dann streckte sie ihre Hand aus und berührte sein Bein. »Keine Angst«, sagte sie. »Ich glaube sowieso nicht, daß Sie der Typ sind, der Frauen zusammenschlägt. Wissen Sie, wenn ich gewußt hätte, daß ich Sie abholen würde, also letzte Nacht . . .«

»Keine Panik«, sagte Trace. »Meine Lippen sind versiegelt.«

»Ich habe keinen Bericht über die mutwillige Beschädigung Ihres Eigentums geschrieben oder so«, sagte sie.

»Ich werde es nicht erwähnen«, meinte Trace.

Die Tür zu Jeannie Callahans Büro stand offen, und Lieutenant Wilcox, er hatte ihnen den Rücken zugekehrt, blickte auf den Aktenschrank, als Trace und die Polizistin eintraten.

»Hier ist er, Frank«, sagte die Frau.

Wilcox dreht sich um, blickte Trace angewidert an, und sagte: »Okay, Tracy. Setzen Sie sich dort hin.«

Seine Frau blieb in der Türe stehen, und der Lieutenant sagte: »Du kannst jetzt wieder gehen, Lauren. Ich rufe dich, wenn wir hier fertig sind.«

»In Ordnung.«

Trace registrierte, daß die zweite der insgesamt vier Schubladen des Aktenschrankes herausgezogen und daß der Metallrand der Schublade verbogen war, als wäre sie gewaltsam aufgebrochen worden.

Wilcox lehnte sich gegen den Aktenschrank und sagte: »Meine Frau hat Ihnen gesagt, was passiert ist?«

»Ja. Wie schlimm ist es?«

»Nichts wirklich Ernstes. Wo waren Sie heute abend?«

»Gerade eben war ich im Country Club. Und davor war ich auf einen Sprung im Sanatorium und in Mitchell Careys Haus. Lieutenant, was geht hier eigentlich vor?«

»Wo waren Sie so etwa gegen halb zehn?«

»Am Haus der Careys.«

»Was sie Ihnen bestätigen werden?«

»Ich habe keinen Menschen dort gesehen. Das Haus war dunkel, daher bin ich in den Country Club zurückgekehrt. Warum verhören Sie mich?«

»Okay, und wieso waren Sie verärgert über Miss Callahan?«

»Wer hat das gesagt?«

»Sie haben es selbst gesagt«, erwiderte Wilcox schroff. »Verdammt, Tracy, ich will ein paar Antworten von Ihnen.« Im grellen, harten Licht der Schreibtischlampe erinnerte sein vernarbtes Gesicht an eine Mondlandschaft.

»Hören Sie, Lieutenant . . .«

»Nein, Sie hören *mir* jetzt zu! Ich glaube, Sie waren sauer auf Miss Callahan und sind dann gewaltsam hier eingedrungen, um irgend etwas zu stehlen. Als Sie dann von ihr überrascht wurden, haben Sie ihr eine verpaßt und sind anschließend abgehauen. Was halten Sie denn davon?«

»Ich finde, daß das, genau wie Sie, nichts als ein Haufen Scheiße ist«, sagte Trace ruhig. »Wollen Sie mich offiziell anklagen?«

»Weiß ich noch nicht.«

»Dann rate ich Ihnen, sich das sehr schnell zu überlegen. Erheben Sie jetzt sofort offiziell Anklage gegen mich, ansonsten werde ich einfach durch diese gottverdammte Tür da wieder hinausgehen. Und wenn Sie mich jetzt unter Anklage stellen und auch nur einen Fehler machen, dann verspreche ich Ihnen, daß ich Sie fertig machen werde.« Er stand auf.

Trace mußte Wilcox bewundern. Der Bluff funktionierte nicht, und der Polizist wurde nicht blaß. Stattdessen sagte er:

»Tja, dann werde ich Sie wahrscheinlich wirklich offiziell beschuldigen müssen.«

»Na prima«, sagte Trace. Er setzte sich wieder hin. »Schießen Sie los. Ich warte noch ein paar Minuten mit meinem Anruf.«

»Warum haben Sie Miss Callahan bedroht?«

»Das habe ich nicht!«

Wilcox ging hinter den Schreibtisch der Anwältin und spielte an einem rechteckigen grauen Kasten herum. Dann drückte er auf einen Knopf, und Traces Stimme füllte den Raum.

»Trace hier, und ich wohne immer noch im Golden Age Golf Club. Ich finde es ziemlich mies und gemein von dir, mich in aller Öffentlichkeit zu betrügen, aber ich habe mich entschlossen, dir nicht die Abreibung zu geben, die du eigentlich verdienst. Stattdessen verzeihe ich dir noch einmal. Dieses Angebot gilt nur eine Stunde. Ruf mich an . . .«

»Was hat das zu bedeuten?« fragte Wilcox. »Worüber zum Teufel lachen Sie so blöd?«

»Da bin ich wohl in meine eigene Falle getappt«, sagte Trace.

»Was?«

»Vergessen Sie's. Halten Sie das da auf dem Tonband für eine Drohung? Sagen Sie, Lieutenant, passiert Ihnen das eigentlich oft, daß die Ganoven vor ihrer Straftat die Opfer zuerst anrufen und sich namentlich melden, damit Sie sie später auch ganz bestimmt einbuchten können? Verdammt, der Anruf war doch nur ein Scherz! Sie hat heute Mittag mit irgendeinem anderen Kerl gegessen, und ich habe nur einen kleinen Spaß damit gemacht.«

»Und das ist alles?«

»Das ist alles?«

»Was ist das für ein anderer Kerl?«

»Sie hat mit Dr. Matteson im Golf Club zu Mittag gegessen.«

»Matteson, hä?«

»Er ist einer ihrer Klienten«, sagte Trace.

»Also, wenn Sie ihr keins über den Kopf gezogen haben, wer dann?« fragte Wilcox.

»Was ist denn überhaupt passiert?« erkundigte sich Trace. Vielleicht kann ich Ihnen ja helfen.«

»Miss Callahan ist um halb zehn in ihr Büro gekommen. Was die Uhrzeit angeht, ist sie sich absolut sicher. Sie schloß also auf und dann spürte sie, daß jemand hier war. Sie ging wieder zur Türe zurück, doch wer auch immer es war, er packte sie von hinten, drehte sie herum und schlug auf sie ein. Sie verlor das Bewußtsein. Als sie ein paar Minuten später wieder wach wurde, hat sie uns sofort angerufen. Sie sagte, wer auch immer bei ihr eingebrochen war, hätte ihre Akten durchwühlt, doch soweit sie es beurteilen konnte, fehlte nichts. So, und jetzt helfen Sie mir. Haben Sie dem etwas hinzuzufügen?«

»Nein«, sagte Trace.

»Sie sind mir wirklich eine große Hilfe. Wieso sind Sie eigentlich überhaupt in unserer Stadt?«

»Das habe ich Ihnen doch neulich schon alles erklärt. Ich stelle Nachforschungen im Versicherungsfall Plesser an.«

»Haben die Careys irgend etwas mit dieser Sache zu tun?«

»Mr. Carey ist ein guter Freund meines Chefs. Er hat mich gebeten, bei der Familie vorbeizuschauen.«

Trace zögerte, und Wilcox sagte: »Und nichts als die Wahrheit.«

»Und mein Chef wollte, daß ich sicherstelle, daß mit Mr. Carey nicht das gleiche passiert wie mit Plesser.«

»Aus welchem Grund sollte sich ihr Boß wohl über eine Sache wie diese Gedanken machen?«

»Weil das Mädchen, das jetzt bei den Careys wohnt, ihm die Ohren mit lauter Scheiße vollgelabert hat.«

»Ach. Und was hat Miss Callahan mit all dem zu tun?«

»Auf sie bin ich gestoßen, weil sie Careys Anwältin ist. Und sie ist ebenfalls Dr. Mattesons Anwältin. Die Plessers verklagen ihn.«

»Was Matteson aber keinerlei Veranlassung geben würde, hierher zu kommen und sie zusammenzuschlagen, nehme ich an. Haben die beiden ein Verhältnis?«

»Matteson sagte mir, nein«, antwortete Trace.

Wilcox seufzte. »Okay. Ich kann Ihnen nichts anhängen. Sie wissen das. Ich denke, wir können jetzt wohl gehen. Mein Fotograf ist schon hier gewesen.«

»Hat er Fingerabdrücke gefunden?«

»Kann man nie wissen. Er hat ein paar sichergestellt, aber

so wie er arbeitet, dieses Arschloch, werden das wahrscheinlich seine eigenen sein.«

Trace wartete im Flur darauf, daß Wilcox das Büro wieder abschloß. Am Kopfende der Treppe stand ein großer Aschenbecher, und darin bemerkte Trace einen Apfel, in den nur einmal hineingebissen worden war.

Er dachte einen Augenblick nach, nahm dann den Apfel, schüttelte den Sand davon ab und steckte ihn in seine Jakkentasche. Wilcox kämpfte immer noch mit dem Schloß der Kanzleitür.

»Ein Moment, Lieutenant«, sagte Trace. »Ich habe meine Zigaretten liegen lassen.«

»Ach um Himmels willen, beeilen Sie sich.«

Trace kehrte in die Büros zurück, tat so, als würde er seine Zigaretten von dem Schreibtisch holen, und ehe er wieder ging, warf er einen kurzen Blick in den kleinen Kühlschrank neben der Türe zu Jeannie Callahans Büro.

»Was haben Sie da zu suchen?« fragte Wilcox.

»Ich hatte nur Durst. Ich dachte mir, Jeannie hätte vielleicht eine Flasche Bier im Haus.«

»Und hat sie?«

»Nein.«

»Es gibt Tage, an denen einfach nichts klappt. Ich hätte Sie einlochen sollen.«

»Das hätte vor Gericht nie standgehalten«, sagt Trace.

»Warum nicht?«

»Sie haben vergessen, mir meine Rechte vorzulesen.«

»In Harmon Hills haben Sie keine Rechte.«

Wilcox setzte Trace am Country Club ab, und der Versicherungsdetektiv ging auf direktem Weg in die Cocktailbar, wo er Hughie antraf, der gerade im Begriff stand, die leere Bar zu schließen.

»Haben Sie zufälligerweise einen kleinen Plastikbeutel oder ein Stück Frischhaltefolie für mich?« fragte Trace.

»Muß ich mal nachsehen.« Hughie kehrte aus dem Lagerraum mit einem Stück Frischhaltefolie zurück, das ganz so aussah, als wäre mal ein Thunfisch-Sandwich darin eingepackt gewesen. In der Zwischenzeit sah Trace sich den Apfel in seiner Tasche an. Er wußte eigentlich nicht ganz genau, was er da eigentlich machte, aber er hatte mal irgendwo gelesen, daß Zahnabdrücke nahezu individuell verschieden waren wie Fingerabdrücke, und dort, wo ein großes Stück aus dem Apfel herausgebissen worden war, befand sich ein sauberer Zahnabdruck. Trace fragte sich, warum er den Apfel nicht einfach Lt. Wilcox gegeben hatte und gelangte zu dem Schluß, daß Wilcox den Apfel in diesem Fall höchstwahrscheinlich aufgegessen haben würde. Er wickelte den Apfel in das Stück Folie ein und gab alles dem Barkeeper zurück.

»Hughie, ich möchte, daß Sie das für mich im Kühlschrank aufbewahren.«

»Wozu?«

»Ich möchte ihn mir für später aufheben.«

»Wenn Sie wollen, dann können Sie den hier wegwerfen, und ich bringe Ihnen morgen einen frischen Apfel mit. Gratis. Es ist Apfelzeit.«

»Ich brauche diesen Apfel, Hughie. Es ist ein Beweisstück.«

»George Washington ist tot.«

»Das war ein Kirschbaum, kein Apfelbaum. Bitte, verstauen Sie das hier einfach irgendwo hinten in Ihrem Kühlschrank. Es ist wirklich wichtig. Und lassen Sie ihn von keinem wegwerfen.«

»Ich werde einen Zettel draufkleben, auf dem steht, daß es eine getarnte Nazi-Handgranate ist. Das müßte eigentlich reichen«, sagte Hughie.

»Wunderbar.«

»Was meinen Sie denn, wie lange ich das Ding aufbewahren muß?«

»Nur bis morgen«, sagte Trace.

»Gut. Aber sagen Sie bloß keinem Menschen, daß ich so was mache. Sonst wird das vielleicht noch zur festen Sitte, und ich habe nur einen kleinen Kühlschrank.«

In der Notfallambulanz im Ost-Trakt des Meadow Vista Sanatoriums hatte eine junge Krankenschwester Dienst, und Trace sagte: »Ich bin Dr. Wasserman. Ist Miss Callahan wieder transportfähig? Ich möchte Sie abholen.«

Die junge Frau schaute auf einem Blatt vor sich nach. »Miss Callahan ist in Zimmer Eins-Zweiundzwanzig aufgenommen worden. Sie wird noch nicht direkt entlassen. Dr. Matteson kümmert sich persönlich um sie.«

»Sie hat mich vor kurzem angerufen. Ist der Doktor noch bei ihr?«

»Ich denke ja.«

»Vielen Dank. Ich werde mich mit ihm besprechen. Es ist schon okay. Ich kenne den Weg.«

Als Trace das Zimmer betrat, saß Jeannie aufrecht in ihrem Bett und Matteson lehnte gegen den kleinen Nachttisch daneben. Er trug einen Regenmantel über seinem Schlafanzug.

»Wenn ich der eifersüchtige Typ wäre«, sagte Trace, »wäre damit alles gegessen.«

»Trace«, rief sie glücklich. »Sag diesem Schwachkopf hier, daß er mich wieder gehen lassen soll.«

»Kommt gar nicht in Frage«, meinte Matteson trocken.

Trace schaute die junge Anwältin an. Sie hatte einen blauen Fleck auf einer Wange und ihre Haut begann langsam die häßliche Farbe einer Aubergine anzunehmen. Trace wußte, aus eigener Erfahrung, daß sie in weiteren zwölf Stunden oder so ein sagenhaftes Veilchen haben würde.

Er stand neben ihrem Bett, sah sie einen Augenblick an, ehe er sich zu ihr herabbeugte, küßte sie, und sagte zu Matteson: »Sie ist wirklich ein ziemlich häßlich aussehendes Ding, was meinen Sie, Doc?«

»Deshalb will ich sie ja auch noch nicht entlassen. Sie könnte den Leuten auf der Straße einen fürchterlichen Schrecken einjagen.«

»Werde ich Klavier spielen können, Doktor? Alles andere zählt nicht«, sagte Jeannie.

»Sicher«, antwortete Matteson.

»Komisch. Früher konnte ich nicht Klavier spielen.«

»Witze. Sie macht schon wieder Witze. Ich habe sie von der Schwelle des Todes zurückgerissen, und sie macht schon wieder Witze«, sagte Matteson.

»Wer hat das getan, Jeannie? Irgendeine Idee?«

Matteson sagte: »Ich lasse euch zwei jetzt allein. Wo ich schon mal hier bin, schaue ich noch bei ein paar Patienten rein. Die schmeißen mich wenigstens nicht aus dem Bett und machen dann noch Witze.«

»Bin gleich wieder da, Jeannie«, sagte Trace und ging mit dem Arzt auf den Korridor hinaus. »Was ist passiert?«

»Sie hat nur eine ziemlich üble Prellung abbekommen. Nichts ist gebrochen, und soweit ich es beurteilen kann, hat sie nichts Ernstes. Aber ich behalte sie noch über Nacht hier, nur um ganz sicher zu gehen. Manchmal können Kopfverletzungen ziemlich heimtückisch sein.«

»Okay. Ich lasse sie nicht gehen. Danke, Doc.«

»Ich werde der Krankenschwester sagen, daß sie ihr ein Sedativum geben soll«, sagte Matteson und schlurfte dann fort. Trace sagte: »Falls das Mädchen unten Ihnen gegenüber was von einem Dr. Wasserman erzählt . . .«

»Ja?«

»Das bin ich.«

Matteson sah ihn verdutzt an, zuckte dann die Achseln. »Okay, wenn Sie das sagen.«

Trace kehrte an Jeannies Bett zurück.

»Wie fühlst du dich, Kid?«

»Als wäre ich von einem Güterzug überrollt worden.«

»Matteson sagt, daß du wieder in Ordnung kommst. Er möche nur, daß du eine Nacht hier bleibst.«

»Ich weiß, ja, und wahrscheinlich hat er recht. Es ist eben nur, also, es ist irgendwie deprimierend, in einem Krankenhaus zu liegen.«

»Wenn ich auf deinem Gesicht steppen würde, würde dich das ein bißchen aufheitern?« fragte Trace.

»Tut mir leid. Das hat heute abend schon jemand versucht. Hat mich aber ziemlich kalt gelassen.«

»Sehr komisch. Was ist passiert?«

»Ich hatte noch einen späten geschäftlichen Termin, also nicht in meiner Kanzlei, und ich fuhr . . .«

»Mit wem hattest du einen Termin?« unterbrach Trace. »Laß bitte nichts aus.«

»Mit Wilber Winfield. Ich hatte also seine Firma verlassen und war schon auf dem Nachhauseweg. Dann entschloß ich mich, kurz noch mal in mein Büro zu fahren und ein paar Akten mit nach Hause zu nehmen. Als ich die Kanzlei betrat, hatte ich irgendwie das Gefühl, als wäre jemand in meinem Büro.«

»Hast du das Licht angeknipst, als du hineingegangen bist?«

»Nein.«

»Warum nicht?«

»Macht der Gewohnheit. Das Licht aus dem Flur fällt direkt in mein Büro, wenn die Türe offensteht, und ich wollte ja nur auf einen kurzen Sprung rein, den Schrank aufmachen und die Akten holen. Ich glaube, ich mache das immer so, wenn ich spät abends noch kurz reingehe, um irgendwelche Unterlagen zu holen.«

»Und was geschah dann?«

»Ich habe es doch schon gesagt, ich hatte das unbestimmte Gefühl, daß noch jemand dort war. Dann bemerkte ich, daß mein Aktenschrank bereits auf war. Ich drehte mich um und wollte wieder zur Türe. Dann sah ich, wie jemand aus dem Dunkel vor die Tür sprang und sie zuknallte. Das habe ich den Cops auch alles schon gesagt.«

»Hast du ihn erkannt?«

»Nein. Er war groß, das ist alles. Ich konnte lediglich seine Silhouette gegen das Flurlicht sehen.«

»Was geschah dann?«

»Ich wollte schreien, doch ehe auch nur ein Laut über meine Lippen kam, hat er mir eine geknallt und mir das Licht ausgeblasen.«

»Hat er irgendwas gesagt?«

»So was wie Entschuldigung? Nein, nichts in der Richtung. Er hat nur gegrunzt, als er auf mich einschlug.«

»Gegrunzt?«

»Ja, gegrunzt. Du weißt schon, so wie Schweine es machen. Kräftig ausatmen und grunzen.«

»Was dann?«

»Was dann? Ich ging wie ein gefällter Baum zu Boden und damit hatte es sich. Hätte ich mir Notizen machen sollen?«

»Ich stelle hier die Fragen, Frau Anwalt. Du antwortest einfach nur.«

»Ich war bewußtlos. Was willst du denn von mir hören?«

»Was hast du gemacht, als du wieder zu dir gekommen bist?«

»Ich habe die Cops gerufen.«

»Nicht so schnell. War das Licht immer noch aus?«

»Ahhhh, nein. Das Licht war an.«

»Was ist mit dem Aktenschrank? Auf oder zu?«

»Zu, glaube ich. Warte. Eine Schublade war herausgezogen.«

»Was dann?« fragte Trace weiter.

»Ich habe es dir doch schon gesagt, ich habe dann die Cops angerufen.«

»Hast du die Akten überprüft?«

»Ja. Soweit ich sehen konnte, fehlte nichts.«

»Hast du einen Apfel gegessen?« fragte Trace.

Sie sah ihn mit aufgerissenen Augen verblüfft an. »Nein, aber wo du danach fragst: Ich habe mir eine Avocado-Pizza bestellt. Ich dachte mir, das würde ganz gut zu meinen Prellungen passen. Wovon redest zu eigentlich?«

»Gestern hattest du noch einen Apfel in deinem Kühlschrank. Der ist jetzt nicht mehr da. Hast du ihn gegessen?«

»Keine Ahnung. Nein. Ich nehme immerzu irgendwelche Äpfel mit ins Büro, weil sie gut für meine Gesundheit sind oder so, und dann vergesse ich jedesmal, sie auch zu essen. Ich hasse Äpfel. Und diesen Speziellen habe ich auch nicht gegessen. Ist er weg?«

»Ja. Ich glaube, der Einbrecher hat ihn gegessen.«

»Das macht den Fall dann ja ganz einfach«, sagte sie. »Pumpen wir doch einfach jedem in New Jersey den Magen aus, und anschließend verhaften wir alle, bei denen Äpfel rauskommen. Wenn ich nicht irre, war es ein McIntosh. Soll ich dir eine genaue Beschreibung geben? Das müßte den Kreis der Verdächtigen ganz schön einengen.«

»Bist du immer so bissig.«

»Nur wenn man mir saublöde Fragen stellt. Äpfel!«

»Vergiß bitte nicht, daß du das gesagt hast. Ich kann nur hoffen, daß du genügend Anstand besitzt, dich bei mir zu entschuldigen, wenn du herausfindest, wie brillant ich bin.«

»Warten wir einfach mal ab!«

»Und es war nur ein Kerl?« fragte Trace.

»Das habe ich ja schon gesagt. Du bist ja noch schlimmer als die Cops. Ein Kerl. Ein großer, schwerer Kerl.«

»Kein Hinweis darauf, daß vielleicht noch irgendwo ein kleiner Kerl herumgelungert hat? Vielleicht als du dein Auto abgestellt hast und ins Haus gegangen bist? Hast du da vielleicht irgendwen in irgendeinem Auto sitzen sehen? Zum Beispiel einen grünen Pontiac oder so? Vielleicht auch noch mit Sportheck?«

»Nein. Warum?«

»Als ich letzte Nacht aus deinem Haus gekommen bin, haben mir zwei Kerle eins auf die Glocke gegeben. Ein großer und ein kleiner Kerl in einem grünen Wagen.«

»Warum? Warum du, um Himmels willen?«

»Keine Ahnung. Ich glaube, irgend jemand will nicht, daß wir beide zusammenkommen, Jeannie.«

»Was ist nur aus den guten alten anonymen Briefen geworden? In denen angedroht wird, deiner Frau alles über diese elende, schmutzige kleine Affäre zu erzählen? Ich könnte sogar mit diesen Telefon-Stöhnern fertigwerden. Aber nicht damit, zusammengeschlagen zu werden.«

»Das Telefon«, sagte Trace. »Hast du deinen Anrufbeantworter abgehört?«

»Ja. Ich habe deine Nachricht erhalten, Dummerchen.«

»Na, na, mach dich nicht darüber lustig, ja? Deswegen bin ich jetzt der Haupttatverdächtige. Gab es noch andere Anrufe?«

»Nur noch einer.«

»Wer war es?«

»Keine Ahnung. Er hat wieder aufgelegt, ohne eine Nachricht zu hinterlassen.«

»War vermutlich der Einbrecher, der abgecheckt hat, ob auch keiner da war«, sagte Trace.

»Vielleicht. Ich habe mich über deine Nachricht gefreut. Ich bin froh, daß du nicht mehr sauer bist.«

Eine Schwester kam geschäftig in ihr Krankenzimmer geflitzt, nickte Trace unpersönlich zu und sagte: »Zeit für Ihre Medikamente, Miss Callahan.«

»Ich will sie nicht.«

»Anordnung des Doktors«, sagte die Krankenschwester.

»Nimm sie«, sagte Trace. »Du mußt schlafen. Und wenn du erstmal eingeschlafen bist, schleiche ich mich heimlich wieder hier rein und reagiere meine lasterhaften Triebe an deinem wehrlosen Körper ab.«

»Ich nehme zwei«, sagte Jeannie. Sie spülte die Tabletten mit einem Schluck Wasser runter und die Krankenschwester ging wieder.

Trace sagte: »Dein Termin mit Winfield heute abend. Was geschah da? Ist irgend etwas vorgefallen, das ihn aufgebracht hat?«

Jeannie zuckte die Achseln. »Ich glaube nicht. Er war nicht da. Er hatte noch irgendeine andere Verabredung oder so.

Ich habe mich mit dem Leiter der Finanzabteilung und seinem Buchhalter getroffen. Es ist nichts vorgefallen. Reine Routine.«

»Dann hast du Winfield gar nicht gesehen?«

»Nein.«

»Okay. Schlaf jetzt. Und wenn du morgen früh aufwachst, wirst du dich selbst nicht mehr wiedererkennen.«

»Oh, mein Gott, ich werde ganz häßlich sein. Wer wird sich dann noch zusammen mit mir sehen lassen wollen?«

»Ich werde dich unter den Bettlaken versteckt halten, bis du wieder völlig geheilt bist«, sagte Trace edelmütig.

»Gut.«

Trace schaltete seinen Cassettenrecorder aus und wartete noch eine Viertelstunde, bis sie eingeschlafen war. Als er die Türe hinter sich zuzog, hörte er sie schwer atmen.

Er ging den Korridor zu Mitchell Careys Zimmer hinab, und sah Matteson aus Zimmer 113 kommen.

»Wie geht es ihm?«

»Sieht alles ganz in Ordnung aus«, sagte Matteson. »Ich habe gerade mit der Nachtschwester gesprochen und sie sagte, daß er die ganze Zeit über ruhig schliefe.«

Trace nickte, und Matteson sagte: »Ich glaube, ich suche mir hier irgendwo ein freies Bett und schlafe heute hier.«

»Okay. Wenn Sie mich brauchen sollten, ich bin im Sylvan Glade«, sagte Trace.

Zurück im Hotel trat Trace hinter die Rezeptionstheke, um eine Nachricht aus seinem Brieffach zu nehmen.

Es stand einfach nur Chico darauf und eine Telefonnummer hier in New Jersey.

Trace rief sie von seinem Zimmer aus an, und als sie an den Apparat kam, durchfuhr ihn der gleiche angenehme Schauer, den er jedesmal erlebte, wenn er ihre Stimme hörte. Diese Stimme schien ein Lächeln in sich zu tragen, und sie wärmte ihn jedesmal. Bis er wieder daran dachte, wo sie gewesen war und warum.

»Trace hier.«

»Hi, Trace. Paß auf, ich bin in diesem Motel hier und es ist wirklich eine ganz schön miese Absteige. Suchst du vielleicht einen Zimmergenossen?«

»Hattest du Schwierigkeiten, eine Unterkunft zu finden?«

»Nein. Ich habe mir auf dem Flughafen einen Wagen gemietet, und das hier war der erste Laden, den ich gesehen habe, aber es ist wirklich die Hölle. Kein Wunder, daß du New Jersey verlassen hast, wenn die Motels hier alle so sind. Also, was sagst du?«

»Äh, ich habe im Moment eigentlich ziemlich viel zu tun«, sagte Trace, wich immer noch ihrer Frage und ihrer Einladung aus.

»Was denn, so spät noch?« fragte sie.

»Ja. Es ist alles ein wenig kompliziert.«

»Willst du drüber sprechen?« fragte Chico.

Er schwieg einen Moment als ihm klar wurde, daß er wirklich darüber reden wollte. Er wollte die Sache mit ihr besprechen und ihren scharfen Verstand alles durchkauen lassen, und trotzdem wollte er sie nicht sehen.

»Vielleicht morgen«, sagte er.

Ihre Antwort war frostig. »In Ordnung. Wenn du es so haben willst.«

»Wir reden morgen, ja?« sagte Trace.

23

Traces Aufzeichnungen:

Ein weiterer langer Tag geht zu Ende und ich bin müde. Tonbandaufnahme Nummer Fünf, ein Uhr nachts, Freitag, in der Sache Mitchell Carey. Das war wieder mal einer dieser wunderbaren Tage von der Sorte Heute-geben-wir's-dem-verrückten-Alten-mal-wieder-so-richtig, oder? Zuerst glaubte ich, eine andere Frau hätte mir Hörner aufgesetzt, aber das war gar nicht so. Dann stand ich am Bett eines sterbenden Mannes, der dann doch weiterlebte. Ich wurde wegen einer Körperverletzung verhaftet, aber dann hat der Cop es sich doch noch anders überlegt. Ich bin zu einer Seánce gegangen. Es war alles wirklich einfach nur wunderbar.

Aber was will man auch schon groß von einem Tag erwarten, der damit beginnt, daß man von seiner Ex-Ehefrau angerufen wird? Große Güte, das hätte ich ja jetzt beinahe völlig vergessen. Ich muß unbedingt aus der Stadt verschwinden. Bruno, Wie-heißt-er-noch-gleich und das Mädchen könnten jetzt in diesem Augenblick hier angaloppiert kommen. Und sie wissen, wo ich abgestiegen bin!

Und ich muß mir unbedingt was einfallen lassen, wie ich diese Bänder in Zukunft schneller besprechen kann. Zuerst muß ich den ganzen Mist am eigenen Leib erleben, und dann muß ich mir das Ganze nochmal anhören, ehe ich schlau aus allem werde. Was ja gar nicht so übel ist, wenn ich von einer Frau aufs Kreuz gelegt werde oder so, weil ich absolut nichts dagegen habe, das noch einmal zu durchleben. Aber wenn es langweilig oder deprimierend oder gefährlich ist, dann muß ich es erst erleben, was schon beschissen genug ist, und muß es mir anschließend alles noch mal anhören, wenn ich das Band abspiele. Und das macht wirklich keinen Spaß.

Wie ich gehört habe, muß es jetzt einen neuen Recorder auf dem Markt geben, der alles mit doppelter Geschwindigkeit abspielen kann, ohne daß sich dabei jeder wie ein Backenhörnchen anhört. Vielleicht kann ich Groucho ja dazu überreden, daß er die Kosten für so ein Ding übernimmt.

Chico . . . ach, vergiß Chico! Arbeit wartet auf mich!

Im Master File befinden sich jetzt drei weitere Bänder. Ich muß unbedingt neue Bänder kaufen. Vielleicht kann ich dem Büro sagen, daß sie hier in New Jersey keine Bänder verkaufen, und daß ich daher nach Las Vegas zurückfliegen mußte. Denk mal einen Augenblick darüber nach, Trace.

Okay, ich habe also schon erzählt, daß Cora angerufen und versucht hat, mir Spasty und Lahmi anzudrehen. Nee, da ist nichts drin! Sie hat sie auf die Welt gesetzt; sie behält sie auch.

Das war schon mal ein richtig süßer Anruf. Und dann hat der gute Nick Yule angerufen. Mein Magen tut mir weh, nachdem er übel zugerichtet worden ist, und er schnüffelt ein bißchen herum, will mal hören, ob wir uns nicht mit ihm einigen wollen. Ich habe ihm ganz klar nein gesagt. Ich sage Anwälten immer gerne nein. Er hat Jeannie abgewiesen und will mit mir ins Geschäft kommen, was bedeutet, daß er versucht, uns zu leimen. Soll er noch eine Weile schwitzen.

So, dann habe ich Wilber Winfield auf Band. Er hat alles. Das Motiv, die Gelegenheit, alles was ich brauche, um ihm ein Mordkomplott an den Hals zu hängen. Nur daß niemand versucht, Mitchell Carey umzubringen. Am allerwenigsten Wilber Winfield. Tut mir ja auch leid, aber man muß einen Mann einfach mögen, der Schnürstiefel trägt und einfach alles darüber weiß, wie Erdnußbutter-Brote auf den Boden fallen, und der im Alter von 212 Jahren immer noch ein Auge für gut bestückte kleine Blondinen hat. Aber jetzt mal angeborenen Charme beiseite, der hatte, nein, Korrektur, *hat*, einen guten Grund, sauer auf Mitchell Carey zu sein. Winfield besitzt weniger als die Hälfte der gemeinsamen Firma, daher kann Carey tun und lassen, was immer er will. Und was er gewollt hat, ehe er dann krank wurde, war, den Laden zu verkaufen, und somit steht Winfield im Regen, ob ihm das nun paßt oder nicht. Natürlich nimmt er zwanzig oder dreißig Millionen mit in den Regen und damit wird der Regen ja eigentlich ziemlich angenehm und erträglich. Aber wenn er doch nun mal nicht gehen will? Und wenn Carey stirbt, kriegt er ein ordentliches Stück von Careys Kuchen, und erhält damit auch wieder die Kontrolle über die Firma. Er hat alle Motive dieser Welt, verdammt, aber er ist einfach nicht der Typ für so was. Ich glaube, er würde Carey zu einem Showdown-Poker um die ganze Firma herausfordern. Ich glaube nicht, daß er versucht, ihn umzubringen.

Und er war leider keine große Hilfe, als ich versucht habe, andere mögliche Tatverdächtige zu finden. Matteson, sagt er, würde sofort ziemlich verdächtig aussehen, wenn er schon wieder eine Lebensversicherung kassieren würde. Muffy erbt sowieso nichts, und Amanda ist nicht die Frau für so was. Wenn es Jeannie wäre, dann wäre der alte Carey schon längst unter der Erde. Okay, also ist es keiner. Gut gemacht, Trace, fahr nach Hause, ehe die Mongos über dich herfallen.

Soviel zu Winfield, und dann bin ich mittags Matteson und Jeannie über den Weg gelaufen, die Händchenhalten im Golf Club spielten, also vergessen wir das einfach. Besonders da sich später ja alles wieder aufgeklärt hat.

Dann weiter zu den Careys, und damit kommen wir zu meinem ersten Einbruch dieses Tages. Muffy geht tauchen, und Mrs. Carey schaut zu, und ich durchsuche ein bißchen die Schlafzimmer im ersten Stock, und was finde ich dabei heraus? Daß Muffy ihre Frisur gewechselt hat. Daß sie einen schönen großen grünen Sauerstoffbehälter in ihrem Zimmer hat, um ihre kleinen Sauerstoffflaschen fürs Tauchen aufzufüllen. Nehme ich an. Und daß sie ein Fotoalbum besitzt, aus dem sämtliche Aufnahmen von Petey verschwunden sind. Also, wer ist Petey?

Muß ich sie unbedingt mal nach fragen.

Sie war nicht besonders begeistert, als ich mich im Sanatorium zu ihnen gesellt habe, aber das war Schwester Simons auch nicht, und wen interessiert das schon?

Ich mag dieses Krankenhaus nicht. Ich mag es nicht, an diese alte Frau zu denken, wie sie dagestanden hat, wie sie diesen Schlafanzug an sich gedrückt hat, und wie sie mit ihrem Mann gesprochen hat, der nichts anderes mehr tun kann, als einfach nur dazuliegen.

Also gehe ich raus auf den Flur, und Matteson erklärt mir

das mit Jeannie und bringt wieder alles in Ordnung, also das war schon okay, und ich glaube ihm. Vielleicht werde ich ja langsam auch einfach leichtgläubig, kommt mir gerade so in den Sinn. Wie es scheint, glaube ich inzwischen schon jedem. Und Matteson kann jedenfalls auch nicht verstehen, wieso es Mr. Carey einfach nicht besser gehen will.

Es beschäftigte mich irgendwie schon den ganzen Tag. Wahrscheinlich war das dann auch der Grund, warum ich heute abend noch mal zum Haus der Careys gefahren bin. Als Mrs. Carey mit ihrem Mann gesprochen hatte, da sagte sie, daß sie abends mit Buffy darüber sprechen wollte, was sie tun sollte. Das war auch der Augenblick, an dem ihr Mann wach wurde und »Nein« brüllte und fast starb.

Sie sagte Buffy, nicht Muffy. Und Buffy ist tot. Es war mir schon den ganzen Tag durch den Kopf geschwirrt, und ich wußte es einfach nicht.

Ein Glück, daß Matteson da war, denn andernfalls wäre Mr. Carey, das weiß ich, gestorben. Irgendwie hat sich Matteson für meinen Geschmack zu viel Mühe gegeben, den alten Mann zu retten, als daß ich noch glaube, er würde ihn lieber tot sehen. Und Muffy, diese kleine Schlampe, wollte doch tatsächlich in einem mit Sauerstoff übersättigtem Zimmer rauchen, und sie redet über den alten Mann als wäre er nur irgendeine Zimmerpflanze. Na ja, wenigstens hatte sie Verstand genug, die Nachtschwester zum Dienst zu rufen.

Also, vielleicht treibt sich Matteson mit Jeannie Callahan herum oder vielleicht tut er das auch nicht, aber falls ich mal krank werden sollte, hätte ich nichts dagegen, wenn er in der Nähe wäre. Er hätte heute auch einfach nur so tun können als ob, wenn er es gewollt hätte, und keiner von uns hätte davon etwas gemerkt.

Es ist alles ziemlich verwirrend und es wird noch verwirrender. Ich weiß überhaupt nicht, was ich hier eigentlich mache.

Und Chico will also zu mir zurückkommen. Die süße kleine Nutte, die irgendeiner blöden Geschichte eines

Freiers auf den Leim geht. Na ja, was immer sie tun will. Doch indem sie mich angelogen hat, hat sie irgendwie alles kaputtgemacht.

So, wieder zurück im Sanatorium sehe ich Dr. Darling und Schwester Simons gemeinsam wegfahren. Toll. Ich hoffe, die zwei sind Lesben. Und daß sie sich gegenseitig vergiften.

Wie heißt die Nachtschwester noch gleich? Jack Ketch. Ja tatsächlich, er ist schon ein richtig großer Schlägertyp. Muskeln wie ein Gewichtheber und vermutlich soviel Grips wie eine Hantel.

So, und was ist das für eine Nummer, die Muffy die Prächtige mit Mrs. Carey abzieht? Oh, Nana, mir ist so kalt und ich habe so eine Angst. Oh, Nana, laß nicht zu, daß sie Pop-pop weh tun. Hol ihn nach Hause, hol ihn nach Hause.

Ja, Welt, ich glaube nicht, daß es ein Schwindel ist; ich weiß, daß es ein Schwindel ist, weil ich nicht an Geister und Séancen und Spiritisten und ähnliche Affenscheiße glaube, und um die Wahrheit zu sagen, ich glaube auch nicht an Hypnose, selbst wenn ich persönlich schon miterlebt habe, daß sie manchmal funktioniert.

Geister hinterlassen keine ordentlich sauberen, knapp acht Zentimeter großen Kreise auf der Außenseite einer Fensterscheibe. Ich habe hier gesessen, mit geschlossenen Augen, habe dem Tonbad zugehört, habe versucht mich daran zu erinnern, wie es alles gewesen ist, und ich weiß jetzt, wie es gelaufen ist. Jedesmal, wenn der Geist eine Antwort geben sollte, hat Muffy mit ihrem Kopf genickt. Das war das Zeichen für ihren Komplizen, die nächste Antwort zu geben. Ich weiß nicht, ob er . . . Verdammt, vielleicht hat sie die Stimme ja nachgemacht oder hat ein Tonband benutzt oder was auch immer, aber genau so ist es gewesen, so haben sie es gemacht, und Mrs. Carey konnte nichts sehen, weil sie ja dem Fenster ihren Rücken zugewandt hatte.

Nein, halt. Sie haben ein Tonband benutzt, denn manchmal hat Muffy eine Frage gestellt und die Stimme hat immer nur Nana geantwortet. Gut nachgedacht, Trace.

Also zieht Muffy hier einen Schwindel ab, aber aus welchem Grund will sie nur Mr. Carey wieder zu Hause haben? Will sie, daß er stirbt? Er stirbt doch auch im Krankenhaus ganz wunderbar, wie es scheint. Heute hatte er es fast geschafft, und es war mir schon ziemlich klar, daß sie nur deshalb im Krankenzimmer Wurzeln geschlagen hat, weil sie auf den erbarmungslosen Schnitter gewartet hat, wenn man daran denkt, wie sehr sie sich ein Bein ausgerissen hat, mir und Matteson zu helfen.

Chico würde sich einen Reim darauf machen können.

Zum Teufel mit Chico. Soll sie doch in drei Treufels Namen ihr Schuleignungszentrum leiten! Da kann sie mit jedem zweiten Bewerber bumsen. Die Tests würden sie nicht bestehen, aber den meisten wäre das auch ziemlich egal.

Was mich daran erinnert, nie wieder Nachrichten auf einen Anrufbeantworter zu sprechen. Von jetzt an werde ich sofort auflegen, wenn ich eine Nummer wie »Ich bin zur Zeit leider nicht im Haus, werde Sie aber sofort zurückrufen« höre, genau wie es jeder andere halbwegs vernünftige Mensch auch macht. Ich habe den Fehler gemacht, eine Nachricht für Jeannie Callahan auf Band zu sprechen, was meinen Arsch um ein Haar hinter Gitter befördert hätte.

Es macht mir ja wirklich nichts aus, ab und zu mal herumgetreten zu werden. Verdammt, ich war schließlich verheiratet, daher bin ich an Beschimpfungen und tätliche Angriffe gewöhnt, aber es ist wirklich absolut nicht drin, daß irgendwer Jeannie Callahan eins überzieht, und deshalb will ich den Kerl finden. Ich bin sicher, daß er der Kerl ist, dessen Zähne in den Apfel passen, der unten in Hughies Kühlschrank liegt, und ich will wissen, wer er ist. Seine Zähne werden in keinen einzigen Apfel mehr passen. Außer er ist wirklich unheimlich groß und stark, und dann werde ich ihm von hinten eins mit einem Knüppel verpassen.

Wahrscheinlich ist er alt. Er hat gegrunzt, als er sie geschlagen hat. Ein richtiges Herzchen.

Und was hat er überhaupt in Jeannies Akten zu suchen gehabt? Hat das vielleicht etwas mit woran immer sie gerade arbeitet zu tun? Mit dem Plesser-Problem? Mit der Auflösung von Carays Firma?

Ich weiß es nicht. Sie weiß es auch nicht. Auf dem Band befindet sich ein langes Gespräch mit mir, und sie weiß absolut nichts darüber, wer sie niedergeschlagen hat oder warum.

Ich komme einfach nicht dahinter, was hier eigentlich los ist.

Jedenfalls, Mr. Carey geht's ganz gut. Vorläufig fühle ich mich bei dem Gedanken, daß Matteson heute nacht im Krankenhaus bleibt, erheblich besser. Ich mag es nicht, wenn dieser Schlägertyp von einem Krankenpfleger über Carey redet als wäre er schon tot, dieser Kerl mit seiner Sporttasche und seinem *Hustler* und seinen Karate-Magazinen, am Arsch lecken kann der mich! Ich verstehe ja nichts davon, aber ich denke mir einfach, daß Mr. Carey da in seinem Bett liegt, alles hören kann, was um ihn herum vor sich geht und einfach nicht in der Lage ist, ein einziges Wort dazu zu sagen. Ich weiß es ja nicht, und irgendwie ist es auch eine ziemlich beschissene Vorstellung, aber vielleicht ist es ja so.

Ach, Welt, ich bin müde. Ich mag Jeannie Callahan. Ich mag sie wirklich sehr. Mag ich sie aber auch genug, um mich dafür hier in New Jersey rumzutreiben? Ich weiß es nicht.

Und ich will nicht mehr mit Chico reden. Selbst wenn sie meine Mitbewohnerin ist. Selbst wenn sie bei Dingen wie diesem hier wirklich eine sehr große Hilfe für mich ist.

Ach, was soll's? Ich bin sie satt.

Meine Spesen waren heute nicht anders als sonst auch, wofür du dich auch immer entscheiden magst, Groucho.

Ich bin müde.

Ich will nicht mehr mit Chico reden.

Gute Nacht.

24

»Das darf doch wohl nicht wahr sein! Wer ist denn da?«

»Ich bin's Trace. Mach auf.«

Chico öffnete die Türe ihres Motel-Zimmers einen Spaltbreit, versteckte sich dahiner, zog Trace dann in das Zimmer hinein und schloß die Türe. Sie war nackt.

»Ich habe auf dich gewartet«, sagte sie, »aber dann wurde ich die Warterei leid, und ich dachte schon, du würdest wirklich nicht mehr kommen, also bin ich ins Bett gegangen.«

»Ich hasse es, berechenbar zu sein«, sagte er.

Hier war er also bei ihr, sie nackt, und er wußte nicht, was er jetzt als nächstes tun sollte. Sollte er ihr einen Begrüßungskuß geben? Vielleicht sollte er doch besser abwarten und erstmal sehen, was sie machte?

»Wieso hast du keinen Bademantel an?«

»Was?«

»Du konntest doch nicht wissen, wer an deiner Tür war. Wieso trägst du keinen Bademantel? Ich weiß nicht, was ich jetzt machen soll. Ich bin sauer auf dich. Aber wie soll man auf eine Frau sauer sein, die keine Kleider am Leib hat?«

»Wenn dich das schon aufregt, warte mal, bis ich das hier versuche«, sagte sie. Sie streckte ihre Arme aus, legte ihre Hände in seinen Nacken und zog seinen Kopf zu sich herunter. Sie küßte ihn, feucht und warm, und ließ ihre Hände seinen Rücken hinuntergleiten, umklammerte seinen Hintern und zog ihn dicht an sich heran.

Trace ließ die Plastiktüte mit seinen Tonbändern fallen und streichelte ihre samtweiche Haut. Sie roch so frisch und angenehm wie eine Meeresbrise.

»Warum hast du mich nicht eingeladen, bei dir zu wohnen?« fragte sie.

»Weil ich jetzt ein anständiges, geordnetes Leben führe.

Ich habe eine Zahnbürste in meinem Bad. Wenn ich dich zu mir kommen lasse, habe ich am nächsten Tag vier Zahnbürsten in meinem Badezimmer liegen. Nach zwei Tagen sind es schon sechs. Zahnbürsten vermehren sich wie die Karnikkel und wie Büroklammern. Und dann weiß ich nicht mehr, welche meine ist und bald schon gerate ich in Rückstand, meine Zunge zu bürsten.«

Er zog sie dicht an sich heran.

»Willst du mich vergewaltigen?« fragte sie. Kleine Lachfältchen bildeten sich in den Winkeln ihrer großen schwarzen Augen.

»Nachdem ich den ganzen weiten Weg gekommen bin, sollte ich wirklich irgendwas machen.«

»Willst du mich fesseln? Die Handtücher sind dünn wie Papier. Du könntest sie zerreißen und mich fesseln. Und wenn du dann über meinen Körper herfällst, kann ich dir nicht mehr weglaufen.«

»Du würdest es auch gar nicht versuchen wegzulaufen«, sagte er. »Wo solltest du denn auch schon hin?« Und er dachte: Nach Memphis, Tennessee.

Und er stieß sie von sich und blickte auf ihren makellosen jungen Körper, und er dachte: Ach, was soll's, und er schob sie auf ihr Bett.

Später lagen sie nebeneinander im Bett, und Trace erzählte ihr, was in Harmon Hills geschehen war. Sie grunzte öfters zustimmend, begnügte sich aber die meiste Zeit damit, aufmerksam zuzuhören.

»Und? Kannst du dir einen Reim darauf machen?«, fragte er sie schließlich.

»Nein, im Augenblick noch nicht. Ich möchte das erst eine Weile auf mich einwirken lassen, dann wird mir schon noch was dazu einfallen.«

»Okay«, sagte Trace. »Mach das Licht aus. Das ist meine letzte Zigarette für heute.«

»Ich weiß schon, keine Reden mehr, wenn du deine letzte Zigarette rauchst.«

»Richtig.«

»Eins noch, Trace.«

»Was?«

»Du hast nicht gesagt, daß du dich freust, mich wiederzusehen.«

»Ich weiß auch nicht, ob ich das tue.«

Ein heller Sonnenstrahl fiel Trace im folgenden Morgen ins Gesicht und weckte ihn. Chico war nicht im Bett, und seine Tonband-Cassetten lagen ordentlich aufgestapelt auf dem kleinen Tisch in dem Zimmer. Daneben lag ein kurzer Brief.

Trace,

Wo war Wilber Winfield, als er sich eigentlich mit dem Rechtsanwalt treffen sollte?

Wo hat dieser Nicholas Yule gesteckt, während alles andere passierte?

Was befand sich in der Schublade des Aktenschrankes, der aufgebrochen worden ist?

Hat der Kerl, der dich zusammengeschlagen hat, gegrunzt?

Wann hat die Familie Plesser angekündigt, daß sie klagen werden?

Sie muß ja wirklich eine tolle Frau sein. Mußtest du dich unbedingt in sie verlieben?

Der Zettel trug keine Unterschrift.

Trace dachte daran, zu duschen, überlegte es sich dann jedoch anders, packte seine Cassetten ein und fuhr zum Country Club zurück, wo er dann duschte. Anschließend rief er das Meadow Vista Sanatorium an und wollte sich mit Jeannie Callahans Zimmer verbinden lassen.

»Tut mir wirklich sehr leid«, sagte das Mädchen in der Zentrale. »Miss Callahan ist entlassen worden.«

»Vielen Dank«, antwortete Trace. Er rief die Kanzlei der Anwältin an und erhielt von ihrer Sekretärin Jeannies Telefonnummer. Sie ging beim ersten Klingeln an den Apparat.

»Trace hier. Wie fühlst du dich?«

»Die Schmerzen wie bei einem üblen Kater, aber nichts von den angenehmen Erinnerungen. Und meine Augen werden langsam schwarz.«

»Du scheinst mir im Augenblick ja ein Bild von einer Frau zu sein.«

»Das ist nicht witzig«, sagte sie.

»Trag eine Sonnenbrille.«

»Dann brauche ich aber eine Sonnenbrille, deren Gläser so groß wie Untertassen und so undurchlässig wie Kanaldeckel sind, um mein Makel zu verstecken. Da kommen meine gottverdammten Mandanten womöglich noch auf dumme Gedanken. Sie werden denken, daß sie mit mir um mein Honorar Armdrücken können oder was weiß ich. Ich hasse das. Wußtest du eigentlich, daß ich zur Miss Außergerichtlicher Vergleich in meiner Fakultät gewählt worden bin? Und jetzt sehe ich aus wie eine geschlagene Frau.«

»Hast du schon was von den Cops gehört?« fragte Trace.

»Nein. Nicht ein Wort.«

»Ich rufe sie an. Bleibst du heute zu Hause?«

»Sofern nicht irgendwer ein Make-up für Opfer von Gewaltverbrechen erfindet. Heute ist Freitag. Vielleicht sehe ich mit ein bißchen Glück am Montag wieder wie ein Mensch aus.«

»Wenn du willst, komme ich später vorbei.«

»Ich will. Und wenn du über mich lachst, bringe ich dich um.«

»Soll ich irgendwas mitbringen?«

»Nur dich und sonst gar nichts«, sagte sie.

»Für Hauszustellung wird aber eine geringe Gebühr erhoben.«

»Ich werde deine Bezahlung bereit halten, wenn du hier ankommst.«

Trace rief das Polizeirevier an, doch Lt. Wilcox sagte, daß sie noch nichts weiter herausgefunden hätten. »Ich habe mich in der Nachbarschaft umgehört. Niemand hat irgendein verdächtig geparktes Fahrzeug bemerkt oder jemanden aus dem fraglichen Haus kommen sehen.«

»Was ist aus den Fingerabdrücken geworden?« fragte Trace.

»Eine Menge verschmierte Abdrücke und eine Menge Abdrücke von der Anwältin. Sie können uns auch nichts Neues erzählen?« erkundigte sich Wilcox.

»Nein.« Trace beschloß, den Apfel nicht zu erwähnen. Und wie sollte er ihn auch schon erwähnen, selbst wenn er es gewollt hätte? Konnte er denn sagen: »Lieutenant, ich habe einen angebissenen Apfel.«

Und Wilcox konnte sagen: »Mein Gott, Tracy, das ist haargenau die Wende, nach der wir gesucht haben. Das ist der Durchbruch. Damit werden wir den Straftäter an die Wand nageln. Wo haben Sie diesen Apfel her?«

Und Trace könnte dann sagen: »Ich habe ihn aus einem Aschenbecher gestohlen. Klebt Sand dran.«

Und Wilcox könnte antworten: »Berühren Sie bloß den Sand nicht. In den Händen eines kriminaltechnischen Genies hat selbst Sand etwas zu sagen.«

Nein, dachte Trace. Alles in allem besehen war es das Beste, den Apfel gar nicht erst zu erwähnen.

Wilcox sagte: »Ich möchte eine Aussage von Ihnen haben.«

»Ich komme später vorbei und mache eine.«

»Wenn ich nicht hier sein sollte, machen Sie's mit meiner Frau.«

Und fünfzehn Antworten sprangen Trace in den Kopf, doch er kam zu dem Schluß, daß jede einzelne nur dazu führen würde, daß er erschossen wurde, also sagte er einfach: »Das werde ich, Lieutenant«, und legte auf.

Nur einen Augenblick später klingelte das Telefon. Dexter sagte ihm, daß ein Mr. Marks angerufen und gesagt habe, es wäre sehr wichtig, daß Trace ihn umgehend zurückrufe.

»Groucho oder Karl?« fragte Trace.

»Das hat er mir nicht gesagt, Sir. Er schien davon auszugehen, daß Ihnen sein Name etwas sagt.«

»Dann muß es Groucho sein«, sagte Trace. »Karl ruft wohl kaum mehr an.«

»Was ist los, Groucho?« fragte Trace, nachdem er schließlich die Sekretärinnen-Mauer der Garrison Fidelity überwunden hatte.

»Nicholas Yule. Haben Sie ihm gesagt, daß wir zu keiner Verhandlung bereit sind?«

»Kann mich nicht erinnern«, sagte Trace aufrichtig.

»Nun, er hat gestern angerufen. Er sagte, daß er Sie davon unterrichtet habe, daß seine Mandanten möglicherweise mit einer außergerichtlichen Einigung dieses Falles einverstanden wären, und er sagte weiter, daß Sie ihm zu verstehen gegeben hätten, daß unsere Gesellschaft auf gar keinen Fall dazu bereit wäre. Haben Sie ihm das gesagt?«

»Wenn er das sagt, werde ich es wahrscheinlich getan haben. Würde ein Anwalt jemals lügen?«

»Sie hatten nicht das Recht und die Befugnis, so etwas zu sagen. Vielleicht sind wir ja zu einer Einigung bereit. Vielleicht ist das das Beste, was wir in diesem Fall tun können.«

»Wolltest du mich deswegen sprechen?«

»Natürlich wollte ich Sie deswegen sprechen.«

»Ich bin an dieser Versicherungs-Scheiße nicht interessiert«, sagte Trace.

»Moment, Moment. Sie arbeiten für uns. Was soll das heißen: Versicherungs-Scheiße?«

»Ich ziehe es vor, mich mit den wirklich großen Fragen von Leben und Tod zu beschäftigen«, antwortete Trace. »Kleinkarierter Bürokram langweilt mich.«

»Dann halten Sie sich gottverdammtnochmal auch da

raus«, brüllte Marks durchs Telefon. »Legen Sie die Gesellschaft gefälligst nicht auf Dinge fest, auf die sie nicht festgelegt werden sollte!«

»Wirst du dich mit Yule treffen?« fragte Trace.

»Wahrscheinlich. Oder ich lasse die Sache von unseren Anwälten erledigen.«

»In Ordnung. Ich gebe dir jetzt zwei gute Tips für die Gesellschaft.«

»Nur zu!«

Trace sagte: »Erstens. Bevor du auch nur einen Schritt unternimmst, laß deine hellen Jungs von der Rechtsabteilung Kontakt mit Jeannie Callahan aufnehmen. Sie ist die Anwältin des Arztes, und sie ist erheblich cleverer als Yule, und was das angeht, auch cleverer als du. Sie weiß am besten, wie man mit diesem Yule umgehen muß.«

»In Ordnung. Das war Ihr erstens«, sagte Marks.

»Zweitens. Falls sich jemand mit diesem Yule trifft, sag ihm oder ihnen, daß sie auf gar keinen Fall seine Band engagieren sollen. Er ist ein saumäßiger Posaunist.«

Trace zog sich an und ging hinunter in die Cocktail-Bar, um dort auf Chico zu warten. Es ging hart auf Mittag zu, und das Hotel-Restaurant füllte sich langsam.

Trace fragte Hughie: »Haben Sie eigentlich nie frei?«

»Brauch ich nicht, mal vom Wochenende abgesehen«, sagte Hughie. »Die Bar wird gegen Mittag geöffnet und ich öffne sie, und im allgemeinen schließe ich so zwischen acht und neun Uhr wieder, außer es ist so ein lebendiger Bursche wie Sie bei uns abgestiegen. Egal wann und wieviel ich arbeite, ich werde dafür bezahlt.«

»Trotzdem eine schreckliche Arbeitszeit.«

»Sie müssen das auch mal von der guten Seite sehen. So komme ich wenigstens nicht zur Rennbahn. Finlandia?«

»Ja.«

»Nette Assistentin haben Sie übrigens«, meinte Hughie, während er den Wodka einschenkte.

»Ach? Welche?«

»Das kleine Mädchen mit den Schlitzaugen. Mako oder so ähnlich.«

»Chico. Was hat sie hier gewollt?«

»Sie ist ziemlich früh reingekommen und hat Ihren Apfel abgeholt. He, es war doch hoffentlich okay, daß ich ihr den Apfel gegeben habe? Hätte ich sie erst nach einem Kennwort oder so was fragen müssen? Sie haben mir nicht gesagt, daß ich den Apfel keinem Menschen aushändigen soll.«

»War schon in Ordnung so. Sie hat genug Verstand, irgendwas damit zu machen.«

»Ihn zu essen«, sagte Hughie, als er den Drink auf die Theke stellte.

»Häh?«

»Ihn zu essen. Das machen die meisten Menschen mit Äpfeln.«

»Den kann man aber nicht essen. Das ist ein Beweisstück. Aber womöglich ißt Chico ihn trotzdem. Dieses Mädchen würde eine Reklametafel für Hundefutter essen, wenn sie nur eine Mahlzeit ausgelassen hätte. Eigentlich müßte sie fünfhundert Pfund wiegen.«

»Manche Dinge läßt man besser in Ruhe«, meinte Hughie und schlenderte zum anderen Ende der Theke, wo sich gerade zwei Golfer in einer Kluft, deren Farbe den Hintern eines Pavians noch in den Schatten stellen würde, auf die Hocker fallen ließen.

Trace fragte sich, wo Chico mit dem Apfel wohl hingegangen sein mochte. Es wäre schon typisch für sie, wenn sie ihn doch aufessen würde. Diese Frau würde einfach alles essen.

Sie mußte sich die ganze Nacht seine Bänder angehört haben, und ihm wurde klar – sein schlechtes Gewissen meldete sich – daß es ihr ganz sicher sehr weh getan haben mußte, denn er war ihr gegenüber auf den Bändern ziemlich beleidigend gewesen. Er versuchte sich daran zu erinnern, was er auf den Tonbändern alles gesagt hatte, doch jedesmal, wenn die Erinnerung ihm einen Stoß gab, sagte er sich: Nein, das habe ich nicht gesagt, so derb würde ich mich niemals ausdrücken. Doch er hatte es getan, und er wußte es auch. Er ließ sich das Telefon geben und rief Dr. Matteson in Meadow Vista an.

»Wie geht es Ihrem Star-Patienten?« erkundigte sich Trace.

»Welchem? Sie sind alle Stars.«

»Rechtsanwältin Callahan. Sie haben sie wieder nach Hause geschickt?«

»Ja. Sie war in Ordnung. Hat die ganze Nacht durchgeschlafen wie ein Baby.«

»Keine Gefahr irgendwelcher Komplikationen?« fragte Trace weiter.

»Nein. Vielleicht kriegt sie einen Pickel.«

»Und was ist mit Mr. Carey?«

»Stabil heute. Er hatte eine gute Nacht.« Matteson zögerte und sagte dann: »Mrs. Carey hat heute morgen angerufen. Sie sagte, sie wollte sich mit mir über seine Behandlung unterhalten. Es hat sich irgendwie sehr wichtig angehört. Wissen Sie zufälligerweise, was Sie von mir will?«

»Ich denke schon«, antwortete Trace. »Ich glaube, sie wird Ihnen sagen, daß sie ihren Mann nach Hause holen will.«

»Das kann sie nicht machen«, zischte Matteson barsch. »Der Mann hatte gerade einen Herzinfarkt. Er könnte jeden Augenblick sterben.«

»War nicht meine Idee, Doc.«

»Wessen Idee ist es denn dann, gottverdammtnochmal?«

»Eine Stimme aus dem Jenseits«, sagte Trace.

»Wovon reden Sie eigentlich?«

»Schon gut. Ich glaube, daß diese Muffy Mrs. Carey dazu anstiftet.«

»Ich werde ihr das wieder ausreden.«

»Viel Glück«, sagte Trace. »Ich werde heute bei Jeannie vorbeischauen.«

»Gut. Ersparen Sie mir einen Anruf. Und, Trace, danke für den Tip.«

Als Chico vorbeikam, trug sie eine Einkaufstüte auf dem Arm.

»Wie wär's mit einem Drink, Frau Berber?« fragte Trace.

»Mecker nicht über die Tüte, da sind alle möglichen guten Sachen drin. Wie wirst du eigentlich mit diesem Empfangschef fertig?«

»Mit Dexter? Was hat er denn gemacht?«

»Klar, er mußte ja Dexter heißen. Dexter der Geschickte. Er hat mich ausgequetscht, als ich hereingekommen bin.«

»Was hast du ihm denn erzählt?«

»Ich habe gesagt, daß ich dich suche. Er wollte wissen, wer ich überhaupt sei, womit er mich ziemlich sauer gemacht hat, und da habe ich ihm eben gesagt, daß du heute Geburtstag hast und daß ich von Strip-O-Gram käme und daß ich mein perlenbesetztes Kostüm in der Tüte hätte. Komm jetzt, ich will nichts trinken. Wir gehen jetzt auf dein Zimmer. Wir werden Dexter was geben, wo er sich wirklich das Maul drüber zerreißen kann.«

Hughie sagte: »Das ist sie. Das ist die Frau, die Ihren Apfel gestohlen hat. Soll ich die Polizei rufen?«

»Hughie, das ist Chico. Rufen Sie wegen ihr fürs Erste nicht die Cops. Nicht, solange Sie nicht sehen, daß sie anderen Leuten das Essen vom Teller klaut.«

Wieder in seinem Zimmer, machte Trace es sich auf seinem Bett bequem, während Chico die Gardinen zuzog und den Raum verdunkelte.

»Ist das jetzt geschäftlich oder privat?« fragte er.

»Setz dich gerade hin, du Mistkerl. Ich rede nicht gerne mit jemandem, der auf seinem Bauch liegt.«

»Du hättest mich täuschen können«, sagte er, rappelte sich aber dennoch in eine sitzende Stellung auf.

»Hokuspokus Lichtibus«, sagte Chico. Sie stand am Fußende des Bettes, griff in ihre Einkaufstüte und zog eine schwarze Plastik-Taschenlampe heraus.

»Mit Eveready-Batterien«, sagte Trace, »kannst du mit dem Ding sogar Grizzly-Bären verscheuchen.«

»Wovon redest du eigentlich?«

»Tut mir leid. Das war eine etwas veraltete Anspielung, ist zu lange her für dich. So, da hast du also eine hübsche Taschenlampe. Und was ist damit?«

»Es ist nicht einfach nur eine Taschenlampe«, sagte Chico. Sie knipste den Schalter an und Trace las auf der weißen Wand seines Zimmers die schaurige Nachricht:

BOFFA'S ZAUBERLÄDCHEN
WO JEDER TRICK ETWAS GANZ BESONDERES IST

Die Schrift war nicht ganz scharf, doch Chico drehte an der Reflektorfassung und schon wurden die Buchstaben scharf und deutlich.

Sie zog die Gardinen des Zimmers wieder auf.

»So, das ist eine magische Projektionslampe«, sagte sie. »Ich habe diesen kleinen Zauberladen in der Nachbarschaft gefunden. Zauberer verwenden so ein Ding für falsche Geistererscheinungen. Genau so ist die kleine Buffy letzte Nacht auf der Gardine aufgetaucht.«

»Wie funktioniert das?«

»Ach, du nimmst einfach irgendein Negativ oder ein Dia. Wenn du eine Nachricht materialisieren lassen willst, schreibst du einfach irgendwas auf ein Stück transparente Plastikfolie, und das steckst du dann in diesen Schlitz hier auf der Oberseite und knipst anschließend einfach das Licht an.«

»Chico, du bist wirklich erstaunlich«, sagte Trace. »Als ich in Muffys Zimmer herumgestöbert habe, habe ich die Rechnung eines Foto-Geschäfts für ein Dia gefunden. Das hat sie benutzt. Sie hat einfach eine Kopie von einer der Fotografien des toten Mädchens gemacht.«

»Ganz simpel, mein lieber Schwachkopf. Und wenn dir das schon gefallen hat, dann wirst du hierbei ganz aus dem

Häuschen geraten.« Sie griff in die Tüte, zog einen grünlichen Klumpen heraus, den sie Trace dann zuwarf. Er begutachtete das Ding von allen Seiten, bis er schließlich erkannte, daß es ein Zahnmodell war.

»Von dem Apfel?«

»Richtig. Ich hab' ihn zu einem Zahnarzt in der Stadt gebracht. Er hat einen Abdruck genommen und dann davon dieses Modell hier für mich angefertigt.«

»Wie originalgetreu ist es?«

»Nicht perfekt, aber er meinte, daß es der Wirklichkeit schon ziemlich nahe käme. Er sagte, man könnte die Zahnzwischenräume genau gerkennen, und ein Schneidezahn steht irgendwie schräg nach außen.« Sie schwieg einen kurzen Augenblick und hakte ihre Daumen hinter ihren Gürtel. »Hmh, muß mir aber wirklich eine häßliche Kreatur sein. Mit so Hühnerzähnen. Ein Gaul.«

»Das ist nicht der Abdruck eines Menschen. Das ist der Abdruck von einem riesigen Wolf«, sagte Trace.

Chico schnappte sich ein Handtuch und wickelte es sich wie ein Kopftupf um den Kopf. Mit starkem russischen Akzent sagte sie:

»Selbst ein Mann mit rrreinem Herrrzen, där abends seine Gebete sprrricht, kann sich in einen Wolf verrrwandeln, wenn die Wolfsblume blüht und där Herrrbstmond hell am Himmel steht.«

»Higher and higher mit Maria Ouspenskaya«, sagte Trace. »Oder war es Bela Lugosi?«

»Tanzt du die Polka mit Oskar Homolka?« fragte Chico.

»Fang jetzt nicht mit deiner Hollywood-Nummer an. Du schweifst vom Thema ab.«

»Schon gut. Gib mir diese Zähne zurück. Bei deinen schwitzigen Händen schmilzt das Ding sonst noch oder du machst es sonst wie kaputt, und dann paßt es zu überhaupt niemandem mehr.«

»Wie hast du eigentlich einen Zahnarzt dazu gekriegt, daß er dir so einen Abdruck macht? Normalerweise kriegt man einen Zahnarzt doch nicht mal dann dazu, was schnell zu machen, wenn einem der Kiefer abgefallen ist.«

»Willst du das wirklich wissen?« fragte Chico.

»Nein, wahrscheinlich nicht. Nicht wenn das bedeutet, daß du dir eine Kavität füllen lassen mußtest.«

Für einen Sekundenbruchteil sah Chico gekränkt aus, doch sie lächelte. »Ich habe ihn einfach dazu überredet«, sagte sie.

Trace warf ihr das Modell zu, sie fing es geschickt auf und verstaute es wieder in ihrer Tüte.

Dann brachte sie eine Schachtel zum Vorschein. »Und jetzt die Krönung«, sagte sie.

Sie öffnete die Schachtel und nahm einen Gummisaugnapf heraus, an dessen Ende ein langer Draht befestigt war.

»Was ist denn das?«

»Das ist ein Lautsprecher«, sagte Chico. »Man bekommt so etwas in Elektronik-Fachgeschäften. Man steckt diesen Draht hier einfach in sein Radio oder in seinen Cassettenrecorder und bringt den Saugnapf dann an einer Wand an. Und was hat man davon? Man bekommt einen schönen vibrierenden Sound, der von überall um einen herum zu kommen scheint.«

»Oder an eine Fensterscheibe«, sagte Trace.

»Exakt. Und so ist die unheimliche Geisterstimme gestern abend entstanden. Was auch den sauberen Kreis auf der Fensterscheibe erklärt. Genau da war der Lautsprecher befestigt.«

»Mit diesem kleinen Bastelsatz für nur fünf Dollar werden auch Sie ein spiritistisches Medium. Veranstalten Sie Ihre eigenen Séancen. Verblüffen Sie Ihre Freunde. Jagen Sie alten Leuten einen Heiden-Schrecken ein«, sagte Trace.

»Ja, aber fünf Dollar kostet es nicht gerade. Das ganze Zeug hier hat mich schon ein kleines Vermögen gekostet.«

»Schreib mir bitte alles genau auf und mach's noch ein bißchen teurer als es war. Anschließend sagen wir Groucho, daß wir die Belege verloren haben.«

»Ich bin schon zufrieden, wenn ich nur mein Geld wieder herausbekomme.«

»Du machst, was ich dir sage, verstanden? Marks hat mir mein Spesenkonto schon wieder gekürzt. Ich fange langsam an, ihm ehrliche Rechnungen zu geben und verliere dabei noch Geld, weil er von allem die Hälfte abzieht. Wir müssen alles verdreifachen, wenn wir mit diesem Mann noch mithalten wollen. Ich schwöre, daß er der mißtrauische Mensch ist, dem ich je begegnet bin.«

»Wenn dein Name nicht draufsteht, vielleicht zahlt er mir dann einfach das Geld zurück, was ich vorgestreckt habe«, sagte sie hoffnungsvoll.

»Verlaß dich da mal nur nicht drauf. Ich kenne doch Groucho«, sagte Trace. »Sonst noch was in deiner Tüte da?«

»Nein. Aber ich habe noch mehr in petto. Ich hatte Glück und habe diesen Zeitungsreporter in Muffys Heimatstadt aufgetrieben.«

»Moment mal, ja? Woher kennst du denn ihre Heimatstadt?«

»Ein Geistesblitz. Ich habe das College angerufen und habe dem Mann im Sekretariat dort erzählt, daß ich daran dächte, sie für einen Job zu engagieren, und erhielt von ihnen die Bestätigung, daß sie tatsächlich dort ein Examen gemacht hat. Und dann habe ich denen erzählt, daß ich Kaffee über ihre Bewerbung geschüttet hätte, und daß ich gerne gewußt hätte, auf welche High School sie gegangen ist. Und das haben sie mir dann auch noch gesagt.«

»Ich muß gestehen, daß ich immer wieder von den verschlungenen Wegen der asiatischen Denkweise überwältigt bin.«

»Glaubst du vielleicht, meine Leute wären nur deshalb Shogune gewesen, weil sie ganz gut mit diesen Schwertern umgehen konnten? Natürlich denken wir um viele Ecken, sind verschlagen und vorausberechnend. Jedenfalls stammt sie aus einer kleiner Stadt im Norden des Staates New York, in der Nähe von Ithaca, und ich habe den Namen der Tageszeitung dieser Stadt herausgefunden.« Sie zögerte. »Willst du wissen, wie ich den Namen dieser Zeitung herausgefunden habe?«

»Ja. Ich möchte jeden deiner Tricks erfahren.«

»Ich habe die Auskunft angerufen. Und ich fand diese kleine Tageszeitung und sprach mit einem ihrer Reporter und habe ihn ein bißchen becirct. Tja, und wie die meisten anderen Tageszeitungen auch, bewahren sie die High School-Jahrbücher auf.«

»Ach, das wußte ich gar nicht«, sagte Trace.

»Ja, klar. Jugendliche wickeln ihre Wagen immer wieder mal um irgendeinen Baum und so oder gehen bei Bootsunfällen verloren, und wenn die Tageszeitung ein Jahrbuch hat, dann haben sie automatisch auch immer Fotos der Opfer, ohne zuvor die Familien belästigen zu müssen.«

»Man lernt doch nie aus!«

»Tja, und wie es der Zufall so wollte, kommt dieser Reporter heute nach New York. Und er hat versprochen, mir das Jahrbuch vorbeizubringen.«

»Du mußt ihn wirklich enorm becirct haben«, sagte Trace säuerlich.

»Ich nehme an, die hundert Dollar, die ich ihm dafür versprochen habe, werden ihn wohl mehr becirct haben«, sagte Chico. »Ist das nicht toll?«

»Wozu brauchen wir ein Jahrbuch?«

Chico zuckte die Achseln. »Vielleicht für gar nichts. Aber vielleicht erfährst du darin etwas über Muffy, was du vielleicht wissen solltest.«

»Das will ich hoffen. Ich sehe nämlich noch nicht, wie ich Groucho dazu kriege, dreihundert Dollar für ein Jahrbuch zu übernehmen, ohne daß irgendwas wirklich Gutes da drin steht«, sagte Trace.

»Hundert Dollar«, verbesserte sie ihn.

»Ja, das sind unsere Kosten. Wir verlangen dreihundert

und lassen uns dann runterhandeln«, sagte Trace. »Vertrau mir. Ich habe nämlich Verhandlungen schon dutzende Male geführt.«

»Und keine einzige hast du gewonnen«, sagte sie.

»Nein. Aber ich kenne sämtliche Tricks von Groucho und ich bin überfällig.«

Chico ging ins Bad. Trace nahm das grüne Zahnmodell aus der Tüte und hielt es in seiner Hand, musterte es nachdenklich von allen Seiten. Als die junge Frau zurückkam, hatte er seine Jacke an.

»Ich bin bald wieder zurück«, sagte er. »Falls du solange warten willst.«

»Wo gehst du denn hin?«

»Ich will Jeannie fragen, ob sie denjenigen vielleicht wiedererkennt, dem diese Zähne gehören. Nur für den Fall, daß es ein Freund war, der auf sie gewartet hat.«

»Soll ich mitkommen?« fragte Chico.

»Nein. Du mußt ja halb verhungert sein. Warum gehst du nicht was essen und wir treffen uns dann später wieder hier?«

»Wieviel später?«

»Keine Ahnung«, sagte Trace.

»Vielleicht bin ich hier und vielleicht fahre ich wieder zu meinem Motel zurück«, sagte sie.

»Okay«, meinte Trace. »Laß mir eine Nachricht hier, wenn du gehst.«

»Keine Sorge. Ich werde fort sein«, sagte sie.

25

»Hi, Sohn. Wollen Sie wieder mit mir über Erdnußbutter plaudern?«

»Nein, geschäftlich.«

»Klingt sehr ernst.«

»Ist es auch. Vergangene Nacht ist jemand in Jeannie Callahans Büro eingebrochen. Und zwar ungefähr zur gleichen Zeit, als Sie sich eigentlich mit ihr treffen sollten.«

»Mist, zu blöd.«

»Warum haben Sie Ihren Termin nicht eingehalten?«

»Stehe ich unter Verdacht, bei ihr eingebrochen zu sein?«

»In meinen Augen, ja. Aus welchem Grund haben Sie Ihre Verabredung nicht eingehalten?«

»Über so etwas sprechen Gentlemen für gewöhnlich nicht.«

»Dann machen Sie in diesem Fall bitte eine Ausnahme.«

»Ach, zum Teufel, warum auch nicht? Wenn ich mit keinem Menschen darüber rede, werde ich noch verrückt. Erinnern Sie sich noch an die kleine Blonde, die ich Ihnen gezeigt habe?«

»Die in dem rosa Pullover?«

»Ja, genau die. Also, nachdem Sie gestern gegangen waren, ist sie in mein Büro gekommen und hat direkt angefangen, wie nennt Ihr jungen Leute das noch gleich, mich abzumachen.«

»Anzumachen!«

»Ja, genau das. Sie hat mich angemacht. Tja, und dann führte eins zum anderen, und ich habe sie zum Abendessen eingeladen, und dann sind wir irgendwohin gegangen und haben die Nacht zusammen verbracht.«

»Was? Sie haben einen Geschäftstermin platzen lassen, nur um zu bumsen?«

»Klar. Würden Sie das nicht tun?«

»Doch, wahrscheinlich schon.«

»Ich weiß, daß Sie das tun würden, wenn Sie so alt wären wie ich.«

»Danke, Mr. Winfield.«

»Jederzeit, Mr. Tracy.«

26

»Und? Wie sehe ich aus?«

»Laß mal sehen«, sagte Trace. Er stand in der Tür zu Jeannie Callahans Wohnung und taxierte sie von oben bis unten mit kritischen Blicken. »Der Körper ist geschmeidig und exquisit. Sehr nett. Der Anblick deiner rechten Gesichtshälfte ist eine reine Freude. Ich liebe deine Augen und deine wundervollen Wimpern. Dein Lächeln versüßt mir meine Tage.«

»Mach ruhig weiter«, forderte sie ihn argwöhnisch auf.

»Und deine linke Gesichtshälfte, oh mein Gott, sieht aus wie eine dicke Scheibe Leber, die durch eine Panzerkette weichgeklopft worden ist.«

»Verschwinde«, sagte sie, und schlug ihm die Türe vor der Nase zu.

Er fing sie ab und drückte sie wieder auf. »Aber ich bin bereit, das zu vergessen«, sagte er. »Achte einfach darauf, mir immer nur deine gute Seite zu zeigen.«

»Okay. Da du teilweise ja ganz nett bist, darfst du reinkommen und dich teilweise mit mir betrinken.«

Trace machte sich in der Küche einen Drink und stellte erfreut fest, daß Jeannie bereits begonnen hatte, dazu zu lernen: Der Wodka lag gekühlt und mit einer Eisschicht überzogen im Gefrierfach ihres Kühlschrankes; so mochte er ihn am liebsten.

Jeannie hielt einen Brandy in ihrer Hand, einen großen Cognac-Schwenker, der nahezu bis zum Rand gefüllt war, als Trace sich zu ihr auf die Couch setzte.

»Wie fühlst du dich?«

»Bestens. Brandy schmerzt alle Betäubten.«

»Außerdem betäubt er alle Schmerzen. Ist dir noch irgend etwas zu den Vorfällen von gestern abend in deinem Büro eingefallen? Vielleicht irgendwelche Geistesblitze?«

»Nein. Nur eine große Faust, die aus der Dunkelheit auf mich zugeschossen kommt. Und ein Grunzen. Verdammt, ich wünschte, ich wäre du gewesen. Ich hätte diesen Bastard fertig gemacht, kann ich dir sagen!«

»Ganz offensichtlich sprichst zu lediglich über meine Statur und nicht über meinen Kampfgeist«, sagte Trace. »Was für einen Kram bewahrst du eigentlich in diesem Aktenschrank auf?«

»Hauptsächlich Urkunden. Den größten Teil der eigentlichen Akten bewahrt Betsy im Computer-Raum auf.«

»Sind deine Akten alphabetisch geordnet?«

»Gibt es irgendeine andere Möglichkeit, was zu ordnen? Trink aus, du hältst mich auf, wenn du weiter so nippst.«

»Wieviele Schubladen hat dein Aktenschrank? Hab's vergessen.«

»Vier«, sagte sie. Sie griff nach unten und hob Traces Glas an seine Lippen. Er trank einen großen Schluck, ehe er es wieder senkte.

»Das bedeutet also, deine Schubladen gehen von A bis F, G bis M, N bis S und T bis Z.«

»Woher weißt du das so schnell?«

»In einem früheren Leben war ich mal Buchhalter.«

»Ich hasse Buchhalter.«

»Jetzt bin ich ein Säufer.«

»Ich liebe Säufer«, sagte sie.

»Ist mir bereits aufgefallen. Dann hat er also die Schublade G bis M aufgebrochen. Was befindet sich in dieser Schublade denn so Wichtiges?«

»Frag doch ihn«, sagte sie. »Fang ihn und frag ihn, und wenn er es dir gesagt hat, tret ihm für mich in die Eier. Darauf trink ich noch einen. Bist du auch soweit?«

»Nein, noch nicht«, sagte Trace. Er bemerkte, daß sie leicht schwankte, als sie in die Küche ging. Sie kam zurück, stellte ihr Glas ab, und lehnte sich mit dem Kopf an Traces Schulter auf der Couch zurück. Schweigend saßen sie so eine Weile nebeneinander.

»Es war nicht G bis M«, sagte sie dann unvermittelt.

»Warum nicht?«

»Die oberste Schublade zählt nicht mit. Da bewahre ich meine Scheckbücher und so Zeugs auf. Die Akten kommen erst ab der zweiten Schublade, also vielleicht war es A bis H.«

»Gut. Jetzt kommen wir wenigstens endlich mal weiter. A bis H.«

»Reden wir später weiter, ja?« sagte sie. »Jetzt küß mich erstmal.«

»Das violette Zeug auf deinem Gesicht ist aber vielleicht ansteckend.«

»Das sind Prellungen, mein Sohn. Ehrlich erworben auf dem Schlachtfeld. ›Wir Wenigen, wir uralten Wenigen, wir Schar von Brüdern.‹ Oder wie geht das noch?«

»Glückliche Wenige«, sagte Trace. »›Wir Wenigen, wir glücklichen Wenigen, wir Schar von Brüdern, für ihn, denn er, der heut sein Blut vergoß mit mir, soll mir ein Bruder sein.‹«

»Sehr gut«, sagte sie. »Ich bin tief beeindruckt.«

»Die Gefahren einer jesuitischen Erziehung. Ich erinnere mich noch an alles und verstehe nichts.«

»Küß mich trotzdem«, sagte sie, was er dann auch tat.

»Sie haben nach Careys Akte gesucht«, sagte er. »Die muß in der Schublade gewesen sein.«

Sie schmiegte ihr Gesicht an seine Brust. »Willste mit mir schlafen?«

»Jetzt nicht.«

»Noch einen Drink?«

»Du hast doch gerade erst einen eingeschenkt.«

»Den muß dann aber irgendwer geklaut haben, während ich ihm den Rücken zugekehrt habe.«

Ihr Glas war praktisch leer und er hatte nicht gesehen, daß sie es ausgetrunken hatte.

»Nein, ich lasse diese Runde aus«, sagte er. »Warte mal einen Moment! Ich will dir was zeigen.«

Aus seiner Jackentasche holte er das grüne Wachsmodell der Zähne.

»Erkennst du das?« fragte er.

»Ganz offensichtlich jemand, der sich nicht nach jeder Mahlzeit die Zähne putzt«, sagte sie.

»Ich glaube, das ist der Kerl, der dich aus den Socken gehauen hat«, sagte Trace.

»Hatte leider keine Gelegenheit, ihm in den Mund zu sehen.«

»Aber erkennst du sie vielleicht trotzdem? Kennst du irgendwen, der so ein großes häßliches Maul hat?«

»Nein. Ich treibe mich ausschließlich mit Leuten rum, die perfekte Zähne haben. Ich bin schlechten Zähnen gegenüber sehr voreingenommen. Gegen leere Gläser übrigens auch.«

Sie stand auf und schwankte in die Küche. Er hörte, wie der Verschluß der Flasche auf den Boden fiel. Als sie mit ihrem Glas in der Hand zurückkehrte, war ihre Hand ganz naß.

»Ist nur halb voll«, sagte sie. »Ich höre langsam auf.«

Als sie das Glas abstellte, klingelte das Telefon und Trace beobachtete, wie sie zu dem Apparat hinüberging und sanft auf ihren schuhlosen Füßen hin und her schwankte.

»Hallo, George«, sagte sie mit belegter Stimme. »Nein, nein, mit mir ist alles in Ordnung. Ehrlich, ich fühle mich richtig prima. Trace ist hier. Devlin Trace. Ja. Richtig. Ja. Mir geht's gut. Nett, daß du angerufen hast. Oh. Okay.«

Sie drehte sich um und hielt ihm den Hörer hin. »Ist George. Er will dich sprechen.« Sie brachte ihm das Telefon.

»Hallo, Doc.«

Jeannie nahm einen Schluck Brandy, kuschelte sich dann auf der Couch zusammen und legte ihren Kopf auf Traces Schoß.

»Ich habe mich heute mit Mrs. Carey und Muffy getroffen. Verdammt auch, sie wollen Mr. Carey morgen nach Hause holen. Und ich konnte ihnen das einfach nicht ausreden. Möglicherweise muß ich mir eine einstweilige Verfügung besorgen, um sie davon abzuhalten.«

»Haben Sie sie gewarnt?«

»Mit dieser rotznäsigen Zicke rede ich nicht. Ich kann sie nicht ausstehen. Aber Mrs. Carey habe ich gesagt, daß ihr Mann möglicherweise sterben könnte, wenn sie ihn jetzt nach Hause holt.«

»Was hat sie darauf geantwortet?«

»Sie sagte, sie wollte, daß er zu Hause ist. Sie sagte, auch ihre Tochter würde das so wollen.«

»Tut mir leid, Doc.«

»Bestimmt nicht so leid, wie mir. Ich weiß ja nicht einmal, ob er den Heimtransport in einem Krankenwagen lebend übersteht. Werden Sie in Kürze noch zu Mrs. Carey gehen?«

Trace dachte kurz nach und sagte dann: »Ja. Heute abend.«

»Versuchen Sie ihr das auszureden«, sagte Matteson.

»Vielleicht schaffe ich das sogar.«

»Ich schulde Ihnen einen großen Gefallen, wenn Ihnen das gelingt.«

»Okay.«

Als er sich nach vorn beugte, um den Hörer auf die Gabel zu legen, sah Trace, daß Jeannie Callahan auf seinem Schoß eingeschlafen war. Er rüttelte an ihrer Schulter. »Jeannie?«

»Ja«, sagte sie leise, ihre Augen immer noch geschlossen.

»Hat Mitchell Carey, seit er im Krankenhaus liegt, ein neues Testament gemacht?«

»Carey? Neues Testament?«

»Hat er im Krankenhaus ein neues Testament gemacht?« bellte Trace laut, um so vielleicht ihren Alkoholnebel zu durchdringen.

»Neues Testament? Neues Testament? Nein. Er kann ja nicht mal reden, wie soll er da ein neues Testament aufsetzen?«

Er saß einen Augenblick still da, und sie war wieder eingeschlafen. Als sie tief und gleichmäßig atmete, schob er sich vorsichtig unter ihr fort und legte behutsam ein Kissen unter ihren Kopf.

Er kippte ihre beiden Drinks in den Ausguß, zog dann das Telefonkabel aus der Dose, damit sie durch das Klingeln nicht geweckt wurde. Er zog seine Jacke wieder an und ging zur Türe, dann kehrte er noch einmal zum Sofa zurück und gab ihr einen Kuß auf die Wange.

»Ich glaub, ich liebe dich ein kleines bißchen«, sagte er. »Vielleicht sogar eine ganze Menge. Aber unsere Beziehung ist keine echte Freundschaft, sondern eine zwanghafte Angelegenheit. Sechs Monate zusammen und wir sind beide tot, unseren Verstand haben wir dann dermaßen alkoholisiert, daß wir beide nicht mehr wüßten, ob wir nun leben oder tot sind. Mach's gut, kleines Mädchen.«

Als er ging, zog er die Tür fest hinter sich zu.

27

Chico war zu ihrem Motel zurückgefahren und Trace telefonierte eine Stunde mit ihr, ehe er anschließend zu Mrs. Careys Haus fuhr.

Die alte Frau schien sich zu freuen, ihn zu sehen, als sie ihm die Haustüre öffnete. »Treten Sie doch bitte ein, Mr. Tracy. Haben Sie schon die gute Nachricht gehört?«

»Welche Nachricht sollte das denn wohl sein?« fragte Trace. Er drückte die Tür hinter sich zu und achtete dabei jedoch darauf, daß sie nicht ins Schloß fiel.

»Mitchell kommt aus dem Sanatorium wieder nach Hause. Morgen schon.«

»Genau darüber wollte ich mit Ihnen sprechen.«

»Warum gehen Sie nicht schon einmal ins Arbeitszimmer und nehmen sich etwas zu trinken? Mein Tee zieht gerade, und ich bin sofort wieder bei Ihnen.«

Im Arbeitszimmer schaute Trace auf die dichten Hecken hinaus, die wie gespenstische schwarze Erscheinungen hoch über dem frisch gemähten, welligen Rasen aufragten. Er schüttelte seinen Kopf, schenkte sich an der kleinen Hausbar einen Drink ein und stand immer noch dort, als Muffy in das Zimmer geschossen kam.

»Was haben Sie hier zu suchen?«

»Ich bin gekommen, weil ich mit Mrs. Carey sprechen möchte.«

»Wenn Sie gekommen sind, weil Sie mit ihr über Mr. Carey reden wollen, dann vergessen Sie das am besten gleich wieder. Sie hat sich bereits entschieden.«

»Wer hat ihr denn dabei nachgeholfen?«

»Sie hat sich aus eigenen freien Stücken dazu entschlossen.«

»Gut. Dann kann sie es sich ja auch noch mal anders überlegen«, sagte Trace.

»Hören Sie, Sie . . .«, begann sie.

»Nein, *Sie* hören mir jetzt zu. Ich kann Sie nicht ausstehen. Soweit es mich betrifft, sind Sie nichts als ein kleiner Scheißhaufen, der seine Angel nach dem Geld der Careys ausgeworfen hat, und ich rate Ihnen zu verschwinden, denn andernfalls werde ich nur zu gerne einige Zeit damit verbringen, genau das zu beweisen. Und jetzt verschwinden Sie und spuken Sie in irgendeinem anderen Haus herum. Oder werfen Sie meinetwegen auch einen Blick in Ihre Kristallkugel oder was weiß ich. Wenn ich was von Ihnen hören will, werde ich mit der Kette rasseln.«

Muffy sah ihn an, zog dann ihre Lippen hoch, entblößte ihre Zähne. Es war eine katzenartige Geste, etwas, was eine beunruhigte Katze tun würde, dachte Trace. Wortlos verließ sie den Raum, und wieder warf Trace einen Blick aus dem Fenster, sah jedoch immer noch nichts als die Schwärze der Nacht.

Trace saß an dem kleinen Tisch in der Mitte des Raumes, als Mrs. Carey mit ihrem Tee auf einem Tablett hereinkam.

»Möchten Sie nicht lieber hier sitzen?« fragte sie.

»Ich möchte geschäftlich mit Ihnen sprechen, und ich fand, daß es hier am Tisch angemessener für eine ernste Unterhaltung wäre«, antwortete er.

Also setzte sie sich zu ihm an den Tisch, und während sie sich eine Tasse Tee einschenkte und einen Löffel Honig hineingab, sah er an ihr vorbei auf das Seitenfenster. Doch immer noch konnte er dort nicht das sehen, was er dort sehen wollte.

Sie schaute ihn erwartungsvoll an, und er sagte: »Ich bin heute als Bob Swensons Freund hier. Und auch als Ihr Freund, Mrs. Carey.«

»Oh, vielen Dank. Ich habe Sie schon immer für einen Freund gehalten«, sagte sie.

»Sie haben heute mit Dr. Matteson gesprochen?« fragte er. Es war eine behutsame Frage, die keinerlei Antwort benötigte, doch die Frau nickte.

»Ein netter Mann, wirklich«, sagte sie. »Sehr nett. Und er ist ja so warmherzig und fürsorglich.

»Warum hören Sie denn dann nicht auch auf ihn? Er hat Ihnen doch gesagt, daß es Ihren Mann töten könnte, wenn Sie ihn jetzt nach Hause holen.«

Sie zuckte sichtlich zusammen, als Trace das Wort »töten« sagte, doch sie trank weiter ihren Tee, schürzte ihre Lippen, und sagte: »Es tut mir sehr leid, Mr. Tracy. Muffy sagte gerade eben erst zu mir, daß Sie womöglich versuchen würden, mir dieses Vorhaben auszureden, aber glauben Sie mir, ich habe meine Gründe.«

»Was für Gründe können das wohl sein?«

»Ich kann Ihnen das leider nicht sagen, aber glauben Sie mir, es sind wirklich sehr gute Gründe. Wir werden wieder eine Familie sein. Eine richtige Familie.«

»Ich glaube, ich kenne Ihre Gründe, Mrs. Carey. Erinnern Sie sich noch an Houdini, den großen Zauberer?«

»Aber ja, natürlich.«

»Wußten Sie auch, daß er nahezu sein ganzes Leben lang nach einem Spiritisten, einem Medium gesucht hat, das mehr als nur fauler Zauber war? Und daß er mit seiner Suche niemals Erfolg hatte?«

Ein dünnes Lächeln lag auf ihren Lippen als ob sie damit sagen wollte, daß sie das alles schon einmal gehört hatte. Falls sie überrascht war, daß Trace die Gründe kannte, warum sie ihren Mann nach Hause holen wollte, dann ließ sie sich das zumindest nicht anmerken.

»All diese sogenannten Spiritisten, die tollen Medien, die Löffel-Verbieger und was es sonst noch alles gibt – sie alle sind heutzutage nichts als Schwindler«, sagte Trace. »Das alles sind kleine, billige Zauberkunststückchen.«

»Manche Menschen werden niemals glauben«, erwiderte sie liebenswürdig.

Trace bemerkte eine Bewegung über ihrer Schulter und nickte mit seinem Kopf. »Gut, Mrs. Carey, ich wollte es nicht tun, aber lassen Sie mich Ihnen bitte zeigen, woran Sie glauben, so sehr glauben, daß Sie dadurch vielleicht sogar Ihren Mann umbringen werden.«

Er stand auf, ging zu dem Lichtschalter neben der Tür und knipste ihn aus. Der Raum wurde jetzt nur noch durch den schwachen Lichtschein der Flurbeleuchtung erhellt, der durch die nicht ganz geschlossene Tür hereinfiel.

Er lehnte sich auf seinem Stuhl zurück und sagte: »Schließen Sie Ihre Augen, Mrs. Carey, und nehmen Sie meine Hände.«

»Das ist . . .«

»Bitte. Tun Sie es einfach.«

Widerwillig, langsam, kam die Frau seiner Bitte nach, und schon einen Augenblick später erklang eine leise, unheimliche Frauenstimme durch den Raum, schien von überall und nirgends zu kommen.

»Devlin, bist du da? Bist du da?«

Es war eine leise, eindringliche und schwermütige Stimme, und Mrs. Carey riß entsetzt ihre Augen auf.

»Bitte, Mrs. Carey. Hören Sie einfach zu. Ja, ich bin hier«, rief er laut.

»Devlin, ich bin deine Mutter.«

»Ja, Mutter.«

»Es ist so kalt hier, wo ich bin.« Während die Stimme weitersprach, behielt Trace Mrs. Carey fest im Auge. Der schokkierte Ausdruck auf ihrem Gesicht schien Verwirrung gewichen zu sein, und dann Verärgerung.

»Dreh die Heizung höher, Mutter«, sagte Trace.

»Aber das lassen sie nicht zu, Devlin. Sie haben gesagt, ich hätte meine Rechnung nicht bezahlt. Komm und hol mich doch, Devlin. Hol mich aus dem Jenseits. Komm und hol mich hier weg, komm und . . .« Als die Stimme langsam zu verklingen begann, sagte Trace zu der alten Frau: »Das ist nichts als ein Trick, Mrs. Carey, verstehen Sie das denn nicht?«

»Woher wollen Sie das wissen? Wie können Sie da nur so sicher sein?«

»Weil meine Mutter sich nicht im Jenseits befindet, deshalb. Sie lebt in der Bronx und fährt meinem Vater über den Mund.«

»Aber . . .«

»Kein aber. Wollen Sie mehr? Bitte sehr.« Er nickte wieder und plötzlich begann sich auf den Gardinen am anderen Ende des Raumes eine Erscheinung zu materialisieren.

»Sehen Sie«, sagte Trace. Er zeigte auf die Vorhänge, und Mrs. Careys Blicke folgten seiner ausgestreckten Hand. »Ein Geisterbild«, sagte er.

Das Bild auf den schweren Gardinen tanzte einen Augenblick unruhig, verharrte dann still. Es war verschwommen und matt und kaum zu erkennen, und noch während Trace hinschaute, begann es langsam schärfer zu werden.

Schließlich war das Bild auf der Gardine klar und deutlich zu erkennen.

Es war die Comic-Figur Schweinchen Schlau.

»Oh«, machte Mrs. Carey mit gequälter Stimme.

Die gespenstische Stimme füllte wieder den Raum. »D-d-d-das war's, Leute«, sagte sie.

»Wollen Sie mehr, Mrs. Carey?« bellte Trace die Frau an. »Ich kann Ihnen noch Goofy oder Donald Duck liefern. Oder wie wär's mit Klarabella? Oder auch Buffy, wenn Sie mögen?«

»Aufhören, aufhören!« schrie die Frau. Sie presste ihre Hände vor die Augen.

Trace ging zum Lichtschalter. Die Türe zum Arbeitszimmer stand weit offen. Er schaltete das Licht ein und winkte Chico draußen vor dem Fenster zu, daß sie hereinkommen sollte.

Als er zum Tisch zurückkehrte, hatte Mrs. Carey Tränen in den Augen, und er spürte einen stechenden Schmerz in der Magengegend, daß er dazu gezwungen gewesen war, ihr weh zu tun.

»Es tut mir sehr leid, Mrs. Carey. Aber dieser ganze Spuk-Unsinn hier, die Kristallkugel, der Weihrauch, die Stimmen, das alles sind doch nur kleine billige Zaubertricks, Teil eines großen Schwindels.«

Die Frau holte tief Luft, als müsse sie sich sammeln. »Tut mir leid, Mr. Tracy, aber ich habe neulich abends Buffys Gesicht gesehen. Und ich habe ihre Stimme gehört.«

Chico betrat das Arbeitszimmer, in ihren Händen hielt sie einen Cassettenrecorder, an den der Saugnapflautsprecher angeschlossen war, und die kleine Projektionstaschenlampe.

»Mrs. Carey, darf ich Ihnen meine Assistentin vorstellen, Miss Mangini. Was sie gerade gehört haben, war ihre Stimme.«

Die alte Frau drehte sich zu Chico um, und für einen winzigen Augenblick nahm ihr Gesicht einen verärgerten Ausdruck darüber an, daß die jüngere Frau an diesem kleinen Komplott mitgewirkt hatte. Dann gewannen ihre guten Manieren wieder die Oberhand, und sie nickte ihr zu.

»Ich habe mir über das Gesicht ziemlich den Kopf zerbrochen, Mrs. Carey«, sagte Trace. »Aber erinnern Sie sich, daß neulich Buffys Foto nicht mehr dort auf dem Kaminsims gestanden hat? Sehen Sie bitte mal dorthin. Es ist wieder da. Ich glaube, daß Muffy von dem Foto ein Diapositiv hat anfertigen lassen. Ich habe die Quittung dafür in ihrem Zimmer oben gefunden.«

»Trace«, sagte Chico.

»Du warst spät.«

»Ich weiß. Ich habe diesen Reporter getroffen. Er hat mir das hier gegeben.« Sie hielt ihm ein High School-Jahrbuch hin. »Das solltest du dir mal ansehen.«

Sie legte das Jahrbuch auf den Tisch und schlug es auf. Trotz der anderen Frisur war das Mädchen in der vorderen Reihe rechts unten eindeutig als Muffy zu erkennen. Die Bildunterschrift lautete:

Melinde Belknap, alis Bucky. Eine von zwei Zwillingen und bereits ein Veteran des Kunststückes, auf der Bühne in zwei Teile zersägt zu werden. Diese talentierte Imitatorin wird es im Showbusineß noch weit bringen. Theaterkreis, Klasse Night.

Trace warf einen kurzen Blick auf das Bild, drehte das Buch dann herum, damit Mrs. Carey es sich ebenfalls ansehen konnte.

»Da haben Sie die Stimme Ihrer Tochter, Mrs. Carey. Die Stimme unserer talentierten Imitatorin Muffy.«

Die grauhaarige Frau starrte mit leerem Blick die Fotografie an. Es war beinahe als würde sie nicht verstehen, was da geredet wurde.

»Da ist noch mehr, Trace«, sagt Chico. »Schlag die Seite doch mal um.«

Was er dann auch tat, und in der oberen linken Ecke der Seite befand sich die Aufnahme eines jungen Mannes, der sie mit seiner großen Zahnlücke breit und zufrieden angrinste. »Peter Belknap«, lautete die Bildunterschrift. »Zauberkurs. Er und seine Zwillingsschwester Bucky (Melinda) faszinieren die Klasse ständig mit ihren wunderbaren illusionistischen Kunststücken. Eine große Karriere im Shwobuisineß zeichnet sich für Peter ab.«

»Der Komplize«, sagte Chico.

»Mehr als das«, sagte Trace, und er sah sich die Aufnahme noch einmal etwas genauer an. Er hatte dieses Gesicht schon einmal gesehen, doch es hatte niemandem mit dem Namen Peter Belknap gehört.

»Das ist Jack Ketch«, sagte Trace. »Der Nachtpfleger in Mr. Careys Krankenzimmer.«

»Wie war der Name?« fragte Chico.

»Jack Ketch.«

»Ach, Trace!« sagte sie scharf.

»Was ist denn?«

»Jack Ketch. Das ist ein alter britischer Slang-Ausdruck. Es bedeutet Henker.

28

Die Türe zu Mitchell Careys Krankenzimmer war abgeschlossen. Trace trat sie auf. Das nicht sehr stabile Schloß splitterte durch das trockene alte Holz des Türrahmens und die Tür flog weit auf.

Jack Ketch beugte sich über Careys Bett. Er wirbelte herum, als die Tür aufschlug.

»He, was zum Teufel . . . ?«

Trace fuhr ihm ins Wort. »Wollte nur mal nachsehen, wie's Mr. Carey geht.« Ganz beiläufig ging er auf das Bett zu, doch als er Ketch näherkam, ballte er seine Faust und vergrub sie tief im Magen des jungen Mannes. Zischend stieß der die Luft aus und sank auf die Knie, stöhnte laut und umklammerte seinen Bauch.

Trace blickte durch die transparente Folie des Sauerstoffzeltes auf Carey, und er sah, daß das Gesicht des alten Mannes eine blaß-blaue Farbe angenommen hatte. Er streckte seine Hand zu der Sauerstoffflasche aus und stellte fest, daß das Ventil geschlossen worden war.

Er öffnete den Absperrhahn wieder, und schon strömte der Sauerstoff zischend unter das durchsichtige Plastikzelt über dem Bett des alten Mannes. Trace hob eine Ecke des Zeltes hoch, um das Entweichen des Kohlendioxids zu beschleunigen, das sich wahrscheinlich inzwischen darunter angesammelt hatte.

Ketch rappelte sich mühsam auf die Füße. Ohne ein Wort zu sagen, beugte Trace sich vor und schlug ihm hart ins Gesicht. Der Pfleger fiel stöhnend auf den Rücken.

In dem Zimmer gab es kein Telefon, also ging Trace zu der offenstehenden Tür zurück und brüllte den Korridor hinunter: »Schwester! Schwester!« Eine Krankenschwester kam um eine Ecke in den Korridor gelaufen, und Trace bedeutete ihr mit einer Handbewegung, daß sie ihm in das Zimmer folgen sollte.

»Mr. Carey«, sagte er. »Überprüfen Sie seinen Puls. Vergewissern Sie sich, daß er noch atmet.«

Die Schwester warf zuerst einen besorgten Blick auf den am Boden liegenden Krankenpfleger, dann auf Trace.

»Machen Sie einfach, was ich Ihnen gesagt habe«, fuhr er sie an.

»Der Puls scheint normal zu sein«, sagte sie nach einem kurzen Moment.

»Gut. Und jetzt holen Sie sofort Dr. Matteson. Sagen Sie ihm, daß Tracy, das bin ich, ihn sofort hier haben will. Sagen Sie ihm, daß man Mr. Carey den Sauerstoff abgedreht hat und daß sein Körper jetzt vielleicht mit Kohlendioxid vergiftet sein könnte. Verstanden?«

Sie zögerte kurz, nickte dann.

»Worauf warten Sie dann noch? Los!«

Die Schwester lief aus dem Raum.

Ketch rührte sich wieder, und Trace verpaßte ihm einen neuen Schlag ins Gesicht, doch dieses Mal war er nicht hart genug, um ihn erneut bewußtlos zu schlagen. Er griff hinunter, packte in die langen Haare des jungen Mannes und riß ihn auf die Füße hoch, dann verdrehte er ihm einen Arm auf den Rücken. Er spürte sein Gewicht, als der Mann gegen ihn sackte.

»Was . . . wo . . .?«

»Beweg dich, du Held«, sagte Trace und stieß ihn auf die offene Türe zum Korridor.

Als Ketch wieder zu sich kam, lag er in einem Bett. Er war mit einem Segeltuchstreifen über den Beinen und einem zweiten über seiner Brust und seinen Armen festgeschnallt.

Seine Augen drückten Entsetzen aus, als er erkannte, daß er unter der Plastikkuppel eines Sauerstoffzeltes lag. Er konnte das leise Zischen des Sauerstoffes hören und die Frische des ihn umgebenden Gases spüren.

Er atmete tief ein und drehte seinen Kopf, um sich in dem Zimmer umzuschauen.

Trace lehnte neben der Tür, starrte ihn an.

»Das Spiel ist aus, Florence Nightingale«, sagte Trace. »Fang endlich an zu reden.«

»Wo sind wir?«

»Keine Panik, Herzchen. Du bist in Zwei-Ost. Hier wird dich niemand finden. Nicht, bevor ich mit dir fertig bin.«

»Die Wache«, begann Ketch.

»Ich habe ihn fortgeschickt, irgendwas besorgen. Kein Mensch weiß, daß du hier bist. Nur ich. Nur wir beide, ist das nicht reizend? Und jetzt wirst du mir sagen, was hier eigentlich gespielt wurde!«

»Warten Sie, bis Sie es in meinen Memoiren nachlesen können«, sagte Ketch.

»In deinen. Oder in denen von deiner süßen kleinen Schwester Muffy?« Trace schwieg einen Moment, als der Mann im Bett ihn mit offenem Mund anstarrte. »Ja, richtig gehört. Ich weiß alles über dich und deine Schwester und eure reisende Scharlatan-Show.«

»Dann brauche ich Ihnen ja nichts mehr zu sagen.«

»Nein, das mußt du wirklich nicht, aber du wirst es trotzdem«, sagte Trace. »Bist du eigentlich wirklich Krankenpfleger?«

»Natürlich bin ich Krankenpfleger.«

»Dann weißt du ja sicher auch, wie gefährlich Sauerstoff werden kann, nicht wahr?«

Ketch zögerte. »Ja . . .«

Trace nahm seine Zigaretten aus der Tasche und steckte sich eine an. »Hast du schon mal einen Sauerstoffbrand gesehen?« fragte er.

»Nur auf Bildern.« Der junge Mann versuchte verzweifelt, sich von den Fesseln über seinen Beinen und seinem Brustkorb zu befreien.

»Dann hast du ja eine etwaige Vorstellung. Du weißt wie du aussehen wirst, nachdem ich die Glut dieser Zigarette hier richtig aufgeheizt und anschließend auf dein Plastikzelt geworfen habe, oder?«

»Je, jetzt warten Sie aber mal . . .«

»Hmhm, Kumpel, ich habe die Warterei gründlich satt. Du wirst eingeäschert, Ketch. Ich werde dir auch verraten, wie das ablaufen wird. Zuerst wird die Zigarette vielleicht eine Minute lang auf der Plastikfolie liegen, bevor sie sich durchbrennt. Du wirst zusehen können, wie der Kunststoff zu schmelzen beginnt. Und dann wird der Sauerstoff hochgehen, und du wirst förmlich im Feuer schwimmen. Feuer ist ein richtiger Blutsauger. Es wird zuerst den Sauerstoff in deinem Zelt wegbrennen, dann wird es sich auf der Suche nach mehr Sauerstoff deine Nase und deinen Mund hinunterfressen. In der Zwischenzeit werden deine Kleider brennen. Dein Fleisch wird zu schmelzen beginnen. Fleisch, weißt du, besteht zum größten Teil aus Fett, und Fett brennt ausgezeichnet. Wenn es dann zu brennen beginnt, wird es auch schön weiter brennen, denn das Zelt ist dann nicht mehr da, und der Sauerstoff hier im Raum wird das Feuer weiter anfachen. Oh, ja. Vielleicht fängt ja auch der Schlauch von der Sauerstoffflasche Feuer. Das ist dann ungefähr so als würde man dir eine Lötlampe ins Gesicht halten. Nette Art zu sterben, Ketch.«

Trace zog heftig an seiner Zigarette, schüttelte die Asche ab und zog wieder, bis die Spitze hellrot glühte. Er hielt die Zigarette zwischen Daumen und Mittelfinger, war bereit, sie jeden Augenblick quer durch das Zimmer auf das Sauerstoffzelt zu schnipsen.

»Mach's gut, Ketch«, sagte er.

»Nein, halt, warten Sie. Ich rede, ich rede ja.«

Trace steckte sich die Zigarette wieder in den Mund, griff hinter seinen Rücken und drückte den Aufnahmeknopf seines Recorders.

»Du wirst aus freiem Willen reden, stimmt's nicht? Kein Mensch zwingt dich!« sagte er.

»Ja, klar doch, alles was Sie sagen.«

»Dann fang mal ganz von vorne an«, forderte Trace ihn auf.

Doch ehe Ketch die Gelegenheit bekam zu sprechen, explodierte irgend etwas in Traces Hinterkopf und seine Augen verdrehten sich, als alles um ihn herum schwarz wurde und er auf den Boden stürzte.

29

Jack Ketch war fort. Trace zog sich mühselig in eine sitzende Position hoch, und eine grelle Sonne puren Schmerzes explodierte zwischen seinen Augen.

Behutsam tastete er seinen Hinterkopf ab, blickte dann auf seine Finger. Kein Blut. Er schüttelte seinen Kopf, versuchte ihn dadurch wieder klar zu bekommen, und langsam, indem er sich an der Türklinke festhielt, ganz langsam zog er sich dann wieder auf seine Beine hoch.

Wie lange war er ohne Bewußtsein gewesen? Er wußte es

nicht. Er schien gehen zu können, und so machte er sich den langen Korridor hinab auf den Weg zum nächsten Ausgang aus Zwei-Ost.

Der Wachmann saß wieder hinter seinem Schreibtisch.

»Wer sind Sie?«

»Später«, sagte Trace. »Später.« Er schob sich an dem Wachtposten vorbei auf den Flur, der zu der Treppe nach unten führte.

Auf der ersten Stufe blieb er stehen.

Sein Cassettenrecorder.

Er spürte, wie er sanft gegen seine rechte Hüfte schwang; er griff hinter sich, drückte den Rückspulknopf und anschließend den Wiedergabeknopf.

Muffys Stimme: »Petey, du verdammter Idiot! Bist du in Ordnung!«

Jack Ketchs Stimme: »Bring mich hier raus!«

Muffy: »Hast du ihm irgendwas gesagt?«

Ketch: »Jesus, das war verdammt knapp. Nein. Ich habe ihm gar nichts gesagt. Wieviel weiß er?«

Muffy: »Nichts weiß er. Wir haben bis jetzt noch nichts Unrechtes getan.«

Ketch: »Beeil dich. Meine Beine bringen mich noch um. Ich weiß auch nicht. Er hat sich irgendwie so verhalten, als wäre er uns wegen irgendwas auf die Schliche gekommen.«

Muffy: »Ich sage es dir doch. Es gibt nichts, was er wissen könnte. Was machen wir jetzt? Da.«

Ketch: »Danke. Fühlt sich an, als hätte mir das das Blut abgebunden.«

Muffy: »Wir haben schließlich nichts anderes getan als uns einer alten Dame anzunehmen. Und du hast nachts als Krankenpfleger gearbeitet. Wir haben absolut nichts Unrechtes getan.«

Ketch: »Muffy, du hast vielleicht Nerven, das sag' ich dir.«

Muffy: »Zum Teufel mit dem Kerl. Er will nichts als Ärger machen, soll er also seinen Ärger haben. Hat dich einfach gefesselt, der Mistkerl. Hat dich bedroht. Wir sorgen dafür, daß er für immer im Knast verschwindet.«

Ketch: »Ich weiß nicht. Ich finde, wir sollten einfach schnell von hier verduften. Er hat mich erwischt, als Careys Sauerstoff abgestellt war.«

Muffy: »Quatsch. Ich war gerade eben unten, und Carey geht es blendend. Also steht dein Wort gegen das von diesem Arschloch. Tausend Sachen kannst du sagen. Du wolltest dich vergewissern, daß die Sauerstoffzufuhr in Ordnung ist. Du hast gerade unter der Plastikfolie nachsehen wollen, ob mit Carey noch alles in Ordnung war. Tausend Möglichkeiten gibt's da. Komm jetzt, hauen wir ab. (Kichern.) Wahrscheinlich macht sich die gute alte Nana schon Sorgen um mich.«

(Das Geräusch eines knarrenden Bettes. Schritte. Ein lautes Krachen als würde irgendwas gegen das Mikrofon knallen.)

Muffy: »Laß ihn in Ruhe. Er spielt keine Rolle. Wir sind jetzt schon zu nahe dran, als daß wir aufgeben könnten.«

Ketch: »Am liebsten würde ich den Kerl umbringen.«

Muffy: »Wenn wir reich sind.«

(Das Geräusch einer Türe, die geschlossen wird.)

Trace sah das Telefon an der Wand neben der Treppe und wählte hastig die Nummer der Careys.

Chico ging an den Apparat. »Hier bei Carey.«

»Trace hier.«

»Was ist los? Du hörst dich ja schrecklich an. Wo bist du?«

»Ganz genau genommen befinde ich mich zwei Schritte vor Zwei-Ost.«

»Was ist Zwei-Ost?«

»Das ist die Bekloppten-Abteilung im Sanatorium.«

»Trace, du warst schon immer nur zwei Schritte von Zwei-Ost entfernt.«

»Ist mit Mrs. Carey alles in Ordnung?«

»Ja«, sagte Chico. »Sie ist erschüttert, aber sonst in Ordnung.«

»Gut. Ich glaube, Muffy und ihr Brüderchen sind auf dem Weg zu euch. Du nimmst jetzt Mrs. Carey und verschwindest von da.«

»Okay. Was hast du vor?«

»Ich weiß es noch nicht. Ich denke, ich komme auch runter«, sagte Trace.

»Und mit dir ist auch ganz bestimmt alles in Ordnung?«

»Ja, mir geht's prima«, sagte er. »Beeil dich.«

Er legte auf, erinnerte sich wieder an Mitchell Carey, und lief die Stufen zu Zimmer 113 hinunter.

Dr. Matteson saß an Careys Bett.

»Wie geht es ihm, Doc?«

»Er lebt. Verlassen Sie die Stadt schon bald?«

»Wieso?«

»Seit Sie hier sind, herrscht nichts als das Chaos. Was zum Teufel ist hier eigentlich los gewesen?«

»Ich weiß es auch nicht. Ich glaube, dieser Nachtpfleger hat den Sauerstoff abgedreht und hat Carey sein eigenes Kohlendioxid einatmen lassen. Würde das erklären, warum Ihre Therapie nicht funktioniert hat?«

»Könnte sein. Sein Gehirn würde praktisch verhungern. Zellen würden absterben. Er hätte nicht die geringste Chance.«

»Und wie stehen seine Chancen jetzt?«

»Ich weiß es nicht«, sagte Matteson. »Das wird sich erst mit der Zeit zeigen. He, wo wollen Sie hin? Sie sehen furchtbar aus. Ich glaube, Sie sollten besser hierbleiben, sich von mir untersuchen lassen.«

»Krankenhäuser bekommen mir nicht«, sagte Trace.

»Na, so was! Die Überbiß-Zwillinge! Bucky und Chuck«, sagte Trace.

Muffy wirbelte herum und funkelte ihn wütend an. Er

stand in der Türe des Arbeitszimmers. »Wo ist Amanda?« fuhr sie ihn an. Ihr Bruder saß auf der Couch. Vor ihm auf dem Tisch stand eine Flasche Bier. Er stand auf.

»Ich hielt es für das Beste, sie für eine Weile von hier fortzubringen«, sagte Trace. »Und solltest du sie eigentlich nicht Nana nennen?«

Muffy schwieg einen Moment und sagte dann selbstsicher: »Es ist alles in Ordnung. Sie wird zurückkommen. Das hier ist schließlich ihr Zuhause. Und meins auch.«

»So einfach ist das, nicht wahr?« sagte Trace. Er trat in das Arbeitszimmer und schloß die Türe hinter sich.

»Tatsächlich, so einfach ist das«, bestätigte Muffy. »Ein Drink?«

»Ganz schön cool. Das muß ich wirklich sagen. Nein, den Drink lasse ich aus.«

»Warum sollte ich auch nicht cool sein?« fragte Muffy. »Schließlich habe ich nichts Unrechtes getan.«

»Und genau da irrst du dich, meine Beste. Du hast eine ganze Menge Unrechtes getan.« Er wandte sich an Ketch. »Setz dich.«

»Warum zwingen Sie mich nicht?«

»Nichts lieber als das«, sagte Trace.

»Petey, setz dich hin. Lassen wir doch unseren Gast erzählen. Er scheint es so zu wollen. Und ich möchte, daß er wieder hier verschwunden ist, ehe Amanda, Nana, wieder nach Hause kommt. Er hat so eine Art, sie ganz durcheinander zu bringen.«

Sie hatte sich inzwischen einen Highball gemixt und setzte sich nun zu ihrem Bruder auf die Couch. Sie nippte an ihrem Drink, blickte zu Trace auf und sagte kaltschnäzig: »Nun?«

»Du hast mich lange getäuscht«, sagte Trace. »Ich bin einfach nicht hinter dein Spielchen gekommen.«

»Und jetzt haben Sie es geschafft?« fragte Muffy.

»Ja, so ziemlich. Du da, Idiot, paß gefälligst auf, weil ich nachher die Fragen stelle.«

»Es wird mir eine Freude sein, dich auseinanderzunehmen«, knurrte Jack Ketch.

»Nicht mal wenn du in Höchstform bist, Kleiner«, sagte Trace. Er lehnte sich gegen die Tür. »Das Problem mit einem Gespann wie euch beiden ist, daß ihr saublöd seid. Und wenn ihr versucht, clever und smart zu sein, dann seid ihr sogar noch viel blöder und kommt erst recht in echte Schwierigkeiten. Fische sollten nicht versuchen zu fliegen.«

»Schwesterchen, wieso hören wir uns das eigentlich an? Wieso schmeiß ich den Arsch nicht einfach raus?«

»Aaaah, laß ihn doch quatschen. Vielleicht kann er uns sagen, was wir falsch gemacht haben.« Sie lächelte, als hätte sie gerade einen Witz gemacht, den nur sie allein verstand.

»Ich mag dich nicht, Bucky. Von Anfang an nicht«, sagte Trace.

»Nennen Sie mich nicht Bucky. Dieser Name ist tot«, sagte Muffy.

»Du hast eine ganze Menge Scherben zurückgelassen, die ich nur aufzuheben brauchte«, sagte Trace. »Als du nach Buffys Tod hierhergekommen bist. Was hast du da gesehen? Daß Mrs. Carey klapprig und übernervös war? Nervlich am Ende? Und dann hast du einfach angefangen, dir eine Frisur wie Buffy zu machen. Du hast angefangen, sie Nana zu nennen, wie Buffy es auch immer getan hat. Da war eine alte Dame, deren Mann am Rande des Grabes stand, und du hast dich wie eine zweite Tochter in ihr Leben eingeschlichen.«

»Sie ist die Mutter meiner Freundin. Ich bin hergekommen, weil ich ihr helfen wollte«, sagte Muffy.

»Aber ich bin einfach nicht schlau daraus geworden, wieso du Mrs. Carey dazu gebracht hast, mit Bob Swenson zu reden. Wenn du doch vorgehabt hast, Mr. Carey zu töten, warum mußtest du dann einen Versicherungsschnüffler seine Nase in diese Geschichte stecken lassen?«

»Tja, gute Frage. Warum?«

»Das hat mich eine ganze Weile aus dem Konzept gebracht. Ich habe jetzt schon so lange mit raffinierten, verschlagenen Leuten zu tun, daß ich mit etwas dermaßen Dummem und Offensichtlichem nicht gerechnet habe. Du hattest ganz einfach Angst, daß Dr. Matteson oder seine Leute Mr. Carey womöglich wirklich noch dazu kriegen könnten, sein Testament oder seine Lebensversicherung oder was auch immer zu ändern. Bevor du selbst die Gelegenheit hattest, dir ein dickes Stück vom Kuchen abzuschneiden. Und du konntest nicht das Risiko eingehen, daß er das bereits getan hatte. Wenn du geplant hattest, ihn umzubringen, machte das automatisch deine Pläne zunichte. Vielleicht nehme ich doch einen Drink.« Trace goß etwas Wodka in ein Glas und trank einen Schluck.

»Mr. Carey selbst hatte mich am Anfang auf eine falsche Fährte gelotst. Als ich gerade erst hier angekommen war, sagte er zu mir, daß ›sie‹ versuchten, ihn umzubringen. Aber da irrte er sich. Du hast gar nicht versucht, ihn zu töten. Zumindest nicht zu diesem Zeitpunkt. Du hast einfach nur versucht sicherzustellen, daß er nicht wieder gesund wurde. Deshalb hast du von Erdbeben McTrottel hier nachts den Sauerstoff abdrehen und Mr. Carey immer wieder sein eigenes Kohlendioxid einatmen lassen. Nur um sicherzugehen, daß Mattesons Sauerstoff-Therapie nur ja nicht anschlagen konnte. Die Rechtsanwältin hat mir erzählt, daß du dich bei ihr über Testamente informiert hast. Es war nicht sonderlich schwer, dahinterzukommen, daß du dir um Careys Testament Sorgen gemacht hast. Selbst wenn du ihn ermorden wolltest, du konntest es einfach nicht. Nicht, bis du dir ganz sicher warst, daß er nicht bereits dafür gesorgt hatte, daß *du* garantiert nichts bekommen würdest. Was war es? Als er in diesem ersten Krankenhaus war, ist er da hinter dein kleines Spielchen gekommen? War es das?«

»Vielleicht hat ihm ganz einfach meine Frisur nicht besonders gefallen«, sagte Muffy.

»Und vielleicht erkannte er sie als das, was sie schließlich auch sein sollte: Als einen Versuch, dich in das Vertrauen einer alten Frau hineinzuschwindeln!«

»Sehr interessante Geschichte, die Sie da erzählen!«

»Und sie wird noch besser. Aber du mußtest jedenfalls wissen, ob Mr. Carey irgend etwas an seinem Testament verändert hatte, und Jeannie Callahan war nicht bereit, dir das zu sagen. Das war dann der Augenblick, wo du den kleinen Bruder in ihr Büro hast einbrechen und die Akten durchwühlen lassen, um das herauszufinden. Er hatte aber nicht damit gerechnet, daß sie so spät noch einmal in ihre Kanzlei zurückkommen würde, und als sie dann doch kam, hat er sie k.o. geschlagen.«

»Meine Güte, was für ein Haufen Scheiße ist das?« sagte Muffys Bruder.

»Hmhm, Drecksack«, sagte Trace. »Jeannie konnte sich daran erinnern, daß der Kerl, der sie niedergeschlagen hatte, gegrunzt hatte, als er zuschlug. Ich hätte schon viel früher daran denken müssen, daß du ja ein Karate-Freak bist. So macht ihr Jungs das doch, wenn ihr zuschlagt, stimmt's nicht?«

»Das machen eine ganze Menge Typen«, sagte Ketch.

»Aber es sind nicht besonders viele dumm genug, einen Apfel aus dem Kühlschrank der Anwältin zu klauen, einmal reinzubeißen, und ihn dann so liegen zu lassen, daß er garantiert gefunden werden muß!«

Muffy drehte ruckartig ihren Kopf zur Seite, um ihren Bruder anzuschauen; der junge Mann sah schockiert aus.

»Na, erinnerst du dich? Du hast ihn in den Aschenbecher draußen auf dem Flur geworfen. Wir haben uns von einem Zahnarzt ein Modell danach anfertigen lassen. Paßt haargenau zu deinen Zähnen. Und Muffy, ihr hattet doch beide Mausezähne, als ihr Kinder wart? Wieso hast du deine richten lassen und er nicht?«

»Wir konnten uns die Behandlung nur für einen leisten. Petey kommt als Nächster dran.«

»Vielleicht machen sie ihm das im Staatsgefängnis umsonst.«

»Aber garantiert nicht aufgrund dieser haarsträubenden, wirklich an den Haaren herbeigezogenen Geschichte«, sagte sie.

»Und jetzt muß ich mal raten«, sagte Trace ungerührt, »aber die Cops glauben, daß Jeannie Callahans Aktenschrank mit einer Art Brechstange oder Montiereisen aufgehebelt worden ist. Würde mich wirklich nicht groß überraschen, wenn sie die Brechstange im Kofferraum von Peteys VW draußen finden würden. Wahrscheinlich sogar mit ein paar Farbresten von dem Aktenschrank daran. Aber das ist wirklich nur ein Vielleicht.

Es gibt also in der Carey-Akte kein neues Testament. Somit sind wir bei letzter Nacht, als du deine Séance-Nummer mit Mrs. Carey abgezogen hast. Sehr gerissen und sehr einfach für zwei Zauberkünstler wie euch beide.«

»Sie haben Ihre Hausaufgaben aber wirklich gemacht, was?« sagte Muffy ironisch.

»Ich gebe mir Mühe. Deswegen war Buffys Bild ja auch nicht da, als ich das erste Mal zu Besuch hier war. Du hast im Fotogeschäft in der Stadt ein Dia davon machen lassen. Ich habe die Quittung an dem ersten Tag gesehen, an dem ich hier eingebrochen bin.«

»Sie haben was?«

»Ja, du hast richtig gehört. Bei dieser Gelegenheit habe ich auch den großen grünen Tank gesehen. In deinem Schlafzimmer. Ich glaubte, er wäre dazu da, um deine Sauerstoffflaschen nachzufüllen. Aber in das Atemgerät eines Tauchers kommt Preßluft. Grün ist die allgemein gültige und verbreitete Kennfarbe für Sauerstoff. Du hattest den großen Tank einfach nur zur Show hier, denn wenn du es geschafft hattest, daß Mr. Carey wieder hier war, vielleicht könntest du dann ja Dr. Matteson auch davon überzeugen, daß du seine Sauerstoff-Therapie fortsetztest.«

Trace stellte seinen Wodka ab.

»Da war etwas, das Matteson letzte Nacht zu mir gesagt hatte, als ich im Sanatorium war. Ich war dort, weil ich Jeannie besuchen wollte, doch dann bin ich ihm zufällig über den Weg gelaufen und habe ihn gefragt, wie es Mr. Carey denn ging. Er sagte mir, daß es ihm ganz gut ginge und daß die Schwester gesagt hätte, er würde ruhig schlafen. Aber er hat von einer *Schwester* gesprochen, nicht von einem Pfleger. Und dabei sollte Petey doch gestern nacht bei Mr. Carey Dienst tun. Ich hatte ihn etwas früher am Abend ja selbst dort gesehen. Doch er mußte sich ja aus dem Krankenhaus schleichen, um hier die Geistershow mit dir abziehen und später dann in Jeannies Büro einbrechen zu können.

»*Und* einen Apfel essen«, sagte Muffy.

»Richtig. Und einen Apfel essen. Aber trotzdem bin ich immer noch nicht daraus schlau geworden. Das hier war ein Verbrechen ohne Verbrechen. Warum habt ihr Mr. Carey nicht einfach umgebracht? Okay, ihr mußtet warten, bis ihr ganz sicher wart, daß er sein Testament nicht änderte. Und jetzt wißt ihr es. Ihr hättet doch einfach ein Kissen auf sein Gesicht legen brauchen, und das wäre es dann gewesen. Warum also nicht?«

»Und? Sagen Sie's mir«, forderte Muffy ihn auf.

»Ja«, meinte Petey.

»Ich glaubte immer noch, daß ihr euch wegen Mr. Careys Testament Gedanken machen würdet. Aber das war ja gar nicht so. Das Buch oben in deinem Zimmer. Darüber, wie man ein Testament aufsetzt und so weiter. Das hatte absolut nichts mit Mr. Carey zu tun. Es ging um Mrs. Carey. Wißt ihr, ich würde ja gerne die Ehre für mich in Anspruch nehmen, das herausbekommen zu haben, aber das hatte ich wirklich voll und ganz übersehen. Du bist zu Jeannie Callahan gegangen, kaum daß du in der Stadt angekommen warst, und da hast du schon über Testamente geredet. Das war einige Zeit vor der Geschichte mit Plesser, bevor du überhaupt Veranlassung hattest, dir darüber Sorgen zu machen, daß Mr. Carey womöglich sein Testament zugunsten des Sanatoriums ändern könnte. Es ging die ganze Zeit eigentlich nur um Mrs. Carey. Ihr hattet vor, sie dazu zu bewegen, dir alles zu vermachen, stimmt's?«

»Was glauben Sie?« fragte das Mädchen. Trace bemerkte, daß sie nicht mehr an ihrem Glas nippte.

»Ich glaube, du wolltest Mr. Carey weiter vor sich hin vegetieren lassen, bis du Mrs. Carey soweit hattest, daß sie in dir wirklich ihre eigene Tochter sehen und dir alles vermachen würde. Dann, glaube ich, wolltest du Mr. Carey loswerden. Und anschließend Mrs. Carey. Es gibt soviele verschiedene Möglichkeiten, wie du das bewerkstelligen konntest. Ein Unfall unten am Teich. Mit gebrochenem Herzen nimmt sie eine Überdosis Schlaftabletten. Vielleicht fällt sie in den Teich und ertrinkt. Oder sie wird ganz einfach alt und stirbt. So, das glaube ich. Und es macht wirklich keinen Spaß, wenn du mir nicht sagst, ob ich recht habe oder nicht.«

»Sie haben vollkommen recht«, sagte Muffy.

»Muffy«, sagte ihr Bruder entsetzt, »Hör auf!«

»Ist schon gut, Petey. Niemand ist hier und kann uns hören. Ja, Sie haben es so in etwa richtig zusammenbekommen, Mr. Trace. Eine Sache, die Sie allerdings nicht wissen ist, daß Mrs. Carey heute ein neues Testament unterzeichnet hat, in dem sie mir ihren ganzen Besitz hinterläßt. Sie vergessen, daß Buffy selbst der alten Damen gesagt hat, daß sie mir vertrauen soll. Ich habe Buffy einmal hierher zurückgebracht und ich kann sie jederzeit wieder holen.«

»Die Sache kannst du getrost vergessen«, sagte Trace. »Ich habe Mrs. Carey gezeigt, wie der Trick funktioniert.«

Muffy schüttelte ihren Kopf. »Sie wissen wirklich nicht besonders viel, scheint mir. Menschen, die an Gespenster glauben, wollen daran glauben. Petey und ich sind wirklich gut. Wir haben noch einen ganzen Sack voller Tricks, Geisterfotos, Botschaften in versiegelten Umschlägen, eine ganze Latte von Dingen, die dafür sorgen werden, daß Mrs. Carey uns schon glaubt, bis sie stirbt.«

»Was nicht sehr lange auf sich warten lassen wird«, sagte Trace.

Muffy zuckte die Achseln. »Man kann nie wissen. Sie ist schließlich schon sehr alt, und sie wird sicherlich völlig am Boden zerstört sein, wenn ihr Mann stirbt.«

»Netter kleiner Schwindel«, sagte Trace.

»Schwindel? Sie sollten etwas wissen. Buffy war meine Freundin, aber sie war so dumm wie eine taube Nuß. Immerzu mußte man ihr helfen, nichts konnte sie allein machen. Alles, was sie in der Schule gemacht hat, habe ich für sie gemacht. Ich habe dafür gesorgt, daß sie ihr Examen schaffte. Es war mein Werk, meine Arbeit. Wir haben zusammen gewohnt und unser Zimmer war sauber, weil ich es sauber gehalten habe. Vier Jahre lang war ich ihr Kindermädchen. Alles, was dieses Mädchen tun konnte, war, Geld auszugeben. Und davon hatte sie eine ganze Menge, während ich nicht mal einen Penny hatte. Wissen Sie, es gibt so etwas wie eine höhere Gerechtigkeit, Mr. Tracy. Sie wurde von einem Auto überfahren, als sie gerade mal wieder Shopping war. Das war das einzige, was dieses Mädchen gut konnte. Einkaufen. Wußten Sie, daß ich für sie Briefe nach Hause geschrieben habe? Sie war selbst dazu viel zu faul!«

»Hast du sie umgebracht?« fragte Trace.

»Nein. Ich habe aber sehr oft darüber nachgedacht. Immer wenn ich daran dachte, wie reich sie war. Aber getan habe ich es nicht.«

»Stattdessen hast du dich dann dazu entschlossen, ihre Eltern umzubringen«, meinte Trace trocken.

»Das ist Ihre Geschichte. Kein Mensch wird Ihnen das glauben. Am allerwenigsten Mrs. Carey.«

»Nein, Muffy, das ist deine Geschichte. Deine und die von Petey. Und ich habe alles hübsch sauber hier auf Band.«

Er klopfte gegen seine rechte Hüfte. Einen Augenblick sah das Mädchen verwirrt aus, dann lächelte sie und sagte: »Tonbänder werden Ihnen vor Gericht nicht viel nutzen!«

»Manche schon.«

»Aber nicht dieses. Sie bedrohen uns nämlich seit gut einer Viertelstunde mit einer Kanone. Das sieht man auf dem Tonband leider nicht. Das Tonband zeigt überhaupt nichts von dem, was wirklich wichtig ist, oder?«

»Du bist wirklich sehr gerissen«, sagte Trace und schaute auf seine leeren, waffenlosen Hände herab.

»Vielen Dank. Das ist ja schon ein Fortschritt. Noch vor fünfzehn Minuten haben Sie gesagt, wir wären dumm. Und warum legen Sie Ihre Waffe jetzt nicht einfach fort und lassen uns in Ruhe? Wir haben jetzt genug von Ihren Hirngespinsten!«

Ehe Trace antworten konnte, flackerte ein Licht an der Wand auf. Ein umheimliches weißes Bild begann Gestalt anzunehmen. Und dann wurde es deutlich. Es war Schweinchen Schlau. Und noch während Muffy zuerst verdutzt das Bild anstarrte und dann zum Fenster hinüberblickte, hallte eine Stimme durch den Raum.

»D-d-d-d-das war's dann, Leute!«

»Chico!« schrie Trace.

»Und Freunde«, brüllte sie zurück.

Einen Augenblick später kam Chico auch schon in das Arbeitszimmer hereingesprungen. Dicht gefolgt von Lt. Wilcox und seiner Frau. Hinter ihnen kam dann Mrs. Carey.

»Was machst du hier?« fragte Trace.

»Als du mir gesagt hast, daß ich mit Mrs. Carey von hier verschwinden sollte, dachte ich mir, daß es vielleicht an der Zeit wäre, die Cops zu verständigen. Der Lieutenant und seine Frau sind mit uns hierher zurückgekommen.«

»Mußtest du denn unbedingt Schweinchen Schlau nehmen? Komm schon!«

»Das Beste, was ich tun konnte. Ich wollte dich wissen lassen, daß wir hier waren, bevor du dich noch auf ein Kämpfchen mit diesem großen Kerl einlassen würdest«, sagte sie.

Trace drehte sich zu Wilcox um. »Haben Sie genug gehört, Lieutenant?«

»Genug, um sie erstmal festzuhalten. Soll der Bezirksstaatsanwalt sich was einfallen lassen, welche Anklage er gegen die zwei erheben kann.«

»Denken Sie mal an Mordversuch. Ich habe gesehen, wie Petey an Mr. Careys Bett den Sauerstoff abgedreht hat.«

»Übrigens, ich bin es langsam satt, Ihnen dauernd zu sagen, daß Sie in mein Büro kommen und eine Aussage machen sollen«, sagte Wilcox. »Muß ich Sie vielleicht auch noch festnehmen?«

»Nein. Diese Aussage werde ich mit dem größten Vergnügen machen.«

»Seien Sie sich mal nicht so sicher. Vielleicht loche ich Sie trotzdem noch ein.«

»Warum denn nur?«

»Warum zum Teufel haben Sie mir diesen Apfel nicht gegeben, den Sie als Beweisstück gefunden haben?«

»Warten Sie bis morgen. Dann ist mir eine gute Ausrede eingefallen«, sagte Trace.

Wilcox wandte sich dann Muffy und ihrem Bruder zu. »Okay, ihr zwei, gehen wir!«

Als er sie zur Türe führte, rief Trace urplötzlich: »He, Muffy, warte!«

Sie drehte sich um, und Trace warf ihr die Kristallkugel vom Kaminsims zu.

»Hier, wirf mal einen tiefen Blick da rein. Und falls sie dir deine Zukunft nicht sagen will, dann werde ich das gerne übernehmen.«

Chico hatte Mrs. Carey zu Nachbarn gebracht, und jetzt saß Trace allein in dem Arbeitszimmer und dachte nach. Irgend etwas stimmte nicht; irgendwie reimte sich immer noch nicht alles so zusammen, wie es eigentlich sollte.

Dann hörte er ein Geräusch an der Haustüre und er rief: »Chico?«

»Ja.« Sie kam in das Arbeitszimmer, ließ sich auf das Sofa Trace gegenüber fallen und legte ihre Füße auf den Couchtisch hoch. »Es haut noch nicht ganz hin, stimmt's?« sagte sie.

Er schüttelte seinen Kopf. »Irgendwas stimmt nicht. Wie können zwei Kids einen Doppelmord aushecken? Und vor allen Dingen: Wozu? Muffy hätte hier bis in alle Ewigkeit bei Mrs. Carey wohnen können. Man braucht kein eigenes Geld, wenn man über das Geld von jemand anderem verfügen kann, und sie hätte über einen ganzen Haufen davon verfügen können.«

»Ich weiß«, sagte Chico. »Es gibt irgendwo noch eine weitere Schraube, die eine kleine Vierteldrehung nötig hat, um diese ganze Geschichte abzurunden.«

Schweigend saßen sie eine Weile da, bis Chico dann aufstand und schnell den Raum verließ.

»Bin gleich zurück.«

Sie ließ Trace mit Gedanken an Geld, und wer es nötig hatte, zurück, und er ging zum Telefon hinüber und rief das Polizeirevier an. Er redete gerade mit Lt. Wilcox, als Chico lächelnd in das Arbeitszimmer zurückkam und Muffys Buch, wie man ein Testament aufsetzt, triumphierend über ihren Kopf hielt.

»Danke, Lieutenant«, sagte Trace. »Wir sehen uns dann morgen.«

Er legte den Hörer auf, und Chico sagte: »Hast du dir dieses Buch mal genauer angesehen?«

»Nein, ich hatte nicht die Zeit dazu.«

»Nun, dann sieh dir das hier mal an. Sie hat diese Seite hier markiert.« Chico begann vorzulesen: » ›Ein einfaches Testament, den Besitz einer Ehefrau ihrem Mann zu hinterlassen oder den Besitz eines Ehemannes seiner Frau zu hinterlassen, kann von jedermann entworfen werden, der sich an die in diesem Buch vorgegebenen Formen hält. Allerdings sollten Testamente, deren Gegenstand komplizierte Besitzverhältnisse, wie zum Beispiel umfangreiche Land- oder Aktienbesitze oder Nachlässe an Personen, die keine unmittelbaren Verwandten sind, beinhalten, immer in gemeinsamer Beratung mit einem qualifizierten Rechtsbeistand aufgesetzt werden.« ‹

Trace nickte und Chico lächelte. »Das ist noch nicht alles. In Ihrem Buch liegt noch ein Zettel.«

»Du willst mich auf die Folter spannen und mir nicht verraten, was es ist, stimmt's?«

»Wann ist diese Plesser-Geschichte das erste Mal in die Zeitungen gekommen?«

»Keine Ahnung. Vor zwei oder drei Wochen, nehme ich an«, sagte Trace. »Was steht denn auf dem Zettel?«

»Eine Terminvereinbarung. Eine Verabredung vor zwei Monaten mit deinem Lieblings-Posaunisten.«

»Ich wußte es«, sagte Trace. »Yule. Yule steckt da mit drin.«

»Ja, du wußtest es«, spottete sie. »Woher willst du es denn wissen?«

»Ich habe gerade eben mit dem Polizeirevier telefoniert, und Muffy hat versucht, Yule anzurufen, damit er sie juristisch vertritt. Sie hat Wilcox erzählt, daß er ihr Anwalt wäre. Und mir hat sie gesagt, daß sie ihn noch nie gesehen hätte.«

Trace ging wieder zum Telefon, wählte eine Direktverbindung nach Las Vegas und bat darum, mit dem Saalmanager des Araby Casino verbunden zu werden.

Als der Mann ans Telefon kam, sagte er: »Paß auf, Trace hier. Du mußt mir sofort einen Gefallen tun. Okay. Überprüf bitte was für mich im Zentralarchiv. Ich bleibe solange dran. Finde heraus, wie es mit der Kreditwürdigkeit eines Nicholas Yule aussieht. Er ist Rechtsanwalt in New Jersey. Ja, ich warte. Es ist wichtig.«

Er trommelte mit seinen Fingern nervös auf der Tischplatte, während er wartete. Chico las in dem Buch über Testamente. Und dann war der Saalmanager des Casinos wieder in der Leitung.

»Ja«, sagte Trace und hörte aufmerksam zu. »Vielen Dank, Carlo. Ich schulde dir was. Ja, Chico und ich werden bald wieder zurück sein.«

Er legte auf und sagte: »Yule hat in ganz Las Vegas keinen Kredit mehr. Man sagt, daß er bis zur Halskrause bei den Kredithaien in der Kreide steht.«

»Bingo! Da haben wir das Motiv«, sagte Chico.

Trace nickte und packte ihren Arm. »Komm«, sagte er.

»Wo gehen wir denn hin?«

»Tanzen.«

Die Band spielte ›The Alleycat‹, und Chico forderte Trace zum Tanzen auf.

»Der Witwenwalzer?« fragte er. »Nein danke, ich passe.«

Sie standen im hinteren Teil des Saales der Amercian Legion und schauten Nick Yule zu, der seine Band gerade durch das letzte Stück führte. Er trug einen rot-weiß-blaukarierten Anzug. Als Yule über die Bühne marschierte und wie verrückt auf seiner Posaune blies, flog ihm sein langes dünnes Haar um den Kopf.

»Du hast mir gar nicht erzählt, was für eine umwerfende Schönheit dieser Mann ist«, sagte Chico. »Mit dieser Brille und seinem unglaublich aufregenden Anzug erinnert er irgendwie an etwas, das man in einer Poliklinik antreffen kann.«

»Schenk einem Kind eine Posaune, und du führst es in den Untergang«, sagte Trace.

Yules Band kam zum Ende, und die hundert Leute, die sich auf der Tanzfläche und an den Tischen drängten, brachen in einen begeisterten Applaus aus.

»Und nicht vergessen, Leute«, brüllte Yule in das Mikrofon, »ich bin Nick Yule, euer musikalischer Anwalt, und wir spielen auf Parties, Tanzveranstaltungen und Hochzeiten.

Die Telefonnummer findet ihr im Buch. Ich wünsche euch noch eine gute Nacht, und Gott segne euch alle.«

»Du meine Güte«, murmelte Chico leise vor sich hin.

Als sie und Trace die Bühne erreichten, verstaute Yule gerade seine Posaune in ihrem Koffer. Er blickte Trace an, erkannte ihn wieder und nickte. Als er dann Chico bemerkte, fragte er: »Sind Sie Sängerin?«

»Nein«, sagte Trace. »Wir haben schon zwei Sänger.«

»Häh?«

»Muffy und ihren Bruder«, sagte Trace. »Sie sind im Augenblick unten im Polizeirevier und singen munter vor sich hin. Finden Sie nicht auch, daß Sie jetzt eigentlich auch dort sein und die Band leiten sollten?«

»Wollen Sie mir vielleicht irgendwas anhängen?« zischte Yule ihn an. »Meine Integrität in Zweifel ziehen? Wollen Sie das versuchen?«

»Ja, so was in der Art«, sagte Trace.

»Ich warne Sie. Sie passen besser sehr genau auf, was Sie tun oder sagen! In diesem Staat gibt es harte Gesetze gegen Verleumdung!«

»Gegen Mord auch, wenn ich mich recht entsinne«, sagte Trace ungerührt. »Wie wär's, wenn wir direkt anfangen.«

»Ich habe nichts getan, wissen Sie. Nichts außer ein Testament aufzusetzen«, sagte Yule.

»Tja, wir werden Sie und Muffy und Petey das alles für die Cops haarklein auseinanderlegen lassen. Aber betrachten Sie es doch auch mal von der positiven Seite«, sagte Trace.

»Was ist denn die positive Seite«, wollte Yule wissen.

»Sie werden sich die nächsten zwanzig Jahre oder so keine Sorgen mehr um Engagements zu machen brauchen.«

30

Trace ließ Chico im Wagen warten, als er einen halben Block vom Haus der Plessers entfernt parkte.

Nachdem er erledigt hatte, weswegen er gekommen war, klingelte er an der Haustüre. Mrs. Plesser materialisierte auf der Veranda hinter der Fliegentüre.

»Mr. Marks, richtig?«

»Richtig. Ich möchte mit Calvin sprechen.«

»Äh, der ist aber nicht zu Hause.«

»Sein Laster ist da, also ist er auch da. Schicken Sie ihn mir raus. Oder soll ich die Cops rufen?«

Sie dachte einen Augenblick darüber nach, verschwand dann im Inneren des Hauses, und schon tauchte Calvin auf. Er hielt sich ein Handtuch vor sein Gesicht und hustete.

»Tut mir leid. Hab mich erkältet.«

»Nein, das hast du nicht«, sagte Trace. »Was du hast, ist eine gebrochene Nase, wo ich dir neulich nachts eine drauf gegeben habe, als du und dein Freund mich überfallen habt.«

»He, wovon reden Sie überhaupt, Mann?«

»Wovon ich rede ist, daß ich glaube, daß ihr eigentlich überhaupt niemanden verklagen wollt, denn wenn ihr es doch macht, dann geht ihr alle zusammen wegen Körperverletzung in den Knast. Davon rede ich.«

Trace drehte sich um und wollte schon gehen.

»Ach übrigens«, rief er zurück, »ich habe gerade eben die Luft aus deinen Reifen gelassen. Wir sind jetzt quitt.«

Trace fuhr zum Polizeirevier. Er fragte Chico: »Wie bist du dahintergekommen?«

»Nun ja, der Kerl, der die Rechtsanwältin zusammengeschlagen hatte, der hat doch gegrunzt, wodurch Karate ein ziemlich heißer Tip war, besonders da du auf einem deiner

Bänder ja gesagt hast, daß der Krankenpfleger in einer Karate-Illustrierten las. Aber der große Kerl, der dir eine verpaßt hatte, der hat nicht gegrunzt. Also klang das doch ganz nach einem anderen Burschen. Und den Briefkopf des Sanatoriums neben deinem Auto liegen zu lassen, nun, das war wirklich einfach nur plump. Und wenn man von Dummköpfen spricht, wer anderes als die Plessers kommen da schon in Frage?«

»Ich dachte, Yule hätte sie vielleicht dazu angestiftet, sagte Trace.

»Ja, das dachte ich auch. Zuerst. Aber nicht mehr, nachdem wir herausgefunden hatten, daß er in ein Mordkomplott verwickelt war. Er würde doch ganz sicher nicht haben wollen, daß du dich länger als unbedingt nötig hier in der Stadt herumtreibst. Deswegen hat er dich ja auch angerufen. Zuerst wollte er nicht mit Jeannie Callahan verhandeln, und dann muß er entdecken, daß du herumschnüffelst und daß Mr. Carey mit dir gesprochen hat. Und dann wollte er dich so schnell wie möglich wieder aus der Stadt haben. Aus diesem Grund hat er dir dann genau das Geschäft angeboten, das er dieser Callahan erst einen Tag zuvor ausgeschlagen hatte. Er wollte dich aus dem Weg haben. Nein, der Geistesblitz, dir ein Ding zu verpassen, ist schon ausschließlich auf dem Mist der Plessers gewachsen. Und den Briefkopf haben sie neben deinem Wagen liegenlassen, damit du in dem Glauben, daß die aus dem Sanatorium dahinterstecken müßten, schnurstracks zum Meadow Vista rennst.«

Trace nickte und schaltete den Motor vor dem Polizeirevier aus. »Warte hier. Es wird nicht lange dauern.«

Als Trace wieder herauskam, aß Chico gerade den ersten von drei Hot Dogs aus einer Pappschachtel, die sie auf ihrem Schoß hielt, und er starrte sie nur groß an.

»He, gib mir eine Chance, ja?« sagte sie. »Du warst immerhin eine geschlagene halbe Stunde weg. Ein Mädchen muß ja auch mal was essen, oder? Was hast du solange gemacht? Diese Polizistin wieder gebumst?«

»Pssst. Mach so weiter, und wir werden noch erschossen«, sagte Trace leise. »Ich habe gerade meine Aussage gemacht und ihnen den Großteil meiner Bänder gegeben. Sollen sie doch Ordnung da reinbringen. Aber alle singen wirklich wunderbar. Muffy und Petey und Yule. Somit haben wir die Sache wohl so ziemlich hinter uns. Alles erledigt. Kann sein, daß ich noch mal herkommen muß, falls das Geschworenengericht meine mündliche Aussage haben möchte.«

Er ließ den Motor seines Wagens an. »Himmel, ich bin froh, endlich aus dieser Stadt zu kommen. Ist dir eigentlich klar, daß ich eine ganze Woche hier gewesen bin und während dieser Zeit auch nicht einen Menschen getroffen habe, den ich guten Gewissens normal nennen könnte?«

»Gut. Dann fahren wir jetzt nach Hause?«

»Einen Besuch noch«, sagte Trace.

Als er vor dem Apartmenthaus anhielt, fragte Chico: »Wer wohnt hier?«

»Die Rechtsanwältin«, sagte Trace. »Ich bin sofort wieder zurück.

»Ich bin's, Trace.«

»Du kannst jetzt nicht reinkommen. Ich sehe heute noch schlimmer aus als gestern.«

»Ich wollte mich nur von dir verabschieden. Ich reise ab.«

Zur Antwort erhielt er Schweigen, und dann öffnete sich die Tür einen Spaltbreit. Jeannie Callahan stand dahinter, starrte mit einem Auge hinaus, verbarg die andere Seite ihres Gesichtes hinter der Tür.

»Hast du schon gehört?« fragte Trace.

Sie nickte. »Ich habe heute morgen mit George telefoniert. Er hat es mir erzählt.«

»Ich wollte nicht abreisen, ohne mich von dir verabschiedet zu haben«, sagte er.

»Ja.«

»Weißt du, Mrs. Carey wird für eine Weile alleine sein«,

sagte Trace. »Vielleicht überlegst du es dir mal und bleibst ein paar Tage bei ihr. Könnte euch beiden ganz gut tun.«

»Ich werde darüber nachdenken«, sagte sie.

Er zögerte. »Tja, äh, dann, mach's gut«, sagte er.

»Ja, mach's gut«, sagte sie. »Und vielen Dank dafür, daß du dafür gesorgt hast, daß es wieder nur einen Anwalt in der Stadt gibt.« Er wollte schon gehen, doch sie streckte eine Hand aus, um ihn noch zurückzuhalten.

»Trace?«

»Was?« sagte er, als er sich noch einmal umdrehte.

»Meinst du, wir beide könnten mit dem Trinken aufhören?«

»Könntest du es?«

»Ich glaube nicht.«

»Ich auch nicht«, sagte Trace.

»Wir sind uns ziemlich nahe gekommen, stimmt's?« fragte sie.

»Ja.«

»Wenn ich mal nach Las Vegas komme, spendierst du mir dann einen Drink?«

»So viele wie nötig sind, um dich ins Bett zu schleifen«, sagte er.

»Einer wird schon reichen. Gib mir einen Abschiedskuß.«

Er nahm sie in die Arme und gab ihr einen langen Kuß.

»Und jetzt verschwinde«, sagte sie. »Ehe ich dich noch dazu bringe, daß du es dir doch noch anders überlegst.«

Sie hatten schon die halbe Strecke zum Newark Airport hinter sich, als Chico ihr Schweigen endlich brach.

»Wieso bist du so still?« sagte sie.

»Ich denke nach.«

Fünf Meilen später fragte sie: »Trace, mit uns beiden . . . es wird nie mehr so sein, wie es früher mal war, oder?«

Weitere fünf Meilen später antwortete er: »Vielleicht war es das nie.«

31

Zwei Wochen später erhielt Trace in seiner Wohnung in Las Vegas einen Anruf.

»Mitchell Carey hier.« Die Stimme klang rauh und gequält, als wäre sehr viel Anstrengung und Willenskraft notwendig, um die Worte auszusprechen.

»Wie fühlen Sie sich?« fragte Trace.

»Matteson sagt, es ginge mir schon wieder viel besser, aber ehrlich gesagt fühle ich mich immer noch wie Scheiße. Ich rufe nur an, weil ich mich bei Ihnen bedanken möchte.«

»Hören Sie auf den Doktor«, sagte Trace. »Sagen Sie, wußten Sie eigentlich, was gespielt wurde, als sie irgendwie nicht ganz richtig da waren?«

»Manchmal wußte ich es. Ich konnte einiges hören, und manchmal konnte ich mich sogar konzentrieren. Wie ich zum Beispiel wußte, daß Muffy Amanda mißbrauchte. Ich erkannte das im Krankenhaus, aber dann verschlechterte sich mein Zustand, und ich konnte nichts mehr dagegen unternehmen.«

»Erinnern Sie sich noch, im Sanatorium, da haben Sie mir gesagt, daß irgendwer versuchen würde, Sie umzubringen?«

»Ja, irgendwie kann ich mich schwach daran erinnern«, sagte Carey.

»Sie haben damals gezählt«, sagte Trace. »Hundert, hundert, hundert . . . erinnern Sie sich noch? Wissen Sie, was das zu bedeuten hatte?«

»Ich mußte an meine Gehirnzellen denken, die starben. Vielleicht habe ich sie gezählt«, sagte Carey.

»Ja. Das habe ich mir auch schon gedacht«, sagte Trace. »Also dann, gute Besserung.«

»Ich arbeite dran. Und nochmals vielen Dank.«

Eine Woche nach diesem Anruf wurde Trace von einem Geschworenengericht in New Jersey vorgeladen. Anschließend erhoben die Geschworenen gegen Muffy, ihren Bruder und Yule Anklage wegen versuchten Mordes.

Trace erschien vor Gericht, machte seine Aussage, und verließ den Staat noch am gleichen Tag. Seine Ex-Frau und seine Kinder erfuhren nichts davon, daß er in ihrem Bundesstaat war, bis es schon zu spät war, als daß sie noch irgend etwas daran ändern konnten.

Drei Monate später erhielt er mit der Post eine Einladung zur Hochzeit von Jeannie Callahan und Dr. George Matteson. Er sah, daß die Hochzeit in New Jersey gefeiert werden würde, also warf er die Einladung sofort weg. Es hatte gar keinen Sinn, sein Glück unnötig herauszufordern.

ENDE

Nachwort

Der vorliegende Roman aus der Trace-Serie wurde in den USA als sogenanntes *Paperback-Original* veröffentlicht. Die *Paperback-Originalserie* ist eine Erfindung der amerikanischen Taschenbuchverleger, die inzwischen die ganze westliche Publikationswelt erobert hat. In den 50er Jahren wurde ihr Konzept entwickelt mit Serien wie Ed Noon von Michael Avallone oder Shell Scott von Richard S. Prather, die schnell Millionenauflagen erreichten. Eine Taschenbuchoriginalserie zeichnet sich dadurch aus, daß sie die Abenteuer eines oder mehrerer Helden von einem oder mehreren Autoren in regelmäßiger Folge in billigen Taschenbüchern erzählt (die Verwandtschaft zum deutschen Phänomen ›Romanheft‹ ist offensichtlich). Im Unterschied zu Detektivserien wie John Tanner von Stephen Greenleaf oder Mallory von Max Allan Collins, erscheinen in den Taschenbuchoriginalserien nicht nur ein bis zwei Bücher pro Jahr (die außerdem ihre Erstveröffentlichungen in den USA im Hardcover haben), sondern zehn oder mehr. Natürlich gibt es Ausnahmen: die jährlichen Romane der Travis McGee-Serie von John D. MacDonald erschienen fast alle als Erstveröffentlichungen im Taschenbuch; dasselbe gilt für Donald Hamiltons Matt Helm-Serie. Autoren wie Gregory McDonald zogen es vor, statt in einer relativ niedrigen Auflage im Hardcover zu erscheinen, sofort im Taschenbuch mit Massenauflagen zu veröffentlichen. Denn während die Hardcover auch in den USA nur die Buchhandlungen erreichen, werden Taschenbücher über Drug Stores, Tankstellen usw. vertrieben.

In den 60er Jahren hatte zwar das Taschenbuch an sich eine erfolgreiche Zeit, aber um die Taschenbuchoriginalserien war es etwas still geworden. Erst der Verleger und Producer Lyle Kenyon Engel belebte das Genre wieder und veränderte die Formel. Er kam in Folge der James-Bond-Welle auf den einträglichen Gedanken, den alten *Dime-Novel*-Helden Nick Carter wiederzuerwecken und zu modernisieren. Nick Carter, ein harmloser Detektiv, der um die Jahrhundertwende bis in die 20er Jahre sein Unwesen trieb und als erste originäre amerikanische Detektivfigur gilt, mutierte 1964 zum brutalen Superagenten. Bis heute wurde er in ca. 100 semi-pornographischen Taschenromanen um die Erde gejagt. Um den reibungslosen Produktionsablauf von zehn bis zwanzig Romanen im Jahr zu garantieren, ließ Engel verschiedene Autoren unter dem Reihenpseudonym ›Nick Carter‹ schreiben – darunter bekannte Namen, wie Martin Cruz-Smith *(Gorky Park)*, Michael Avallone oder Michael Collins. Es ist nicht auszuschließen, daß Engel dieses Konzept in Deutschland abgeguckt hat: Der Verleger Gustav H. Lübbe hatte es nämlilch in den 50er Jahren für seine Jerry Cotton-Serie entwickelt (auch bei Cotton verbergen sich hinter dem Verlagspseudonym etliche bekannte Namen der bundesdeutschen Krimi-Szene). Nick Carter jedenfalls wurde sofort ein durchschlagender Erfolg.

Dem neuen Erfolg der Taschenbuch-Originalserien folgte Ende der 60er Jahre ein Boom von bisher nicht gekannten Ausmaßen. Das war vor allem einem Mann und einer Serie zu verdanken: Don Pendleton nutzte die auf dem Höhepunkt stehende Vigilantenwelle für seine Executioner-Serie um den Mafia-Killer Marc Bolan (hat nichts mit T. Rex zu tun). Was Brutalität und Sex betraf, ging Pendleton noch ein gutes Stück über den mit den Jahren immer mehr verrohenden Nick Carter hinaus. Pendletons Mischung aus Thriller und trivialen Kriegsroman (der Detektivheld als Soldat) war so erfolgreich, daß es das gesamte Gebiet der *Paperback-Originalserie* veränderte; es wurde ein Geschäft (und Kult) von bisher nicht gekannter Größenordnung. Fast monatlich erscheint seitdem eine neue Serie ›für Männer‹, die noch mehr Brutalität und Sex verspricht. Aber – wie immer – findet der Leser auch die eine oder andere Perle darunter.

Es blieb Warren Murphy und seinem Co-Autor Richard Sapir vorbehalten, 1971 die witzigste und intelligenteste dieser Serien zu schaffen: *The Destroyer.* Inzwischen auch erfolgreich fürs Kino verfilmt; bei uns lief der gutgemachte Actionfilm unter dem dümmlichen Titel ›Remon – unbewaffnet und gefährlich‹. Die beiden hochtalentierten Autoren bewiesen mit den Abenteuern des lizensierten Killers (das klingt trivialer als die Serie wirklich ist), daß eine derartige Serie auch unter den Produktionsbedingungen des Paperbackoriginalmarktes Niveau haben und ohne allzu drastische Sex & Gewaltdarstellungen auskommen kann. Die Serie läuft auch heute noch (um die 80 Titel) – nach dem zeitweiligen Ausstieg von Sapir – erfolgreich.

Der große Wurf gelang Warren Murphy 1983 mit seiner Trace-Serie. Vorausgegangen war ihr eine vierbändige Serie um den versoffenen Versicherungsdetektiv Digger, der dann zur Kultfigur Trace mutierte. In den Trace-Romanen übertrifft Murphy sich selbst, was bizarre Plots, ungewöhnliche Charaktere und Witz und Einfallsreichtum angeht. Die Phantasie von Murphy scheint unbegrenzt, wenn er sich schräges Romanpersonal und humorvolle Situationen ausdenkt. Trace gehört zu *den* Krimis, die man selbst dann weiterliest, wenn die letzte Seite fehlt. Teilweise erinnern die Romane an die frühen Fletch-Geschichten von Gregory Mcdonald. Nur: Murphy dreht die Schraube noch mehr an – bis hin zum Aberwitz. Für den fünften Trace-Roman erhielt er dann auch verdientermaßen seinen zweiten Edgar Allan Poe-Preis der amerikanischen Kriminalschriftstellervereinigung. Den ersten ›Edgar‹ erhielt er übrigens für den Roman THE GRANDMASTER, den er zusammen mit Molly Cochran gechrieben hat.

Warren Murphy wurde am 13. September 1933 in Jersey City, New Jersey, geboren (die Haßliebe auf seinen Geburtsort und seinen jetzigen Wohnsitz New York wird besonders im ersten Trace-Roman deutlich). Von 1952 bis 1956 diente er in Alaska bei der Air Force, die er im Rang eines Sergeant verließ. 1955 heiratete er Dawn Walters, mit der er vier Kinder hat. 1973 wurde die Ehe geschieden.

Murphy schlug sich als Reporter, Redenschreiber und PR-Mann durch, bis er in den 70er Jahren dank des Erfolges der Destroyer-Serie hauptberuflicher Schriftsteller wurde. Heute lebt er in New York City. Er ist Mitglied der Mystery Writers of America (MWA) und der Adams Round Table (benannt nach dem Inhaber des Bella Vita Restaurants auf der East Side, in dem die Gruppe ihre Treffen abhält), einer lokkeren Runde von Kriminalschriftstellern, zu der Joyce Harrington, Dorothy Salisbury Davis, Mary Higgins Clark, Thomas Chastain, Bill Adler und andere gehören.

Die Destroyer-Serie wurde trotz allem von den harten Krimi-Fans immer (zu unrecht) belächelt, aber seit den Trace-Büchern ist Murphy anerkannt als einer der besten und innovativsten Krimiautoren der 80erJahre.

Martin Compart